B. TRAVEN
O NAVIO da MORTE

(Das Totenschiff)

QUIMERA,
SELO LITE-
RÁRIO

EX LIBRIS
"CHIMÆRA"

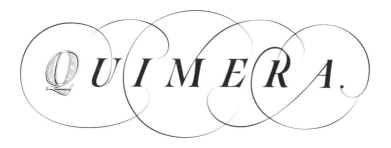

© Copyright, 2023, by María Eugenia Montes de Oca Luján / Irene Pomar Montes de Oca, Mexico city. All rights reserved under international and Pan-American copyright convention.

COORDENAÇÃO DA COLEÇÃO QUIMERA:
Alcir Pécora e Celso Queiroz
COORDENAÇÃO EDITORIAL: Lucas Lazzaretti
PROJETO GRÁFICO: Miguel Pécora
REVISÃO: Ieda Lebensztayn

Dados Internacionais de Catalogação na Publicação (CIP)
Tuxped Serviços Editoriais (São Paulo, SP)
Ficha catalográfica elaborada por Pedro Anizio Gomes - CRB-8 8846

T781n   Traven, B.

O Navio da Morte / B. Traven; tradução Érica Gonçalves Ignacio de Castro. - 1. ed. - Rio de Janeiro, RJ: Editora Imprimatur, 2023.
322 p.

Título original: *Das Totenschiff*
ISBN 978-65-89572-35-0.

1. Ficção. 2. Literatura Alemã. I. Título. II. Assunto. III. Autor. IV. Tradutora.

CDD 830
CDU 82-32(430)

Direitos desta edição reservados
a Viveiros de Castro Editora Ltda.

Rua Visconde de Pirajá 580, sobreloja 320 - Ipanema
Rio de Janeiro / RJ / CEP 22410-902
Tel. (21) 2540-0076

B. TRAVEN

O NAVIO da MORTE

(Das Totenschiff)

imprimatur

Primeiro Livro
☞ *p. 07*

Segundo Livro
☞ *p. 119*

Terceiro Livro
☞ *p. 261*

Posfácio
☞ *p. 293*

PRIMEIRO
LIVRO

CANÇÃO DE UM MARINHEIRO AMERICANO[1]

Garota, não chore mais,
M'espere na Jackson Square
Na ensolarada New Orleans
Na bela Louisiana

Ela pensa que morri no mar,
Já já não m'espera na Jackson Square
Na ensolarada New Orleans
Na bela Louisiana

Mas não morri num atol,
Navego num navio da morte
Longe da ensolarada New Orleans
Longe da bela Louisiana

---

‡   *1. A canção foi traduzida a partir da versão alemã, e não da escrita em inglês, que supostamente seria a original.*

§1

T RANSPORTAMOS UM CARREGAMENTO COMPLETO DE ALGOdão de New Orleans para a Antuérpia com o *S. S. Tuscaloosa*. Era um belo navio. Caramba, se era! Navio de primeira, *made in USA*. Porto de origem, New Orleans. Ah, alegre e ensolarada New Orleans, tão diferente das sóbrias cidades do Norte, com seus puritanos frígidos e seus comerciantes senis de chita! E que alojamentos magníficos para a tripulação! Até que enfim um construtor naval teve o pensamento revolucionário de que a tripulação também era composta por gente, e não apenas por mãos. Tudo limpo e aprazível. Banheiro e roupa limpa em abundância – e tudo à prova de mosquitos. A comida era boa e farta. E sempre havia pratos limpos e facas, garfos e colheres polidos. Havia ali uns *niggerboys* que não tinham mais nada a fazer do que manter os alojamentos limpos, para que a tripulação permanecesse saudável e de bom humor. A companhia finalmente tinha descoberto que é mais rentável manter o bom humor da tripulação do que desprezá-la.

¶ SEGUNDO-OFICIAL, eu? *No, Sir.* Nessa banheira, eu não era segundo-oficial. Mas um simples marujo, um trabalhador muito humilde. Sabe, senhor, quase não há mais marinheiros, e eles também já não são mais necessários. Um cargueiro tão moderno não é mais um navio legítimo. É uma máquina flutuante. E mesmo que o senhor não entenda nada de navios, certamente não acredita que uma máquina precise de marinheiros. Essa máquina precisa de operários e engenheiros. Até o *skipper*, o capitão, é hoje apenas um engenheiro. E mesmo o timoneiro, durante muito tempo considerado o marinheiro por excelência, hoje não passa de um simples maquinista. Ele apenas aciona a alavanca que direciona o servomotor.

O romantismo das histórias de marinheiros ficou no passado. Aliás, pra mim, esse romantismo nunca existiu. Nem em relação aos barcos à vela, nem ao mar. Esse romantismo era fruto da imaginação daqueles que escreveram sobre o mar. Essas falsas histórias levaram inúmeros bravos garotos para uma vida e um lugar onde pereceriam física e mentalmente, porque tudo o que traziam consigo era a crença pueril na honestidade e veracidade daqueles escritores. Pode ser que, para capitães e timoneiros, tenha havido algum romantismo. Para a tripulação, jamais. O romantismo da tripulação sempre foi trabalho duro, desumano e tratamento animal. Capitães e timoneiros aparecem nas óperas, nos romances e nas baladas. Mas o hino à glória do herói que faz o trabalho duro nunca foi entoado. Esse hino seria brutal demais para despertar a vontade de entoá-lo. *Yes, Sir.*

Eu era então um simples marujo, nada mais. Tinha que fazer todo o trabalho que aparecia. Para ser bem sincero, eu era apenas um pintor. A máquina funcionava sozinha. E como era preciso ocupar a mão de obra na falta de outras tarefas extras, como limpar os porões ou consertar alguma coisa, então a gente sempre estava pintando. De manhã até à noite, e nunca terminava. Pois sempre havia alguma coisa a ser pintada. E chega um belo dia em que a gente se surpreende, muito seriamente, com esse eterno pintar, e aí, de modo quase prosaico, chegamos à conclusão de que, no mar, todos aqueles que não estão tripulando não fazem outra coisa além de pintar. Então sentimos profunda gratidão por essas pessoas, porque, se um dia elas se recusassem a continuar pintando, os marujos não iam saber o que fazer, e o Oficial que os comanda entraria em desespero, por não saber mais qual ordem passar. E, afinal, eles não podem receber sem fazer nada. *No, Sir.*

O salário não era exatamente alto. Não poderia afirmar isso. Mas, se por vinte e cinco anos eu não gastasse nenhum centavo, poupando rigorosamente cada ordenado recebido, sem nunca ficar desempregado durante todo esse tempo, no fim desses vinte e cinco anos de trabalho e economia ininterruptos, eu não conseguiria me aposentar, é verdade, mas, depois de vinte e cinco anos de trabalho e economia ininterruptos, conseguiria, com certo orgulho, integrar a camada mais baixa da classe média. Aquela camada que costuma dizer: Deus seja louvado, eu tenho um dinheirinho guardado para os dias difíceis. E, uma vez que essa camada é aquela vangloriada classe que sustenta o Estado, eu então passaria a ser considerado um valoroso membro da sociedade humana. Alcançar essa meta vale vinte e cinco anos de economia e trabalho. Garantimos o além, e o aquém fica para os outros.

Não fiz questão de ver a cidade. Não gosto da Antuérpia. Por ali transitam prostitutas, marinheiros pouco recomendáveis e outros maus elementos. *Yes, Sir.*

Mas na vida as coisas nem sempre são fáceis. Elas raramente se importam com o que se gosta ou não. Não são os grandes eventos que determinam o curso do mundo, mas sim os pequenos acidentes de percurso.

Não conseguimos receber o carregamento e devíamos retornar com peso morto. Toda a tripulação tinha ido à cidade na noite anterior à viagem de volta. Eu estava completamente só no castelo de proa. Estava cansado de ler, estava cansado de dormir, e não sabia o que fazer de mim. Fomos liberados ao meio-dia, porque as sentinelas para a viagem já haviam sido designadas. O motivo que tinha levado todos à cidade era também conseguir tomar um bom trago, já que em casa ia ser difícil.

Ora eu ia até o parapeito para cuspir na água, ora até as acomodações. Fiquei exausto de tanto encarar fixamente os beliches vazios e a monotonia das docas, dos armazéns, dos escritórios desertos, com janelas opacas atrás das quais só se viam fichários e pilhas de formulários e guias. Era indescritivelmente desolador. Começava a anoitecer, e não havia vivalma nessa parte do porto.

Fui acometido por um desejo ordinário de sentir o chão, a terra firme sob meus pés, uma saudade da rua e de gente andando e conversando. Era isto: eu queria ver uma rua, apenas uma rua, nada além disso. Uma rua que não fosse rodeada de água, uma rua que não balançasse, que fosse bem firme. Eu queria dar um presentinho aos meus olhos, lhes proporcionar a visão de uma rua.

"Você deveria ter vindo mais cedo", me disse o oficial, "não vou dar mais nenhum dinheiro agora."

"Eu preciso muito de vinte dólares de adiantamento."

"Te consigo cinco. Nenhum centavo a mais."

"Cinco não adianta nada. Preciso de vinte, senão amanhã vou ficar doente. E aí quem vai pintar a cozinha? O senhor sabe? Eu preciso de vinte."

"Dez. É minha última palavra. Dez ou nada. Não sou obrigado a te dar nem um centavo. Não é problema meu."

"Bem, então dez. Isso é de uma mesquinhez desprezível contra minha pessoa, mas aqui a gente tem que aturar isso; já estamos acostumados com esse tratamento."

"Assine o recibo. Amanhã registro em folha, não estou a fim de fazer isso agora."

E assim consegui meus dez contos. Eu só queria dez mesmo. Mas se eu tivesse dito dez, eu não teria de forma alguma recebido mais do que cinco, e não queria receber mais de dez, porque não queria gastar mais do que isso – afinal, o que a gente tem no bolso vai embora e nunca mais volta depois de uma ida à cidade.

"Não fique bêbado. Aqui não é um bom lugar para isso", me disse o oficial enquanto apanhava o recibo.

Isso foi um insulto sem precedentes. O capitão, os oficiais e os engenheiros se embebedavam duas vezes por dia desde a nossa chegada, mas a lição de moral sobrou pra mim. Eu nem pensava em beber. E por quê, afinal? É tão estúpido e insensato.

"Não", foi a minha resposta, "eu nunca bebo sequer uma gota desse veneno. Eu sei o que devo ao meu país, mesmo no estrangeiro. *Yes, Sir.* Sou abstêmio convicto. Pode confiar. Eu lhe juro com as mãos no peito." E lá fui eu descer daquela banheira.

§2

Foi um longo e magnífico entardecer. Eu perambulava feliz da vida pelas ruas e não podia imaginar que haveria alguém neste mundo que não gostasse dele. Eu olhava as vitrines e as pessoas que cruzavam comigo. Belas moças, caramba, se eram! A maioria sequer me olhava, mas as que sorriam para mim eram as mais bonitas! E com que gentileza elas me sorriam! Cheguei então a uma casa cuja fachada era de um dourado magnífico. Era tão engraçada, a casa com todo aquele dourado. As portas estavam abertas, e alguém disse: "Entre, amigo, só por um instante. Sente-se, fique à vontade, e se esqueça do que te preocupa".

Eu não tinha preocupação alguma, mas achei graça que alguém me pedisse para me esquecer das preocupações. Era muito amável. E lá dentro, na casa, havia um certo número de pessoas se divertindo e se esquecendo das preocupações, cantando e sorrindo, e a música era alegre. Apenas para ver se o interior era tão dourado como o exterior, eu entrei e me sentei numa cadeira. Logo veio um rapaz, que sorriu para mim, colocando uma garrafa e um copo bem diante do meu nariz. Já devia ter me avistado a cem léguas de distância, porque ele imediatamente me disse em inglês: "Sirva-se, meu amigo, e divirta-se como todo mundo aqui".

Só rostos felizes em volta, sendo que, durante toda a semana, tudo o que meus olhos viram foi água e cheiro de tinta. E assim eu estava feliz e, daquele momento em diante, não conseguia pensar em nada em particular. Não eram aqueles simpáticos rapazes que eu recriminava, mas sim aqueles sermões tediosos que nos tornam fracos diante das tentações. Sermões sempre nos enfraquecem, pois não os seguir faz parte da nossa natureza.

O tempo todo havia uma névoa muito engraçada ao meu redor e, tarde da noite, lá estava eu no quarto de uma bela e sorridente moça. Por fim, eu lhe disse: "*Well, Mademoiselle,* que horas são?".

"Oh!", ela me disse com uma risada graciosa. "Ei, bonitão... *(Yes, Gentleman,* foi exatamente assim que a *Mademoiselle* me chamou.) Então, bonitão, não seja um estraga-prazeres, seja cavalheiro e não deixe uma doce jovem sozinha à meia-noite. Pode haver ladrões nas redondezas, e eu estou morrendo de medo. Eles podem até me matar."

Ora, sei muito bem qual é o dever de todo americano jovem e vigoroso em tais circunstâncias, quando uma dama frágil e indefesa pede sua ajuda. Desde meu primeiro instante de vida me foi ensinado: comporte-se adequadamente na presença das mulheres e, se uma dama lhe pedir algo, apresse-se em fazê-lo, mesmo que corra risco de vida.

Bem cedo na manhã seguinte, corri para o porto. Mas o *Tuscaloosa* já não estava mais lá. O lugar dele estava vazio. Ele partiu para a ensolarada New Orleans sem me levar junto.

Já vi crianças que se perderam e nunca mais reencontraram suas mães, vi pessoas perderem suas casas por causa de incêndios ou enchentes e vi animais cujos companheiros foram baleados ou capturados. Tudo isso é muito triste. Mas nada é mais triste do que um marinheiro em terra estrangeira, cujo navio acabara de partir sem levá-lo a bordo. O marinheiro que ficou para trás. O marinheiro que sobrou.

Não é a terra estrangeira que aflige sua alma e o faz chorar como um menininho. Está acostumado a elas. Muitas vezes, ficou por sua própria vontade, ou pediu baixa por um motivo qualquer. Nesses casos, ele não se sente triste nem desolado. Mas quando o navio, que é sua pátria, parte sem levá-lo, seu sentimento não é apenas o de ser um apátrida, mas terrivelmente inútil. O navio não o esperou, pode se virar sem ele, não precisa dele. Qualquer prego velho que se solte pode causar um acidente fatal pro navio, mas o marinheiro, que ainda ontem se considerava tão importante pro bom funcionamento da nave, hoje vale menos do que um prego velho. Do prego não se pode abrir mão; o marinheiro, o que ficou pra trás, não fará falta: a companhia vai economizar o seu salário. Um marinheiro sem navio, um marinheiro que não faz parte de um navio, vale menos que bosta na calçada. Ele não pertence a lugar nenhum, ninguém quer ter nada a ver com ele. Se ele se jogar no mar agora, e se afogar feito um gato, ninguém dará pela falta dele, ninguém irá procurar por ele. "Um desconhecido, certamente um marinheiro", será tudo o que dirão dele.

Eu mereço uma coisa dessas, pensei, e logo tratei de dar uma boa palmada naquela maré de desânimo pra que ela fosse embora. Faça o melhor do ruim, que o ruim vai embora num instante.

Por Deus, chute essa lata velha, existem outros navios no mundo, os oceanos são imensos. Virá um outro, melhor. Quantos navios há no mundo? Meio milhão, com certeza. Um deles vai precisar de um marujo. E Antuérpia é um porto enorme, por onde todo esse meio milhão de navios passam um dia ou outro. Só é preciso ter paciência. Mesmo assim, não posso esperar que já tenha algum aqui, com um capitão ansioso me gritando: "Senhor marujo, suba depressa a bordo, preciso do senhor; não vá ao vizinho, eu te imploro!".

Eu nem me importava muito com o infiel *Tuscaloosa*. Quem teria pensado nele diante daquela bela garota? Mas eles são todos iguais. E tinha acomodações tão limpas e uma comida tão boa. Agora deve ser a hora do café da manhã, aqueles canalhas malditos devem estar comendo minha porção de ovos com presunto. Que pelo menos seja Slim que fique com ela, já que aquele cachorro do Bob não merece meu bocado. Mas ele será o primeiro a fuçar nas minhas coisas e pegar o que tiver de melhor, antes de serem lacradas. Aqueles bandidos não vão deixar lacrarem minhas coisas, vão simplesmente distribuí-las entre si e dizer que eu não tinha nada, aqueles bandidos, cretinos. No Slim não dá pra confiar, ele sempre roubava meu sabonete de banho porque não queria se lavar com sabão, aquele garanhão da Broadway todo emperiquitado. *Yes, Sir*, o Slim era assim, o senhor não acreditaria se já o tivesse visto.

Eu realmente não me importava tanto com aquela lata-velha que partiu sem mim. O que me preocupava mesmo era que eu não tinha nem um centavo no bolso. Durante a noite, aquela bela garota me contou que sua mãe, a quem ela amava do fundo do coração, estava gravemente doente, e ela não tinha dinheiro pra arcar com remédios e uma alimentação nutritiva. Como não queria ser responsável pela morte de sua mãezinha, dei-lhe todo o dinheiro que levava comigo. Fui devidamente recompensado com a eufórica gratidão da moça. Tem coisa melhor neste mundo do que receber os milhares de agradecimentos de uma bela garota por termos salvado sua mãezinha da morte? *No, Sir.*

3

Eu me sentei num enorme caixote que estava por ali e segui mentalmente o trajeto do *Tuscaloosa* pelo mar. Eu esperava e desejava que ele batesse em alguma rocha e fosse obrigado a voltar ou, pelo menos, a desembarcar a tripulação e enviá-la a terra. Mas ele deve ter se desviado das rochas, porque eu não o via retornar. Ainda assim, eu lhe desejava, do fundo do meu coração, todos os possíveis acidentes e naufrágios que só navios podem sofrer. O que eu imaginava de forma mais nítida era que ele cairia nas mãos de corsários, que seria saqueado de cima a baixo, e que tomariam do *Beast Bob* tudo o que ele roubou nesse meio-tempo, e ainda que alguém lhe quebraria aquela cara de deboche com tanta força que ele perderia de uma vez por todas aquele risinho irônico. Eu estava começando a cochilar e sonhar com aquela bela garota, quando alguém me despertou cutucando o meu ombro. O sujeito começou a falar comigo numa tal velocidade, que fiquei até tonto.

Aquilo me deixou furioso, e eu disse, irritado: "Ô, cara, me deixe em paz; não estou gostando desse seu falatório. E também não tô entendendo nem uma palavra. Vai pro inferno!".

"Você é inglês, não é?", ele me perguntou, agora em inglês.

"No, *Yank*."

"Aha, então americano."

"Sim, e agora me deixe em paz, se manda. Eu não tenho nada pra falar com você."

"Mas eu tenho com você, sou da polícia."

"Você tem sorte, meu amigo, um belo posto", eu disse na sequência. "O que está havendo? Você está em apuros? O que te preocupa?"

"Marinheiro?", ele prosseguiu.

"*Yes, old man*. Será que você tem uma vaga pra mim?"

"De qual navio?"

"*Tuscaloosa*, de New Orleans."

"Saiu às três da manhã."

"Não preciso que você venha me contar isso. Essa piada já é velha, já conhecem lá do outro lado do porto."

"Onde estão os seus documentos?"

"Quais documentos?"

"Sua caderneta de marinheiro."

Ah, caramba! Minha caderneta? Estava na minha jaqueta, e minha jaqueta estava quietinha debaixo do meu beliche no *Tuscaloosa* – ora, onde ela podia estar agora? Se ao menos eu soubesse o que teve no café da manhã hoje! O crioulo deve ter deixado o bacon queimar de novo. Ah, vou lhe dizer poucas e boas quando for pintar a cozinha.

"A sua caderneta! Não está me entendendo?"

"A minha caderneta? Se é disso que o senhor está falando, da minha caderneta, então preciso lhe confessar uma coisa. Eu não tenho uma caderneta."

"Não tem caderneta?" Precisava ter ouvido o tom assombrado com que ele disse isso. Quase como se ele quisesse dizer: "Você não acredita que exista água no mar?".

Para ele, era inconcebível que eu não tivesse uma caderneta de marinheiro. Ele me perguntou pela terceira vez. Mas, enquanto me perguntava – agora de forma visivelmente mecânica –, ele se refez do assombro e acrescentou: "Nenhum outro documento, passaporte, carteira de identidade ou algo assim?".

"Não." Vasculhei cuidadosamente meus bolsos, embora soubesse muito bem que não tinha comigo sequer um envelope vazio com meu nome escrito nele.

"Venha comigo", me disse o homem.

"Ir aonde?", perguntei, pois queria saber o que ele pretendia e para que navio queria me levar. Num navio de contrabando eu não entro, já posso adiantar. Nem com dez me empurrando.

"Aonde? Logo você vai saber." Não podia dizer que o sujeito fosse particularmente amigável, mas esses caras que alistam marinheiros só bancam o bonzinho se não conseguirem encontrar ninguém pra mandar pra alguma banheira. E parecia que ele estava me levando para um belo barquinho. Nunca pensei que estaria de novo a bordo tão rapidamente. É preciso ter sorte, e não se desesperar tão rápido. Enfim, chegamos. Onde? Isso mesmo, *Sir*, no posto policial. E já começaram a me revistar minuciosamente. Depois de me virarem do avesso e conhecerem cada costura da minha roupa, o sujeito me perguntou, ríspido: "Nenhuma arma? Nenhuma ferramenta?". Ah, aqui eu poderia ter acabado facilmente com ele. Como se eu pudesse esconder uma metralhadora dentro da narina e um pé-de-cabra sob a pálpebra! Mas as pessoas são assim. Quando não encontram nada, alegam que é porque foi bem escondido. O que elas não conseguem entender, e nunca conseguirão, é que não possuímos aquilo que elas procuram. Naquele tempo, eu ainda não sabia disso.

Tive então que ficar na frente de uma mesa onde um homem estava sentado. Ele me olhava como se eu tivesse roubado o seu casaco. Ele abriu um livrão com inúmeras fotografias. O sujeito que havia me trazido bancava o intérprete, já que não conseguíamos nos entender. Quando eles precisaram dos nossos rapazes durante a guerra, eles conseguiam nos entender; mas isso foi há muito tempo, e agora eles não precisam saber de mais nada.

O sumo sacerdote – pois era assim que ele me parecia atrás de sua mesa – continuou olhando para as fotografias, e depois para mim ou, mais precisamente, para o meu rosto. Fez isso mais de uma centena de vezes sem cansar os músculos do seu pescoço, tão acostumado que estava a esse trabalho. Ele tinha tempo de sobra e o aproveitava com toda a tranquilidade. Outros já tiveram que pagar por isso, então por que ele deveria se apressar?

Por fim, ele sacudiu a cabeça e fechou o livro. É óbvio que não encontrou a minha foto. Eu também não conseguia me lembrar de já ter sido fotografado na Antuérpia. Eu já estava cansado de toda aquela chateação e falei: "Agora me deu fome. Ainda nem tomei café da manhã hoje".

"Certo", disse o intérprete, e me levou a um quartinho estreito. Não havia muitos móveis, e os que estavam ali não tinham saído de um ateliê de arte. Mas o que aconteceu com a janela? Parecia que aquele cômodo era a sede do Tesouro da Bélgica. O Tesouro Nacional com certeza ficava ali, já que ninguém de fora conseguia entrar, pelo menos não pela janela, não mesmo, *Sir*.

Eu gostaria de saber se as pessoas realmente consideravam aquilo um café da manhã. Desjejum. Café com pão e margarina. Elas ainda não se refizeram da guerra. Seja lá o que saia nos jornais, antes da guerra já deviam chamar essas migalhas de desjejum, pois isso é o mínimo, em termos de qualidade e quantidade, que se consumia ali para quebrar o estado de jejum.

Por volta do meio-dia, fui novamente levado diante do sumo sacerdote.

"O senhor gostaria de ir para a França?"

"Não, não gosto da França, os franceses sempre precisam ocupar uma cadeira, mas não conseguem ficar sentados. Na Europa, eles querem ocupar territórios e, na Argélia, eles querem preocupar e aterrorizar as pessoas. E esse excesso de ocupação me deixa preocupado. Vai que eles precisam de soldados e resolvem me alistar, me confundindo com um dos seus, já que eu não tenho minha caderneta de marinheiro. Não, pra França eu não vou de jeito nenhum."

"O que o senhor acha da Alemanha?"

As pessoas sempre querem saber tudo de mim!

"Pra Alemanha eu também não gostaria de ir."

"Por quê? A Alemanha é um belo país, lá o senhor pode encontrar facilmente um outro navio."

"Não, não gosto dos alemães. Quando a conta chega pra eles, ficam preocupados, e quando não têm como pagar a conta, eles se deixam ocupar. E como não tenho caderneta de marinheiro, poderiam me confundir e me obrigar a pagar a conta também. E eu nunca ganharia tanto trabalhando em um navio. Assim eu jamais alcançaria a camada mais inferior da classe média nem me tornaria um valoroso membro da sociedade humana."

"Mas por que você está falando tanto? Apenas diga se quer ir para lá ou não."

Não sei se eles estão entendendo o que estou falando. Mas parece que eles estão com tempo e bem contentes de estarem em plena conversação.

"Bem, já chega, está resolvido. Você vai para a Holanda", disse o sumo sacerdote, e o intérprete repetiu pra mim.

"Mas eu não gosto da Holanda", retruquei, e já ia explicar por quê, quando ouvi:

"Se você gosta dos holandeses ou não, não é da nossa conta. Você que se resolva com eles. Na França, seria melhor para você. Mas você não quer ir para lá. Você também não quer ir pra Alemanha, lá também não é bom o bastante para você, então agora você vai para a Holanda. Ponto final. Não temos outra fronteira. Não podemos encontrar um novo vizinho que possa atender às suas necessidades e que talvez seja digno da sua admiração e, por enquanto, ainda não queremos jogá-lo ao mar – a última fronteira que nos resta. Então, vai ser Holanda, e ponto final. Fique feliz por ter saído tão barato."

"Mas, meus senhores, vocês estão cometendo um grande equívoco! Eu não quero ir para a Holanda. Os holandeses..."
"Calado! Está decidido! Quanto dinheiro você tem?"
"Vocês revistaram todos os meus bolsos e costuras. Quanto vocês encontraram?"
Não devemos nos irritar numa hora dessas. Eles me revistaram durante horas, com lentes de aumento, para então me perguntarem, num tom hipócrita, quanto dinheiro eu tenho.
"Se vocês não encontraram nada, então é porque não tenho dinheiro", respondi.
"Está bem. Isso é tudo. Levem-no de volta para a cela."
E assim o sumo sacerdote encerrou a cerimônia.

4

NO FINAL DA tarde, fui levado até a estação. Dois homens, incluindo o intérprete, me acompanharam. Devem ter dito a si mesmos que eu nunca havia pegado um trem na minha vida, porque não me deixavam fazer nada sozinho. Um comprou os bilhetes, enquanto o outro não me deixou nem por um minuto, para evitar que um batedor de carteiras se cansasse inutilmente revirando meus bolsos mais uma vez, pois, por onde a polícia já passou, o ladrão mais esperto não encontra uma única moeda.

O homem que comprou os bilhetes não me entregou o meu. Provavelmente pensou que me apressaria em vendê-lo. Então me escoltaram muito educadamente até a plataforma e me levaram ao meu compartimento. Eu pensei que finalmente iriam fazer uma pausa, mas não. Eles se sentaram também, um de cada lado, para ter certeza de que eu não cairia da janela. Não sei se a polícia belga é sempre tão atenciosa. De minha parte, não podia reclamar. Eles me deram alguns cigarros. Começamos a fumar, e o trem partiu. Depois de uma curta viagem, descemos numa cidadezinha. Fui novamente levado para a delegacia. Tive que me sentar num banco na sala onde todos os policiais de plantão estavam de pé. Os dois caras que me trouxeram contaram toda uma história sobre mim. Os demais se revezavam me olhando, alguns com interesse, como se nunca tivessem visto alguém como eu antes, outros como se eu tivesse cometido um duplo latrocínio seguido de suicídio. Justamente aqueles que me encaravam com um olhar funesto, considerando-me capaz, segundo sua opinião inequívoca, de cometer os crimes mais hediondos, pelos quais ninguém jamais tinha sido preso, além de outros ainda piores num futuro próximo, foram os que me deram a súbita impressão de que eu devia esperar ali pelo carrasco – que aparentemente não estava em casa, sendo necessário encontrá-lo primeiro.

Isso não tem graça, *Sir.* Era muito sério. É só refletir um pouco a respeito. Eu não tinha caderneta de marinheiro, nem passaporte, carteira de identidade, nenhum outro documento, e o sumo sacerdote não tinha encontrado a minha foto no seu livrão. Se pelo menos minha fotografia estivesse lá, ele logo teria sabido quem sou eu. Qualquer um que esteja vagando por aí pode contar que foi deixado pra trás pelo *Tuscaloosa.* Eu não tinha aonde ir nesse mundo. Nenhuma embarcação, nem um albergue pra marinheiros. Eu também não era membro de nenhuma câmara de comércio. Eu era um zé-ninguém. Então, pergunto, por que os pobres belgas deveriam alimentar um zé-ninguém, quando já têm tantos filhos sem pai para alimentar, pelo menos metade dos que nasceram aqui? Mas eu não fazia parte de nenhuma das metades daqui. Eu era apenas mais um motivo para que eles pedissem, mais uma vez, um pouco de dinheiro à América. A maneira mais fácil e rápida de se livrar de mim era me enforcando. Eu não podia culpá-los. Ninguém se importava comigo, ninguém iria procurar por mim, nem precisavam colocar meu nome em seus enormes registros. Eles iriam me enforcar, com certeza. Estavam apenas esperando o carrasco, que entendia do assunto, e não deixaria parecer que se tratava de algo ilegal ou de assassinato.

Como eu estava certo! Eis a prova. Um dos tiras veio até mim e me entregou duas caixas de cigarro, o último regalo do pobre pecador. Em seguida, também me deu os fósforos, sentou-se junto de mim e começou a tagarelar, a rir, foi amistoso, me deu tapinhas no ombro e disse: "Não é tão ruim, rapaz, não faça drama. Fuma, que o tempo passa. Temos que esperar anoitecer, senão pode não sair bem feito".

Não fazer drama, quando se está prestes a ser enforcado. Não é tão ruim. Queria saber se ele já havia passado por isso para poder dizer com tanta certeza que não é tão ruim. Esperar, até que anoiteça. Claro, durante o dia eles não se atrevem, poderíamos cruzar com alguém que me conhece, o que estragaria a diversão. Mas não é o caso de baixar a cabeça, isso logo vai acontecer mesmo. E começo a fumar como uma chaminé para que, no fim, eles não economizem com cigarros.

Os cigarros não têm gosto de nada. Palha pura. Caramba, não quero ser enforcado. Se eu soubesse como escapar daqui! Mas estão sempre em volta de mim. E cada um que chega se aproxima, arregala os olhos e quer saber dos outros por que e quando serei enforcado. E então sorriem de orelha a orelha. Povinho nojento. Queria saber por que os ajudamos.

Mais tarde recebi minha derradeira refeição. Só que tamanha avareza não existe mais sobre a face da Terra. Eis o que eles chamam de refeição do condenado: salada de batata com uma fatia de chouriço de fígado e algumas fatias de pão com margarina. É de chorar. Não, os belgas não são as melhores pessoas do mundo, e pensar que quase me feri quando tivemos de socorrê-los e perdemos nosso dinheiro. Aquele que tinha me dado os cigarros, e tentado me convencer de que ser enforcado não era assim tão ruim, me perguntou: "Você é um bom americano, não bebe vinho, não é?". E sorriu para mim.

Que inferno, se ele não fosse tão hipócrita com seu "não é tão ruim", eu até poderia acreditar que existem belgas legais e gentis.

"Bom americano? Foda-se a América. Eu bebo vinho, e muito!"

"Foi o que pensei", disse o tira, todo sorridente. "Você é um homem de verdade. Não é como a maioria de seus compatriotas, que acreditam em histórias da carochinha. Que se deixam levar por vadias e beatos. Não é da minha conta. Mas aqui, na nossa terra, os homens ainda honram suas calças."

Meu Deus, esse aí não sossega! O sujeito não sabe perder, consegue ver de longe o fundo do poço. Que pena ele ser tira! Mas se não fosse, talvez eu jamais teria visto esse enorme copo cheio de um bom vinho que ele está colocando bem na minha frente. Deus sabe que proibir a bebida é uma vergonha e um pecado[1]. Tenho certeza de que, não sei quando nem onde, devemos ter cometido algo de terrível para que esse delicioso presente dos Céus fosse tirado de nós.

Por volta das dez horas da noite, meu doador de vinho me disse: "Bem, chegou a hora, marinheiro, venha comigo!".

De que adiantaria gritar: "Não quero ser enforcado!", quando catorze homens estão em volta de um, e todos os catorze representam a lei? É o destino. O *Tuscaloosa* só precisava ter esperado por duas horas. Mas eu não valho duas horas, e aqui valho muito menos. Pensar nessa desvalorização me revoltou, e falei: "Sou um americano livre, vou prestar queixa".

"Rá!", gritou alguém ironicamente. "Você não é americano. Ou então, prove. Você tem uma caderneta de marinheiro? Um passaporte? Você não tem nada. E quem não tem passaporte não é ninguém.

‡   1. *Referência à lei seca, que vigorou nos Estados Unidos entre 1920 e 1933, determinando que a fabricação, o comércio e o transporte de bebidas alcoólicas fossem banidos de todo o território americano. O intuito era livrar o país de problemas relacionados à pobreza e violência – o que não aconteceu, devido ao fracasso das medidas. A lei seca também foi chamada de "Nobre Experimento" ou "Proibição" (Prohibition) – termo que será usado pelo narrador logo a seguir (cf. a próxima nota).*

Podemos fazer com você o que bem quisermos. E é o que vamos fazer agora, não estamos pedindo a sua opinião. Podem levar o rapaz." Eu não precisava de mais uma pancada na cabeça. No fim das contas, o estúpido era eu. Só me restava seguir em frente.

À minha esquerda estava o cara divertido, o tagarela, e à minha direita estava o outro cara. Saímos da cidadezinha e logo estávamos em campo aberto. Uma escuridão terrível. A estrada era irregular e esburacada, e tínhamos dificuldade para caminhar. Eu só queria saber quanto tempo teríamos de caminhar até chegar ao destino funesto.

Então deixamos aquela estrada miserável e pegamos um atalho, por onde seguimos por um bom tempo.

Aquele era o momento de fugir. Mas parece que aqueles caras podiam ler meu pensamento. Justamente quando estava prestes a tomar impulso para partir a mandíbula do meu vizinho, ele agarra meu braço e me diz: "Aqui estamos. Agora só nos resta dizer adeus".

Que sensação horrível a de ver esse último minuto se aproximando de forma tão clara e austera. Se aproximando, não. Já tinha chegado, estava ali, diante de mim, com toda a sobriedade. Fiquei com a garganta seca. Eu gostaria de tomar um gole de água. Mas não era hora de pensar em água. Dá para aguentar uns minutinhos sem água, eles iriam me responder. Nunca teria pensado que o cara que me ofereceu vinho fosse tão hipócrita. Eu tinha uma ideia completamente diferente de um carrasco. É um trabalho sórdido – como se não existissem outras profissões! Mas não, ele tinha escolhido justamente essa.

Nunca antes em minha existência eu havia sentido tão intensamente o quanto a vida é maravilhosa. A vida é maravilhosa e incomensuravelmente preciosa, mesmo quando se chega ao porto cansado, faminto, e o seu navio partiu e te deixou pra trás sem a sua caderneta de marinheiro. A vida é sempre bela, mesmo que às vezes ela pareça tão triste. E, numa noite tão escura, em campo aberto, ser exterminado como se eu não passasse de um verme! Eu nunca teria pensado isso dos belgas. Mas a culpa disso é da proibição[2], que torna a pessoa tão fraca diante da tentação.

"*Oui, Mister*, nós temos que dizer adeus. Você deve ser um sujeito legal, mas, no momento, não temos o que fazer com você." Isso não é motivo para eles enforcarem alguém. Ele levantou o braço. Obviamente para colocar a corda em volta do meu pescoço e me estrangular, pois eles não se deram ao trabalho de erguer uma forca. Isso lhes teria custado muito.

"Ali na frente", ele me disse e me mostrou com o braço estendido, "ali na frente, bem onde estou apontando, ali é a Holanda, Países Baixos. Você já deve ter ouvido falar, não?"

"Acho que sim."

"Agora siga em frente nesta direção que meu braço está apontando. Não acredito que a essa hora você irá encontrar algum controle na fronteira. Já nos informamos. Mas caso você veja alguém, desvie cuidadosamente do caminho. Depois de uma hora de caminhada, sempre nesta direção, você chegará à via férrea. Siga por ela ainda por um pequeno trecho e você chegará à estação. Fique por perto, mas não deixe que o vejam. Por volta das quatro horas da manhã começam a chegar os trabalhadores. Vá ao guichê e diga apenas 'Rotterdam, derde klas', nem mais uma palavra. Aqui estão cinco florins."

Ele me entregou cinco notas.

"E aqui, pra comer de madrugada. Não compre nada na estação. Logo você estará em Rotterdam. Você consegue aguentar até lá."

E então ele me entregou um pacotinho, que parecia conter sanduíches. Recebi ainda cigarros e uma caixa de fósforos.

O que dizer dessas pessoas? São enviados para me enforcar e me dão dinheiro e sanduíches para que eu possa me safar. Eles têm um coração muito bom para serem capazes de me matar tão friamente. Como não amar a humanidade quando se encontram caras tão

‡   2. No original, "Prohibition" – *referência à lei seca americana.*

bons mesmo entre os policiais, cujos corações foram endurecidos pela eterna caça aos criminosos? Apertei com tanta força as mãos de ambos que eles acharam que eu quisesse arrancá-las.

"Não exagere. Alguém pode te ouvir lá adiante e aí tudo estará perdido. Isso seria péssimo, a gente ia ter que começar tudo de novo." O cara tinha razão. "E agora ouça com atenção o que vou te dizer." Ele falava baixinho, mas se esforçava para deixar tudo claro para mim, repetindo várias vezes o que dizia.

"Não retorne à Bélgica, é tudo o que posso te dizer. Se você for encontrado dentro de nossas fronteiras, pode ter certeza de que nós te trancamos pra sempre. Prisão perpétua. Caro amigo, isso é tudo. Estou te advertindo expressamente. Não sabemos o que fazer com você. Você não tem uma caderneta de marinheiro."

"Mas talvez eu pudesse ir até o cônsul..."

"Ah, me poupe do seu cônsul. Você tem uma caderneta? Não. Pois então. Na certa o seu cônsul vai te pôr para correr, e você vem parar no nosso colo. Você já está avisado. Prisão perpétua."

"Com toda certeza, senhores, eu juro a vocês. Nunca mais piso no seu país."

E por que pisaria novamente? Não perdi nada na Bélgica. Eu estava contente em ir embora. A Holanda é muito melhor. Enquanto aqui não conseguimos entender o que as pessoas falam e querem, lá já dá para entender pela metade.

"Muito bem. Está avisado. Agora se apresse e seja prudente. Se ouvir passos, é só se deitar até que eles se distanciem. Não se deixe apanhar, senão pegamos você de volta e você vai se dar mal. Boa sorte na viagem."

Eles se afastaram e me deixaram sozinho.

Então parti, exultante. Seguindo na direção que me indicaram.

5

ROTTERDAM É UMA bela cidade. Quando se tem dinheiro. Eu não tinha, nem sequer uma bolsa onde pudesse guardá-lo, caso tivesse. Naquele porto, também não havia um único navio que estivesse precisando de algum ajudante ou de um mecânico-chefe. Naquele momento, eu teria aceitado qualquer emprego. Se um navio me oferecesse uma vaga de mecânico-chefe, eu teria aceitado. Na hora. Sem pestanejar. A encrenca só viria à tona quando o navio estivesse em alto-mar — e não se pode jogar alguém assim tão facilmente na água. Além disso, sempre há algo para repintar, e eu acabaria encontrando uma tarefa adequada. Não era o caso de passar por assassinato ou morte para embolsar um salário como mecânico-chefe. Podemos pechinchar um pouco. Afinal, como não pechinchar numa loja que exibe uma placa, escrita em letras garrafais: "Preços fixos"?

Com certeza eu estaria encrencado, porque, naquela época, eu não sabia a diferença entre uma manivela e uma válvula, ou entre uma biela e um eixo. O que seria percebido ao primeiro sinal, quando o capitão ordenasse "Muito devagar", e logo em seguida aquela banheira disparasse, como se fosse questão de vida ou morte ganhar uma corrida. Também seria divertido. Mas não foi por culpa minha que eu não pude me divertir, pois ninguém estava precisando de um mecânico-chefe. Não havia nenhuma vaga, em nenhum navio. Eu teria aceitado qualquer coisa, de capitão a ajudante de cozinha. Mas nem mesmo de um capitão estavam precisando. Já existem tantos marinheiros por aí, todos à espera de um navio. E ainda conseguir algum que vá para os Estados Unidos, sem chances. Todo mundo quer ir para lá, pois pensam que lá todos são tratados a pão de ló, é só abrir a boquinha. Até parece! Há milhares desses incautos espalhados pelos portos, à espera de um navio que os leve de volta para casa, porque nada foi como eles imaginaram. Se a idade de ouro já não tivesse acabado, jamais teriam me encontrado como marinheiro do *Tuscaloosa*.

Mas aqueles tiras belgas tão gentis tinham me dado uma dica: meu cônsul. Meu! Os dois pareciam conhecer meu cônsul melhor do que eu. Estranho. Afinal, é meu dever conhecê-lo melhor, pois ele é meu. Ele está no mundo por minha causa, é pago por minha causa.

Um cônsul cuida das formalidades alfandegárias de dezenas de barcos, ele deve saber quais precisam de marinheiros, sobretudo quando eu não tenho nem um tostão.

"Onde está sua caderneta de marinheiro?"

"Perdi."

"O senhor tem um passaporte?"

"Não."

"Carteira de identidade?"

"Nunca tive."

"O que o senhor quer aqui, afinal?"

"Pensei que o senhor iria me ajudar, já que é meu cônsul."

Ele sorriu. É estranho que as pessoas sempre sorriem quando querem socar alguém.

E com esse sorrisinho nos lábios, ele me disse: "Seu cônsul? Isso o senhor tem que me provar, meu caro".

"Ora, eu sou americano, e o senhor é um cônsul americano."

Estava correto.

Mas não parecia, então ele disse: "Sim, cônsul americano, ainda que, no momento, vice-cônsul. Mas, se o senhor é americano, o senhor tem que me provar primeiro. Onde estão seus documentos?".

"Já lhe disse, eu perdi."

"Perdeu? Como é possível alguém perder seus documentos? Sempre se deve tê-los consigo, principalmente quando se está em país estrangeiro. Ou seja, o senhor não pode nem mesmo provar que estava a bordo do *Tuscaloosa*. Pode?"

"Não."

"Pois então, o que o senhor quer aqui? Mesmo que o senhor estivesse no *Tuscaloosa*, e mesmo que pudesse provar, isso não prova que o senhor seja um cidadão americano. Hotentotes também podem perfeitamente trabalhar num navio americano. Então, o que está fazendo aqui? Aliás, como conseguiu vir da Antuérpia a Rotterdam sem documentos? É muito estranho."

"A polícia me disse..."

"Não me venha com esse tipo de bobagem novamente. Onde já se viu funcionários federais passando pessoas pela fronteira de forma ilegal? Sem documentos. O senhor não vai me tirar do sério, meu caro."

E ele me dizia isso fazendo uma careta e sorrindo sem parar; porque um oficial americano deve sempre sorrir, mesmo quando pronuncia uma sentença de morte. Este é o seu dever republicano. Mas o que mais me irritava era que, enquanto falava, ele desenhava com um lápis. Ora ele rabiscava a mesa, ora coçava a cabeça com ele, ora tamborilava a melodia de *My Old Kentucky Home*, como se quisesse pregar cada palavra naquela mesa. Eu teria de bom grado jogado o tinteiro na cara dele. Mas eu precisava praticar a paciência, então eu lhe disse: "Talvez o senhor pudesse me conseguir um navio pra eu voltar para casa. Pode ser que algum capitão tenha um homem a menos, ou que alguém esteja doente".

"Um navio? Sem documentos? De minha parte, não. Nem precisa voltar aqui."

"Mas onde eu vou conseguir os documentos, se o senhor não me ajudar?", perguntei.

"Onde você vai consegui-los não é da minha conta! Não fui eu quem os tirou de você, ou foi? Nesse ritmo, qualquer um que perdesse seus documentos por aí poderia vir aqui me pedir novos."

"*Well, Sir*", eu disse na sequência, "creio que há outras pessoas que perdem seus documentos, e que não são trabalhadores."

"Correto. Mas essas pessoas têm dinheiro."

"Ah!", dei um grito. "Agora estou entendendo."

"O senhor não está entendendo nada", ele sorriu, "eu quero dizer que são pessoas que têm algum outro meio de identificação, que não deixam dúvidas de que possuem um domicílio, um endereço fixo."
"Que posso fazer se não tenho uma mansão, um domicílio ou um endereço que não seja o meu próprio local de trabalho?"
"Não é problema meu. O senhor perdeu seus documentos. Procure o senhor saber onde providenciar novos. Eu tenho que cuidar dos meus afazeres. O senhor já comeu?"
"Eu não tenho dinheiro, e ainda não comecei a mendigar."
"Espere um instante."
Ele se levantou e foi até uma outra sala. Retornou após alguns minutos, me trazendo um cartão.
"Aqui está um cartão para alimentação e alojamento por três dias na casa do marinheiro. Quando expirar o prazo, você pode vir renová-lo. Continue tentando, você pode encontrar um outro navio, de outra nacionalidade. Alguns não levam essas formalidades tão a sério. Não posso lhe dizer mais nada. O senhor deve se virar sozinho. Não há mais nada que eu possa fazer. Sou apenas um servidor do Estado. *I'm sorry, old man, can't help it. Good-bye and g'd luck!*"
Talvez ele tenha razão. Talvez ele não seja uma besta-fera. Por que as pessoas seriam? Eu prefiro acreditar que a besta-fera é o Estado. O Estado que arrebata filhos de suas mães para lançá-los aos deuses. Esse homem está a serviço da besta-fera, assim como o carrasco. Tudo que esse cara me disse, ele aprendeu de cor. Ele teve que aprender pra passar no exame de cônsul. Saiu de forma automática. Toda vez que eu dizia algo pra ele, ele já tinha uma resposta pronta pra me calar. Mas, quando ele me perguntou "está com fome? Já comeu?", ele de repente se tornou um ser humano e deixou de servir à besta. Estar com fome é humano. Ter documentos não é humano, é contra a natureza. Toda a diferença está aí. E é por isso que os homens estão cada vez mais deixando de ser humanos, para se tornarem figuras de papel machê. A besta-fera não precisa

de seres humanos, eles dão muito trabalho. Figuras de papel machê são mais fáceis de serem alinhadas e padronizadas, o que facilita a vida dos servos da besta. *Yesser, yes, Sir.*

6

Três dias nem sempre são três dias. Existem três dias que passam muito devagar, e três dias que passam muito rápido. Nunca teria acreditado que três dias podiam passar tão rápido quanto aqueles em que eu tinha cama e comida. Quando eu estava começando a me sentir à vontade no café da manhã, eles terminaram. Mas mesmo que tivessem durado dez vezes mais, eu nunca teria voltado para ver o cônsul. Pra ouvi-lo repetir as respostas que ele decorou para o exame? Ele não teria nada melhor pra me oferecer agora. Ele não tinha como me conseguir um navio. De que me adiantava então ter que aguentar seus discursos? Talvez ele me desse mais um cartão. Só que, desta vez, certamente com um gesto e uma expressão que me fariam engasgar antes mesmo de mergulhar minha colher na sopa. E os três dias adicionais teriam passado ainda mais rápido do que os anteriores. O motivo principal, claro, era que eu queria manter intacta a memória daquele pouco de humanidade que ele tinha demonstrado durante minha primeira visita, quando se preocupou com meu bem-estar. Se eu voltasse para vê-lo, ele certamente me entregaria o cartão com uma sensação de superioridade enquanto servo da besta, e me faria ouvir seu discurso moralizador, que aquela seria a última vez, que muitos estão vindo até ele pedir ajuda e que não se pode ficar de braços cruzados, e sim fazer algo para seguir em frente. Prefiro morrer a ir vê-lo novamente.

Minha nossa, como eu estava faminto! Uma fome terrível. E como eu estava cansado de dormir pelos vãos e pelos cantos, sempre perseguido no meio do sono pelas lanternas dos policiais que faziam suas rondas noturnas! Era preciso estar alerta para ouvir a patrulha a cinquenta passos e fugir a tempo. Porque se eles pegam alguém, é direto para o reformatório.

No porto, não existia um único navio que precisasse contratar alguém. Havia ali centenas de marinheiros nativos buscando por uma vaga, e todos com os documentos em ordem. E nada de trabalho em fábricas, nada de trabalho num escritório qualquer. E mesmo que houvesse, não poderiam me dar nenhum. Você tem seus documentos? Não? Que pena, não podemos contratá-lo. Você é estrangeiro. Contra quem são emitidos os passaportes e vistos? Contra os trabalhadores. Contra quem são exercidas as restrições à imigração na América e em outros países? Contra os trabalhadores. E por iniciativa de quem e com o poderoso apoio de quem são elaboradas as leis que suprimem a liberdade do homem, que o obrigam a viver onde ele não quer, que o impedem de ir para a parte do globo onde ele gostaria de viver? Por iniciativa e com o apoio das federações de trabalhadores. Uma besta na besta: eu protejo minha tribo, quem não pertence a ela que se afunde; e se isso acontecer, tanto melhor, um concorrente a menos. *Yes, Sir.*

Morto de fome e de cansaço! Então chega o momento em que não pensamos mais se faria alguma diferença confundir a bolsa de outra pessoa que não está passando fome com a sua própria bolsa, que você não tem. Nem é preciso confundi-las, sem querer já começamos a pensar na bolsa de uma pessoa que não passa fome.

Um cavalheiro e uma dama estavam diante de uma vitrine, quando passei por eles.

A dama disse: "Me diga uma coisa, Fibby, essas bolsinhas não são realmente encantadoras?".

Fibby murmurou alguma coisa que poderia ser tanto uma concordância quanto uma opinião contrária, mas que poderia igualmente significar "me deixe em paz com suas besteiras"!

A dama: "Sim, são adoráveis, o mais puro artesanato holandês antigo".

"Verdade", disse Fibby, agora mais rude, "puro artesanato holandês antigo, *copyright* da semana passada."

Então eu me precipitei para não perder nem mais um segundo. Ali estava o ouro brilhando diante de mim, bem no meio da rua. Mas, que azar, Fibby me pegou. E como! Ele já deve ter atuado no ramo vez ou outra, quando as coisas não iam bem para ele.

Eu tinha a impressão de que Fibby se divertia muito mais comigo e com minhas histórias do que com sua esposa, ou namorada, ou – *well, Sir,* não é da minha conta que tipo de relação aqueles dois mantinham –, afinal, ele estava se divertindo à beça. Ele sorria, depois caía na gargalhada, e por fim deu um grito, fazendo com que as pessoas parassem. Se eu não tivesse reconhecido seu sotaque já na primeira inflexão, eu saberia sua origem apenas pela risada exuberante. Só consegue rir assim quem tem seus escritórios e lojas em Manhattan, Downtown. Sim, esses podem rir.

"Então, *boy*, você contou sua história de uma maneira incrível." E começou a rir de novo. E eu que pensei que ele ia começar a chorar com minha triste história. Bem, é que não foi com ele! Ele via tudo pelo lado engraçado.

"Então me diga, Flory", ele se dirigiu a sua acompanhante, "o passarinho que caiu do ninho não contou sua história de forma incrível?"

"Realmente, muito bem! De onde o senhor é? De New Orleans? Isso é formidável. Eu tenho uma tia que mora lá, Fibby. Já não te falei da tia Kitty, de New Orleans? Acho que sim. Você sabe, aquela que sempre começa uma frase com: quando o vovô ainda vivia na Carolina do Sul..."

Fibby não ouvia nada do que sua Flory dizia; ele a deixava falar como se ela fosse uma queda d'água à qual ele já tinha se acostumado. Ele remexeu em seu bolso e tirou uma nota de dólar.

"Não é pela sua história em si, *old man*, mas por você conseguir contá-la com tanta maestria. Conseguir contar uma história que não é verdadeira é um dom, *my boy*. Você é um artista, sabia? É uma pena que você vague por aí. Você poderia ganhar muito dinheiro, caro amigo. Sabia? Não é mesmo um artista, Flory?", disse ele à sua... bem, por minha conta, esposa, tanto faz, seus passaportes deviam estar em ordem.

"Sim, com certeza", respondeu Flory em êxtase, "com certeza, um grande artista. Sabe, Fibby, pergunte a ele se não quer vir à nossa festa. Certamente ele poderia vencer os Penningtons, aquele bando de perdedores."

Ok, então ela é a esposa dele.

Fibby não deu a menor atenção à queda d'água. Ele continuava a rir. Remexeu no bolso mais uma vez e tirou uma outra nota. Então me entregou as duas notas e disse: "*Y'see*, uma é por você ter contado sua história com tanta maestria; a outra, é porque você me deu uma ideia brilhante para meu jornal. Em minhas mãos, vale cinco mil dólares; nas suas, nem um tostão. Mas estou te pagando esse tostão aqui como uma pequena participação nos lucros. Muito obrigado pelo seu esforço, *good-bye* e boa sorte".

Aquele foi o primeiro dinheiro que ganhei por ter contado uma história. *Yes, Sir.*

Corri para um banco de câmbio. Com o dólar valendo quase quatro florins, minhas duas notas me renderiam cerca de oito florins. Uma bela soma. Assim que entreguei as notas, o atendente amontoou diante de mim quase oitenta florins. Foi uma grande surpresa. Fibby tinha me dado duas notas de dez – por discrição, eu não quis desenrolá-las em sua presença – que eu tomei por notas de um dólar. Uma alma nobre, esse Fibby! Wall Street o abençoe. É lógico que vinte dólares é muito dinheiro. Quando os possuímos. Mas quando é preciso gastá-los, de repente percebemos que é menos do que nada. Ainda mais para quem acabou de passar por um período sem comer e sem dormir. Antes que eu começasse a calcular o valor, o dinheiro já tinha acabado. Somente aqueles que têm muito dinheiro conhecem o seu valor, porque têm tempo de calculá-lo. Como podemos aprender o valor de uma coisa que sempre nos é tirada? Dizem por aí que só quem não tem nada sabe quanto vale um centavo. Daí os antagonismos de classe.

7

MAIS CEDO DO que imaginava, chegou uma manhã que, ao que tudo indicava, seria a última, em muito tempo, em que eu acordava numa cama. Vasculhei meus bolsos e vi que mal tinha o suficiente para pagar um frugal café da manhã. Não aprecio muito cafés da manhã frugais. São sempre o prelúdio de almoços e jantares que não vão acontecer. Não é todo dia que se encontra um Fibby. Mas se eu tivesse como encontrar um novamente, eu iria contar-lhe minha história da forma mais engraçada possível. Talvez ele chorasse copiosamente e conceberia a contraideia da ideia de cinco mil dólares. Sempre é possível extorquir dinheiro de uma ideia, faça ela rir ou chorar. Há tantas pessoas que gostam de chorar, e até pagam alguns dólares por isso, quanto aquelas que preferem rir.

As que preferem rir... Mas o que é isso de novo? Será que não se pode enrolar um pouco na cama que paguei com meus últimos florins, antes de ter que renunciar a isso por um longo tempo?

"Me deixe dormir, caramba! Eu paguei ontem à noite, antes de subir." Nessas horas não devemos nos enervar. Estão batendo na porta. Depois de uma pausa, batem de novo.

"Porra, tá surdo? Cai fora! Eu quero dormir!" Se alguém abrir essa porta, vou atirar minha bota bem na cara. Cambada ordinária e petulante!

"Abra. Polícia. Queremos falar contigo um instante."

Eu começo a suspeitar muito seriamente que não há ninguém no mundo que não seja da polícia. A polícia existe para garantir a tranquilidade, e ninguém perturba mais, ninguém molesta mais, ninguém enlouquece mais as pessoas do que a polícia. Com toda

certeza, ninguém disseminou mais desgraça na face da Terra do que a polícia, já que os soldados são todos policiais.
"O que vocês querem comigo?"
"Só queremos falar com você."
"Vocês podem fazer isso através da porta."
"Queremos te ver pessoalmente. Abra, ou arrombamos."
Que arrombem! E são eles que devem nos proteger de ladrões... Ok, eu vou abrir. Mas nem bem abro uma fresta, um deles já coloca o pé no meio. Aquele velho truque de que eles tanto se orgulham. Parece que é o primeiro que eles têm que aprender.
Eles entram. Dois homens à paisana. Eu me sento na beira da cama e começo a me vestir. Eu me viro bem em holandês. Já estive em navios holandeses e aprendi mais alguma coisa aqui. Mas os dois tipos falam um pouco de inglês.
"Você é americano?"
"Sim, eu acho."
"Sua caderneta de marinheiro, por favor."
Parece que a caderneta de marinheiro é o centro do universo. Estou certo de que a guerra só aconteceu para que em cada país fossem solicitadas as cadernetas de marinheiro ou os passaportes. Antes da guerra, ninguém perguntava pela caderneta ou pelo passaporte, e as pessoas eram felizes. Mas as guerras em nome da liberdade, da democracia e dos direitos dos povos sempre são suspeitas. Desde o dia em que a Prússia conduziu uma guerra pela liberdade contra Napoleão. Quando se vence uma guerra pela liberdade, depois dela as pessoas serão privadas de sua liberdade, porque foi a guerra quem conquistou a liberdade, não as pessoas. *Yes, Sir.*
"Eu não tenho caderneta de marinheiro."
"N-ã-o t-e-m uma caderneta de marinheiro?"
Já ouvi antes esse tom estupefato, e justamente numa época em que eu queria ficar bem quietinho na cama pela manhã.
"Não, eu não t-e-n-h-o caderneta de marinheiro."
"Então seu passaporte."

"Não tenho passaporte."
"Não tem?"
"Não, não tenho passaporte."
"Nem um documento de identidade emitido pelo departamento de polícia local?"
"Também não tenho nenhum documento de identidade emitido pelo departamento de polícia local."
"Você sabe que não está autorizado a permanecer aqui na Holanda sem documentos que sejam aprovados pelas nossas autoridades?"
"Não sabia."
"O quê? Não sabia? Você passou os últimos anos vivendo na Lua?"
Os dois acharam a piada tão boa que riram alto.
"Vista-se e venha conosco."
Eu queria saber se aqui também somos enforcados quando não temos uma caderneta de marinheiro para mostrar.
"Será que algum dos senhores teria um cigarro?", perguntei.
"Posso te dar um charuto, cigarro eu não tenho aqui. No caminho podemos comprar. Quer um charuto?"
"Prefiro charuto a cigarro."
Fumando o charuto, eu me lavo e me visto. Os dois se sentam, mas próximos à porta. Eu não me apresso muito. Mas, mesmo com toda a vagareza, uma hora acabamos por estar vestidos.
Saímos dali e onde fomos parar? Adivinhou! Na delegacia. Primeiro me revistaram minuciosamente. Desta vez tiveram mais sorte do que seus colegas da Antuérpia. Encontraram quarenta e cinco centavos holandeses nos meus bolsos. O dinheiro para o café da manhã. Esse eu já podia economizar.
"O quê? Não tem mais dinheiro?"
"Não, não tenho mais dinheiro."
"Do que você viveu aqui todos esses dias?"
"Daquele dinheiro que acabou."
"Então você tinha dinheiro quando chegou aqui em Rotterdam?"
"Sim."

"Quanto?"

"Já não sei mais direito. Duzentos dólares, ou algo assim, poderiam ser também uns trezentos."

"De onde veio esse dinheiro?"

"Economizei."

Essa era certamente uma boa piada, pois todo o grupo que estava em volta de mim naquela sala de interrogatório explodiu de tanto rir. Mas todos trataram de observar se o sumo sacerdote também estava rindo. E quando ele começou a rir, eles começaram também, e quando ele parou, eles também pararam subitamente, como se tivessem sido atingidos por um golpe.

"Como você veio parar na Holanda? Assim, sem passaporte. Por onde você passou?"

"Entrei sem problemas."

"Entrou como?"

O cônsul não acreditou em mim. Eles realmente não iriam acreditar em mim. Eu também não podia estragar a diversão daqueles simpáticos camaradas da Bélgica.

Então eu disse: "Vim de navio".

"Em qual navio?"

"No... no... no *George Washington*."

"Quando?"

"Já não sei mais direito."

"Ah... Pois bem, você entrou com o *George Washington*. Que misterioso, esse *George Washington*. Que, pelo que sabemos, nunca esteve em Rotterdam."

"Aí não é comigo. Não sou o responsável pelo navio."

"Você não tem documentos, carteira de identidade, nada? Absolutamente nada que possa provar que você seja americano?"

"Não. Mas meu cônsul..."

Parece que eu sou bom de piada. De novo, uma explosão de risos holandeses.

"S-e-u cônsul?"

Ele esticou tanto o s-e-u que pareceu que tinha passado meio ano.

"Você não tem documentos. O que o s-e-u cônsul pode fazer por você?"

"Pode me dar documentos!"

"Seu cônsul? O cônsul americano? Um cônsul americano? Não neste século. Não sem documentos. A não ser que, digamos, você viva em condições decentes, não seja um vagabundo."

"Mas eu sou americano."

"Pode ser. Mas isso você vai ter que provar ao s-e-u cônsul. E, sem documentos, ele não vai acreditar em você. Sem documentos, ele não acredita nem que você tenha nascido. Eu quero lhe dizer uma coisa, pro seu governo: servidores são sempre burocratas. Nós também somos burocratas. Mas os piores burocratas são aqueles que começaram ontem. E os piores de todos são aqueles que herdaram a burocracia da Prússia. Entendeu o que eu quero dizer?"

"Acho que sim, senhor."

"Se nós te levarmos ao seu cônsul sem que você tenha seus documentos, ele vai te entregar oficialmente a nós, e nunca mais nos livraremos de você. Você também entendeu isso?"

"Acho que sim, senhor."

"Então, o que devemos fazer com você? Quem é detido sem passaporte enfrenta seis meses de prisão e deportação para o país de origem. Seu país de origem é muito disputado, então teremos que mandá-lo para um campo de trabalhos forçados. Ainda não podemos te abater como um cachorro. Mas talvez a lei um dia providencie isso. Por que devemos te sustentar aqui? Você quer ir para a Alemanha?"

"Não gosto da Alemanha. Quando chega a hora de os alemães pagarem a conta..."

"Então você não vai para a Alemanha. Posso entender. Está bem por enquanto." Eis um funcionário que parece ter pensado muito ou que fez leituras muito instrutivas.

Ele chamou um tira e lhe disse: "Leve esse aí pra uma cela, sirva a ele o café da manhã e vá comprar um jornal inglês e uma revista, pra que ele não se entedie. E também alguns cigarros".

8

À TARDINHA, VIERAM me buscar novamente e me disseram pra seguir os dois agentes à paisana. Fomos até a estação e pegamos um trem. Descemos na estação de uma cidadezinha e fomos para a delegacia. Lá me fizeram sentar num banco, e todos os policiais que terminaram seu turno vieram me olhar como se eu fosse um animal no zoológico. De vez em quando também falavam comigo. Por volta das dez horas da noite, dois caras me disseram:
"Chegou a hora. Vamos".
Atravessamos um campo e pegamos um atalho. Até que os dois caras pararam e um deles me falou com voz contida:
"Vá nessa direção que estou te mostrando, sempre em linha reta. Você não vai encontrar ninguém. Mas, se por acaso vir alguém, afaste-se ou deite-se no chão até que ele passe. Depois de um tempo de caminhada, você vai chegar a uma ferrovia. Siga por ela até a estação. Fique por ali até que amanheça. Assim que perceber que o trem está pronto para partir, vá até a bilheteria e diga: 'Terceira classe, para a Antuérpia'. Vai conseguir se lembrar?"
"Vou, é fácil."
"Não diga nem uma palavra a mais. Pegue sua passagem e vá para a Antuérpia. Lá você consegue facilmente um navio que esteja precisando de tripulantes. Aqui tem algo pra você forrar o estômago e também alguns cigarros. Não compre nada até chegar à Antuérpia. Aqui estão trinta francos belgas."
Ele me entregou um embrulho com pão com manteiga, um saco de papel com cigarros e uma caixa de fósforos, para que eu não precisasse pedir fogo a ninguém.

"Nunca mais retorne à Holanda. Você arrisca pegar seis meses de prisão e ser mandado pra um campo de trabalhos forçados. Você está sendo expressamente avisado, e diante de uma testemunha. *Goodbye* e boa sorte."

Lá estava eu, em campo aberto, no meio da noite. Boa sorte! Segui por um trecho naquela direção, até me convencer de que os dois não podiam mais me ver, ou de que já tinham partido. Então parei e comecei a refletir.

Para a Bélgica? Lá havia prisão perpétua. Voltar para a Holanda? Lá são só seis meses de prisão. Sai mais barato. Também arrisco ir para um campo de trabalhos forçados por não ter passaporte. Eu deveria ter perguntado quanto tempo dura essa internação. Provavelmente para o resto da vida. Por que na Holanda sairia mais barato do que na Bélgica?

Cheguei à conclusão de que a Holanda era mesmo a melhor opção. Também era preferível porque eu conseguia me virar com a língua, enquanto na Bélgica eu não conseguia falar praticamente nada e entendia menos ainda.

Então eu me desviei um pouco do meu caminho por cerca de meia hora. Depois dei meia-volta, na direção da Holanda. A sentença de prisão perpétua era amarga demais.

Tudo estava indo bem. Avante, e coragem!

"Pare! Não se mova! Senão eu atiro!" Que agradável, no meio da escuridão romper um grito de "vou atirar".

Ele não consegue mirar em mim, nem me ver. Mas uma bala perdida também pode atingir um alvo. E, definitivamente, isso é ainda pior do que a prisão perpétua.

"O que você está fazendo aqui?" Dois homens saíram da escuridão e vieram até mim. Um deles tinha me feito a pergunta.

"Vim caminhar um pouco. Não estou conseguindo dormir."

"E por que vem caminhar logo aqui na fronteira?"

"Não reparei que era a fronteira. Não há cercas ali."

Duas lanternas ofuscantes foram apontadas pra mim e fui revistado. Por que as pessoas sempre têm que revistar a gente? Acho que elas procuram por toda parte os catorze pontos de Wilson[1]. Só que eles não estão no meu bolso. Quando não encontraram nada além do pão com manteiga, dos trinta francos e dos cigarros, um deles ficou junto de mim, enquanto o outro foi iluminar parte do caminho por onde eu vim. Provavelmente ele esperava encontrar ali a paz mundial, tão almejada pelo mundo inteiro, desde que nossos garotos lutaram e sangraram pra que aquela guerra fosse a última.

"Aonde você quer ir?"

"Quero voltar para Rotterdam."

"Agora? Por que justamente à meia-noite e justamente por esse campo? Por que você não vai pela estrada?"

Como se a gente não pudesse atravessar um campo à noite! As pessoas têm cada ideia! E sempre suspeitam que a gente tenha cometido algum crime. Contei a eles que eu vinha de Rotterdam e como tinha chegado ali. Eles então ficaram furiosos e me acusaram de fazê-los de otários; era óbvio que eu vinha da Bélgica e que estava tentando entrar clandestinamente na Holanda. Quando respondi que os trinta francos eram prova de que eu estava dizendo a verdade, eles ficaram ainda mais furiosos e me disseram que, ao contrário, era a prova de que eu queria enganá-los. Os francos seriam a prova de que eu vinha da Bélgica, pois na Holanda não há francos. E ainda por cima, por eu alegar que funcionários holandeses teriam me dado essa quantia, e depois teriam me colocado ali no meio da noite de maneira ilegal, eles seriam obrigados a me prender por desacato à autoridade. Mas eles queriam ter pena de mim mais uma vez, porque obviamente eu era um pobre coitado e não

---

‡ 1. Os "14 pontos de Wilson" foram propostos pelo presidente americano Woodrow Wilson durante um discurso em 8 de janeiro de 1918 – durante a Primeira Grande Guerra, portanto – com o alegado intuito de promover a paz e o estabelecimento de uma ordem mundial mais justa e equilibrada após o fim do conflito.

tinha intenção de contrabandear. Então eles iriam me mostrar o caminho certo para que eu pudesse voltar para a Antuérpia.

Eu andei por uma hora em direção à Bélgica. Já estava ficando cansado e tropeçava a cada passo. Eu só queria deitar e dormir. No entanto, achei melhor continuar e sair daquele território perigoso, onde os tiros estão autorizados.

De repente, alguma coisa agarrou minha perna. Imaginei que devia ser um cachorro. Mas quando tateei, era uma mão. E uma outra lanterna se acendeu. Essa coisa também é uma invenção de Satã, que a gente só enxerga no momento em que ela nos cega.

Dois homens se levantaram. Eles estavam deitados ali no chão, e eu fui parar direto em seus braços.

"Aonde você quer ir?"

"Para a Antuérpia."

Eles falavam holandês, ou melhor, flamengo.

"Para a Antuérpia? A essa hora? Por que você não pega a estrada normal, como fazem as pessoas respeitáveis?"

Eu expliquei a eles que não vim por minha própria vontade e contei a eles como fui parar ali.

"Vá contar essas lorotas para outro. Não para nós. Funcionários não fazem esse tipo de coisa. Você aprontou alguma lá na Holanda e agora quer passar para o lado de cá. Só que não vai dar. Vamos revistar seus bolsos para saber por que você está aqui, no meio da noite, querendo atravessar a fronteira."

Eles não encontraram o que estavam procurando nem nos meus bolsos, nem nas minhas costuras. Eu queria muito saber o que tanto as pessoas procuram, e por que elas precisam revirar os bolsos. Um péssimo hábito dessas pessoas.

"Já sabemos o que estamos procurando. Não se preocupe."

Fiquei sem entender. No entanto, eles não encontraram nada. Estou convencido de que, até o fim do mundo, metade da humanidade irá revistar os bolsos da outra metade, que por sua vez irá tolerar ser revistada. Talvez esta seja a fonte de todo conflito humano:

quem tem o direito de revistar bolsos, e quem tem o dever de se deixar revistar, e até de pagar por isso.

Cumprida a missão oficial, um deles me disse: "Então, Rotterdam está naquela direção, sempre em frente, e não apareça mais aqui. E caso você encontre a polícia de fronteira, não vá pensando que eles são trouxas, como você fez conosco. Vocês não têm o que comer na sua América estúpida, para ter que vir aqui tirar de nossas bocas o pouco que nos resta para alimentar nossos cidadãos?".

"Eu não estou aqui por livre e espontânea vontade", retruquei, e sei muito bem o quanto tenho razão.

"Estranho... É o que diz cada um de vocês que pegamos aqui."

Isso é novidade. Então eu não sou o primeiro que foi obrigado a vagar por essa terra estrangeira.

"Agora se manda. E não faça nenhum desvio desnecessário. Logo o dia vai clarear, e vamos poder te vigiar muito bem. Rotterdam é um ótimo lugar. Com muitos navios, que sempre estão precisando contratar pessoal."

Quantas vezes já me disseram isso! De tanto ser repetido, isso poderia se tornar uma verdade científica.

Com os trinta francos eu não poderia fazer nada naquela cidadezinha, eu chamaria logo a atenção.

Mas logo se aproximou uma caminhonete de entrega de leite, e me deu uma carona. Depois, um caminhão me levou um pouco mais longe. E então veio um camponês que levava porcos para uma outra cidade. E assim, quilômetro após quilômetro, eu estava me aproximando de Rotterdam. A partir do momento em que as pessoas não são da polícia e não querem ser confundidas com ela, tornam-se criaturas muito agradáveis, capazes de pensar de maneira bastante racional e de ter sentimentos convencionais. Eu lhes contava com toda a sinceridade o que me havia acontecido e que eu estava sem documentos. E todas eram tão amáveis, me dando de comer, me oferecendo um canto seco pra dormir, e me dando boas dicas de como escapar da polícia.

É estranho. Ninguém gosta da polícia. E, se em caso de assalto nós chamamos a polícia, é porque não nos é permitido arrancar o couro do ladrão com nossas próprias mãos e tomar dele o que ele nos roubou.

9

CONVERTIDOS EM FLORINS holandeses, os trinta francos não renderam muito. Mas o dinheiro acaba logo quando não se tem um complemento a ele.

Pouco tempo depois, numa tarde, o complemento apareceu. Lá estava eu vagando pelo porto, quando vi dois homens vindo em minha direção. Quando se aproximaram, pesquei alguns trechos de sua conversa. É hilário ouvir um inglês falar. Os ingleses sempre afirmam que não sabemos falar inglês direito, mas o que eles falam certamente não é inglês. Não é sequer uma língua. Bem, o que importa? Não consigo engolir aqueles vermelhões. Mas eles também não nos suportam. Sempre foi assim. Já faz dois séculos e não sei quantos anos.

Desde que aconteceu toda aquela patifaria, as coisas azedaram novamente. Chegamos a um porto e eles brotam aos montes. Seja na Austrália, ou mesmo na China ou no Japão, em qualquer lugar. Queremos tomar uma bebida, vamos a uma taverna, e eles estão lá. Eles se levantam e, mal dizemos uma palavra, a diversão já acaba: "Ei, *Yank!*".

É só não dar confiança pra esses vermelhões, tomar seu trago e ir embora.

De repente, sai um de um canto: "*Who won the war?* Quem venceu a guerra, *Yank?*".

Queria saber o que eu tenho a ver com isso. Não fui eu, disso eu sei muito bem. E quem pensa que venceu também não tem motivos para sorrir e ficaria muito satisfeito se ninguém falasse mais disso.

"*Ei, Yank, who won the war?*"
O que devemos dizer quando estamos completamente sós entre duas dúzias de vermelhões? Se dissermos "Nós!", vai ter briga. Se dissermos "Os franceses!", vai ter briga. Se dissermos "Eu!", eles vão cair na risada, mas vai ter briga do mesmo jeito. Se dissermos "*The Dominians*, Canadá, Austrália, Nova Zelândia, África do Sul!", vai ter briga. Se não dissermos nada, vai significar "Nós, americanos!", e vai ter briga. Dizer "Foram vocês que venceram!" seria uma mentira deslavada, e eu não gosto de mentir. Ou seja, vai ter briga, não há como escapar. Assim são os vermelhões, e ainda os chamam de "nossos primos de lá". Meus, não! E eles ainda se admiram que não vamos com a cara deles.

Mas o que eu deveria fazer?

"Vocês são de que banheira?", perguntei.

"Ah, ianquezinho, o que você está fazendo aqui? A gente nunca tinha visto um ianque por aqui antes."

Eles sondam o terreno, porque estão farejando alguma coisa.

"Eu fiquei para trás e agora não posso levantar âncora."

"Não tem apólice de seguro, né?"

"Acertou."

"Quer embarcar agora?"

"Preciso. Com urgência."

"Estamos num escocês."

"Pra onde vocês estão indo agora?", perguntei.

"Bolonha. Até lá a gente consegue te esconder. Depois, já não vai dar mais. O patrão é o cão."

"Ótimo, então, até Bolonha. Quando zarpamos?"

"É melhor você chegar às oito. A essa hora o patrão está bêbado. Estaremos no tombadilho. Se eu empurrar meu boné pra nuca, isso significa que o caminho está livre; se eu não fizer nada, espere um pouco mais. Tente não se mostrar muito. Mas se você for pego, esteja preparado pra deixar que quebrem sua cara em vez de dizer quem estava te ajudando. Questão de honra, entendeu?"

Às oito, eu estava lá. O boné estava na nuca. O patrão estava bêbado e não ficou sóbrio antes de chegarmos a Bolonha. Lá eu desembarquei e logo estava na França. Troquei meu dinheiro por francos franceses. Então fui até a estação, e lá estava o expresso para Paris. Comprei uma passagem para a parada mais próxima e me sentei no trem. Os franceses são muito educados pra incomodar alguém durante a viagem. Num piscar de olhos eu estava em Paris. Mas lá havia controle de bilhetes, e o meu não era para Paris. Polícia de novo. Claro, como poderia ser de outra forma? E então começou um terrível caos linguístico. Eu, com meus retalhos de francês, e eles, com seus retalhos de inglês. A maior parte tive que adivinhar. De onde eu estava vindo? De Bolonha. Como cheguei a Bolonha? De navio. Onde estava minha caderneta de marinheiro? Eu não tinha.

"O quê? O senhor não tem uma caderneta de marinheiro?"

Eu poderia entender essa pergunta mesmo se ela me fosse feita em hindustani. Pois os gestos e a entonação são sempre tão idênticos, que seria impossível eu me enganar.

"Também não tenho passaporte. Carteira de identidade também não. Não tenho nenhum documento. Nunca tive documentos."

Disse tudo num fôlego só.

Pelo menos eles não precisam mais me fazer essas perguntas para matar o tempo.

Na verdade, eles ficaram um pouco atordoados, porque agora estavam completamente sem chão. Por um momento, ninguém sabia o que dizer ou perguntar. Felizmente ainda lhes restava a questão da passagem que eu não tinha. No dia seguinte, interrogatório de novo. Eu deixo que eles me interroguem, falem e me perguntem à vontade. Não entendo nada. No final, fica claro pra mim que vou pegar dez dias de prisão por fraude ferroviária ou algo assim. Sei lá. Pra mim, tanto faz. Eis como foi a minha chegada a Paris.

A minha experiência na prisão foi um caso à parte.

Primeiro dia: encarceramento, banho, revista, distribuição de roupa de cama, distribuição de celas. Terminou o primeiro dia.

Segundo dia: recibo emitido pelo tesoureiro no valor que eu tinha no momento de minha prisão. Mais uma vez, identificação de pessoas e registro em arquivos enormes. À tarde: visita do capelão. Ele falava bem inglês. Foi o que ele disse. Mas devia ser o inglês da época em que William, o Conquistador, ainda não havia desembarcado na Inglaterra, pois não entendi uma única palavra daquele excelente inglês. Claro, eu não deixei transparecer. Quando falava de Deus, sempre pronunciava *"Goat"*, e eu pensava que ele estava falando de um bode. E assim terminou o segundo dia.

Terceiro dia: pela manhã, me perguntaram se eu já tinha costurado fitas de avental. Eu respondi que não. À tarde, fui comunicado de que eu seria alocado na seção de aventais. E assim terminou o terceiro dia.

Quarto dia: pela manhã, me entregaram tesoura, alfinetes, agulha, linha e um dedal. O dedal não me serviu. Mas me disseram que não tinha outro. À tarde, me mostraram como eu tinha que deixar a tesoura, as agulhas e o dedal sempre à vista sobre o banquinho, e o banquinho bem no centro da cela quando eu saísse para o passeio. Do lado de fora, ao lado da porta, pregaram um cartaz com os dizeres: "Em posse de uma tesoura, de uma agulha e de um dedal". E assim terminou o quarto dia.

Quinto dia: domingo.

Sexto dia: pela manhã, fui levado ao pátio de trabalho. À tarde, me atribuíram um posto no pátio de trabalho. Terminou o sexto dia.

Sétimo dia: pela manhã, mostraram-me o detento que iria me ensinar como costurar fitas em aventais. À tarde, o detento me disse que eu deveria enfiar a linha na minha agulha. Terminou o sétimo dia.

Oitavo dia: o instrutor me mostra como ele costura as fitas. À tarde, banho e pesagem. Terminou o oitavo dia.

Nono dia: pela manhã, eu tenho que ir ver o diretor. Ele me diz que minha sentença termina no dia seguinte e me pergunta se tenho alguma reclamação a fazer. Devo então escrever meu nome no registro de estrangeiros. À tarde me mostram como costurar uma fita de avental. Terminou o nono dia.

Décimo dia: pela manhã, costuro uma fita de avental. Meu instrutor examina o trabalho por uma hora e meia e então diz que não está bem costurado, e que ele terá que desfazê-lo. À tarde, costuro outra. Assim que termino, sou chamado na controladoria. Me pesam, me revistam, recebo minhas roupas, que já posso vestir, e depois sou liberado pra passear no pátio. Terminou o décimo dia.

Na manhã seguinte, às seis, me perguntam se eu ainda gostaria de tomar café da manhã. Digo que não, sou conduzido à tesouraria e tenho que esperar mais um pouco, pois ainda não havia ninguém para me atender. Então eu acabo tomando o café da manhã, e finalmente chega o tesoureiro, que me devolve meu dinheiro e eu assino um recibo. Recebo quinze centavos pelo meu trabalho, sou liberado e posso ir. O Estado francês não ganhou muito comigo, e a questão que agora fica em aberto é se a ferrovia imagina que será reembolsada. Mas lá fora fui novamente recepcionado pela polícia.

Fui avisado. Tinha quinze dias pra deixar o país pelo mesmo caminho pelo qual entrei. No caso de eu ainda ser encontrado após esse prazo dentro dos limites do país, eu seria tratado de acordo com as leis em vigor. De acordo com as leis em vigor. O que isso significava não estava claro para mim. Talvez ser enforcado ou queimar na fogueira. Por que não? Nesses tempos de democracia consolidada, o herege é o sujeito sem passaporte, porque não tem o direito de votar. Cada época com seus hereges, e cada época com sua inquisição. Hoje o passaporte, o visto, o banimento dos imigrados são os dogmas que sustentam a infalibilidade do papa, na qual devemos acreditar se não quisermos ser submetidos a diferentes graus de tortura. Antigamente, os tiranos eram os príncipes; hoje, é o Estado. O fim dos tiranos sempre vem por deposição e revolução, seja ele quem for. A liberdade do homem sempre esteve originalmente ligada à sua existência e à sua vontade, para que ele pudesse suportar qualquer tirania por muito tempo, mesmo que essa tirania estivesse envolta no manto aveludado das mentiras do direito à participação nas decisões.

"Mas você deve ter algum documento, meu caro amigo", disse o oficial encarregado de me dar esse aviso. "Sem documentos, você não poderá circular por aí indefinidamente."

"Talvez eu pudesse ir ver meu cônsul."

"Seu cônsul?"

Eu já conhecia esse tom. Parece que meu cônsul é conhecido no mundo inteiro.

"O que você pretende com o seu cônsul? Ora, você não tem documentos. E sem documentos, ele não vai acreditar numa única sílaba sua. Não se consegue nada sem documentos. É melhor você nem ir lá, senão nunca vamos concluir o seu caso e vamos ter que te aguentar nas nossas costas pelo resto da vida."

Como dizem os romanos? Os cônsules devem garantir que nada de ruim aconteça à República. E coisas muito ruins poderiam acontecer com ela se os cônsules não impedissem que alguém sem documentos voltasse ao seu país natal.

"Mas você deve ter um documento qualquer. Você não pode viver o resto da sua vida sem documentos."

"Sim, eu concordo que eu deveria ter um documento."

"Eu não posso lhe conceder um. Com base em quê? Tudo o que eu posso lhe dar é um atestado de saída da prisão. Não é lá grande coisa. Mas é melhor que nada. Além disso, posso certificar que o titular declara ser chamado fulano de tal e ser de tal lugar. Só que esse tipo de papel não tem valor, não prova nada, é apenas o que você alega. E é claro que você pode alegar o que quiser, seja verdade ou não. Mesmo que seja verdade, você tem que estar em condições de provar. Sinto muito, não posso ajudá-lo. Eu lhe avisei oficialmente,

você deve deixar o país. Vá para a Alemanha. Lá também é um belo país."
Gostaria muito de saber por que todos eles querem me mandar pra Alemanha.

10

FIQUEI ALGUNS DIAS em Paris esperando pelos próximos acontecimentos. Às vezes isso é mais efetivo do que os planos mais elaborados. Eu me sentia agora no direito de passear por Paris. Meu bilhete de trem estava pago, minha estadia na prisão foi descontada dos meus ganhos – portanto, eu não devia nada ao Estado francês e tinha permissão pra pisar em seu solo. Quando não se tem nada pra fazer, vem à cabeça todo tipo de pensamento supérfluo. Um belo dia me ocorreu um desses pensamentos, e eu fui ver o meu cônsul. Eu já sabia de antemão que não tinha a menor chance. Mas pensei que não faria mal nenhum acumular experiências acerca do ser humano. Todos os cônsules são moldados na mesma forma que os funcionários públicos. Eles usam palavra por palavra o mesmo vocabulário que tiveram que aprender pra prestar seus exames. Eles ficam dignos, sérios, autoritários, submissos, indiferentes, entediados, interessados e profundamente entristecidos nas mesmíssimas ocasiões, e ficam serenos, divertidos, amigáveis e tagarelas nas mesmíssimas ocasiões, estejam a serviço da América, da França, da Inglaterra ou da Argentina. Saber – e com muita precisão – quando expressar cada um desses diferentes sentimentos é toda a ciência de que precisa um funcionário assim. De tempos em tempos, qualquer funcionário pode se esquecer de sua ciência e tornar-se humano por trinta segundos. Então, quando ele começa a virar pra fora sua pele interna, não o reconhecemos mais. O mais interessante, porém, é o momento em que, de repente, ele se sente despido de sua pele interna e se apressa em se cobrir. A fim de vivenciar isso e enriquecer minha experiência de vida, fui até o cônsul. Eu corria o risco de ser renegado por ele, ou de ser entregue oficialmente às autoridades francesas – o que me tiraria a possibilidade de trilhar livremente meu caminho, pois seria colocado sob vigilância policial e teria que prestar contas de cada passo que eu desse ou pensasse em dar.

Primeiro, tive que esperar a manhã toda. Depois, o escritório fechou. À tarde, minha vez também não chegou. Gente como eu sempre deve esperar em todos os lugares. Pois supõe-se que quem não tem dinheiro tem, pelo menos, muito tempo. Quem tem dinheiro, usa-o pra resolver problemas; quem não tem, paga com tempo e paciência. Porque se você se rebela ou expressa sua impaciência de uma maneira que não lhe agrada, o funcionário conhece várias formas de fazer você pagar esperando o quádruplo do tempo. É uma sentença de tempo que se inflige a alguém.

Havia ali uma fileira desses tipos que têm que sacrificar o seu tempo. Alguns já esperavam fazia dias. Outros já tinham sido mandados de um lado pra outro seis vezes, porque faltava isso ou aquilo, ou não estava preenchido na forma adequada.

Uma senhora baixinha e incrivelmente roliça irrompeu na sala. Incrivelmente gorda. Era inimaginável o quanto ela era gorda. Naquela sala, onde figuras esquálidas esperavam sentadas, com seus pescoços rentes a uma imensa bandeira estrelada que pegava quase toda a parede, onde pessoas incautas, solícitas e acostumadas ao trabalho esperavam sentadas com uma expressão no rosto que parecia que, naquele exato momento, atrás daquelas inúmeras portas, alguém estaria assinando suas sentenças de morte, a presença daquela senhora gorda teve o efeito de um insulto abjeto. Ela tinha cabelos pretos como breu, oleosos e encaracolados, nariz notavelmente curvo e pernas muito arqueadas. Seus olhos castanhos estavam tão arregalados em meio à massa gorda de seu rosto que pareciam prestes a saltar das órbitas. Ela vestia o que a riqueza pode comprar de melhor. Estava ofegante e suando, e parecia quase desmoronar

sob o peso de seus colares de pérolas, pingentes de ouro e broches de diamantes. Se ela não tivesse tantos anéis de platina pesados nos dedos, eles certamente teriam estourado. A mulher mal abriu a porta e já começou a gritar:
"Perdi meu passaporte. Onde está Mister Cônsul? Preciso imediatamente de um novo passaporte."
Ei, olha só, há outras pessoas que perderam seus passaportes! Quem poderia imaginar? Eu, na minha inocência, teria acreditado que isso só acontecia com marinheiros. *Well, Fanny,* pode ficar contente, Mister Cônsul logo vai te explicar como ter um novo passaporte. Talvez você costure a outra ponta da fita do avental. Por mais desagradável que a mulher me parecesse, por causa de sua entrada intempestiva, eu ainda nutria por ela alguma simpatia – a simpatia por aqueles que estão no mesmo barco que nós.
O recepcionista logo apareceu:
"É claro, Madame, um instante, por favor!"
Ele puxou uma cadeira e, curvando-se, pediu que ela se sentasse. Trouxe três formulários, e enquanto falava baixinho com ela, ele os preenchia. Os rostos esquálidos tiveram que preencher os formulários sozinhos, alguns quatro ou cinco vezes. Mas a senhora evidentemente não sabia escrever, de modo que foi um gesto de solicitude do recepcionista aliviá-la desse fardo. Quando os formulários estavam preenchidos, ele se levantou e a fez entrar numa das portas atrás das quais sentenças de morte são promulgadas.
Ele voltou num átimo de segundo e sussurrou muito gentilmente pra gorducha:
"Mr. Grgrgrgr gostaria de vê-la, Madame. A senhora teria três fotos à mão?"
A gorducha de cabelo preto tinha três fotos à mão e as entregou ao solícito secretário. E então ela desapareceu atrás da porta de onde são decididos os desígnios do mundo.
Hoje em dia, só pessoas muito ultrapassadas ainda acreditam que os destinos das pessoas são decididos no céu. Isso é um lamentável

engano. Os destinos das pessoas, de milhões de pessoas, são decididos pelos cônsules americanos, que devem garantir que a República jamais seja prejudicada. *Yes, Sir.*

A senhora não demorou muito dentro da sala secreta. Ao sair, ela fechou a bolsa. O gesto soou como um grito enérgico e estridente, como se dissesse em alto e bom som:

"Meu Deus, é para isso que o dinheiro serve. Viver e deixar viver".

O secretário se levantou imediatamente, deu a volta em sua mesa e moveu a cadeira em que a senhora estava sentada para frente. A senhora empoleirou-se na beirada, abriu sua bolsa, remexeu nela por um momento, tirou um pó compacto e a colocou sobre a mesa, enquanto se empoava. Por que ela precisou se empoar novamente, apesar de tê-lo feito um minuto antes, não estava totalmente claro.

As mãos do secretário tateavam toda a mesa à procura de algum papel que ele certamente havia deixado bem longe. Finalmente ele o encontrou e, como a senhora tinha se empoado nesse meio-tempo, ela pegou sua bolsa, guardou seu estojo de pó e a fechou, com o mesmo gesto enérgico e estridente de antes.

Os esquálidos sentados no banco não ouviram a estridência daquele gesto. Todos eles deveriam ser imigrantes felizes que ainda não entendiam a linguagem universal dos gestos estridentes. É por isso que eles estavam sentados em bancos. É por isso que ninguém se curvou e ofereceu a eles uma cadeira. Por isso tiveram que esperar sua vez, respeitando a ordem de chegada.

"A senhora pode voltar daqui a meia hora, Madame, ou devemos enviar o passaporte para o seu hotel?"

As pessoas são muito polidas num consulado americano.

"Eu volto em meia hora. Já assinei o passaporte lá dentro."

A senhora se levantou. Quando ela retornou, meia hora depois, eu ainda estava lá sentado. Mas a roliça dama tinha seu passaporte. Aqui finalmente vou conseguir meu passaporte. Eu sabia. O secretário não precisaria enviá-lo ao meu hotel, eu o levaria comigo assim que ficasse pronto. E, com um novo passaporte, eu conseguiria novamente um navio, caso não houvesse um navio de meu país, certamente existiria um inglês, ou holandês, ou dinamarquês. Pelo menos eu teria novamente um trabalho e a perspectiva de, num porto qualquer, encontrar um navio do meu país que estivesse precisando de um marujo. Eu não sabia apenas pintar, também conseguia polir a lataria; afinal, mesmo se não houver nada pra ser pintado, a lataria deve ser polida regularmente.

Fui muito precipitado em meu julgamento. Os cônsules americanos são melhores que sua reputação, e tudo aquilo que as polícias belga, holandesa e francesa haviam me dito sobre os nossos cônsules não passava de ciúme nacional.

Finalmente chegaram o dia e o minuto da minha senha, e fui chamado. Meus esquálidos companheiros de banco tiveram que entrar por uma outra porta, para receberem suas sentenças de morte. Eu era uma exceção. Fui encaminhado ao Mr. Grgrgrgs, ou seja lá qual era o nome dele. Aquele era o homem que eu desejava ver, do fundo do meu coração, pois era ele quem sabia avaliar as dificuldades de alguém que havia perdido o passaporte. Se ninguém mais nesse mundo afora iria me ajudar, aquele homem faria isso. Ora, ele ajudou a mulher coberta de ouro; a mim ele ajudaria ainda mais, e mais depressa. Foi uma boa ideia tentar minha sorte mais uma vez.

11

O CÔNSUL é um homem baixo, magro, minguado pelo trabalho.

"Sente-se", ele me diz, apontando uma cadeira à frente de sua mesa. "No que posso lhe ser útil?"

"Eu gostaria de tirar um passaporte."

"O senhor perdeu o seu?"

"Não perdi meu passaporte, mas minha caderneta de marinheiro."

"Ah, sim. O senhor é marinheiro?"

Ao dizer essa frase, o tom se modificou. E esse novo tom, misturado a uma desconfiança peculiar, durou um certo tempo e determinou o caráter de nossa conversa.

"Eu perdi meu navio."

"Deve ter bebido demais?"

"Não. Nunca bebo sequer uma gota desse veneno. Sou abstêmio."

"O senhor disse que é marinheiro?"

"Sou também. Meu navio zarpou três horas antes do previsto. Ele deveria levantar âncora com a maré alta. Mas como não havia carga, não foi preciso esperar mais."

"E então seus documentos ficaram a bordo?"

"Sim."

"Foi o que pensei. Qual era o número da sua caderneta?"

"Não sei."

"Onde ela foi emitida?"

"Não sei dizer exatamente. Eu trabalhei em navios costeiros. Em Boston, Nova York, Baltimore, Philadelphia, Golfo do México e até pela Costa Oeste. Não consigo mais me lembrar onde a caderneta foi emitida."

"Foi o que pensei."

"A gente não olha pra caderneta todo santo dia. Eu nunca olhei pra ela enquanto ela estava comigo."

"Sim."

"Ela ficava sempre no meu bolso."

"Naturalizado?"

"Não, nativo."

"Foi registrado o nascimento?"

"Não sei, eu ainda era muito pequeno quando nasci."

"Portanto, sem registro."

"Não sei, foi o que eu disse."

"Mas eu sei."

"Então o senhor não precisa me perguntar, se o senhor sabe de tudo."

"Será que sou eu quem quer tirar um passaporte?", ele me perguntou na sequência.

"Não sei, *Sir*, se o senhor quer tirar um passaporte."

"É o senhor quem quer, não eu. E se sou eu quem deve lhe conceder um, então o senhor tem que deixar que eu faça as perguntas, não é?"

O homem tinha razão. As pessoas sempre têm razão. Mas isso é muito fácil para elas. Primeiro, elas fazem as leis. Depois, são alocadas para fazer com que as leis sejam aplicadas.

"O senhor tem endereço fixo lá?"

"Não. Eu moro nos meus navios ou, quando não estou em nenhum, vivo em alojamentos e albergues."

"Ou seja, sem domicílio fixo. Membro de alguma associação?"

"Quem, eu? Não."

"Pais?"

"Não. Já morreram."

"Parentes?"

"Graças aos céus, não. Se tivesse alguns, ia renegá-los."

"Já votou?"

"Não. Nunca."

"Então o senhor não tem registro nos cartórios eleitorais?"

"Com certeza, não. Eu também não iria votar, se estivesse em terra firme."

Ele me olhou por um tempo, com um ar um tanto parvo e inexpressivo. Ele sorria o tempo todo e, como seu colega de Rotterdam, brincava com um lápis. O que as pessoas fariam se não existissem mais lápis? Mas sempre há, com certeza, uma régua, ou uma borracha, ou o fio do telefone, ou os óculos, ou algumas folhas de papel ou de formulários a serem dobradas. Algum departamento tomou as devidas precauções para que os funcionários jamais se entediassem. Pensamentos que poderiam lhes render alguma ocupação não lhes ocorrem; e quando eles os têm, geralmente deixam de ser servidores públicos para se tornarem pessoas sociáveis. Se algum dia os dedos não puderem mais brincar com os objetos que estão na lista de suprimentos, eles talvez resolvam brincar com os princípios básicos, e isso pode não ser recomendado.

"Bom, eu não posso lhe conceder um passaporte."

"Por que não?"

"Com base em quê? Apenas no que o senhor afirma? Não posso. Não tenho permissão pra isso. Eu tenho que apresentar documentos. Tenho que prestar contas das provas que usei para emitir o passaporte. Como o senhor pode provar que é americano, e que eu necessariamente tenho obrigação de tratar do seu caso?"

"Mas o senhor não está me ouvindo?"

"Como assim? A língua?"

"É claro."

"Isso não prova nada. Olhe o caso aqui da França. Aqui vivem milhares de pessoas que falam francês sem serem franceses. Existem aqui russos, romenos, alemães que falam um francês melhor e mais puro do que os próprios franceses. Há milhares de pessoas que nasceram aqui e não têm cidadania francesa. Por outro lado, há centenas de milhares de pessoas do lado de lá que mal sabem falar inglês, mas que não têm sua cidadania americana colocada em dúvida."

"Mas eu nasci lá."

"Então é claro que o senhor pode ser um cidadão americano. Mas o senhor teria que provar primeiro que seu pai não lhe reservou outra cidadania, que o senhor não mudou depois da maioridade."

"Meus tataravós já eram americanos, e os pais deles também."

"O senhor me prove isso, e eu serei obrigado a emitir seu passaporte, querendo ou não. Traga aqui os seus tataravós ou os pais deles. Vou ser ainda mais preciso: me prove que eles nasceram lá."

"Mas como vou poder provar isso, se meu nascimento não foi registrado?"

"Isso não é problema meu."

"Talvez o senhor conteste até que eu tenha nascido?"

"Exato, eu contesto. O fato de o senhor estar aqui diante de mim não é uma prova de que tenha nascido. Eu tenho que acreditar. Assim como tenho que acreditar que o senhor seja um cidadão americano."
"Então o senhor não acredita nem mesmo que eu tenha nascido? Mas isso é o limite do possível."
O cônsul me dirigiu seu mais belo sorriso oficial: "Sou forçado a acreditar que o senhor nasceu, pois o estou vendo aqui com meus próprios olhos. Mas se eu lhe emitir um passaporte e, num relatório ao governo de nosso país, justificar esta decisão da seguinte forma: 'Vi este homem e acredito que seja um cidadão americano', é muito provável que eu seja demitido. Porque nosso governo não está interessado no que eu acredito, mas apenas no que eu sei. E o que eu sei, devo ser capaz de provar. E eu não posso provar nem sua nacionalidade nem seu nascimento".

Há momentos em que lamentamos não sermos feitos de papel machê, porque, graças ao selo, seria possível ver imediatamente onde teríamos sido fabricados – nos Estados Unidos, na França ou na Itália –, e isso evitaria que os cônsules perdessem seu precioso tempo com essas bobagens.

O cônsul largou o lápis, se levantou, foi até à porta e chamou por alguém. Veio um secretário, a quem o cônsul disse: "Verifique nos arquivos... Qual é o nome mesmo?", ele se virou para mim: "Ah, sim, me lembrei... Gales, é isso? Sim, é isso, procure esse nome imediatamente".

O homem deixa a porta entreaberta e eu consigo ver que ele está vasculhando um armário repleto de fichas amarelas, puxa a letra G e procura pelo meu nome. As fichas dos deportados, dos indesejáveis, dos pacifistas, dos comunistas e dos anarquistas conhecidos.

O secretário retorna. O cônsul, que ficou esperando junto à janela e olhando para baixo, virou-se: "E aí?".

"Não encontrei nada."

Eu já sabia. Agora eu consigo meu passaporte. Mas não tão rápido. O secretário foi embora e fechou a porta. O cônsul não disse nada, sentou-se novamente à sua mesa, me olhou por um tempo e ficou sem saber o que deveria me perguntar. Parecia que ele já tinha esgotado o repertório de seus exames de admissão. Ele então se levantou e saiu da sala. Seja como for, ele foi buscar ajuda em outros espaços sacrossantos.

Eu não tinha mais nada pra fazer e fiquei olhando os quadros na parede. Só rostos conhecidos, o rosto do meu pai não me era tão familiar quanto aqueles. Washington, Franklin, Jefferson, Lincoln – homens que detestavam tanto a burocracia quanto cães detestam ratos. "Este país deve ser sempre o país da liberdade, onde o caçado e o perseguido encontrarão refúgio, se forem homens de boa vontade." "Este país deve pertencer àqueles que o habitam."

Mas é claro que não pode continuar assim por toda a eternidade. "O país deve pertencer àqueles que o habitam." O pensamento puritano não permitia que se dissesse de forma lacônica: "O país pertence a nós, americanos". Pois ali havia os indígenas, a quem a terra foi concedida por Deus, e os puritanos têm que respeitar as leis de Deus. "Onde o caçado e o perseguido encontrarão refúgio." Com certeza, uma vez que todos que moram lá foram caçados e perseguidos em todos os países possíveis. E os descendentes dos caçados e perseguidos isolam a terra que foi concedida a todos os homens. E para tornar a barreira absolutamente perfeita, de modo que nem um rato consiga passar, eles barram seus próprios filhos. Afinal, sob o disfarce de seu próprio filho, o filho de um vizinho poderia entrar furtivamente.

O cônsul retornou e se sentou novamente. Ele tinha encontrado uma nova pergunta pra me fazer.

"Talvez o senhor seja um fugitivo condenado ou alguém procurado por crime hediondo. Se eu emitisse um passaporte com o nome que o senhor me deu, eu o estaria livrando da perseguição judicial."

"Sim, estaria mesmo. Estou vendo que não adiantou nada ter vindo aqui."

"Sinto muito não poder te ajudar. Meus poderes são limitados para conceder um passaporte ou qualquer documento de identificação que seja válido. O senhor deveria ter tido mais cuidado com sua caderneta de marinheiro. Não se perde algo assim nesses tempos em que um passaporte é mais necessário do que qualquer outra coisa."

"Mas agora eu gostaria de saber uma coisa."

"Pois não?"

"Havia aqui uma senhora obesa, com tantos anéis de brilhante que ela mal conseguia portá-los. Ela também tinha perdido seu passaporte e o senhor lhe concedeu imediatamente um novo. Em apenas meia hora."

"Mas era a Sra. Sally Marcus de Nova York, o senhor já deve ter ouvido falar nesse nome. O grande banco", ele me disse com um gesto e um tom que significavam "Ora, era o Duque de Kent, e não um marinheiro que perdeu o navio".

Ele deve ter percebido pela minha cara que eu não tinha entendido tão rápido, e acrescentou: "O senhor já deve ter ouvido esse nome. O grande banco comercial de Nova York?".

Ainda duvidando, respondi:

"Mal consigo acreditar que aquela senhora seja americana. Prefiro acreditar que ela nasceu em Bucareste."

"Como sabe? De fato, a Sra. Marcus nasceu em Bucareste. Mas ela tem cidadania americana."

"Ela tinha consigo seu certificado de cidadania americana?"

"É claro que não. Por quê?"

"Então como o senhor sabe que ela é cidadã americana? Ela ainda não aprendeu a falar a língua corretamente."

"Eu não preciso de nenhuma prova disso. O banqueiro Marcus é muito conhecido. E Mrs. Marcus viajou para cá numa cabine de luxo do Majestic."

"Agora eu finalmente entendi! Eu fui parar num navio de carga como um simples marinheiro. E isso não prova nada. Um grande banco de negócios e uma cabine de luxo são evidências cabais."

"O caso é bem diferente, Mr. Gales. Acabei de lhe dizer que não posso fazer nada pelo senhor. Eu nem mesmo tenho permissão para fazê-lo, para lhe conceder documentos. Pessoalmente, eu acredito no que o senhor me disse. Mas, se a polícia o trouxesse aqui para fins de identificação, eu contestaria sua cidadania americana e não o apoiaria. Eu não posso fazer o contrário."

"Então eu posso morrer aqui, em terra estrangeira."

"Eu não tenho autoridade para ajudá-lo, mesmo que, pessoalmente, eu queira. Eu lhe darei um cartão para três dias com pensão completa num hotel. Terminado esse prazo, o senhor pode vir e renová-lo por mais uma ou duas vezes."

"Não, muito obrigado. Não se incomode."

"O melhor para o senhor seria uma passagem para a cidade portuária mais próxima, onde talvez possa pegar um navio com uma bandeira diferente."

"Não, obrigado. Espero encontrar sozinho o meu rumo."

"Bem, então... *goodbye* e boa sorte!"

Há uma grande diferença entre funcionários públicos americanos e funcionários de outros países. Quando já estava na rua e olhei para um relógio, percebi que já passava das cinco horas. O horário de atendimento do cônsul terminava às quatro horas; no entanto, nem uma única vez ele demonstrou impaciência ou me fez sentir que seu turno já tinha acabado fazia muito tempo.

Só agora eu tinha, de fato, perdido meu navio.

Adeus, minha ensolarada New Orleans. *Goodbye and good luck to ye!* Garota, minha querida garota de New Orleans, você já pode esperar pelo seu garoto; na Jackson Square você pode se sentar e chorar. Seu garoto não volta mais para casa. O mar o engoliu. Contra tempestades e ondas ele podia lutar, em cores e cerrando os punhos; mas não contra artigos de lei, lápis e papéis. Arranje outro namorado a tempo, querida. Não desperdice sua juventude e sua tez rosada esperando por alguém que não tem mais pátria nem sequer nasceu. Adeus! Seus beijos eram doces e ardentes, porque não havíamos falado sobre casamento. Pro inferno com as garotas! U-huul!! O vento aumenta. *Boys, get all the canvas set.* Levantem até mesmo o menor pedacinho de lona.

12

EXPRESSO PARIS-LIMOGES. Eu embarco e não tenho passagem. Desta vez, houve controle. Mas eu desapareci sem deixar vestígios. Limoges-Toulouse. Eu embarco e não tenho passagem.

O que eles tanto têm que fiscalizar? Na verdade, deve haver muitos vigaristas por esses trilhos afora para que haja controle de passagens com tanta frequência. Mas eles têm razão: se todos viajassem sem bilhete, quem pagaria os dividendos? Não pode ser. Desapareço sem deixar vestígios.

Quando os fiscais vão embora, eu volto pro meu assento. De repente, o fiscal retorna, atravessa o corredor e me olha. Eu também olho para ele. Que atrevimento! Ele passa direto. Só precisamos saber como se olha para um fiscal para ganhar a parada. Mas ele dá meia-volta e vem em minha direção. "Por favor, onde o senhor quer fazer baldeação?"

Muito astuto, esse fiscal.

Naquele momento, eu só compreendi "baldeação", já que as outras palavras eu preciso traduzir primeiro na minha cabeça. Mas nem cheguei a tanto, pois ele logo me disse:

"Por favor, me deixe ver mais uma vez sua passagem, se me permite..."

Bem, amigo, não importa o quão educado você seja nem o quão educadamente você me pergunte, eu não tenho como fazer o que você está me pedindo.

"Eu sabia" – ele me disse com toda calma e discrição. Tenho certeza de que os demais passageiros sequer notaram a tragédia que estava sendo encenada ali.

O homem pega seu caderninho, escreve alguma coisa, e se afasta. Pode ser que ele tenha um bom coração e vai acabar me esquecendo. Mas já estão esperando por mim na estação de Toulouse. Sem banda de música, mas com um carro.

Um carro muito bom, à prova de fogo e roubo, impossível de tombar durante o trajeto e, pela minha janela, só consigo ver parte dos andares superiores dos prédios por onde estamos passando. É um carro especial, reservado para dar as boas-vindas aos convidados; todos os outros veículos devem ceder passagem a ele, para que circule sem impedimentos. Os carros daqui são de uma marca que eu não conheço. Nem a Ford nem a Dodge venderão sua produção em Toulouse se não se adaptarem melhor às exigências locais.

Mas eu já sei onde vou parar. Quando algo me parece estranho nos usos e costumes europeus, é que estou a caminho de uma delegacia ou sob as garras de policiais. No meu país, nunca tive de lidar com a polícia ou com a justiça. Aqui, posso estar tranquilamente sentado num caixote, descansando inocentemente na cama, caminhando num campo ou viajando de trem, que sempre vou parar numa delegacia de polícia. Não admira que a Europa esteja indo ladeira abaixo. As pessoas não têm tempo para trabalhar, passam sete oitavos de suas vidas em repartições públicas, delegacias de polícia ou discutindo com policiais. Por isso as pessoas estão sempre tão irritadas e gostam de ir à guerra: porque elas têm que discutir constantemente com a polícia, e a polícia com elas. Não deveríamos mandar nem um centavo a mais aos países europeus, eles gastam tudo para aumentar ainda mais o número de policiais. Mais nem um centavo, *Sir*.

"De onde você vem?"

De novo tem um sumo sacerdote sentado diante de mim. Eles são todos iguais. Na Bélgica, na Holanda, em Paris, em Toulouse. Eles sempre têm perguntas a fazer, sempre querem saber tudo. E sempre cometemos o mesmo erro de responder. Deveríamos ficar quietos, não dizer nada e deixá-los adivinhar. Mas aí eles logo iriam parar no hospício, ou reintroduziriam a prática da tortura. Se jamais respondêssemos, os tiras se tornariam ainda mais estúpidos do que já são.

Mas ainda temos que aguentar, ficar ali sentados ou em pé, sendo continuamente interrogados, e não abrir a boca. Nossa maldita língua se ativa sozinha assim que nos fazem uma pergunta. A força do hábito. É de fato insuportável deixar uma pergunta pendente, sem devolver a ela o equilíbrio fornecendo uma resposta. Uma pergunta sem resposta não nos deixa em paz, ela nos persegue, invade nossos sonhos e nos rouba a tranquilidade para trabalhar e pensar. As palavras "por que" seguidas de um ponto de interrogação são a base de qualquer cultura, de qualquer civilização, de qualquer desenvolvimento. Sem essas palavras, os seres humanos não seriam nada além de primatas, e se dermos aos primatas essas palavrinhas mágicas, então eles imediatamente vão se tornar seres humanos. *Yes, Sir.*

"De onde o senhor vem, eu quero saber!"

Até que eu tentei não responder, mas já não estou aguentando mais. Estou me sentindo na obrigação de lhe dizer alguma coisa. Devo dizer que venho de Paris? Ou seria melhor dizer, de Limoges? Se eu disser Limoges, talvez me custe oito dias a menos, porque não é tão longe quanto Paris.

"Desci em Limoges."

"Não está correto, cara. Você desceu em Paris."

Olhem só como eles são bons de adivinhação!

"Não, eu não desci em Paris, mas em Limoges."

"Mas você tem no bolso um bilhete local comprado na estação em Paris."

Eles tinham revistado meus bolsos mais uma vez. Eu nem tinha me dado conta, já estou tão acostumado que nem percebo mais.

"Ah, esse bilhete eu já tenho há muito tempo."

"Há quanto tempo?"
"Pelo menos há seis semanas."
"Mas que estranho... Ele tem data de ontem de manhã."
"Então ele foi datado erroneamente", eu disse.
"Com certeza. Então você desceu em Paris."
"Mas o trecho de Paris para Limoges eu paguei."
"Isso é um fato. E você é tão bom pagador que pagou por um bilhete local em Paris quando não precisava dele, pois já tinha uma passagem Paris-Limoges. Aliás, onde está essa passagem?"
"Eu a entreguei em Limoges", respondi.
"Neste caso você deve ter um bilhete local emitido em Limoges. Mas vamos seguir em frente. Vamos primeiro nos assegurar de seus dados pessoais."

Bem, prefiro que se assegurem de meus dados pessoais do que me segurem aqui.

"Nacionalidade?"

Uma questão capciosa. Deixei de ter uma, uma vez que não posso provar que eu nasci. Poderia tentar dizer que sou francês. Afinal, o cônsul me disse que há milhares de franceses que não sabem falar francês, mas que têm cidadania francesa. É claro que ele não iria acreditar em mim. Ele ia me pedir pra ver as provas. Eu só queria saber pra quem sai mais barato viajar de trem sem passagem, pra franceses ou estrangeiros? Mas um estrangeiro poderia pensar que na França não é necessário ter passagem, não tendo, portanto, agido de má-fé. Eles não haviam encontrado dinheiro nos meus bolsos, o que já é muito suspeito.

Não ter dinheiro sempre levanta suspeitas. Em qualquer lugar do planeta. Mesmo na missa de domingo na igreja.

"Sou alemão", disse de supetão, pois de repente me ocorreu que eu gostaria de ver o que eles fariam se encontrassem um boche sem documentos e sem bilhete de trem em seu território.

"Ah, um alemão! Olha só! Provavelmente de Potsdam?"

"Não, de Viena".

"Viena fica na Áustria. Mas é a mesma coisa. Então, é alemão. Por que não tem passaporte?"

E começou tudo de novo. Em todos os países eles fazem exatamente as mesmas perguntas. Um copiou do outro. Essas perguntas provavelmente foram inventadas na Prússia ou na Rússia, pois tudo o que serve para interferir na vida privada das pessoas vem desses dois lugares. Lá, as pessoas têm muita paciência e aceitam qualquer coisa, chegam a tirar o chapéu pra qualquer um que esteja vestindo uniforme. Porque nesses países o uniforme é o Deus malvado, que deve ser reverenciado e adorado para que ele não se vingue.

Dois dias depois, recebi a pena de catorze dias de detenção por fraude ferroviária. Se eu tivesse dito que era americano, eles talvez descobririam que eu já tinha sido condenado pelo mesmo motivo, e poderia ter saído mais caro. Mas eu também não disse a eles o meu nome. Tem lá suas vantagens não ter passaporte nem caderneta de marinheiro que possam ser encontrados em bolsos. Passados os dias de preparação, fui transferido para uma colônia penal. Lá, eram fabricadas umas coisas esquisitas, prensadas em estanho. Ninguém sabia pra que elas serviam, nem mesmo o supervisor. Alguns achavam que eram partes de brinquedos; outros, que eram partes de encouraçados; outros estavam convictos de que eram peças de automóveis; e alguns juravam e apostavam seu tabaco contrabandeado que aqueles pedaços de estanho eram uma parte importante de um dirigível. Quanto a mim, eu tinha certeza de que eles iriam entrar na fabricação de uma roupa de mergulho. Como cheguei a essa conclusão, não sei. Ainda assim, não conseguia abandonar essa ideia, talvez porque tivesse lido em algum lugar que, pra se fabricar uma roupa de mergulho, é preciso uma grande quantidade de coisas que jamais poderiam ser usadas em outro lugar.

Eu tinha que contar cento e quarenta e quatro desses pedaços de estanho e empilhá-los. Quando eu tinha terminado uma pilha, que acomodei ao meu lado, e queria começar outra, o supervisor se aproximou e me perguntou se eu tinha entendido corretamente que seriam cento e quarenta e quatro, e se eu não tinha me enganado.

"Eu contei corretamente, são exatamente cento e quarenta e quatro."

"É isso mesmo, posso confiar?"

Ao me perguntar isso, ele me lançou um olhar tão preocupado, que eu comecei a duvidar sinceramente que eram de fato cento e quarenta e quatro pedaços, e disse que talvez fosse melhor contá-los mais uma vez. O supervisor me respondeu que seria melhor, para que não houvesse erros, pois, se eles não estivessem na quantidade determinada, poderia acontecer uma carnificina, e ele poderia até perder o emprego, o que lhe seria um grande transtorno, já que ele tinha três filhos e uma mãe idosa pra sustentar.

Quando eu já tinha conferido a pilha pela segunda vez, e constatado que a quantidade estava correta, o supervisor se aproximou novamente. Identifiquei em seu rosto uma nova ruga de preocupação, e para poupá-lo da aflição e mostrar a ele o quanto eu compartilhava de suas preocupações, já fui dizendo, antes que ele abrisse a boca:

"Acho que é melhor conferir mais uma vez, talvez eu tenha me enganado por uma ou duas peças."

Seu rosto preocupado foi atravessado por um sorriso luminoso, como se ele tivesse sido informado de que, num mês, receberia uma herança de cinquenta mil francos.

"Sim, faça isso, pelo amor de Deus, confira mais uma vez. Porque se tiver uma peça a mais, ou uma a menos, o diretor vai mandar me chamar, e aí eu nem sei o que eu poderia fazer. Certamente eu iria perder meu emprego, e eu tenho meus pequenos, minha esposa que não vai muito bem de saúde, e ainda a minha velha mãezinha. Oh, conte exatamente cento e quarenta e quatro, exatamente doze dúzias. Talvez se você contar por dúzia fique mais difícil de se enganar."

No dia em que fui solto depois de cumprir minha sentença, eu tinha contado ao todo três montes. Até hoje não sei se realmente não me enganei. Mas alimento secretamente a esperança de que o fiel supervisor e pai de família dedicado tenha conferido novamente os três montes ao longo daqueles dias, porque eu não gostaria de ser responsabilizado caso ele fosse convocado diante do diretor.

Recebi quarenta centavos pelo meu trabalho. Uma coisa é certa: se eu for pego mais duas vezes viajando sem passagem pelas ferrovias francesas, o estado francês inevitavelmente vai abrir falência. Nenhum Estado resistiria a isso, mesmo que estivesse em melhor posição do que a França.

Não, eu realmente não podia fazer isso com o Estado francês, e não queria que ninguém viesse me dizer que talvez fosse por minha causa que eles não pudessem arcar com seus empréstimos. Então me senti obrigado a deixar aquele país.

No entanto, não quero esconder o fato de que não foi apenas minha preocupação com o bem-estar e com o pagamento regular de juros do Estado francês que me fez pensar em partir o mais rápido possível. Quando fui solto, fui avisado novamente, e desta vez com muita seriedade: se não saísse do território francês em duas semanas, eu pegaria um ano de prisão e seria deportado para a Alemanha. Eu causaria todo tipo de despesa àquele pobre Estado, o que causou em mim um sentimento de sincera compaixão por aquele país tão penalizado.

13

SEGUI EM DIREÇÃO ao Sul, por caminhos tão antigos quanto a história do povo europeu. Mantive minha nova nacionalidade. Quando me perguntavam, respondia, lacônico: "Boche". Ninguém me culpava de nada, todos os camponeses que encontrei me deram algo para comer e um bom lugar para dormir. Parecia que, instintivamente, eu tinha encontrado a solução certa. Ninguém gostava dos americanos. Todos os xingavam e maldiziam. Eles seriam saqueadores, degoladores e agiotas que queriam transformar as preocupações e as lágrimas dos pais e mães franceses sobreviventes em dólares, porque eles nunca se davam por satisfeitos, mesmo que já estivessem se afogando em ouro. "Se a gente encontrar um pela frente, vamos açoitá-lo até a morte, pois eles não merecem nada melhor do que isso."

Caramba, como eu tive sorte!

"Você parece faminto. Pegue o melhor pedaço, sirva-se à vontade. Espero que você goste. Se todos do lado de lá estiverem tão famintos como você... que triste! Mas nós também não temos muito pra oferecer. Aonde você quer ir? Para a Espanha? Você está certo. Eles têm um pouco mais do que nós. Vamos, sirva-se à vontade. Não se incomode porque já terminamos. Ainda temos alguma coisinha e, pelo menos, podemos comer o suficiente de vez em quando."

"E quando algum pobre-diabo economiza pra ir para a América e ganhar alguns dólares pra enviar para seus pais, eles fecham a porta na cara dele, aqueles bandidos. Primeiro, eles roubam o país dos pobres índios e, uma vez que passa a ser deles, não deixam mais ninguém entrar, para que possam se afogar em tanta fartura, aqueles cães malditos. Como se estivessem dando algum presente pros que vão pra lá! Só que esses têm que trabalhar, e trabalhar duro. As piores tarefas, aquelas que nenhum americano quer fazer, são as que nossos jovens podem executar."

"Sabe de uma coisa, você pode muito bem trabalhar aqui por algumas semanas. Você vai poder se alimentar direito e recuperar suas forças, pois a Espanha ainda está longe. *Mon Dieu,* não podemos pagar muito. Mas você terá cama e comida. Tudo está terrivelmente caro."

Chegou a hora de partir, porque, como expliquei, tinha que ir pra Espanha sem mais delongas e, além disso, a polícia poderia muito bem aparecer e me impedir de trabalhar na França. Pelas minhas seis semanas de trabalho recebi ao todo cem francos. O camponês me explicou que não tinha mais dinheiro. Se eu voltasse depois do Ano Novo, ele poderia me pagar o resto, porque então já teria recebido por sua colheita, mas por enquanto ele só tinha isso. Ele achou que eu estava muito melhor, que a comida nutritiva tinha me feito bem, e eu também não tinha me matado de trabalhar.

"De onde você disse mesmo que é?"

"Do Sul da Vestfália. Lá não precisamos trabalhar muito, porque tudo cresce por conta própria. Então não estamos acostumados ao trabalho pesado."

"Já ouvi falar muito de lá", me disse o camponês. "É o Grão-Ducado, onde estão todas aquelas minas de âmbar?"

"Isso mesmo", respondi, "É lá que estão os altos-fornos, onde são fundidas as bolinhas de Königsberg[1]."

"Ah, é? As bolinhas de Königsberg são feitas de ferro? Eu sempre achei que elas eram feitas de carvão triturado."

"As falsas, sim", respondi. "Você tem toda razão, elas são feitas com carvão triturado e alcatrão de enxofre concentrado. Mas as verdadeiras bolinhas de Königsberg, as autênticas, são derretidas nos altos-fornos e são mais duras que o aço mais duro. Nossos generais as usaram nos torpedos que afundaram os navios de guerra. Eu mesmo trabalhei num alto-forno desses."

"Vocês são pessoas inteligentes, tenho que admitir...", respondeu o camponês. "Bem, então, divirta-se na Espanha."

Quando tiver oportunidade, quero perguntar a um alemão o que afinal são as tais bolinhas de Königsberg. Cada vez que fiz essa pergunta a alguém, recebi uma resposta diferente. Mas é verdade que nunca perguntei a um alemão.

‡   1. *As bolinhas de Königsberg [no original, "Königsberger Klops"] são, na verdade, almôndegas de carne ao molho de alcaparras – um prato típico dessa região da então Prússia oriental. No dialeto prussiano da época, a palavra "Klops" se referia, inicialmente, ao prato e, por extensão, a tudo o que tivesse um formato arredondado. O equívoco cômico do narrador é associar um termo originalmente culinário a um contexto bélico.*

14

A REGIÃO TINHA ficado bastante solitária, e cada vez mais montanhosa. Subir e subir. Os camponeses iam se tornando cada vez mais raros, e seus casebres, mais pobres. Havia muita água, mas a comida era escassa e frugal. À noite, fazia muito frio e raramente eu encontrava um teto ou sequer um papelão pra cobrir o chão. Chegar às terras ensolaradas é sempre penoso, e não apenas indivíduos, mas povos inteiros já o experimentaram. "A fronteira já não está mais tão longe", me disse pela manhã o pastor em cujo casebre miserável eu passara a noite, e que tinha dividido comigo um pouco de queijo, cebolas, pão e um vinho ralo.

Eu me encontrava numa estrada que subia em direção às montanhas, e descia novamente em direção aos vales, apenas para subir e descer novamente.

Por essa estrada, eu finalmente cheguei a um grande portal arqueado, que parecia ser muito antigo. De ambos os lados corria uma parede, igualmente velha e amarelo-acinzentada. Aquele muro parecia delimitar um vasto domínio. A estrada passava sob o arco.

Não havia outra maneira de seguir pela estrada a não ser passando pelo portal. Eu esperava que a estrada atravessasse a propriedade, que do lado oposto houvesse outro portal semelhante, através do qual eu voltaria à estrada. Atravessei o portal e segui em frente, sem ver ninguém. De repente, dois soldados franceses equipados com um rifle e uma baioneta saem de algum canto, vêm até mim e me pedem um passaporte. Parece que aqui até os soldados nos pedem a caderneta de marinheiro.

Eu explico a eles que não tenho passaporte. Eles me esclarecem então que não querem ver meu passaporte de viagem, que não é da alçada deles, mas tão somente o *laissez-passer* emitido pelo Ministério da Guerra em Paris, que me daria o direito de circular sem escolta pelas fortificações.

"Eu não sabia que aqui eram fortificações", eu disse, "não saí da estrada e pensei que levava até a fronteira."

"A estrada para a fronteira se bifurca à direita, a uma hora daqui. Há uma placa. Você não viu?"

"Não. Não vi essa placa".

Então me lembrei de ter visto uma estrada que se bifurcava à direita. Mas também me lembrei de, nos últimos dias, ter visto uma série de estradas que se bifurcavam à direita ou à esquerda. Porém, achei melhor continuar sempre na mesma direção, seguindo para o sul. Essa era a direção para onde eu queria ir. Eu tinha visto tantas placas! Mas o que elas estavam me dizendo? Quando traziam o nome de um lugar, eu não tinha como saber se era mais próximo ou mais distante da fronteira. Os nomes dos lugares não me diziam se os lugares em questão levavam ou não à fronteira. Ora, se eu tivesse seguido todas essas placas, teria andado em círculos sem jamais chegar à Espanha. Eu não tinha comigo um mapa onde pudesse encontrar todos esses nomes de lugares.

"Vamos ter que levá-lo ao oficial de plantão." Os dois soldados me posicionaram no meio deles e me conduziram.

O oficial de plantão ainda era muito jovem. Ele ficou muito sério ao ouvir o que tinha acontecido. Então ele disse:

"Você tem que ser fuzilado. Dentro de vinte e quatro horas. De acordo com a Lei de Defesa das Fronteiras em tempos de guerra, artigo..." – e falou um número que não me interessava.

Ao dizer isso, o oficial ficou completamente pálido e mal conseguia pronunciar as palavras. Ele parecia que as ia engolir.

Tive permissão pra me sentar, mas os dois soldados com baionetas continuaram plantados de pé ao meu lado. O jovem oficial pegou uma folha de papel e tentou escrever alguma coisa. Mas ele estava muito alterado e deixou para lá. Por fim, tirou um cigarro de seu estojo prateado. Ele quis levá-lo à boca, mas o cigarro caiu, e pude ver como suas mãos tremiam. Tentando disfarçar, ele pegou outro cigarro e o levou à boca com um movimento de braço rígido e lento. Ele tentou acender três fósforos. Antes de tentar o quarto, me perguntou: "Você fuma?". E então apertou um botão. Um subalterno apareceu, e ele o mandou até a cantina pegar dois maços de cigarros de sua cota. Eles logo foram trazidos pra mim, e fui autorizado a fumar enquanto os dois soldados continuavam ao meu lado, imóveis como estátuas.

Quando o oficial se acalmou, pegou um livro, folheou algumas páginas e leu algumas passagens. Depois, pegou outro, procurando algumas passagens e as comparando com as do outro livro.

Que curioso! Eu, que era a vítima, não apresentava o menor vestígio de agitação. Quando o oficial me disse que eu deveria ser fuzilado dentro de vinte e quatro horas, isso não me afetou mais do que se ele tivesse dito: "Trate de sair daqui, e rápido!". Eu permaneci frio como um paralelepípedo.

Na verdade, e falando sério, eu já estava morto fazia muito tempo. Eu não havia nascido, não tinha uma caderneta de marinheiro, nunca na vida consegui receber um passaporte, e cada um pôde fazer de mim o que bem entendia, pois eu era um zé-ninguém, oficialmente nunca tinha vindo ao mundo e, por isso mesmo, ninguém sentiria minha falta. Se alguém me matasse, não seria um assassinato. Pois ninguém reclamaria meu corpo. Um morto pode ser desonrado, roubado, mas não assassinado.

É claro que se trata de construções de nossa mente, que seriam impossíveis e até mesmo um sinal de loucura, caso não houvesse burocracia, fronteiras e passaportes. Na era do Estado, muitas outras coisas podem acontecer e ser exterminadas do universo, para além de alguns poucos indivíduos. As leis mais íntimas e originárias da natureza podem ser eliminadas e negadas, caso o Estado queira ampliar e aprofundar seu poder às custas daquele que é o fundamento do universo. Pois o universo é formado por indivíduos, não por rebanhos. Ele existe através da interação entre os indivíduos, e entra em colapso se a livre circulação de cada um é restringida. Os indivíduos são os átomos da raça humana.

Talvez o anúncio de minha execução não tenha me impressionado pelo fato de eu já ter passado por isso antes, e com todo o terror que a situação desperta. Mas repetições têm efeito atenuante, mesmo quando se trata de repetições de sentenças de morte. Uma vez que escapamos, sempre achamos que podemos escapar novamente. Seja lá qual fosse o motivo de meus sentimentos fracos diante da ameaça de pena de morte, aquilo pra mim tinha gosto de café requentado.

"Você está com fome?", perguntou o oficial.

"Muita, pode acreditar", respondi.

O oficial ficou completamente vermelho e explodiu de rir.

"Você está com os nervos em dia! Talvez tenha achado que eu estava brincando?", ele me perguntou, aos risos.

"Sobre o quê?", eu disse. "Espero que não a respeito da comida que me ofereceu. Eu não gostaria que fosse brincadeira."

"Não", respondeu o tenente, ficando um pouco menos sério. "Brinquei sobre a execução."

"Isso eu tomei com a mesma seriedade com que o senhor me comunicou. Ao pé da letra. Se está previsto em lei, então o senhor deve fazê-lo. Mas o senhor também disse que, segundo a lei, seria dentro de vinte e quatro horas. E até agora só se passaram cerca de quinze minutos, então, o senhor acha que eu vou ficar as outras vinte e três horas e quarenta e cinco minutos passando fome só por causa da execução? O senhor me executar não o impede de me oferecer algo de bom para comer. Não quero deixar isso de presente pro seu Estado."

"Você terá uma bela refeição. Vou dar as ordens. Refeição de domingo dos oficiais. Em porção dobrada."

Ah, eu quero só ver o que os oficiais franceses comem aos domingos! O oficial não considerou necessário me interrogar ou pedir minha caderneta de marinheiro. Finalmente encontrei alguém que não queria saber nada da minha vida privada. Nem mesmo meus bolsos foram revistados. Mas o tenente estava certo: uma vez determinada minha execução, não valia a pena perder tempo fazendo interrogatórios e vasculhando bolsos. O resultado era sempre o mesmo.

Demorou um pouco até que a comida chegasse. Então fui levado a uma outra sala, onde havia uma mesa coberta com uma toalha e com utensílios que foram dispostos de forma atraente, pra que tudo ficasse mais fácil e agradável pra mim. O serviço era pra uma única pessoa, mas havia pratos, copos, facas, garfos e colheres que seriam mais do que suficientes para seis.

Nesse meio-tempo, meus guardas foram dispensados e vieram dois novos. Um ficou junto à porta e outro atrás da minha cadeira. Ambos com a baioneta no cano e o rifle no pé. Do lado de fora, em frente à janela, vi outros dois andando de um lado para o outro, rifles nos ombros. Eu tinha direito a uma guarda de honra!

Eles não precisavam ter medo, poderiam até ir à cantina jogar cartas pois, enquanto a refeição de domingo dos oficiais, porção dupla, não viesse parar no meu estômago, eu não daria nem mais um passo.

A julgar pelo número de facas, garfos, colherinhas, pratos grandes e pequenos, taças de vinho e de licor de todos os tamanhos dispostos diante de mim, eu podia esperar por algo que nem mesmo uma sentença de morte tripla me faria fugir dali. Comparado àquela tigela em que meus carrascos belgas me serviram a refeição, ali eu não estava vendo nenhuma salada de batatas com salsicha de fígado. Minha única preocupação era conseguir comer tudo, porque deixar alguma migalha perturbaria meus últimos instantes de vida, e me encheria de um arrependimento amargo, porque eu não conseguiria evitar de pensar no que estava deixando pra trás.

Finalmente era uma hora e, finalmente, uma e meia. A porta então se abriu e começou o festim.

Pela primeira vez na minha vida, percebi como nós somos bárbaros e o como os franceses são cultivados. Percebi também que a comida dos seres humanos não deveria ser simplesmente cozida, frita, ensopada, grelhada ou assada, mas sim preparada, e que essa preparação era uma arte. Não, não uma arte, mas um dom, que certos eleitos, abençoados pelos deuses, receberam no berço, e que fez deles verdadeiros gênios.

Comia-se bem no *Tuscaloosa*. Mas, depois da refeição, eu sempre conseguia dizer o que eu tinha comido. Ali, não. Aqueles pratos, seu sabor, eram como um poema que nos faz sonhar e mergulhar na felicidade, de tal forma que depois, quando nos perguntam "mas do que ele falava mesmo?", temos que admitir, pra nossa grande surpresa, que não prestamos atenção nisso.

O criador desse poema era realmente grande artista. Ele não deixou nenhum sentimento de remorso em mim pelos versos que sobraram. Os ingredientes de cada prato foram escolhidos e dosados com tanto cuidado, em todos os seus valores nutricionais e gustativos, que não sobrou nem uma migalha. O próximo prato foi esperado com um prazer ainda maior e, quando chegou, quis saudá-lo com fanfarras.

Esse banquete durou mais de uma hora e, mesmo que tivesse durado quatro horas, eu não teria deixado sobrar nada. Sempre havia uma nova guloseima, frutas cristalizadas, creme, e cada uma que eu saboreava me dava vontade de saber qual seria a próxima. Quando tudo finalmente acabou – as coisas belas terminam mais rápido do que as tristes –, quando todos os licores, vinhos e afins seguiram o fluxo de todos os bons líquidos, quando finalmente foi servido o café, doce como uma menina na primeira noite, e quente como ela é na sétima, e escuro como a fúria da mãe quando descobre tudo, eu me sentia cheio como um saco, mas também aconchegado e celestialmente satisfeito, invadido por uma nostalgia silenciosa e terna daquele jantar. Cavalheiros! Que refeição! Uma verdadeira obra-prima. Por uma dessas, eu me deixaria ser fuzilado duas vezes por dia, com toda a alegria.

Fumei um charuto importado que me evocou todos os aromas e danças das Antilhas.

Então me deitei na cama de campanha que estava no cômodo e fiquei observando as nuvens azuis.

Ah, como a vida é bela! Maravilhosa! Tão bela que estamos dispostos a ser fuzilados com um sorriso agradecido no rosto, para não perturbar sua harmonia com resmungos ou lamúrias.

15

Haviam se passado algumas horas quando o tenente retornou. Eu me levantei, mas ele me disse que eu poderia continuar deitado, pois só queria me comunicar que o comandante não voltaria na noite seguinte, como ele havia dito, mas na manhã seguinte, portanto antes do término das vinte e quatro horas. Ele poderia, assim, colocá-lo a par do assunto.

"É claro que isso não altera em nada a sua sorte", ele acrescentou, "pois a lei em tempos de guerra é bem clara e não deixa lacunas."

"Mas a guerra já terminou há muito tempo, Sr. Tenente", eu disse.

"De fato. Mas nos encontramos aqui em estado de guerra. Nas fronteiras, nossos fortes não modificaram nem uma vírgula dos seus regulamentos. A fronteira espanhola é uma zona de perigo para o Ministério da Guerra, por causa das ameaças que pairam sobre nossa colônia no norte da África."

O que ele estava me dizendo sobre zonas de perigo e regulamentos não me interessou muito. O que me importava a política francesa? O que me interessava, depois da minha saudável sesta, era algo completamente diferente – e eu queria que ele soubesse logo.

Ele estava prestes a sair, mas ainda me dirigiu o olhar e me perguntou com um sorriso:

"Espero que esteja se sentindo bem, dadas as circunstâncias. Aproveitou bem a refeição?"

"Sim, obrigado."

Não, eu não poderia deixar de dizer: "Perdão, Sr. Tenente, eu também receberei o jantar?".

"É claro! Ou você acha que te deixaríamos passar fome? Mesmo você sendo um boche, não te deixaremos sem comer. Em alguns minutos você receberá seu café."

Eu hesitei um pouco. Não se pode ser rude com seu anfitrião. Mas, caramba, e por acaso um condenado à morte precisa ser educado?

"Com licença, Sr. Tenente, eu receberei novamente a refeição dos oficiais? Em porção dobrada?"

"É claro que sim! Mas o que você está pensando? Faz parte do regulamento. É o seu último dia. Não vamos mandá-lo para... Mandá-lo embora com uma lembrança ruim do nosso forte."

"Não se preocupe, Sr. Tenente, eu terei boas lembranças deste forte. Podem me fuzilar, só não o façam quando a refeição dos oficiais, em porção dobrada, estiver servida. Isso seria uma barbaridade da qual eu jamais me esqueceria e que eu reportaria assim que chegasse lá em cima."

O oficial ficou me olhando por um tempo, como se não tivesse me compreendido direito. Afinal, não era muito fácil me entender a partir dos meus retalhos linguísticos. Mas, de repente, ele entendeu. E então ele riu tanto, que teve que se apoiar na mesa pra se equilibrar. Os dois guardas entenderam alguma coisa, mas não o sentido do que eu disse. Eles estavam plantados feito dois bonecos. Mas acabaram sendo contaminados pela risada de seu tenente e também começaram a rir, sem saber qual a causa nem o custo dessas risadas.

O comandante retornou de manhã bem cedo. Às sete horas fui conduzido até ele.

"Então você não viu as placas?"

"Que placas?"

"Ora, aquelas placas onde está escrito que aqui é uma zona militar e que quem for capturado dentro dessa zona será submetido à lei marcial, o que significa que você será condenado à morte e fuzilado, sem direito a julgamento."

"Agora eu sei."

"Então você não viu as placas?"

"Não. E se as tivesse visto, não teria prestado atenção. Eu não consigo ler o que está escrito nelas. Eu até consigo ler, mas não entender."

"Você é holandês, não é?"

"Não, sou um boche."

Se eu tivesse dito que era o diabo e que estava vindo direto do inferno pra buscar pessoalmente o comandante, ele não teria conseguido se mostrar mais surpreso.

"Pensei que você era holandês. Você é oficial do exército alemão ou, pelo menos, já o foi, não é?"

"Não, eu nunca fui soldado do exército alemão."

"Por que não?"

"Sou um pacifista, um homem que ficou na prisão enquanto durou a guerra."

"Por espionagem?"

"Não. Porque os alemães acreditavam que eu não ia permitir que a guerra acontecesse. E então eles tiveram tanto medo de que eu e mais meia dúzia impedíssemos a guerra, que nos mandaram pra prisão."

"E você e mais essa meia dúzia que ficou presa com você tinham condições de impedir a guerra?"

"Pelo menos era o que os boches pensavam de mim. Antes eu não sabia que eu era um homem tão forte. Mas então eu descobri que eu era, senão eles não precisariam ter me trancado."

"Em que forte você ficou preso?"

"No... na... na Sulfália."

"Em qual cidade?"

"Em Deutschenburg."

"Nunca ouvi falar."

"Pois é, não se fala muito de lá. É uma fortificação secreta, que nem mesmo os boches sabem que existe."

O comandante se dirigiu ao tenente: "Você sabia que ele era boche?".

"Sim, senhor, ele logo me disse."

"Logo disse, sem rodeios?"

"Sim, senhor."

"Ele tinha algum aparelho fotográfico, cartões, fotografias, desenhos, planejamento, coisas do tipo?"

"Não, aparentemente não. Eu não pedi que o revistassem, ele ficou sempre sob vigilância e não conseguiria esconder nada."

"Agiu certo. Vamos ver o que ele tem."

Vieram dois cabos e me revistaram. Mas não tiveram sorte. Tudo o que eles encontraram foram alguns francos, um lenço rasgado, um pentinho e um pedaço de sabonete. Eu carregava comigo aquele sabonete como prova de que eu pertencia a uma raça civilizada, já que pela minha aparência nem sempre poderiam dizer isso de mim. E, afinal, sempre é bom ter uma prova disso.

"Corte esse sabonete", ele ordenou ao cabo.

Mas também por dentro aquilo não era nada mais do que um sabonete. Pela cara do comandante, ele parecia ter certeza de que ia encontrar chocolate ali dentro.

E então eu tive que tirar as botas e as meias, e as solas das minhas botas foram revistadas.

Mas se todos os vários policiais que me revistaram não conseguiram encontrar o que todos eles queriam de mim – e eles sabiam muito bem como fazer isso –, aqueles cabos encontraram ainda menos. Se pelo menos eles me explicassem o que estavam procurando, eu lhes diria com todo o prazer se eu tinha ou não. Eles se poupariam do esforço. Mas aí, é claro, ficariam sem trabalho.

Deve ser algo de muito valor o que todos esses países procuram nos meus bolsos. Talvez o mapa de uma mina de ouro secreta ou de uma jazida de diamantes enterrada na areia. O comandante quase se traiu falando de planos, mas logo se deu conta de que não deveria revelar o grande segredo que apenas policiais e militares estavam autorizados a conhecer.

"Só tem uma coisa que eu não entendo", disse o comandante dirigindo-se ao tenente. "Como ele conseguiu passar pelos postos de sentinela sem ser notado nem parado?"

"Nesse período do dia há pouca circulação nas vias principais. Por ordem do comandante, mandei que fizessem exercícios na fortificação em frente, e aqui ficaram apenas as sentinelas para vigiar os comboios nas estradas. Com certeza ele conseguiu atravessar na troca de sentinelas. Aliás, se o senhor me permite, com base nessa experiência, gostaria de sugerir ao comandante que os exercícios sejam realizados apenas com um terço do pelotão, para não enfraquecer as sentinelas."

"Acreditamos não ser possível nenhuma aproximação. Eu me ative às instruções recebidas, cujas lacunas, como o senhor se lembra muito bem, eu apontei. Agora eu ocupo uma posição forte para impor nosso projeto. Não é pouca coisa, não acha?"

O que eu tinha a ver com esse tal projeto que eles queriam impor? Por que eles estavam discutindo isso na minha presença? E por que deveriam calar a boca diante de um morto?

"De onde você vem?", me perguntou o comandante.
"De Limoges."
"Onde você atravessou a fronteira?"
"Em Estrasburgo."
"Em Estrasburgo? Mas não fica na fronteira."
"Acho que foi ali onde se fixaram as tropas americanas."
"Você quer dizer na região do Mosela? Então você passou pelo Sarre."
"Eu confundi Estrasburgo com Saarburg."
"O que você ficou fazendo na França esse tempo todo? Mendigando?"

"Não, eu trabalhei. Pros camponeses. Quando eu conseguia juntar um pouco de dinheiro, comprava uma passagem, andava mais um trecho, e trabalhava de novo pra algum camponês, e juntava mais um pouco de dinheiro pra comprar uma outra passagem."

"E aonde você quer ir agora?"

"Pra Espanha."

"E o que você quer fazer na Espanha?"

"Veja bem, senhor comandante, daqui a pouco começa o inverno, e eu não tenho reservas de combustível. Então eu pensei que seria melhor passar um tempo na Espanha, já que lá é sempre quentinho, até no inverno, e a gente não precisa de combustível porque pode se sentar ao sol o dia inteiro, chupando laranja e comendo uva. Lá, as uvas crescem nos vãos das calçadas, a gente só tem que abaixar e colher, e as pessoas ficam felizes quando as colhemos, porque para os espanhóis elas são como ervas daninhas, que eles querem arrancar."

"Então você quer ir para a Espanha?"

"Eu queria. Mas agora não dá mais."

"Por quê?"

"Porque eu vou ser fuzilado."

"E se eu não mandasse mais te fuzilarem e lhe dissesse que você vai pegar o caminho mais rápido de volta para a Alemanha, que você está livre sob a condição de retornar imediatamente para a Alemanha, você me daria sua palavra?"

"Não."

"Não?", ele lançou um olhar esquisito pro tenente.

"Prefiro ser fuzilado. Pra Alemanha eu não vou. Eu já decidi ir pra Espanha. Ou eu vou pra Espanha ou a parte alguma. Se eu quero ir pra lá, é pra lá que eu vou. Se eu for fuzilado, não poderei mais ir. É a Espanha ou a morte. O senhor pode fazer comigo o que bem entender."

O comandante então disse: "Você será imediatamente escoltado até a fronteira. Uma vez na Espanha, você tentará avançar o máximo possível no país, conforme lhe convier. Aliás, marinheiro,

Barcelona é um porto muito grande, onde sempre há necessidade de mão de obra. Não preciso lhe dizer que, se alguma vez você for visto nas proximidades, mesmo que não seja em uma área estritamente militar, não restará mais nenhuma dúvida sobre qual será seu destino nas próximas duas horas após a apreensão. Eu me fiz entender?".

"Perfeitamente, senhor comandante."

"Muito bem, isso é tudo. Vá imediatamente."

Eu, porém, fiquei parado, com um pé na frente do outro.

"Mais alguma coisa?", perguntou o comandante.

"Posso fazer uma pergunta ao senhor tenente?"

Não só o comandante parecia estupefato, como também o tenente. O comandante lançou um olhar para o tenente, como se já o visse diante de um tribunal de guerra. Ele estava certo: na verdade, o tenente estava mancomunado comigo.

"Faça sua pergunta ao senhor tenente."

"Perdão, senhor tenente, mas eu ainda não tomei café da manhã."

Eles soltaram uma gargalhada estrondosa, e o comandante gritou para o tenente:

"Agora não resta a menor dúvida de que o sujeito é insuspeito."

"Ontem eu já tinha eliminado essa dúvida, quando perguntei se ele estava com fome."

"Pois bem, você pode tomar o café da manhã", disse o comandante ainda aos risos.

Mas eu ainda tinha uma coisinha pra pedir.

"Senhor tenente, já que esta é minha última refeição, por assim dizer, minha refeição de despedida, será que posso lhe pedir um café da manhã dos oficiais, porção dobrada? Gostaria muito de guardar boas lembranças do forte."

O comandante e o tenente riram tão alto, que parecia que todo o forte estava tremendo.

Ainda abalado por sua gargalhada colossal, o comandante gritou algumas palavras que ele tinha dificuldade de encadear, porque sempre eram entrecortadas pelas suas gargalhadas estridentes.

"Eis o autêntico boche faminto. Mesmo se afogando ou com a corda no pescoço, ele ainda quer comer mais e mais! Nunca vamos acabar com essa ninhada gulosa dos infernos!"

Espero que os boches ergam pra mim um belo monumento, por conta dessa boa impressão deles que deixei naqueles dois oficiais franceses. Mas que não seja na Avenue de la Victoire, aí é melhor não. Porque senão eu nunca mais me livraria de um gosto amargo na boca, e revoluções inacabadas iriam me assombrar como fantasmas.

16

Dois homens com baionetas a postos me acompanharam. E lá fui eu rumo à ensolarada Espanha. Com todas as honras militares. Os soldados me levaram até a guarda de fronteira, e lá fui entregue aos funcionários da alfândega espanhola.

"Ele não tem documentos", disse o cabo que me acompanhava.

"*Es alemán?*", perguntou o espanhol.

"*Si, Señor*", eu disse.

"Seja bem-vindo!", me disse o espanhol e, pro cabo, ele disse que estava tudo certo, que ia me manter ali. O cabo olhou pro relógio e escreveu alguma coisa no formulário. Os dois soldados deram meia-volta e se afastaram. "*Goodbye, France!*" A fronteira francesa sumia da minha vista. O funcionário espanhol me arrastou direto pra sala da guarda, onde logo fui rodeado por todos os outros, que me cerraram a mão e me abraçaram. Um deles queria até beijar minhas bochechas.

"Faça guerra ao americano e você não terá melhor amigo nessa Terra do que o espanhol!" Se eles soubessem quem eu sou, que eu tomei deles Cuba, as Filipinas, entre outras, eles não me matariam nem me mandariam de volta praquele lugarzinho onde eu não podia ser visto nunca mais, mas eles teriam sido tão frios quanto jaquetas molhadas, e indiferentes como palha de cama velha.

Primeiro me trouxeram vinho, depois vieram ovos e um queijo requintado. E depois, cigarros, e mais vinho, e mais ovos e queijo, e então me disseram que em breve seria o almoço. Os funcionários que estavam a serviço do lado externo foram entrando aos poucos. E ninguém mais saiu. Comboios inteiros de contrabandistas poderiam ter passado naquele momento, eles não dariam a mínima. Ali estava um alemão, e eles precisavam mostrar a ele o que pensavam da Alemanha e dos alemães. E para mostrá-lo com bastante precisão, interromperam o trabalho em sua homenagem.

Externamente, eu não era um exemplo muito glorioso daquele país alemão tão limpo e organizado e de seus habitantes recém-lavados e bem arrumados. Desde que o meu *Tuscaloosa* levantou âncora, eu não tinha trocado de roupa, nem de botas, nem de chapéu, e minha roupa tinha ficado naquele estado depois de tanto ser lavada com mais ou menos cuidado, com mais ou menos sabão, nos córregos e rios que estavam pelo caminho, e pendurada pra secar em arbustos, enquanto eu mesmo tomava um banho e ficava esperando até que a roupa estivesse seca ou até precisar colocá-la molhada mesmo, porque começava a chover.

Minha aparência devia ser pra eles a melhor prova de que eu vinha diretamente da Alemanha, sem paragem.

Era exatamente assim que eles imaginavam um alemão que perdeu a guerra, que os americanos saquearam até a sua última camisa, e que os ingleses fizeram passar fome. E minha aparência combinava tão perfeitamente com as ideias deles que, se eu dissesse que era americano, eles iriam achar que eu era um mentiroso sem vergonha querendo zombar deles.

Pra eles, era evidente que alguém vindo diretamente da Alemanha, sem paragem, devia ter uma fome terrível, que só podia ser saciada dali a cinco anos. Na hora do almoço, eu recebi tanta comida empilhada que recuperei sem esforço os cinco anos de fome. Depois, um após outro, eles me trouxeram uma camisa, um par de botas, um boné, seis pares de meias, lenços, gravatas de seda, colarinhos, uma calça, uma jaqueta, e a coisa não parava. Eu tive que aceitar tudo e me livrar de tudo o que possuía até então. À tarde, jogamos cartas. Eu não conhecia aquele jogo, mas eles me ensinaram, e logo eu estava jogando tão bem que ganhei deles um belo punhadinho de dinheiro – o que os deixou muito alegres e animados a continuar jogando.

Nenhum alemão jamais passara por aquela estação, e por essa razão eu fui devidamente celebrado: como representante, como o primeiro representante daquele povo que era tão popular por ali.

Oh, ensolarada Espanha! O primeiro país que encontrei em que ninguém perguntou sobre a minha caderneta de marinheiro, onde ninguém quis saber meu nome, minha idade, minha altura, minhas impressões digitais. Onde ninguém revistou meus bolsos nem me arrastou durante a noite para uma fronteira, nem me caçaram como um cão inválido, e onde ninguém queria saber quanto dinheiro eu tinha ou do que eu tinha vivido nos últimos tempos.

Não, pelo contrário, eles ainda encheram meus bolsos, pra que finalmente alguém pudesse encontrar algo ali. Passei o primeiro dia no posto e dormi a primeira noite na casa de um dos guardas; no dia seguinte, fui alimentado ali mesmo. À noite, um outro veio me buscar. Nenhum deles queria me deixar ir, e todos queriam me hospedar por uma semana. A família com que eu estava não queria ceder a vez à próxima. Terminada a primeira rodada, quando eu estava prestes a começar a segunda, os habitantes de toda a cidadezinha fronteiriça vieram, um após o outro, reclamar minha presença, e eu tive que passar cada dia com um cidadão diferente. A competição que se instaurou, com cada um querendo me fazer sentir que havia me tratado muito melhor do que o vizinho, me forçou a fugir uma noite. Estou firmemente convencido de que, hoje, todos eles afirmam que não esperavam tamanha ingratidão de mim. Mas a morte por fuzilamento ou por enforcamento era uma comédia comparada à morte agonizante que me esperava naquele lugar, e da qual eu só poderia escapar fugindo durante a noite. Esses mal-entendidos corrompem as pessoas. Eu permaneço na lembrança deles como alguém que certamente deve ter sido um presidiário em fuga, porque escapei secretamente durante a noite. E é bem possível que o próximo estrangeiro que apareça por ali, talvez um verdadeiro alemão, não receba nem uma sopa quente, ou então seja servido por um espanhol de sobrancelhas levantadas e com uma careta que significa: "Não deixamos ninguém morrer de fome, nem o próprio diabo". O amor não se transforma apenas em ódio, mas no que é ainda pior, em escravidão. Ali, a escravidão era assassina. Eu não podia nem sair para o quintal sem que um membro da família corresse até mim e me perguntasse todo preocupado se eu tinha papel higiênico. *Yes, Sir.* Nenhum ser humano pode suportar isso, a menos que seja um paralítico. Se eu tivesse insinuado que queria me mandar, eles teriam me acorrentado. Acho que deve haver entre aquelas pessoas alguém mais sensato, que tenha encarado meu malfeito com olhos indulgentes.

Assim que comecei a me entediar em Sevilha, fui para Cádiz, e assim que eu comecei a me sentir sufocado em Cádiz, voltei para Sevilha; depois, quando as noites em Sevilha já não me agradavam mais, voltei para Cádiz. Assim passou o inverno e, sem o menor remorso, eu poderia ter trocado minha saudade de Nova Orleans por qualquer mixaria. Afinal, por que tem que ser justamente New Orleans?

Meus bolsos estavam tão vazios como naquele distante dia em que cheguei a este país. E nenhum policial jamais se interessou pelos meus documentos, ou quis saber de onde eu era, para onde ia e o que estava fazendo lá. Eles tinham vários outros problemas. Pobres-diabos sem passaporte eram a menor de suas preocupações. Quando não tinha dinheiro para dormir num albergue, na manhã seguinte acordava tão calmo e inocente quanto na noite anterior. E mais de uma centena de vezes um policial passou por mim, e mais de uma centena de vezes ele foi muito cuidadoso para que ninguém me roubasse por engano. Nem me atrevo a pensar o que podia acontecer, em outros países, se um sujeito pobre, ou mesmo uma família inteira, dormisse na porta de terceiros ou passasse a noite num banco de praça – ou seriam presos por vadiagem e mendicância, ou seriam mandados para o reformatório. A Alemanha certamente seria destruída por um terremoto e a Inglaterra por uma enchente, se o sujeito que ousasse esse tipo de coisa não fosse preso e devidamente condenado. Pois há um grande número de países onde é um crime ser um sem-teto ou sem posses, e por acaso, nesses mesmos países, um bom roubo sem ser pego não é um crime, mas o primeiro passo para se tornar um cidadão respeitado.

Acontecia de, às vezes, eu estar deitado num banco e um policial vir me acordar para me dizer que ia chover e que era melhor eu me abrigar embaixo da marquise em frente, ou no galpão, no final da rua, onde havia palha e eu poderia dormir melhor, sem me molhar.

Quando eu estava com fome, ia a uma padaria e dizia ao homem ou à mulher que eu não tinha dinheiro, mas estava morrendo de fome, e me davam pão. Ninguém enchia meu saco com aquela pergunta chata: "Por que você não trabalha? Afinal, você é um cara forte e saudável!".

Eles consideravam isso uma extrema falta de educação. Pois, se eu não trabalhava, era porque eu tinha bons motivos pra isso e, pra eles, arrancar de mim esses motivos era algo indecente. Como zarpavam navios de lá! Às vezes, meia dúzia num único dia. É claro que tinha trabalho pra mim num ou noutro. Mas eu não me preocupava com isso. Eu não corria atrás de trabalho. E por quê? Chegou a primavera espanhola.

Eu devia me preocupar com trabalho? Eu estava no mundo, eu vivia, eu estava vivo, eu respirava o ar. A vida era tão maravilhosamente bela, o sol era tão dourado e tão quente, o lugar tão fabulosamente encantador, todas as pessoas tão simpáticas, mesmo quando maltrapilhas, todos tão gentis e, acima de tudo, havia ali a verdadeira liberdade. Não era de admirar que aquele país não tenha participado da guerra mundial pela liberdade e pela democracia. Por isso, ali, a guerra não tinha vencido a liberdade, e as pessoas não a tinham perdido. É incrivelmente ridículo que todos os países que se autoproclamam os mais livres, na verdade, concedem aos seus povos um mínimo de liberdade e os mantêm a vida inteira sob sua tutela. Suspeito é aquele país onde a liberdade que supostamente existe dentro de seus limites é tema constante. Quando eu chego ao porto de um grande país e avisto uma enorme estátua da liberdade, ninguém precisa vir me explicar o que acontece atrás daquela estátua. Onde é preciso gritar a plenos pulmões "aqui somos um povo de pessoas livres!", é porque se quer apenas ocultar o fato de que ali a liberdade deu com os burros n'água ou foi corroída por centenas de milhares de leis, decretos, dispositivos, diretrizes, regulamentos e cassetetes policiais, que só sobraram a gritaria, a fanfarronice e as deusas que as representam. Na Espanha, ninguém fala em liberdade e, num outro país onde também não se fala disso, ouvi um dia alguém mencionar a "falta de liberdade". Foi uma grande manifestação. Esta manifestação, da qual participou toda a população, e na qual cidadãos de respeito não tinham medo de caminhar atrás das bandeiras comunistas e anarquistas, e na qual os comunistas não se consideravam distintos demais pra marchar atrás das bandeiras de sua pátria, era um protesto contra a polícia, que tentava instituir uma espécie de declaração obrigatória de todos os habitantes, segundo o modelo prussiano. Ou seja, a polícia tinha apenas sugerido que, uma vez por ano, todo cidadão informasse a ela seu endereço, nome, idade e ocupação. Mas a população imediatamente sentiu o cheiro do perigo e soube, desde a primeira palavra, que aquilo era apenas o começo da obrigação de informar.

Não há ninguém no mundo hoje que não saiba o que a Alemanha representa.

A guerra com a Inglaterra e a América foi a melhor propaganda para a Alemanha e para o trabalho alemão. Há poucas pessoas na Terra que sabem que a Prússia é um país.

Quando ouvimos na América, e em muitos outros lugares, a palavra "Prússia", ela nunca se refere à terra ou aos seus habitantes, mas é sinônimo de liberdade estrangulada e tutela policial.

Quando eu estava em Barcelona, passei um dia por um enorme edifício e escutei gritos, uivos e gemidos humanos vindo dali.

"O que está acontecendo ali?", perguntei a um homem que passava.

"Ali é a prisão militar", ele me disse.

"Mas por que essas pessoas estão dando esses gritos tão pungentes?"

"Pessoas? Não são pessoas. São comunistas."

"Eles não precisam gritar, se são comunistas."

"Mas você não está entendendo? Eles estão sendo espancados e torturados."

"Mas por quê?"

"Ora, eles são comunistas!"

"Você já me disse isso três vezes."

"Por isso eles vão ser espancados até a morte. À noite, os corpos serão retirados e enterrados."

"Mas eles são criminosos?"

"Não, mas são comunistas."

"Por isso eles são torturados e espancados até a morte?"

"Sim. Eles querem mudar tudo. Pra eles, as coisas nunca estão boas o bastante. Eles querem nos escravizar e nos impedir de seguir a nossa própria vontade. Eles acham que o Estado deve fazer tudo sozinho e que nós todos devemos ser apenas os trabalhadores do Estado. Mas isso nós não queremos. Queremos trabalhar quando quisermos, como quisermos, onde quisermos e no que quisermos. E se não quisermos trabalhar, se preferirmos passar fome, também não queremos que ninguém se intrometa. Mas os comunistas querem se meter na nossa vida inteira, e o Estado deve controlar tudo. Então, é normal que os matem." Cada época e cada país, ainda que seja civilizado, tem suas perseguições aos cristãos, suas fogueiras de hereges e suas caças às bruxas; na América, os hereges não têm um tratamento melhor do que na Espanha. O mais triste da história, o mais lamentável, ainda que humano, é que os perseguidos de ontem são os perseguidores mais brutais de hoje. E, dentre os perseguidores brutais de hoje, estão os comunistas. Os retardatários, os insistentes, estes são sempre perseguidos. O homem que emigrou para a América há cinco anos e que ontem obteve sua nova nacionalidade é hoje quem grita com mais selvageria: "Fechem as fronteiras, não deixem mais ninguém entrar". E, no entanto, são todos imigrantes e filhos de imigrantes, incluindo o Presidente...

Por que correr atrás de trabalho? Lá está você diante de quem tem trabalho pra te dar e te tratam como um mendigo importuno. "Não tenho tempo, volte mais tarde." Mas se você responder "não tenho tempo pra trabalhar para você, ou não estou com vontade", aí é revolução, greve, um abalo nas bases do interesse público, e chega a polícia, regimentos inteiros de milícias desembarcam apontando metralhadoras. De fato, às vezes é menos vergonhoso mendigar pão do que pedir trabalho. E por acaso um *skipper* pode se virar sozinho em sua banheira, sem trabalhadores? O engenheiro pode construir sua própria locomotiva, sem trabalhadores? Mas o trabalhador, de chapéu na mão, tem que mendigar trabalho e precisa ficar ali, feito um cachorro que vai ser espancado, deve rir da piada idiota feita pelo empregador mesmo que não tenha a menor vontade de rir, apenas pra manter de bom humor o capitão, engenheiro, líder de equipe, capataz ou quem quer que tenha o poder de dizer "você está contratado".

Se, pra conseguir trabalho, eu preciso implorar por ele com tanta submissão, então também posso implorar pela comida que sobrou num restaurante. O cozinheiro do hotel me trata com menos desprezo do que algumas pessoas a quem eu pedi trabalho.

Nesse meio-tempo, com todas as dificuldades concebíveis, imagináveis e inimagináveis, consegui me esgueirar até à costa sul de Portugal, onde me estabeleci, o melhor que pude, num pequeno porto. Eu queria comer peixe e pensei que a maneira mais fácil de comer um era ter um; e, para ter um, eu tinha que pescá-lo. Pão, sopa ou camisa a gente consegue com uma certa facilidade, mas mendigar equipamento de pesca me parecia algo muito moderno. Então fiquei de olho num barco que chegou e cujos passageiros saíam da alfândega. Me deram uma mala e, quando a entreguei ao seu dono no hotel, recebi algo em mãos como pagamento.

Com esse dinheiro, fui a uma loja e comprei linha de pesca e anzol. Contei por alto ao vendedor que eu era um marinheiro que tinha perdido seu navio. Ele embrulhou minhas coisas com muito cuidado e me entregou o pacote.

Eu quis pagar minha fatura, mas o vendedor sorriu e a rasgou com um gesto elegante e, com outro gesto elegante, a lançou por cima do ombro, curvou-se gentilmente e me disse: "Está pago, muito obrigado! Boa pescaria!".

17

EU ME SENTEI na mureta do cais e joguei minha linha na água. Nenhum peixe veio morder, ainda que eu tivesse feito isca com a linguiça que eu tinha pegado num navio holandês, onde tinha ido pedir comida. Entrar nos navios pra pedir comida, comer com a tripulação de um navio que está no porto, nem sempre é uma coisa muito digna. O trabalhador que tem um bom emprego, ou pelo menos acredita que esteja bem colocado, às vezes se acha infinitamente superior ao trabalhador que não tem emprego. E ele também permite que os desempregados sintam essa superioridade.

O trabalhador é o maior demônio do trabalhador. "Ei, vocês, ratos de praia, vagabundos esfarrapados, estão sem comida de novo? Então vocês querem voltar aqui pra nossa caixa, e de novo vamos ter que dar alguma ração pra vocês, hein? Mas só dois podem subir. Vocês fazem muita sujeira."

Muitas vezes não tínhamos permissão pra entrar nos alojamentos. Não, devíamos ficar parados na frente da porta. Nossos camaradas proletários jogavam o que tinha sobrado em seus pratos, e às vezes até o que ainda estavam mastigando, nos latões onde a sopa era servida, e depois os empurravam em nossa direção, e éramos obrigados a comer no convés, onde tínhamos que ficar agachados no chão. Se implorássemos por uma colher – de minha parte, tendo aprendido com a experiência acumulada, sempre carregava uma no bolso –, eles diziam que colheres a gente não ia ter. O jeito então era pescar a papa com os nossos dedos. Às vezes eles jogavam algumas colheres na gente, mas as jogavam com tamanha habilidade que elas caíam na comida, e a gente tinha que pescá-las com nossos dedos imundos, o que proporcionava àquelas pessoas uma diversão dos diabos!

E essas tripulações não eram as piores. Algumas nos expulsavam do navio porque nos achavam uns patifes. Outras, diante dos nossos olhos, lançavam ao mar as mais belas tigelas de carne, legumes e batatas, e jogavam pra trás pães inteiros, só pra nos aborrecer. Às vezes tínhamos a formidável experiência de ver um marinheiro que foi demitido por um motivo ou outro, ou até mesmo expulso, ser obrigado a se juntar a nós na praia, e, como nós, mendigar comida nos barcos, aprendendo então como é bom ser tratado à maneira de seus próprios colegas de classe.

Nem todos eram assim, muitos marujos proletários me deram voluntariamente alguns escudos, consegui várias caixas de carne enlatada, salsicha de fígado ou morcela. Caixas cheias de legumes, quilos de café dos cozinheiros, pães inteiros, bolos e pudins. Uma vez ganhei doze, vou repetir, doze frangos assados, dos quais eu mesmo tive que doar dez, porque eu não conseguia comer tudo nem guardar, já que eu não tinha uma geladeira no meu bolso. Tudo o que temos nesse mundo carregamos conosco. Quando estamos na praia de portos portugueses, espanhóis, africanos, egípcios, indianos, chineses, australianos e sul-americanos, conhecemos todo tipo de gente e de métodos de sobrevivência. Mas ninguém é capaz de te deixar morrer de fome tão friamente quanto um trabalhador. E o trabalhador de mesma nacionalidade é o pior dos demônios. Enquanto americano, eu era às vezes, nem sempre, perseguido pela tripulação dos navios americanos; enquanto suposto alemão, eu vivia como um príncipe em navios franceses. A tripulação me convidava pra tomar café da manhã, almoçar e jantar a bordo, enquanto o navio permanecesse no porto de Barcelona. E me serviam o que havia de melhor, e o mesmo que recebiam nos quartos, enquanto em navios alemães os tripulantes pulavam direto da escada e bloqueavam minha passagem, mostrando uma placa enorme que dizia: "Entrada proibida". *Yes, Sir!*

18

ENQUANTO EU ESTAVA em Barcelona, fiquei sabendo que havia muitos navios americanos em Marselha que estavam com falta de tripulantes, porque vários membros tinham ficado em terra. Peguei carona num cargueiro de carvão até lá. Mas era alarme falso. Não havia um único navio americano no porto, e os poucos que estavam ancorados ali também não tinham nada a oferecer.

Fiquei vagando todo desesperado pelas vielas do bairro portuário. Fui a um bar frequentado por marinheiros pra ver se encontrava algum conhecido que pudesse me ajudar, já que eu não tinha nem mais um centavo no bolso.

Quando entrei e olhei em volta procurando uma cadeira, uma garçonete, uma jovem muito simpática, se aproximou de mim e me perguntou o que eu queria beber. Eu disse a ela que não tinha dinheiro e que só queria ver se não encontrava algum conhecido ali que pudesse fazer algo por mim. Ela me perguntou de onde eu era. Respondi: "Marinheiro alemão".

Então ela me disse: "Sente-se, vou trazer alguma coisa para você comer!".

Eu respondi: "Mas eu não tenho dinheiro!".

"Não tem problema", ela disse. "Logo você terá dinheiro suficiente."

Não entendi e quis me mandar dali, porque pensei que podia ser alguma armadilha.

Depois que eu havia comido, e tinha uma garrafa de vinho na minha frente, a garota do nada gritou bem alto pelo salão:

"Meus senhores, aqui está um pobre marinheiro alemão, sem navio. Vocês não gostariam de dar alguma coisa a ele?"

Eu senti que tinha ficado pálido, e pensei que essa era a armadilha, e que eles só queriam se divertir me dando uma bela surra. Mas não aconteceu nada parecido. As pessoas apenas pararam de conversar e se viraram para mim. Um deles se levantou, se aproximou com seu copo e brindou comigo. Então a garota pegou um prato, saiu andando pelo salão e, quando ela esvaziou o prato na minha frente, eu tinha o suficiente para pagar minha refeição, uma segunda garrafa de vinho, e ainda sobrava pro café da manhã do dia seguinte.

Quando muito mais tarde o restaurante foi fechado, a bela garota me perguntou se eu tinha onde passar a noite. Eu disse que não, o que era verdade.

"Você pode vir comigo esta noite", ela me disse em seguida, "pode dormir no meu quarto."

No seu quartinho havia apenas uma cama. Eu quis dormir no chão, como vi tantas vezes nos filmes, pra provar a ela que eu realmente era um cavalheiro, e que ela podia confiar em mim.

Mas parecia que cavalheiros não agradavam à mocinha pois, ingênua e caridosa que só ela, me disse:

"Agora, escuta aqui, seu projeto de marinheiro sem navio, por que você acha que eu te trouxe aqui? Pra rezar? Vê se não me mata de vergonha. Ou será que eu me enganei sobre você e suas condições de me pagar? Porque você tem que pagar pela boa refeição, pelo vinho e pela cama que estou te oferecendo. E eu te aconselho a pagar direitinho, se não amanhã vou me arrepender amargamente de ter pensado que você era um excelente marinheiro."

O que eu poderia fazer em tais circunstâncias? Eu tive que obedecer a ela e navegar de acordo com suas instruções.

Pela manhã, bem cedo, ela me disse: "Desça as escadas o mais devagar possível. Se a proprietária, aquela bruxa velha maldita, te pegar aqui, é capaz de ela aumentar meu aluguel, porque ela acha que eu estou faturando uns extras. Da próxima vez que vier a Marselha, venha me ver. Ficarei muito feliz em te rever. Pra você, sempre vai ter jantar, vinho e um lugar para dormir".

Nesse momento, pensei em dizer que ela estava enganada se pensava que um boche era um bom pagador. Mas tenho certeza de que um dia ela vai descobrir a verdade, pois vários navios americanos chegam a Marselha, e neles há muitos jovens vigorosos que gostam de ser bons pagadores quando têm oportunidade.

No mesmo dia, subi em outro cargueiro que me trouxe de volta a Barcelona.

Caramba! Não mordem nenhuma isca, e as latas de salsicha são todas iguais! Isso é o que acontece quando você cochila e leva seus pensamentos pra outro lugar, em vez de cuidar do que interessa. Assim que eu conseguir uma porção, saio, faço um foguinho e grelho o peixe no espeto. Fica diferente daqueles peixes sempre assados em óleo.

Nada ainda, e já morderam a salsicha! Há quanto tempo estou sentado aqui? Com certeza há três horas. Mas pescar acalma os nervos. Não temos a sensação de estar perdendo nosso tempo. É um trabalho útil que fazemos: estamos contribuindo para a alimentação do povo pois, se eu como o peixe que acabei de pescar, não preciso tomar sopa em outro lugar. Então podemos economizar e, no final do ano, vemos que a tal sopa consta de uma estatística qualquer, e a linha que indica a sopa economizada custa mais do que todas as sopas jogadas fora no país inteiro.

Eu também poderia vender o peixe. Talvez eu pegue tantos que consiga faturar duas pesetas. E então eu poderia dormir de novo numa cama por duas noites.

Olha só, amiguinho, até que enfim eu te peguei! Foi você quem comeu toda a minha salsicha. Não é muito pesado. Meio quilo. Acho que nem isso. 350 gramas. Mas você não para de se contorcer! Eu te entendo. Eu também já me contorci assim várias vezes, quando um tira me pegava pelo pescoço. Mas não adianta nada, eu tô com vontade de comer peixe.

Pois é, a água tá fresquinha, e o sol, quentinho. Aqui nenhum tira me pegou pelo pescoço. Eu sei bem como é. Trezentas e cinquenta gramas não são muito. Se você pelo menos pesasse um quilo! E porque você mordeu a isca, e me deu a alegria de não ter ficado sentado aqui à toa, e porque eu amo ser livre, muito mais do que ter a barriga cheia, e porque o sol está sorrindo e a água está azul, e porque você é um peixinho espanhol, opa! Você não vai ser fuzilado, continue nadando feliz e aproveite sua vida! Não vá parar na rede de outro. Se manda e dê lembranças à sua garota!

E lá foi ele em zigue-zague, nadando e dando risadas que eu conseguia ouvir da mureta. Lembranças à sua garota... que merda!

"Mas que pescador você é!", disse alguém atrás de mim. Eu me virei e vi um funcionário da alfândega, de pé, que estava me observando o tempo todo e agora ria alto.

"Tem mais peixes aqui dentro. A água não é tão pequena", eu disse, enquanto espetava mais salsicha no anzol.

"Com certeza tem mais aí dentro. Mas aquele era um peixe bem robusto."

"Claro que era, ele estava com toda a minha salsicha no estômago."

"Por que você pesca se vai devolver pra água uns peixes bons assim?"

"Pro caso de alguém me perguntar hoje à noite o que eu andei fazendo o dia todo, aí eu posso dizer que eu estive pescando."

"Então continue pescando", disse o funcionário e se foi.

São poucas as pessoas que entendem que a pesca é a filosofia em ação. Não se vive pra possuir, mas sim pra desejar, pra ousar, pra brincar.

Mais um. Se eu não tivesse deixado o outro ir embora, agora eu já teria quase uma porção. Mas eu não vou introduzir aqui nenhuma diferença de classes! Eu soltei o outro, então agora não posso condenar esse aqui à morte só por causa da sua estupidez. Ou seja, estupidez merece sempre e em qualquer lugar a pena de morte; por enquanto, ela só é punida com a escravidão. Se eu soubesse que ainda ia conseguir mais três que nem você, então você ia ter que acreditar em mim. Eu tô com vontade de comer peixe. Mas você é um pequeno e delicioso milagre vivo. Vai, volta pro vasto mar. Opa, liberdade é o que há de maior e melhor nessa vida! Sim, mas que inferno, eu vou dar a mão a todos vocês? Já dei a mão a alguém. Já tenho outro na mão. Eu tenho certeza de que, se eu ficar com você agora, nenhum outro virá morder a isca, pois todos eles vão saber que não podem confiar em mim. E só com você, eu não consigo fazer nada. Não ia valer a pena ir embora e acender um fogo só por sua causa. De quanto tempo a querida vida precisou pra te fazer desse tamanho insignificante? Seis anos, talvez sete. E agora eu te mato com um golpe e sua vida termina? Se manda, vai se alegrar com o mar azul e com seus companheiros! Ele então se afastou todo contente. Escuta, rapazinho, você sabe o quanto a liberdade é valiosa, fique feliz com a sua, dê valor a ela e seja feliz!

Mas vem chegando uma banheira bem esquisita... Acabou de zarpar e não parece ter começado bem. Ela se arrasta, resvala e roça no cais. Ela obviamente não tá a fim de partir, tá com medo da água. Mas com certeza, *Sir*, pode acreditar, há navios que têm medo de água. E é este o erro que se comete tantas vezes: o de negar qualquer personalidade aos navios. No entanto, eles têm personalidade, e também têm seus humores, tal como os seres humanos. Essa coisa velha aqui já teve uma personalidade. Percebi isso de cara. Deve ter dado trabalho.

19

JÁ NAVEGUEI EM muitos navios; os deuses são testemunhas. E já vi milhares deles; São Tomé acredita em mim. Mas ainda não tinha visto um navio igual àquele. Pra começar, todo o arcabouço não era só uma grande piada, não, era uma impossibilidade. Quando a gente olhava aquilo, duvidava que conseguisse navegar sobre as águas. Era mais fácil acreditar que se tratava de um bom meio de transporte pra atravessar o Saara, superando com tranquilidade os melhores camelos. Sua forma não era nem moderna nem medieval. Seria um esforço inútil tentar classificá-lo em qualquer período da construção naval. Na popa, estava escrito o nome *"Yorikke"*[1]. Mas as letras eram tão finas e estavam tão gastas, que parecia que ele tinha vergonha de se chamar assim. De acordo com o regulamento marítimo, o porto de origem deve vir escrito ali. Mas ninguém conseguiria adivinhar de onde o navio era, provavelmente ele também se envergonhava de seu local de origem. Ele também mantinha em absoluto segredo sua nacionalidade; provavelmente seu passaporte não estava em ordem. De qualquer forma, a bandeira do país, que acenava do mastro para as estrelas, estava tão desbotada, que podia

‡ 1. Yorikke, *o nome do navio da morte, parece fazer referência ao personagem shakespeariano Yorick, o falecido* clown *de Hamlet, que foi companheiro de brincadeiras do príncipe na infância. Na peça, ao ver os os seus restos mortais removidos pelos coveiros, Hamlet reflete sobre a inevitabilidade da morte e a caducidade da vida. No entanto, Hamlet não é a única referência literária possível de ser estabelecida com o nome do navio: outras já foram reconhecidas e examinadas pela sua fortuna crítica.*

ter sido de qualquer cor. Além disso, a bandeira estava toda esfarrapada, como se tivesse estado à frente das frotas combatentes em todas as batalhas navais dos últimos quatro mil anos.

Eu não conseguia entender qual teria sido sua cor original, embora essa fosse minha especialidade. A julgar pela aparência, num tempo muito distante, seu casco foi branco como a neve, límpido como a inocência de um recém-nascido. Mas isso deve ter sido há muito tempo, quando Abraão ficou noivo de Sara em Ur, na Caldeia. As bordas do parapeito já foram verdes. Mas isso também foi há muito tempo. Desde aqueles dias longínquos, o *Yorikke* teve tempo de passar por algumas centenas de novas demãos de tinta. Só que os marinheiros não se deram ao trabalho de remover a tinta velha. Eles provavelmente tinham sido proibidos. De qualquer forma, a cada vez eles se contentaram em aplicar uma nova camada sobre as antigas, de modo que o *Yorikke* agora parecia duas vezes maior do que realmente era. Se alguém tivesse se dado ao trabalho de descascar cuidadosamente cada camada, poderia ter descoberto exatamente que tipo de cor cada século usou.

É claro que, pra não ser acusado de exagero, teria sido necessário não apenas descascar o casco – o lugar onde o *Yorikke* era relativamente mais jovem, porque de tempos em tempos o mandavam para um salão de beleza –, mas também remover a tinta de todos os lugares, principalmente do interior, pra saber qual era a cor original do salão de festas de Nabucodonosor, até hoje desconhecida, o que nos causa todo tipo de preocupação.

O casco era um horror de partir o coração. Tinha grandes superfícies nas quais os marinheiros haviam arriscado um vermelho bolchevique bonito e delicado. Mas, pelo jeito, o proprietário ou capitão não deve ter gostado da cor, e então terminaram de pintar usando um azul royal. Como o vermelho custou dinheiro, acabou ficando ali. Uma camada de tinta é uma camada de tinta e, pra água salgada, tanto faz se é vermelho-bolchevique ou verde-esperança – o que importa é que o vento e as ondas tenham algo pra corroer; caso contrário, eles vão corroer o navio. O próximo proprietário achou que um barco preto era mais bonito, e que um preto bem viçoso poderia enganar as companhias de seguros melhor do que outra cor. Mas ninguém jamais se atreveu a gastar muito pra pintar por cima do que já havia sido pintado, a fim de dar a todo o casco uma nuance uniforme. Sem despesas supérfluas – peraí, não quero dizer isso, pois ainda não tenho certeza. Mas um velho peixe de água salgada fareja logo esse tipo de coisa e, quando se trata de faro, eu sou um velho peixe de água salgada.

Quando o *Yorikke* saía para o mar ou ancorava num porto, uma cor só não era suficiente para repintar tudo, e o pessoal se virava com o que tinha. O capitão sempre escrevia: "Comprar tinta. Comprar tinta. Comprar tinta". Em letras garrafais. Ora, ninguém pode viver só do seu salário. Eles não compravam a tinta e usavam tudo o que tinha sobrado, fosse marrom, verde, roxo, vermelhão, amarelo ou laranja.

Assim era o *Yorikke* visto de fora. Quase que a linha de pesca escorrega da minha mão, tamanho o susto que eu levei ao ver esse monstro dos mares pela primeira vez. Mas isso é o que acontece quando não se dá um dia de folga aos trabalhadores ao aportar, por pura avareza. O patrão, chamado *the boss,* não sabe o que fazer com eles, então manda que eles pintem das sete da manhã às cinco da tarde, e pintem, pintem, pintem, enquanto ainda houver um pincel no mundo e, num canto, uma lata velha com um resto de tinta espessa e endurecida. Pra pintar o exterior, os trabalhadores tinham que se pendurar nas cordas ou se sentar em tábuas estreitas, que eram abaixadas com cabos. Quando o navio sofria um abalo, porque foi atingido por uma onda enorme e repentina, ou porque esbarrou numa outra banheira gigantesca, ou porque, na mudança da maré, não usaram as cordas certas, aí, num balanço funesto, o pintor voava pra longe do parapeito. Como ele prefere salvar a sua vida ao balde de tinta, é claro que o balde passa por cima do estai, e o seu molho colorido escorre pelas paredes. O balde está salvo, o homem também; o balde estava pendurado numa corda, e o homem agarrou uma corda a tempo. Mas a pintura! A pintura! No casco do *Yorikke*, além das várias tentativas de cores, era possível enumerar também todos os safanões que o valente barquinho tinha sofrido durante o processo de pintura nos últimos dez anos. Cobrir esses jorros de tinta teria sido um desperdício. Era tinta, afinal, e o propósito de disfarçar delicadamente as várias falhas cosméticas do *Yorikke* através da pintura tinha sido alcançado. Além disso, a operação já era bastante cara, pois a cor não ficava integralmente no *Yorikke* – uma parte desaparecia no fundo do mar, e a outra grudava nas calças do marinheiro, quando ele estava à toa. Mas as coisas não param por aí, nessas calças pintadas que agora podem ser colocadas sem que caiam. Agora vem a discussão com o Primeiro Oficial, que é daqueles que acham que a cor é mais valiosa do que o homem, e que este, em vez de pensar na sua vida sem importância, deveria pensar primeiro na preciosa cor. Marujos ele pode conseguir por aí, pelas calçadas ou pelos patíbulos, mas tinta custa dinheiro, e o capitão vai fazer um escândalo, porque mais uma vez aquele miserável não conseguiu dar conta do catálogo de cores e da rubrica "comprar tinta". Muitas vezes, essa conversa só termina depois que se esgota a munição habitual de palavrões, e que o trabalhador que escapou da morte recebe seu salário, enfia suas coisas na mochila e salta do navio, desejando que um grande incêndio aconteça nos porões, quando já estiverem a mil e quinhentas milhas da costa. Geralmente reconhecemos um louco por sua aparência, pela expressão de seu rosto, pela forma como está vestido. Quanto mais louco ele for, mais extravagante será sua aparência. Não dava pra dizer se o *Yorikke* era um navio sensato e mentalmente sadio. Seria um insulto a todos os outros navios que já navegaram pelos sete mares. Sua aparência combinava tão perfeitamente com seu espírito, com sua alma, com sua natureza e com seu comportamento, que alguém poderia duvidar de sua sanidade. Não era apenas seu casco externo, ou sua cor. Tudo o que se podia ver dele estava em plena consonância com a pele e o rosto. Os mastros se agitavam no ar como galhos secos. Se uma bala tivesse sido disparada ao longo da chaminé, mesmo que fosse apenas uma bala de revólver, nunca teria saído do outro lado. Ainda bem que a fumaça se esgueirava pelos cantos; caso contrário, o *Yorikke* nunca conseguiria expeli-la. Pelo menos não pela chaminé. Nunca consegui descobrir como a ponte de comando se comunicava com o resto do navio. Parecia que era preciso voltar ao porto depois de uma hora de viagem para buscá-la, pois, de onde estava, o capitão poderia não ter notado que o navio já estava navegando fazia uma hora, e só quando o comissário vinha à ponte pra lhe avisar que sua refeição estava servida na sala de comando é que descobrimos que a ponte, com o capitão empoleirado nela, não seguiu com o navio, mas estava flutuando, ou presa em algum lugar no último porto.

Quando eu estava sentado na mureta, ocupado com a minha pescaria, e vi o *Yorikke,* dei uma gargalhada tão alta e escandalosa, que o valente barquinho tomou um susto e encolheu metade do seu comprimento. Ele não queria ir para o mar, ele arranhou o cais como um cachorro que choraminga, para que tivéssemos pena daquela deplorável banheira que novamente seria jogada num mundo cruel, cheio de forças e elementos selvagens. Mas ninguém sentiu pena dele.

Ouvi os rangidos dos guinchos, o navio que ia e vinha, e imaginei que eles iriam dar um trato no pobre coitado, pra zarpar logo em seguida. Ora, como uma mocinha indefesa pode se defender sozinha contra tantos punhos duros, e por tanto tempo? Ela pode morder e arranhar, mas uma hora vai ter que sair do esconderijo e ir ao baile, querendo ou não. No entanto, assim que uma garota tão recatada ouve a música, ela passa a ser a melhor de todas. Certamente foi isso o que aconteceu com o *Yorikke.* Uma vez bem lançado na água, aquela mocinha iria correr como um jovem demônio, pra alcançar o próximo porto o mais rápido possível, onde ela poderia descansar e sonhar com os velhos tempos, quando ainda não era assediada de forma tão selvagem quanto agora, nesses dias tão acelerados. É claro que o *Yorikke* já sentia o peso da idade e já não era mais tão forte em suas pernas. Se não estivesse bem agasalhado, sem dúvida congelaria naquelas águas tão frias, pois seu sangue não corria mais nas veias como antes, quando assistiu às festividades de boas-vindas que Cleópatra organizou em homenagem a Antônio.

20

PELA APARÊNCIA DE um navio, é possível julgar com precisão como a tripulação é alimentada e tratada assim que sentimos por um tempo o cheiro de água salgada. Alguns pensam que realmente conhecem um pouco o mar, os navios e os marinheiros, porque atravessaram oceanos uma dúzia de vezes num transatlântico, quem sabe até numa cabine de luxo. Mas um passageiro não aprende nada, nem sobre o mar nem sobre o navio, e muito menos sobre a vida da tripulação. Os comissários não fazem parte da tripulação, os oficiais também não. Os primeiros são apenas garçons e criados, e os segundos, funcionários públicos com direito à previdência.

O capitão comanda o navio, mas não o conhece. Quem anda de camelo e o guia para onde deseja ir também não sabe nada sobre o camelo. Só o cameleiro o conhece, é com ele que o camelo conversa, e ele conversa com o camelo. Ele conhece suas preocupações, fraquezas e desejos.

É a mesma coisa com um navio. O capitão é o comandante, o superior; ele sempre quer algo diferente daquilo que o navio quer. Ele detesta o navio, da mesma forma que comandantes e superiores são detestados, e quando um comandante é amado, ou diz que é, isso só acontece porque essa é a melhor maneira de lidar com eles e com suas manias.

Quem ama o navio é a tripulação. Ela é o seu verdadeiro camarada. Ela o limpa, o afaga, lhe dá colo, o beija. Muitas vezes, o único lar da tripulação é o navio; o capitão tem uma bela casa em algum lugar, sua esposa, seus filhos. Muitos marinheiros também têm uma esposa ou filhos, mas o trabalho deles no e com o navio é tão árduo, tão exaustivo, que eles só conseguem pensar nisso e se esquecem completamente da família. Porque se eles começarem a pensar nela, logo vão cair no sono, de tão cansados que estão.

O navio sabe muito bem que ele não poderia dar nenhum passo se não fosse a tripulação. Um navio pode navegar sem capitão, mas não sem tripulação. O capitão nem consegue alimentá-lo, já que não sabe manter o fogo pra gerar o máximo de calor sem causar distúrbios digestivos.

Com a tripulação, o navio conversa; com o capitão e os oficiais, jamais. A ela, o navio conta fábulas e histórias maravilhosas. Todas as minhas histórias marítimas me foram contadas por navios, nunca por pessoas. O navio também gosta que a tripulação lhe conte coisas. Ouvi dizer que os navios morrem de rir quando a tripulação se senta no deque no domingo à tarde pra contar piadas. Já vi navios chorarem quando eram contadas histórias tristes. E vi um navio soluçando amargamente, porque sabia que afundaria na próxima viagem. Nunca mais voltou e, mais tarde, entrou na lista de "desaparecidos" do Lloyds.

O navio sempre está do lado da tripulação, nunca do lado do capitão. O capitão não trabalha pro navio, mas pra companhia. A tripulação muitas vezes desconhece a companhia à qual pertence o navio – ela não se preocupa com isso. Ela só se importa com o próprio navio. Quando a tripulação está insatisfeita ou rebelada, o navio logo se rebela junto. O navio detesta mais os fura-greves do que o fundo do mar. Conheci um que afundou com uma horda deles já na partida, enquanto a costa ainda estava à vista. Ninguém escapou. Ele preferiu se afundar a cair nas mãos dos fura-greves. *Yes, Sir.*

Se a tripulação é maltratada ou mal alimentada, o navio logo toma partido dela e, a cada porto, grita a verdade, a uma altura que o capitão tem que tapar os ouvidos, e muitas vezes uma comissão portuária é despertada de seu sono e não encontra descanso até que tenha feito uma investigação. Tenho certeza de que vão me achar um sujeito bastante guloso. Mas, prum marinheiro, tirando seu trabalho, a comida é a única coisa com a qual se preocupa. Ele não tem amigos, e trabalho pesado dá uma baita fome. A comida é uma parte importante de seu salário. Mas no *Yorikke,* e ele gritou bem alto, a tripulação recebia uma gororoba infame, que uma companhia avarenta e um capitão que só pensava em ganhos extras só providenciavam para impedir que passassem fome. O *Yorikke* revelava a natureza do próprio capitão a qualquer um que entendesse a linguagem de um navio. Ele gostava de beber, mas apenas das melhores garrafas; ele gostava de comer, mas apenas do bom e do melhor; ele roubava onde dava pra roubar; ele fez acordos paralelos com quem pudesse e à custa de quem pudesse. No mais, tudo lhe era indiferente, e ele raramente incomodava a tripulação. Ele só a incomodava indiretamente, através dos oficiais e mecânicos. Sendo que esses últimos não tinham condições de trabalhar nem mesmo como lubrificadores em navios normais.

Como era possível que o *Yorikke* tivesse uma tripulação e pudesse mantê-la? Como foi possível que ele zarpasse de um porto espanhol, daquele país ensolarado, com a tripulação completa? Este era um segredo bem guardado. Será que ele não era um...

Mas talvez fosse. Talvez fosse um navio da morte. Aha! Então é isso. Um navio da morte. Caramba, pelas barbas do profeta! É isso mesmo, um navio da morte.

Mas eu não percebi logo de cara.

Comi bola.

É isso, não restam mais dúvidas.

Só que tinha mais alguma coisa ali, talvez ele não fosse. Existe um mistério por trás disso. Que um urso polar venha coçar a minha bunda se eu não descobrir o que há de errado com essa banheira!

Agora finalmente ele decidiu partir por livre e espontânea vontade. Eu o havia subestimado. Ele tinha bons motivos pra sentir medo de água. O capitão era um asno, *yes, Sir*, um asno. O *Yorikke* era muito mais esperto que seu capitão, e não precisava de nenhum, agora eu reconheço. Ele era como um velho cavalo de raça pura que deixamos seguir sozinho porque ele sabe o caminho. Pra ser responsável por uma banheira, e até mesmo uma tão delicada quanto o *Yorikke*, um capitão só precisa apresentar um documento devidamente assinado e carimbado certificando que ele foi aprovado no exame. Portanto, dê a um marinheiro experiente o mesmo salário que o capitão recebe, e ele se sairá melhor do que um capitão licenciado que não faz nada o dia inteiro além de andar de um lado pro outro, pensando em como reduzir ainda mais o custo da mão de obra e, assim, arrecadar alguns trocados para encher os bolsos da empresa e o seu próprio. O *Yorikke* teve a corrente e o vento contra ele ao tomar a direção que lhe foi imposta pelo capitão. Não devemos forçar uma mocinha tão delicada a ir aonde e como ela não quer, pois ela correria o risco de se perder. O piloto não teve culpa. Ele conhece bem o seu porto, mas não o navio. Mas aquele capitão o conhecia ainda menos.

Ele rangeu no cais, e tive de levantar as pernas para que não me fossem arrancadas. E eu não estava muito interessado em mandá-las para o Marrocos, enquanto ainda estava em Portugal.

Na popa, ele debatia sua hélice e, pelas laterais, cuspia e mijava loucamente, como se tivesse bebido sabe-se lá quanto, e não estivesse conseguindo se equilibrar sem derrubar os postes de luz.

Finalmente o capitão conseguiu arrastá-lo para longe do cais. Mas eu estava convencido de que foi o próprio *Yorikke* quem percebeu que agora tinha que se preocupar consigo mesmo, caso quisesse escapar ileso. Talvez ele também estivesse pensando em poupar ao proprietário algumas latas de tinta.

À medida que se aproximava, sua aparência ia se tornando mais insuportável. E me ocorreu que, se o carrasco estivesse atrás de mim com a corda a postos, e eu só pudesse escapar dele se me alistasse no *Yorikke*, eu puxaria a corda pro meu pescoço e diria: "Meu caro amigo, vá em frente, faça logo o que tem de fazer, e me livre dessa lata velha". Pois o que eu estava vendo era pior do que qualquer coisa que já tivesse visto antes.

21

No convés, os marinheiros que estavam de folga olhavam para o cais por cima do parapeito, a fim de levar para a longa viagem tudo o que conseguissem guardar do continente dentro de seus olhos. Ao longo de minha vida, já encontrei pelos portos da Ásia e da América do Sul muitos marinheiros maltrapilhos, esfarrapados, decrépitos, imundos, nojentos, empesteados, devassos, embriagados, abandonados por Deus e completamente fracassados. Entretanto, não conseguia me lembrar de já ter visto uma tripulação como aquela, que aliás não tinha sido lançada na costa após um naufrágio e de vários dias à deriva, mas sim que estava a bordo de um navio que tinha acabado de zarpar. Eu nunca teria acreditado que coisa assim fosse possível. Eu mesmo estava longe de ser uma figura elegante e, pra ser franco, estava beirando o esfarrapado. No entanto, comparado àquela tripulação, eu parecia um *sugar daddy* de uma corista da Broadway. Aquele não era um navio da morte. Deus que me perdoe. Aqueles eram larápios diante de sua primeira presa; piratas perseguidos pelos navios de guerra de todas as nações durante seis meses; corsários que afundaram tanto que não têm outra saída a não ser emboscar e saquear embarcações chinesas carregadas de vegetais. Santa serpente marinha, como eram esfarrapados, como eram sujos! Um deles não usava boné nem chapéu porque não tinha nenhum dos dois, mas usava na cabeça, como um turbante, uma enorme anágua enrolada. E um outro, meu Deus! Não, o senhor não vai acreditar, mas eu quero ir trabalhar agora mesmo como caldeireiro se eu estiver mentindo, um deles tinha até uma cartola! Imagine o senhor: um marinheiro usando uma cartola!

O mundo já tinha visto uma coisa dessas? Talvez ele fosse um limpador de chaminés apenas meia hora antes da partida. Ou ele limpava a chaminé daquela banheira. Talvez fosse um regulamento especial do *Yorikke*: que a chaminé só deveria ser limpa por alguém usando cartola. Já presenciei algumas regras curiosas nos navios. Mas o *Yorikke* não era desses que introduziam esse tipo de regras; ele era um navio em que uma regra de mil anos atrás seria suficiente para mantê-lo funcionando. Não, aquela cartola só estava sendo usada ali porque o sujeito não tinha mais nada pra usar na cabeça e, caso tivesse, era evidente que seu bom gosto não o deixaria usar um gorro achatado com aquele colete de casaca que ele estava vestindo. Não seria improvável que ele tivesse fugido do próprio casamento bem naquele momento fatídico em que as coisas começam a ficar sérias. E como ele não encontrou nenhuma outra maneira de escapar da megera, num gesto de desespero subiu no *Yorikke*, onde foi recebido de braços abertos. Aqui, nenhuma megera jamais viria procurá-lo, pelo menos não por um homem de casaca e cartola, que tinha dado as costas para a noiva.

Se eu tivesse certeza de que eles eram piratas, teria implorado que me levassem junto, rumo à glória e ao ouro. Mas quando não se possui um submarino à disposição, a pirataria não vale tanto a pena.

Não, já que eles não eram piratas, então era melhor cair nas mãos de um carrasco do que ser forçado a embarcar no *Yorikke*. Um navio, pra me levar embora da ensolarada Espanha, tinha que ser duas vezes melhor que o *Tuscaloosa*. Ah! Há quanto tempo! Será que New Orleans continua sendo a casa dele? New Orleans, Jackson Square, Levee e... ah, bom, vamos espetar mais um pouco de salsicha nesse anzol; assim que essa banheira colorida passar, talvez eu pegue um quilo de peixe. Se não, tudo bem também; aí vamos ver se conseguimos uma sopa ou o que tiver pra jantar lá no holandês.

Como um caracol que comeu demais, mas que ao mesmo tempo precisa treinar para a próxima corrida de caracóis: era desse jeito que o *Yorikke* passava.

Quando os chefes do bando se aproximaram de mim, um deles me gritou:

"*Hey, ain't ye sailor?*"

"*Yes, Mister.*"

"*Wanta dschop?*" Não era o caso de ele se orgulhar de seu inglês, mas para relacionamentos familiares próximos já dava pro gasto.

Se eu queria um trabalho.

Ei, agora o bicho pegou, será que ele tá falando sério? Agora eu tô perdido. Taí a pergunta que eu temia mais do que a trombeta do Arcanjo Miguel no dia da ressurreição. Normalmente é a gente que procura trabalho por conta própria. Essa é uma lei eterna e imutável enquanto ainda houver trabalhadores. E eu nunca procurei, sempre por medo de que alguém me dissesse sim.

Como todos os marinheiros, sou supersticioso. E como! No navio e no mar, a gente está sujeito a imprevistos e, portanto, também a superstições – caso contrário, a gente não ia aguentar e acabaria enlouquecendo. E é essa superstição que me obriga a dizer sim, quando me perguntam se eu quero trabalhar. Pois se eu dissesse não, eu ia conspirar contra a minha própria sorte, nunca mais na vida ia encontrar um navio, muito menos quando eu precisasse muito. Às vezes funciona contar uma história, mas às vezes não, e o homem berra "Polícia! Trapaceiro!", e aí, se você não tiver um navio pra pular dentro, a polícia vai acreditar no sujeito que não consegue nem entender uma piada.

Essa superstição já me pregou algumas peças desagradáveis, me obrigando a assumir atividades que eu nunca acreditaria que existissem no mundo. Foi por causa dela que me tornei ajudante de coveiro em Guayaquil, no Equador, e que uma vez, numa feira na Irlanda, tive que ajudar, com minhas próprias mãos, a vender lascas da cruz na qual Nosso Senhor e Salvador Jesus Cristo deu seu último suspiro terreno. Cada lasca custava meia coroa, e a lupa que as pessoas tinham que comprar para conseguirem ver a lasca custava mais meia coroa. Mas só sendo supersticioso para fazer uma coisa dessas, que sem dúvida não será creditada a mim um dia. Desde que isso aconteceu comigo na Irlanda, não fiz o menor esforço pra continuar sendo um sujeito bom e corajoso, pois eu sabia que tinha jogado fora minha vida eterna. Não tanto por ter ajudado a vender as lascas. Não, aquilo não foi tão grave, e tinha até um certo mérito da minha parte. O mais grave é que, num quarto de hotel, eu também ajudei o patrão a produzir aquelas lascas, cortando a tampa de um caixote velho e meio apodrecido. Mas nem mesmo isso teria sido tão imperdoável, se eu não tivesse jurado às pessoas, pela minha alma, que eu mesmo havia trazido as lascas da Palestina, onde elas me foram confiadas por um velho árabe convertido ao cristianismo, cuja família as tinha guardado por mil e oitocentos anos, que o tal velho tinha me assegurado solenemente que Deus tinha aparecido pra ele em sonho, ordenando que as lascas fossem levadas apenas pra Irlanda e pra nenhum outro lugar. Também podíamos apresentar os documentos em árabe, além de uma tradução em inglês, que confirmava nossas afirmações. A superstição pode nos pregar peças assim, *yes, Sir.*

Se pelo menos a gente tivesse doado o dinheiro que arrecadamos pra um mosteiro ou pro papa, não teria sido tão ruim, e eu ainda teria esperanças de ser perdoado. Só que nós gastamos o dinheiro por conta própria, e eu ainda cuidei de receber direitinho minhas porcentagens e taxas. Porém, pra ser franco, eu não era de forma alguma um vigarista, mas apenas uma vítima da superstição, da minha superstição. Porque as pessoas boas acreditaram em mim, elas não eram supersticiosas.

22

ENTÃO, QUANDO ME perguntaram se eu queria um emprego, foi natural que eu dissesse que sim. Eu fui forçado internamente a dizer sim, e não conseguia escapar daquela força. Tenho certeza de que fiquei pálido de medo de ter que entrar naquela carcaça. "Marinheiro de segunda classe?", me perguntou o homem.

Felizmente, ali estava a salvação. Eles precisavam de um marinheiro de segunda classe, e eu não era um. Eu sabiamente me policiei para dizer então "raso", porque, em caso de emergência, até mesmo um ajudante de convés pode ficar no leme, especialmente quando o tempo está calmo e as mudanças de curso não são muito frequentes.

Por isso, respondi: "Segunda classe, não, mas *Black Gang*. Time negro".

"Perfeito", gritou o homem. "É disso que precisamos. Rápido! Sobe aqui."

Então eu entendi tudo. Eles pegavam o que conseguiam porque estavam com falta de mão de obra. Eu poderia ter respondido cozinheiro, carpinteiro ou capitão, que eles sempre diriam: "É disso que precisamos. Rápido! Sobe aqui". Aquilo não era normal. Caramba, será que era um... não, apesar de todas aquelas pistas suspeitas, o *Yorikke* não parecia ser um navio da morte.

Joguei minhas últimas cartas.

"*Where're ye bound?* Aonde estão indo?"

"Aonde você quer ir?"

Estão calibrados. Não há escapatória. Eu podia dizer pro Polo Sul, podia dizer Genebra, que eles iam me responder, sem vacilar: "Estamos indo pra lá". Mas eu conhecia um país aonde a carcaça não ousava ir, que era a Inglaterra. Por isso, eu disse: "Inglaterra".

"Cara, mas que sorte!", gritou a voz. "Estamos carregados. Carregamento completo pra Liverpool. Você pode pedir baixa lá."

Aí eles se traíram. O único país onde eu ou qualquer outro marinheiro que não estivesse num navio inglês não podia pedir baixa era a Inglaterra. Aquela resposta eu não podia deixar passar. Mas eu também não podia provar que estavam mentindo. E gritei: "Inglaterra!".

Parecia tão ridículo. É claro que ninguém podia me forçar a me engajar em nenhum navio, de maneira alguma, enquanto eu ainda estivesse em terra firme e fora da jurisdição do capitão. Mas é sempre assim: quando você tá se sentindo bem e feliz, quer se sentir ainda melhor, mesmo que esse desejo de estar ainda melhor seja só um disfarce do seu desejo de mudar de cenário; nutrimos uma esperança silenciosa e eterna de que cada mudança nos leve a algo melhor. Acho que, desde que Adão se entediou no paraíso, passou a ser a maldição do homem nunca se sentir completamente feliz, e sempre estar à procura de uma felicidade maior. Quando penso na Inglaterra, com sua neblina constante, suas tempestades geladas constantes, sua xenofobia, seu príncipe herdeiro com sorriso constantemente bobo e congelado feito uma máscara, e quando comparo a Inglaterra a este país livre, ensolarado, com uma população tão amável, e imagino ser forçado a desistir de tudo isso, realmente sinto vontade de morrer.

Mas era o destino. Eu disse sim, e então, como um bom marinheiro que mantém sua palavra, tive que embarcar naquela banheira, mesmo que ela fosse parar direto no fundo do mar; bem naquele navio, que me fez rir em alto e bom som quando o vi pela primeira vez, e no qual eu jamais teria pensado em navegar, nem que fosse pra dar meu último suspiro. Não naquele navio, e não com aquela tripulação. O *Yorikke* estava se vingando porque eu tinha zombado dele. Mas no fundo era bem feito pra mim: eu não devia ter me instalado aqui, à vista dos navios que estão zarpando! Não temos que nos meter, uma banheira que está zarpando só nos interessa se for a nossa; senão devemos deixá-la em paz e não querer cuspir nela. Sempre dá azar. E isso elas não conseguem suportar.

Um marinheiro não deve sonhar com peixes, nem pensar em peixes, isso não é bom. E eu tinha ido até ali pra pegar alguns. Todos os peixes, eles ou suas mães, já mordiscaram um marinheiro afogado, por isso um marinheiro deve desconfiar deles. Se um marinheiro realmente quer comer peixe, ele só precisa comprá-lo de pescadores profissionais. A pesca é o trabalho deles, eles não arriscam nada; quando um pescador sonha com peixe, ele tá sonhando é com dinheiro.

Eu lancei a última pergunta que ainda podia fazer: "Quanto pagam?".

"Dinheiro inglês."

"E a comida?"

"Farta."

Eu estava preso. Nem uma fenda estreita tinha ficado aberta. Também não havia uma única desculpa pra minha consciência retirar meu sim.

Atiraram pra mim uma corda, eu a agarrei, saltei para a frente com os pés estendidos contra o costado e, enquanto eles puxavam a corda do convés, escalei a parede e pulei por sobre a trincheira.

Quando eu estava no convés, o *Yorikke* começou a acelerar numa velocidade notável, e então tive a sensação de que eu tinha atravessado aquele enorme pórtico onde estão inscritas estas palavras fatídicas:

Aquele que entra aqui
Perde seu nome e seu ser.
Desaparece com o vento.

SEGUNDO LIVRO

INSCRIÇÃO SOBRE OS ALOJAMENTOS DA TRIPULAÇÃO DO NAVIO DA MORTE

Aquele que entra aqui
Perde seu nome e seu ser.
Desaparece com o vento.
Dele não restará vestígio
No vasto, vasto mundo.
Ele não pode voltar,
Não pode seguir adiante,
Onde ele está, tem que ficar.
Nem Deus nem o inferno o conhecem.
Ele não é dia, ele não é noite.
Ele é o nada, o nunca, o jamais.
Grande demais para o infinito,
Pequeno demais para o grão de areia,
Que tem como destino o universo.
Ele é aquele que nunca existiu
E que nunca foi concebido!

23

AGORA EU OBSERVAVA DE PERTO MEUS CAÇADORES DE TUBArões. A impressão que tive de longe não estava melhorando nem um pouco. Não é que estivesse piorando, mas estava ficando simplesmente assoladora. No começo, eu pensei que alguns deles seriam negros e árabes. Mas depois percebi que eles assim me pareceram por causa do pó de carvão e da sujeira que os cobriam. Em nenhum navio, e os navios bolcheviques não são exceção, o marinheiro está no mesmo nível humano que o capitão. Mas aonde isso deve levar? Um belo dia, podemos confundir os dois e descobrir que o marinheiro é tão inteligente quanto o capitão. Às vezes, isso nem seria prova de que o marinheiro tivesse alguma inteligência.

Sem dúvida havia ali categorias de marinheiros. De primeira, segunda, terceira e quarta categorias. Aqueles dois batedores de carteira ali pareciam ser marinheiros de quinta categoria. Eu não sabia qual era a raça humana menos civilizada naquele momento. Isso muda a cada ano, dependendo do quão valioso ou inútil é o país onde essa raça vive para os demais. Mas nenhuma raça incivilizada teria confiado àqueles dois marinheiros a simples tarefa de partir cocos. O *Yorikke* não conseguiu recrutar um número suficiente de marinheiros para que todas as classes fossem representadas. Assim, não havia ali marinheiros de primeira, segunda, terceira e quarta categorias, mas somente dois da quinta e três da sexta categoria.

Descrevi os representantes da quinta categoria, os da sexta eu não consigo, porque não é possível compará-los com nada do que existe sobre a Terra. Eles eram absolutamente originais, e eu me contento em afirmar, sem necessidade de provas, que eles pertenciam à sexta categoria.

"*Bomschia!*" O chefe dos batedores de carteira e dos vigaristas de feira – peraí! Eu quis dizer chefe dos batedores de carteira e dos vendedores de gato por lebre – veio até mim.

"*Euscho schegudo eschenerro. Eschaki, mo vischino, é donkeyman.*"

Acho que preciso traduzir numa linguagem mais legível para que entendam. Ele queria me dizer que ele era o mecânico assistente e, portanto, meu superior direto, uma vez que eu fazia parte do time negro, e que seu vizinho, que estava a seu lado, era o *donkeyman*, portanto meu cabo.

"E eu" – agora era a minha vez de me apresentar – "sou o diretor geral da companhia que é dona desta banheira, e subi a bordo para colocar vocês pra trabalharem direitinho, rapazes!"

Ora, se eles pensaram que podiam me provocar, então iam ter que procurar outro, e não justamente alguém que foi pro mar como ajudante de cozinha na idade em que os outros estão aprendendo o abc. Nem vem que não tem, comigo é olho por olho, dente por dente, é bom já ficarem sabendo.

Mas ele provavelmente não entendeu o que eu disse e acrescentou: "Vá até o alojamento e procure um beliche para você."

Minha nossa, agora parece que o teto tá desabando na minha cabeça, ele não pode estar falando sério, este arremedo de prisioneiro das galés não pode ser o meu superior! Como se alguém tivesse me batido na cabeça com um porrete, fui cambaleando até o castelo da proa.

Alguns homens estavam descansando deitados nos beliches. Quando eu entrei, eles me olharam sonolentos, sem demonstrar interesse nem surpresa. Essas renovações inesperadas da tripulação pareciam acontecer com muita frequência pra que eles dessem alguma atenção. Mais tarde ouvi dizer que, numa dezena de portos por onde o *Yorikke* costumava passar de vez em quando, havia sempre alguns caras na beira da praia que, por uma razão ou outra, não conseguiram outro navio ou tinham que sair para o mar a todo custo porque no cais estava muito quente, e eles então rezavam todos os dias: "Ó, Senhor dos navios e dos exércitos, traga o bom e velho *Yorikke!*". Pois sempre estavam faltando dois ou três homens a bordo do *Yorikke*, e tenho certeza de que, em sua longa carreira, ele jamais partiu com a tripulação completa. Sobre ele também se dizia algo terrível: que seu capitão tinha ido à forca muitas e muitas vezes para examinar os enforcados e, se lhes restassem uma centelha de vida e fôlego suficiente para sussurrarem um "sim", ele os contratava para o *Yorikke*. Eu sei, esse boato é horrível, mas não surgiu do nada, e onde há fumaça, há fogo. Eu pedi um beliche livre. Um deles me indicou com um aceno de cabeça um beliche superior. Perguntei se alguém havia morrido ali. O homem confirmou e acrescentou:

"A de baixo também está livre."

Então eu fiquei com a de baixo. O sujeito se desinteressou de mim e do que eu estava fazendo.

No beliche não havia colchão, nem saco de palha, nem travesseiro, nem cobertor, nem lençol. Nada. Apenas a madeira nua e carcomida. Mesmo na madeira eles haviam economizado cada milímetro possível, de modo que mal podíamos chamar de beliche, e não porta guarda-chuvas, aquela caixa pra ossos humanos. Em cada um dos dois beliches opostos, no de cima e no de baixo, havia trapos e uns sacos velhos e rasgados. Aqueles eram os colchões dos marinheiros que estavam cumprindo turno ou que estavam andando pelo convés. Como travesseiro, eles usavam cordame gasto. O que prova que essa estória de dormir em cordas velhas não era só uma lenda antiga. No beliche acima do meu, onde um tinha acabado de bater as botas, talvez no dia anterior, não havia nenhum trapo. Quando eu me sentava no meu beliche, conseguia alcançar o beliche em frente sem precisar esticar as pernas. Já esbarrava nele com o joelho, quando ia me sentar. O construtor do navio era um sujeito bom de cálculo. Ele calculou que um terço, ou às vezes metade da tripulação está sempre cumprindo turno, enquanto o resto está usando os beliches. Mas acontecia também de eu e os outros dois que dividiam o compartimento comigo estarmos no mesmo turno, e aí a gente tinha que se trocar os três ao mesmo tempo naquele espaço de apenas meio metro entre os beliches. O emaranhado de braços, pernas, cabeças e ombros em movimento ficou ainda mais confuso depois que um sujeito do compartimento vizinho desabou no chão com beliche e tudo, e passou a ocupar a vaga do que havia morrido. Como sempre acontecia, esse novo ocupante também estava no nosso turno. E foi aí que já não dava mais pra distinguir quem estava vestindo ou tirando o quê. Quando a confusão atingia o nível máximo e a campainha já estava tocando, então um ou outro de repente gritava um "pare!", ao qual, por acordo tácito, cada um de nós ficava parado durante um segundo. Mas esse "pare!" não era pra ser usado indevidamente, e sim apenas em caso de extrema necessidade, quando alguém perdia o braço esquerdo ou confundia sua perna direita com a perna esquerda do vizinho; sem esse "pare!", nunca teríamos descoberto que o Martin ficou de guarda com a perna direita do Bertrand, enquanto Bertrand só percebeu ao raiar do dia que ele estava girando o remo com a mão direita do Martin e a esquerda de Henrik durante toda a vigília, enquanto eu sujava as mãos de Bertrand e não fazia a menor ideia de quem estava usando as minhas.

Houve consequências mais graves quando, na iluminação opaca e sonolenta da lamparina coberta pela fuligem, Bertrand enfiou a perna direita na perna esquerda de suas próprias calças, enquanto tentava enfiar a perna esquerda, completamente vestida, na perna direita das calças de Henrik. Às vezes, o preço a pagar eram duas metades de calças sacrificadas, ou golpes voando em todas as direções, ou ainda um beliche que desabava, ou uma porta que era arrombada. Mas sempre era preciso muita discussão e muita briga pra determinar quem tinha pisado primeiro na perna errada da calça, o que forçava o inocente a procurar logo uma perna de calça que estivesse livre, pra não ser obrigado a ir cumprir o turno com uma perna nua. Na verdade, aconteceu duas vezes de uma perna de calça ser deixada pra trás no alojamento e, em ambas as vezes, seu dono só deu falta dela quando amanheceu. Talvez tivesse sido melhor se todo mundo tivesse chegado a um acordo. Mas sobre quem cairia a condenação de se levantar um minuto antes dos outros? Já ao levantar começava uma briga violenta porque tinham despertado a gente meia hora mais cedo. E assim, qualquer tentativa de conciliação foi cortada pela raiz. Essas brigas, ataques de fúria e ameaças atingiam seu ápice justamente quando tocava a campainha. Era quando a fúria se misturava ao nervosismo de não estar pronto e de já ter que começar o serviço aos solavancos, porque mais uma vez aquele cachorro tinha acordado a gente tarde demais, o que ele fazia por pura sacanagem, uma vez que nossas relações com o assistente de mecânico não eram lá muito boas.

24

O YORIKKE NÃO sabia o que era luz elétrica; em sua inocência, ele sequer sabia que existia algo assim. O alojamento era iluminado por uma lamparina de querosene. Acho que é assim que chamam aquele aparato de iluminação. Era uma lata amassada, com uma tampa de metal rosqueada, mas feita de modo fraudulento pra parecer que era de latão puro.

Talvez aquela tramoia tenha conseguido durar por algum tempo. Mas qualquer criança sabe que latão não enferruja, e daquela tampa só tinha sobrado ferrugem, que, por força do hábito, mantinha a mesma forma cilíndrica. A tramoia certamente foi descoberta mais tarde, quando a lâmpada já não podia mais ser trocada, por já ter expirado o prazo de garantia. Ela já teve um vidro. Pelo pouco que sobrava dela, dava pra reconhecer que eram resquícios de um vidro de lâmpada, tanto que às vezes zumbia pelo alojamento a pergunta: "De quem é a vez de limpar a lâmpada hoje?". Não era a vez de ninguém, nunca era. Essa pergunta também era feita por força do hábito, pra nos fazer acreditar que a gente realmente tinha uma lâmpada. Nunca vi alguém com coragem suficiente para assumir a "vez". Ela não teria escapado ilesa. Com o menor toque, ela teria virado pó, e o infeliz seria responsabilizado por isso, e descontariam o valor da lâmpada de seu pagamento, e assim a companhia poderia conseguir uma nova. A companhia sim, mas não o navio. Em algum lugar, seria encontrado um caco de vidro que, diante da pergunta "De quem é a vez?", assumiria a forma de lâmpada. Aquela lâmpada era uma das que foram usadas pelas sete virgens pra manterem sua virtude. Nestas condições, portanto, era de se esperar que ela não conseguisse iluminar direito um alojamento de marinheiros. O pavio ainda era o mesmo que uma das sete virgens havia cortado de sua anágua de lã. O óleo que recolhíamos para a lâmpada, e que erroneamente era chamado de petróleo, às vezes até de "óleo diamante", já estava rançoso quando essas jovens o despejaram em suas lâmpadas. Desde então, as coisas não melhoraram. Pelo regulamento, a lâmpada devia ficar acesa durante toda a noite, o que deixava o ar confinado ainda mais sufocante, já que ela não queimava, mas só fumegava, e, naquela penumbra aconchegante e naquele espaço apertado, o simples ato de trocar de roupa quando se está à beira de um colapso de tão cansado, ou completamente sonolento, poderia ter causado desastres indescritíveis, não fosse a existência de circunstâncias atenuantes na maioria dos casos. Pra falar a verdade, na maioria das vezes a gente não se vestia ou despia. Não é que a gente não tivesse nada pra vestir e despir. Não era esse o caso. Sempre tinha algum trapo pra, pelo menos, demonstrar nossa boa vontade. Mas e quando você não tem um colchão, ou um cobertor ou algo assim?

Quando eu cheguei, ainda pensando que estava num navio normal, perguntei:

"Onde tem um colchão pro meu beliche?"
"Não fornecem."
"Travesseiro?"
"Não fornecem."
"Cobertor?"
"Não fornecem."

Cheguei a ficar surpreso que a empresa tinha fornecido o navio em que a gente estava. Eu não me espantaria se me dissessem que cada um tinha que trazer o seu. Eu embarquei vestido com um boné, jaqueta, calça, camisa e um par do que, quando ainda novo, se chamavam sapatos. Eu já não podia mais chamá-los assim, ninguém teria acreditado em mim. Mas alguns tripulantes eram menos abastados. Um não tinha jaqueta, outro não tinha camisa, e um terceiro não tinha sapatos, mas sim uma espécie de mocassim que ele mesmo havia feito com sacos velhos, pedaços de papelão e corda. Mais tarde, fiquei sabendo que os mais pobres eram os mais bem vistos pelo capitão. Geralmente é o contrário. Mas aqui, quanto menos a gente tinha, menos se arriscaria a desembarcar e deixar o bom *Yorikke* à sua própria sorte.

Meu beliche estava fixado na parede do corredor. Os beliches do lado oposto eram fixados a uma antepara que dividia os aposentos da tripulação. Do outro lado dessa antepara, dois beliches davam para outros dois, instalados contra a tábua. Assim era possível acomodar oito homens num espaço que mal dava pra quatro adultos. A antepara não era contínua, caso contrário os ocupantes da cabine externa teriam que rastejar pelas escotilhas que, de qualquer maneira, não eram grandes o suficiente pra que alguém conseguisse se espremer por ali. Essa parede, portanto, ocupava apenas dois terços do comprimento total da sala, e no ponto onde ela terminava, começava o refeitório. De acordo com o regulamento, o refeitório deve ficar separado dos dormitórios. Isso foi totalmente bem-sucedido aqui. Todos os três quartos faziam parte do mesmo quarto, mas o cômodo era dividido em três pela antepara, e apenas as portas ficavam sempre abertas, justamente porque não havia nenhuma. O alojamento tinha uma porta que dava para o corredor. No refeitório, havia uma mesa tosca com um banco tosco de cada lado. Num canto, ao lado da mesa, tinha um balde de lata velho e amassado, que estava sempre vazando. Ele servia ao mesmo tempo de lavatório, banheira e balde de limpeza. Além disso, também era usado para outros fins, por exemplo, para aliviar marinheiros bêbados de alguns quilos, quando eles conseguiam alcançar o balde a tempo. Quando isso não acontecia, um pobre coitado costumava acordar em seu beliche atingido por uma torrente de tudo o que pode ser encontrado neste mundo, com uma exceção: água. Água não tinha naquela torrente, *no, Sir.*

No alojamento, havia quatro armários. Se não fossem os trapos apodrecidos e os sacos velhos pendurados lá dentro, os armários poderiam ser considerados vazios. Oito homens dormiam ali, mas só havia quatro armários. E já era muito; afinal, quem não tem nada pra pendurar não precisa de um armário. Esse era o motivo de só haver quatro armários. Foi acordado desde o início que cinquenta por cento da tripulação do *Yorikke* não teria nada que valesse a pena ser guardado num armário. Os armários já não tinham mais porta, o que nos permite concluir que cem por cento da tripulação não precisava de armários.

As vigias eram extremamente pequenas e embaçadas. A questão de quem deveria limpá-las aparecia de tempos em tempos, mas ninguém nunca respondia com um "eu", e se alguém se atrevesse a dizer "o senhor" ou "você", provocava acessos de raiva, e por fim a gente chegava a um acordo: seria "ele". Quem quer que fosse o tal "ele", estava de guarda quando foi nomeado e, portanto, não teve como votar nessa questão; aliás, não teria nem tempo pra se preocupar com vigias sujas naquele momento. Uma delas, de qualquer maneira, não tinha como ser limpa, porque o vidro estava quebrado e o buraco, coberto com jornal.

Era por isso que, mesmo com o sol brilhando, o alojamento continuava envolto numa misteriosa penumbra. A noite, era proibido abrir as duas vigias que davam pro convés, pra que a luz não atrapalhasse os marinheiros que estavam de guarda. E por isso também o ar no alojamento ficava estagnado: não tinha como circular.

Todos os dias, o alojamento era varrido por alguém que tinha enfiado os pés na lama sem conseguir puxá-los, ou por alguém que tinha perdido uma agulha ou um botão. Uma vez por semana, o alojamento era inundado com água do mar, o que a gente chamava de lavar e esfregar. Mas não havia sabão, soda cáustica ou escovas. Quem deveria fornecê-los? A companhia é que não. E a tripulação não tinha sabão nem pra lavar uma camisa. A gente já ficava feliz se tivesse no bolso um pedacinho de sabão pra lavar o rosto de vez em quando. E essa migalha de sabão não devia ser deixada em qualquer lugar. Mesmo se fosse do tamanho de uma cabeça de alfinete, alguém ia acabar achando, ficar com ela e nunca mais devolver.

A crosta de sujeira era tão grossa e endurecida, que só mesmo um machado pra cortá-la. Se eu tivesse força pra tanto, teria me lançado nessa empreitada. Não por uma preocupação exagerada com a limpeza, o que era uma perda de tempo no *Yorikke*, mas por razões científicas. Eu tinha a firme convicção, e tenho ainda hoje, de que, se não estivesse cansado demais para raspar as camadas de sujeira sobrepostas, eu teria descoberto, bem lá no fundo, moedas fenícias. Eu nem me atrevo a pensar no tesouro que eu teria descoberto se tivesse cavado mais fundo algumas camadas. Talvez estivessem ali as unhas cortadas do bisavô do neandertal, que há muito são procuradas sem sucesso e que são de importância capital pra determinar se o homem das cavernas já tinha ouvido falar de Mr. Henry Ford de Detroit, ou se ele tinha condições de calcular quantos dólares Mr. Rockefeller ganha por segundo ao limpar seus óculos escuros – pois as universidades só poderão contar com financiamento privado se estiverem dispostas a cuidar de parte da publicidade.

Quando a gente queria sair do alojamento, precisava passar por um corredor escuro e ridículo de tão estreito. Do lado oposto ao nosso alojamento existia outro, parecido, não idêntico, apenas parecido, porque era ainda mais sujo, mais abafado e ainda mais escuro do que o nosso. Uma das extremidades do corredor levava ao convés; a outra, a uma escotilha. Antes de chegar a essa escotilha, havia de cada lado uma pequena cabine destinada ao carpinteiro, ao timoneiro, ao asneiro ou qualquer outro que tivesse patente de suboficial e que, portanto, tinha direito a acomodações separadas, para não ser obrigado a respirar o mesmo ar que os marinheiros comuns, o que poderia prejudicar sua autoridade.

A escotilha levava a dois cômodos: um servia para guardar as correntes e os equipamentos; o outro se chamava "quarto dos horrores". Não havia ninguém no *Yorikke* que pudesse alegar ter entrado nele ou arriscado dar uma espiada lá dentro. Estava sempre muito bem trancado. Quando, por um motivo qualquer – não sei mais dizer por quê – alguém pediu a chave do quarto dos horrores, descobriu-se que ninguém sabia onde ela estava, mas os oficiais alegaram que o capitão a tinha. Porém, este jurou por sua própria alma e pela de seus filhos ainda não nascidos que não a possuía, e proibiu terminantemente que alguém abrisse o cômodo ou entrasse nele. Todos os capitães têm suas peculiaridades. Aquele tinha muitas, dentre as quais nunca inspecionar os alojamentos da tripulação – o que, pelo regulamento, ele deveria fazer uma vez por semana. Ele justificava tal peculiaridade argumentando que poderia fazer aquilo na semana seguinte, ou que não queria estragar o apetite justo naquele dia, ou que ainda não tinha espetado o ponto no mapa, o que era uma prioridade.

25

MAS HAVIA PESSOAS que já tinham estado no tal quarto e visto o que existia lá dentro. Essas pessoas não estavam mais a bordo do *Yorikke*: foram expulsas assim que se descobriu que elas se atreveram a entrar ali. Porém, a história continuou viva no *Yorikke*. Essas histórias sempre sobrevivem, mesmo quando toda a tripulação é dispensada de uma vez, especialmente quando a banheira tem que ficar em doca seca por vários meses.

A tripulação pode deixar o navio, mas as histórias nunca o abandonam. Basta que o navio ouça uma única vez uma história, e ela vai ficar pra sempre ali. Penetra na comida, na madeira, nos beliches, na casa de máquinas, no depósito de carvão, nas caldeiras. Ali, durante a noite, o navio a transmitirá mais uma vez aos seus companheiros marinheiros, palavra por palavra, com mais fidelidade do que se ela estivesse impressa. É por isso que a história do quarto dos horrores foi mantida. Naquele quarto, os dois que entraram tinham visto vários esqueletos humanos. Aterrorizados, eles não conseguiram contar quantos eram. Nem teria sido possível, porque os esqueletos estavam espalhados e misturados uns aos outros. Mas era um número significativo. Logo se descobriu de quem eram aqueles esqueletos, ou melhor, quem eles haviam sido originalmente. Eram restos de ex-marinheiros *Yorikke*, devorados por ratos do tamanho de gatos enormes. Esses ratos de tamanho sobrenatural foram vistos em várias ocasiões, quando escapavam pelos buracos do quarto de horrores. Por que essas infelizes vítimas foram jogadas aos ratos não ficou claro no início. Vários rumores circulavam, e finalmente acabaram se cristalizando numa só versão. Aqueles pobres companheiros foram sacrificados pra reduzir os custos de viagem do *Yorikke* e, assim, aumentar os dividendos da empresa ou do proprietário do navio. A propósito, quando um marinheiro desembarcava num porto e ousava exigir o pagamento das horas extras conforme combinado, ele era sumariamente levado para o quarto dos horrores.

O capitão não tinha outra saída. O pagamento e a dispensa dos marinheiros aconteciam nos portos. E ali, não dava pro capitão atirar no mar o homem que queria receber por suas horas extras, já que poderia ser flagrado pelas autoridades portuárias e condenado a pagar uma multa por ter poluído a água. O que ele fazia com sua tripulação não era da conta das autoridades; só o que fazia com o porto e com a água. Se o capitão apenas deixasse o marinheiro partir, este iria procurar a polícia, ou o cônsul, ou a associação dos marinheiros, e o capitão seria obrigado a pagar as horas extras. Pra evitar tudo isso, era só trancar o sujeito no quarto dos horrores.

Uma vez em alto-mar, o capitão descia pra libertar o infeliz, que já não oferecia nenhum perigo. Mas os ratos já tinham começado a devorá-lo, e não queriam mais largar a presa; vários casais de roedores já estavam a postos com suas licenças de casamento, porque a ocasião se mostrava bastante oportuna para se oferecer um excelente banquete de bodas. O capitão precisava desesperadamente daquele homem pra trabalhar, e ele tinha então que disputá-lo com os ratos. Mas nessa disputa o capitão sempre levava a pior, e se via obrigado a abandonar o local, pra não perder a própria vida ali. Claro, ele não poderia pedir ajuda, senão tudo seria descoberto, e ele teria que pagar as horas extras.

Desde que eu embarquei no *Yorikke*, deixei de acreditar nas histórias comoventes de escravos transportados em navios negreiros. Jamais os escravos foram tão apertados quanto nós. Jamais os escravos tiveram que trabalhar tanto quanto nós. Jamais os escravos ficaram tão exaustos e famintos quanto nós ficávamos, o tempo todo. Escravos eram mercadorias, pelas quais se pagava, e pelas quais se esperava receber uma grande soma. Essas mercadorias tinham que ser bem cuidadas. Ninguém pagaria por escravos cansados, famintos e exaustos, nem mesmo os custos de transporte, e muito menos o lucro considerável que o negociante esperava ter com eles.

Porém, marinheiros não são escravos, pagos e segurados como mercadorias valiosas. Marinheiros são homens livres. Eles são livres, famintos, maltrapilhos, exaustos, desempregados e, portanto, forçados a fazer o que é exigido deles, forçados a trabalhar até sucumbirem. Então eles são atirados ao mar, porque não valem mais o preço de sua comida.

E o marinheiro tem que comer o que colocam na sua frente, mesmo que, ainda na véspera, o cozinheiro trabalhasse como alfaiate – afinal, não dá para contratar um cozinheiro de verdade com um salário daquele –, ou mesmo que o capitão economize tanto às custas de sua tripulação, que esta nunca consiga saciar a fome.

As histórias marítimas sempre falam de embarcações e marinheiros. Mas se você observar um pouco essas embarcações, verá que são navios de tarde de domingo, e que os marinheiros são alegres cantores de operetas, que fazem as unhas e só se preocupam com suas dores de amor.

26

No alojamento, mal consegui trocar algumas palavras com os caras sonolentos. Quando garanti meu beliche e me disseram que não havia cobertores nem colchões, acabou o assunto.

Acima de minha cabeça, eu ouvia o estrondo habitual das correntes, o martelar ameaçador da âncora batendo no casco antes de parar, o ranger dos guinchos, as corridas, os atropelamentos, as ordens, os palavrões; enfim, tudo o que é necessário pra partida de um navio. Ouvimos os mesmos ruídos quando o navio chega a um porto.

Esses ruídos sempre me irritam e me deixam mal-humorado. Só consigo me sentir bem com a banheira em alto-mar. Tanto faz se ela está partindo ou voltando. O que eu quero é cair fora. Um navio num porto não é mais um navio, mas um caixote que pode ser enchido ou esvaziado. Num porto, a gente não é mais um marinheiro, mas apenas um diarista. O trabalho sujo é feito no porto, e a gente trabalha como se estivesse numa fábrica. Enquanto eu ouvia os rangidos e as ordens, não saía do quarto. A gente não deve nunca se aproximar de um lugar em que as pessoas estão trabalhando. Pois, se a gente fica por perto, pode sobrar alguma coisa pra gente. "Ei, vamos logo com isso!" Nem penso numa coisa dessas. Por que eu deveria? Não iam me pagar. Cada escritório e cada fábrica penduram um cartaz pedindo: "*Do more!*" ou "Faça mais!". A explicação nos é fornecida gratuitamente num folheto distribuído no local de trabalho: "Faça mais! Pois se hoje você fizer mais do que lhe pedem, se hoje você trabalhar mais do que te pagam, um dia será recompensado pelo que fez a mais".

Ninguém nunca foi capaz de me pegar com isso; aliás, é por isso que eu não virei diretor-geral da Pacific Railway and Steamship Co. Inc. Sempre lemos nos jornais de domingo, nas revistas, e nos depoimentos das pessoas bem-sucedidas que esse trabalho a mais, voluntário por si só – e que é sinal de ambição, aspiração e vontade de estar no comando –, levou muitos simples trabalhadores a se tornarem diretores-gerais ou bilionários, e que aquele que seguir conscientemente esse lema também terá o caminho aberto para o cargo de diretor-geral. Mas na América não há tantos cargos vagos para diretores e bilionários. Lá, posso trabalhar por trinta anos cada vez mais e mais e mais, sem receber nem um centavo a mais, porque, afinal de contas, um dia vou acabar me tornando diretor-geral. Se, um belo dia, eu perguntar "Então, e o cargo de diretor-geral, ainda não está livre?", vão me responder: "Sinto muito, não no momento, mas estamos de olho em você, continue trabalhando duro por mais um tempo, não vamos perdê-lo de vista". Antes, falavam assim: "Cada um dos meus soldados carrega o bastão do marechal em suas mochilas"; hoje, falam assim: "Cada um de nossos trabalhadores e funcionários pode se tornar diretor-geral". Na minha juventude, eu já vendi jornais aos berros, engraxei botas e a partir dos sete anos tive que ganhar a vida, mas até hoje ainda não virei diretor-geral nem bilionário. Os jornais que esses bilionários vendiam na juventude e as botas que engraxavam deviam ser muito diferentes daqueles com os quais eu havia lidado.

Quando à noite a gente fica à espreita e tudo está tranquilo, passam pela cabeça os pensamentos mais engraçados. Já imaginei o que teria acontecido se os soldados de Napoleão tivessem de repente, todos juntos, tirado o bastão de marechal de suas mochilas. Quem vai então aquecer os rebites na forja da caldeira? Os diretores-gerais recém-empossados, é claro. Quem mais? Não sobrou mais ninguém pra fazer isso, e a caldeira deve ser terminada, e a batalha deve ser travada, porque senão não haveria necessidade nem de diretores-gerais nem de marechais. A fé enche de ouro os sacos vazios, transforma filhos de carpinteiros em deuses e tenentes de artilharia em imperadores, cujos nomes vão resplandecer por séculos. Inspire fé nos homens e eles expulsarão do céu a pauladas seu querido Deus pra te entronizar. Se a fé move montanhas, é a incredulidade que rompe as correntes dos escravos.

Quando o estampido finalmente cessou, e eu já podia ver os marinheiros perambulando, deixei o alojamento e fui pro convés. Logo se aproximou de mim o batedor de carteiras que tinha se apresentado como mecânico-assistente, e me disse em seu inglês indescritivelmente esquisito: "O capitão quer falar com você. Venha comigo". Nove em cada dez vezes, a frase "venha comigo" apenas serve de preparação pra "vamos mantê-lo aqui por um bom tempo".

Mesmo que excepcionalmente essa segunda sentença não tenha sido pronunciada, acabou sendo confirmada pelos fatos. Como um possuído, o *Yorikke* já estava navegando em alto-mar. O piloto havia abandonado o navio e o primeiro-oficial assumiu a guarda.

O capitão ainda era um homem jovem, muito bem alimentado, com um rosto saudável, corado e muito bem barbeado. Ele tinha olhos de um azul desbotado, e seu cabelo castanho-claro tinha uns reflexos vermelhos. Seu uniforme era magnífico, quase elegante demais. As cores do terno, da gravata, das meias e dos elegantes sapatos finos combinavam bem. Pela sua aparência, nunca pensaríamos que ele era o capitão de um pequeno cargueiro, nem mesmo de um transatlântico. Ele não parecia alguém capaz de transportar uma banheira de uma enseada aberta pra outra sem ir parar do outro lado da Terra. Ele falava um inglês muito decente, como só se pode aprender numa excelente escola, de um país onde não se fala inglês. Ele escolhia cuidadosamente as palavras, dando a impressão de usar apenas aquelas que conseguia pronunciar corretamente. Pra isso, ele marcava pausas em sua fala, o que dava a impressão de que era um pensador. O contraste entre o capitão e o mecânico assistente, que também era oficial, não era cômico em si, mas antes tão surpreendente que, se eu tivesse alguma dúvida sobre onde estava, por esse contraste eu saberia imediatamente.

"Então, você é o novo carvoeiro?", ele me gritou assim que pisei na cabine.

"Eu? No, sir, I am fireman, sou foguista." Eu já conseguia ver o farol.

"Não falei nada sobre foguista", agora o batedor de carteira se intrometia. "Eu não disse foguista, mas pessoal da caldeira, certo? Não foi isso o que perguntei?"

"Isso mesmo", respondi. "Foi o que você perguntou, e eu respondi com um sim. Mas nunca na minha vida essa pergunta ia me fazer pensar em puxar carvão."

O capitão fez uma cara de tédio e disse ao vendedor de cavalos: "Isso é com você, Sr. Dils. Achei que tudo estava resolvido."

"Quero deixar este navio imediatamente, capitão. Não tenho intenção de ser contratado como carvoeiro. Quero descer imediatamente. Eu protesto e vou reclamar com as autoridades portuárias por ter sido embarcado à força."

"Quem o embarcou à força? Eu?", disse o vendedor de cavalos, subindo o tom.

"Isso é uma mentira indecente."

"Dils", disse o capitão, agora muito sério, "não quero ter nada a ver com isso. Não sou responsável por isso. Você é que tem que resolver, já vou logo avisando. Vão se entender lá fora."

Mas o batedor de carteiras não quis se complicar. "O que eu te perguntei? Não foi time da caldeira?"

"Sim, isso o senhor perguntou, mas o senhor não disse que..."

"E o carvoeiro não faz parte do time negro, hein?", perguntou o mecânico-assistente, agora rindo.

"Com certeza, o carvoeiro faz parte do time", confirmei, já que era verdade, "mas eu..."

"Então está tudo certo", disse o capitão. "Se você estava pensando em ser foguista, deveria ter dito claramente, e então Mr. Dils teria lhe dito que não estamos precisando de foguistas. Está bem, então já podemos inscrevê-lo."

Ele pegou a lista da tripulação e perguntou o meu nome. Navegar com o meu verdadeiro nome num navio da morte? Jamais. Ainda não desci tão baixo assim. Nunca mais na vida eu conseguiria embarcar numa banheira honrada. Melhor apresentar um certificado de liberação de uma prisão honesta do que de um navio da morte. Então eu renunciei ao meu nome e reneguei meus laços familiares. Eu não tinha mais nome.

"Nasceu onde e quando?"
"Em... em..."
"Onde?"
"Alexandria."
"Nos Estados Unidos?"
"Não, no Egito."

Agora eu também não tinha mais pátria. Pois dali em diante eu só tinha o certificado de liberação do *Yorikke* como única identidade, pelo resto da vida.

"Nacionalidade? Britânica?"
"Não. Apátrida."

Eu deveria deixar que meu nome e minha nacionalidade fossem pra sempre registrados na lista do *Yorikke*? Um americano limpinho, civilizado, criado na religião da escova de dentes e na ciência da lavagem diária dos pés, deveria estar a bordo de um *Yorikke*, a servi-lo, esfregá-lo, repintá-lo? É verdade que fui expulso e renegado pela minha pátria – não, não pela minha pátria, mas por seus representantes. Mas será que eu posso renegar o solo cujo hálito eu traguei com meu primeiro suspiro? Não por seus representantes ou pela sua bandeira, mas foi por amor à minha pátria, para honrá-la, que tive eu que renegá-la. Nenhum jovem americano que se preze embarca no *Yorikke*, nem mesmo se ele estiver fugindo do carrasco.

"*No, Sir*, apátrida."

Ele não me pediu caderneta de marinheiro, registro de soldo, passaporte ou coisas do tipo. Ele sabia que não devia fazer esse tipo de pergunta pra quem embarca no *Yorikke*. Eles poderiam dizer: "Não tenho documentos". E aí? Ele não teria permissão pra contratá-los, e o navio ficaria sem tripulação. O próximo cônsul teria que confirmar a lista oficialmente. Mas até isso acontecer, já não dava pra mudar mais nada, o sujeito já estava alistado, já estava a bordo, a autorização consular não podia mais ser recusada. Oficialmente, o cônsul não conhece navios-caixões, e extraoficialmente não acredita que eles existam. Ser cônsul requer certos talentos. Os cônsules também não acreditam no nascimento de pessoas se o nascimento não for registrado por escrito. O que ainda me restou depois de eu jogar fora meu nome e minha pátria? Minha força de trabalho. Era a única coisa que importava. A única coisa pela qual ainda me pagariam. Não o valor justo. Mas alguma coisa que ainda me fazia parar em pé.

"O salário dos carvoeiros é de cento e vinte pesetas", disse o capitão como que casualmente, enquanto anotava na lista.

"O quê?", eu gritei. "Cento e vinte pesetas?"

"Sim, você não sabia?", ele me perguntou com um gesto cansado.

"Eu fui alistado por um salário inglês", falei, defendendo meu salário.

"Mister Dils?", perguntou o capitão. "O que é isso, Mr. Dils?"

"Eu lhe prometi um salário inglês?", disse o vendedor de cavalos fazendo uma careta pra mim.

Eu poderia dar um murro na cara desse cachorro, mas não quero que me acorrentem aqui. Não no Yorikke, onde os ratos devoram a gente vivo quando a gente não pode se defender.

"Pois sim! Você me prometeu um salário inglês", gritei furioso com aquele vigarista. É a última coisa que eu tenho pra defender: meu salário. Um salário de merda. Quanto mais pesado o trabalho, mais baixo é o salário. O carvoeiro tem o trabalho mais pesado e mais infernal em toda a banheira, e geralmente o salário mais miserável. O salário inglês não é lá muito honorável, mas em que lugar do mundo o trabalhador recebe um salário justo? Quem não paga ao trabalhador o seu salário é um sanguessuga. Mas basta combinar antes o salário com o trabalhador, que tanto precisa daquele trabalho, que então é o salário dele. Pagando o salário, o patrão deixa de ser um sanguessuga. Se não houvesse leis, também não existiriam bilionários. As palavras podem ser distorcidas, e é por isso que as leis são feitas de palavras. Ao faminto, é proibido distorcê-las sob o risco de pena de morte; no caso de circunstâncias atenuantes, está prevista a pena de prisão, o que permite perdoar-lhe e, assim, provar a humanidade das leis.

"Pois sim, foi o que você fez, você me prometeu salário inglês", gritei novamente.

"Não grite assim", disse o capitão e examinou a lista.

"Como é que fica agora, Nils? Eu realmente sinto muito. Se você contrata alguém, tem que estar tudo em ordem."

O capitão atua muito bem. O *Yorikke* deve estar orgulhoso de seu mestre.

"Nunca falei em salário inglês", disse o vendedor de cavalos.

"Sim, você falou. Posso jurar que sim." As migalhas de direitos que ainda me restam eu quero defender até o fim.

"Jurar? Ora, não cometa nenhum perjúrio, cara! Eu sei muito bem o que eu te disse, e sei exatamente o que você respondeu. Eu tenho aqui a bordo testemunhas suficientes, que estavam ao meu lado quando te alistei. Eu disse 'dinheiro inglês', mas sobre salário inglês, eu não disse nem uma palavra."

O cachorro tinha razão. Ele disse na verdade dinheiro inglês, sem citar a palavra salário. Eu, naturalmente, entendi que se tratava de salário inglês.

"Então esse assunto está resolvido", disse o capitão com toda a calma. "É claro que você receberá seu salário em moeda inglesa. Por hora extra serão pagos cinco pences. E onde você quer dar baixa?"

"No próximo porto."

"Isso não dá", disse gritando o vendedor de cavalos.

"Mas é claro que sim."

"Não pode", ele repetiu. "Você se alistou para Liverpool."

"É o que eu quero dizer. Liverpool é o primeiro porto em que vamos parar."

"Não", respondeu o capitão, "nós tínhamos declarado como destino a Grécia, mas mudei de ideia, e vamos agora para o norte da África."

Destino declarado às autoridades e, durante a viagem, mudança repentina. Ah! Meu amigo, você é transparente! Argel paga bons preços por... e se você tiver a sorte de ter logo o dinheiro no bolso, será contratado pra uma longa viagem. Ei? Você não pode esconder nada de um velho peixe de água salgada que já navegou por tantos mares. Você não é o primeiro vigarista com quem eu navego.

"Você me disse Liverpool, e mencionou expressamente que eu poderia desembarcar lá", gritei irritado pro batedor de carteiras.

"Nem uma palavra é verdadeira, capitão", disse o sabido rapaz.

"Eu disse que tínhamos carregamento pra Liverpool, e que ele poderia descer lá, se formos para Liverpool."

"Bom, está tudo acertado", confirmou o capitão.

"Temos oito caixas de sardinha em lata para Liverpool, carga geral, muito abaixo do frete. Prazo de entrega: dezoito meses. Eu não vou até Liverpool por causa desses oito caixotes infelizes. São mercadorias ocasionais, que não devem valer nem o frete. É claro que, se eu pegar mais alguma coisa que valha a pena, iremos para lá nos próximos seis meses."

"Você poderia ter dito logo que não tinha um frete regular pra Liverpool."

"Isso você não perguntou", retrucou o ladrão de cavalos.

Que gente fina! Contrabando, declarações falsas às autoridades portuárias, mudança de rota, e tudo isso num navio da morte. Comparado a eles, um autêntico pirata é um nobre. E navegar com piratas não é uma vergonha, longe disso. Pra fazer isso, eu não precisaria abrir mão do meu nome nem da minha nacionalidade. Navegar com piratas é honroso. Mas navegar nesta banheira é uma vergonha que eu vou ter que ruminar por muito tempo, até que eu consiga engolir e digerir.

"Quer colocar o seu nome aqui?"

O capitão me estendeu um porta-canetas.

"Aqui embaixo? Nunca! Nunca!", gritei indignado.

"Como quiser. Mister Dils, assine aqui como testemunha."

Este batedor de carteiras, este ladrão de cavalos, vigarista, trapaceiro, sequestrador, este sujeito, pra quem a corda que enforcou duas dúzias de ladrões seria muito decente e honrosa, não ia assinar por mim. Este malandro não vai escrever meu nome com sua mão leprosa, mesmo que seja um nome inventado.

"Me dê aqui, capitão, eu mesmo assino. A coisa já fedeu mesmo. Helmont Rigbay, Alexandria (Egito)."

Pronto. Está feito. Hei, *Yorikke,* avante! Por mim, você pode ir pro inferno. Agora nada, nada mais importa. Eliminado do mundo dos vivos. Varrido com o vento. Não há mais nenhum vestígio de mim no mundo.

Olalá, ho! Olalá, hei!
No navio da morte eu fiquei,
Tudo perdi, nada ganhei.
Tão longe da ensolarada New Orleans,
Tão longe da bela Louisiana.

Olalá, hei! *Morituri te salutant!*[1] Os gladiadores modernos te saúdam, ó *Caesar Augustus Capitalismus. Morituri te salutant!* Nós, que estamos condenados à morte, te saudamos, ó César, estamos prontos pra morrer por você, pela sacrossanta e gloriosa apólice de seguro.

‡   1. *"Os que estão prestes a morrer te saúdam": na Roma antiga, saudação ao imperador dos cativos e criminosos condenados à morte.*

Nós chafurdamos na merda. Estamos muito cansados pra nos lavar. E pra quê? Nós morremos de fome porque adormecemos na frente do prato. Morremos de fome porque a companhia tem que economizar pra eliminar a concorrência. Morremos em trapos, em silêncio, colidindo com o recife escolhido, ou no fundo da sala das caldeiras. Vemos a água chegando, e não podemos subir. Esperamos que a caldeira exploda pra que não dure muito, porque nossas mãos estão presas, porque as portas da caldeira já caíram e as brasas corroem lentamente nossos pés e pernas. O estrondo da caldeira? O foguista já está acostumado. Ele não se importa mais em queimar e escaldar.

Morremos em silêncio e em trapos, não temos nome, não temos nacionalidade. Não somos ninguém, não somos nada. Salve, ó Imperador César Augusto, não tereis que pagar pensão a viúvas e órfãos. Nós, ó César, somos os mais fiéis dos vossos servos. Os condenados à morte te saúdam! *Morituri te salutant!*

27

Às cinco e meia, um negro chegou ao alojamento com o jantar. A comida vinha em dois latões amassados e engordurados. Uma sopa rala de ervilhas, batatas cozidas e uma água quente marrom servida numa caneca trincada. A água quente marrom era o chá.

"Mas cadê a carne?", perguntei ao negro.

"Nada de carne hoje", ele me respondeu.

Olhei melhor e reparei que ele não era um negro, mas um branco, que trabalhava como carvoeiro em outro turno. Ele se virou pra mim e disse:

"É você que tem que ir buscar o jantar."

"Eu não sou taifeiro, é bom você já ficar sabendo", fui logo dizendo.

"Aqui não tem copeiro, aqui são os carvoeiros que fazem as vezes de taifeiro."

Começaram os golpes. Isso pode ficar bom. Já vejo por que e para quê. O destino quer seguir seu curso.
"Quem leva o jantar pro pessoal do quarto dos ratos é o carvoeiro."
O segundo golpe. Agora já não estou contando mais. Deixa que eles venham. Engrossa o couro.
Pois então, o quarto dos ratos. Já era de se esperar. Turno do meio--dia às quatro. O pior turno inventado pra torturar marinheiros. Às quatro, você termina. Aí se lava. Então vai buscar o jantar pra turma toda. Depois, lava a louça pra turma toda, porque não tem copeiro e o carvoeiro precisa fazer um pouco de tudo. Aí a gente se deita. Como não vamos comer mais nada antes das oito horas do dia seguinte, e devemos cumprir o turno durante a noite, e não só cumprir, mas trabalhar, e muito, a gente tem que se empanturrar no jantar para conseguir aguentar. Mas não dá pra dormir com o estômago cheio. Às vezes, os que estão de folga ficam acordados até às dez, jogando cartas ou contando histórias. Como eles não têm outro lugar aonde ir, ficam por ali mesmo. Não dá pra proibi-los de conversar, senão eles correm o risco de desaprender a falar, e eles também falam baixinho, pra não incomodar quem está dormindo. Mas as conversas em voz baixa incomodam ainda mais do que as em voz alta. Às onze, começamos a dormir. Vinte pra meia-noite toca o despertador. Levantar e descer. Às quatro, voltamos. Lavar-se. Talvez. Desabar no beliche. Às seis e meia, já começam os barulhos diários. Às oito nos arrancam do sono: "Café da manhã!". Durante toda a manhã, ecoam pelo navio sons de martelos, serras, ordens. Às vinte pra meia-noite não toca nenhum despertador, porque não se supõe que alguém esteja dormindo a essa hora. Já estamos de pé e cumprindo turno. E assim vai, às quatro..., e assim por diante.
"Quem lava louça quando não se tem um copeiro?"
"O carvoeiro."
"Quem limpa as privadas?"
"O carvoeiro."

É uma tarefa perfeitamente honrosa quando você não tem mais nada para fazer. Naquele caso, era só porcaria. E quem visse aquelas privadas, diria: "Esta é a pior porcaria que já vi em toda a minha vida". Mas a experiência me ensinou que os porcos são animais limpos, bem mais do que os cavalos quando o assunto é limpeza. Se eu colocasse um camponês ou um criador de porcos num celeiro escuro de um metro quadrado, e começasse a engordá-lo, sem nunca deixá-lo sair, e só de vez em quando jogasse pra ele alguns fiapos de palha, sem recolher os que estão sujos, alegando que ele parece gostar de chafurdar em sua merda, aí eu queria ver o que ia ser dele depois de quinze dias; qual seria o maior porco: o camponês ou o seu leitãozinho? Fiquem descansados, um dia o homem terá que pagar pelo que fez aos cavalos, cachorros, porcos, sapos e pássaros. E ainda mais caro do que pagou aos seus semelhantes. Não, não dá pra esfregar uma privada quando se está cansado demais pra colocar uma colher de arroz na boca. No, Sir.

Num barquinho que se preze, há sempre um faz-tudo, um diarista que é levado como acompanhante, que nunca se sobrecarrega e que sempre deve estar pronto pra colocar a mão na massa; ele recebe salário de marinheiro e, no geral, leva uma vida tranquila. Ele é pau pra toda obra. E quando alguma coisa dá errado, sobra pra ele. A culpa é sempre dele. Se começa um incêndio no porão, a culpa é do faz-tudo; apesar de ele não ter permissão pra entrar lá, vai ser responsabilizado por não ter verificado o bom funcionamento das escotilhas. Se o cozinheiro queimar a comida, o faz-tudo leva a bronca e, apesar de não ter permissão pra entrar na cozinha, será responsabilizado por ter entupido as torneiras ao limpá-las. Se o navio afundar, a culpa é dele, porque... porque, bem, porque ele é o faz-tudo. No *Yorikke*, essa função cabia aos carvoeiros. E o faz-tudo dos faz-tudos era – isto mesmo – o carvoeiro do turno dos ratos. Quando aparecia algo de sujo, desagradável e muito perigoso pra fazer, o mecânico encarregava seu ajudante de fazer o serviço. Este último encarregava o contramestre, que encarregava o lubrificador, que encarregou o foguista, que disse: "Isso não é trabalho de foguista, mas de carvoeiro". E o carvoeiro do turno dos ratos fez o trabalho, porque tinha que fazer.

Quando o carvoeiro apareceu sangrando, todo machucado e coberto com vinte queimaduras, tivemos que arrastá-lo pelas pernas pra evitar que ele se escaldasse, e então o foguista foi até o lubrificador e disse: "Fui eu que fiz o trabalho". O lubrificador disse ao contramestre que foi ele, assim como o contramestre disse pro mecânico-assistente, o mecânico-assistente pro mecânico, que foi até o capitão e disse: "Gostaria que registrássemos no diário de bordo: 'O mecânico reparou uma grave ruptura de cano enquanto as caldeiras estavam funcionando a toda velocidade, correndo risco de vida a fim de não atrasar a viagem'". Lendo o diário de bordo, o diretor da empresa exclama: "Temos que dar um navio maior ao mecânico do *Yorikke*, ele merece". O carvoeiro ficou com cicatrizes das quais nunca mais vai se livrar e está aleijado. Mas também, por que diabos ele tinha que fazer isso? Ele poderia ter dito como os outros: "Isso eu não faço, não vou sair desta vivo". Mas isso era tudo o que ele não podia dizer. Ele tinha, tinha que fazer. "Tá bom, cara. Então você quer deixar o navio afundar e todos os seus companheiros morrerem afogados? Vai ficar em paz com sua consciência?" Os marujos não têm condições de fazer esse tipo de serviço, eles não entendem nada de caldeiras. O carvoeiro também não entende nada de caldeiras, ele só sabe arrastar carvão. O mecânico, ele entendia um pouco, era por isso que recebia o salário de mecânico, porque entendia um pouco de caldeiras e precisou mostrar isso nos seus exames. Mas o carvoeiro trabalhava na frente, ao lado e atrás das caldeiras, ele era o carvoeiro, o sujeito que não queria ser o responsável pela morte de tanta gente, mesmo que sua própria vida virasse fumaça. A vida de um carvoeiro sujo não é uma vida, ninguém a leva em conta. Acabou e fim, não se fala mais nisso. Você pode pescar uma mosca que caiu no leite e devolvê-la à vida, mas um carvoeiro é muito diferente de uma mosca. Ele não é nada além de sujeira, poeira, esfregão; ele só presta mesmo pra arrastar carvão.

"Ei, carvoeiro!", gritou o mecânico. "Quer tomar uma dose de rum?"

"Sim, chefe."

Mas o copo com a bebida escorregou da mão dele, e o rum foi embora. A mão estava queimada, *yes, Sir.*

O jantar estava servido. Eu fiquei faminto nesse meio-tempo e pensei que poderia comer algo bem gostoso. Essa era a minha intenção. Mas ter a intenção e colocá-la em prática são duas coisas diferentes. Eu procurava um prato e uma colher.

"Deixa esse prato aí, é meu!"

"Ok, mas onde eu encontro outro?"

"Se você não trouxe o seu, então você vai ter que se virar sem prato aqui."

"Eles não fornecem louça aqui?"

"Ora, você só pode fornecer o que você tem."

"E como é que eu vou comer, sem prato, sem garfo e sem colher?"

"Problema seu."

"Ei, novato", gritou alguém de algum beliche. "Pode usar meu prato, minha xícara e meus talheres. Mas tem sempre que limpar depois."

Um tinha só um prato lascado, mas não tinha xícara; outro tinha um garfo, mas não colher. Quando a comida chegava, sempre começava uma briga sobre quem tinha o direito de mergulhar primeiro sua colher, xícara ou seu prato nela, porque, claro, quem estivesse munido de prato ou colher conseguia pescar a melhor parte. Ninguém podia censurá-lo por isso.

O que chamavam de chá era uma água quente escura. E muitas vezes nem estava quente, apenas morna. O que chamavam de café era servido no café da manhã e às três da tarde. Esse tal café das três nunca vi. Motivo: turno dos ratos. Do meio-dia às quatro horas. Às três, serviam café. Às quatro, quando eu me liberava, não tinha nem mais uma gota do tal café. Às vezes ainda sobrava água quente na cozinha, mas quem não havia trazido seus próprios grãos não tinha como passar um café.

Quanto mais distante a bebida estiver do café ou do chá verdadeiros, mais sentimos a necessidade de adorná-la com açúcar ou leite, pra estimular a imaginação. A cada três semanas, cada homem recebia uma lata de leite condensado e adoçado, e a cada semana meio quilo de açúcar, pois o café e o chá vinham da cozinha "puros"; ou seja, sem leite ou açúcar.

Uma vez com o leite em mãos, a gente abria a lata e, como pessoas muito econômicas, tirava uma colherada bem pequena pra adicionar ao chá. Então a gente guardava a lata com todo o cuidado pra usá-la de novo no próximo café. Mas enquanto um grupo cumpria seu turno, as latas não eram roubadas, e sim liquidadas até a última gota. Como os esconderijos mais secretos são sempre os mais fáceis de descobrir, aconteceu comigo na primeira vez de o meu leite desaparecer.

Assim que recebi a segunda lata, eu esvaziei completamente, de uma vez só. Era a única maneira de salvar minha ração, a mesma que todos usavam.

A gente fazia o mesmo com o meio quilo de açúcar, que era todo devorado assim que caía nas nossas mãos. Até que chegamos a um acordo. O açúcar de todo o alojamento foi despejado numa lata, e cada um podia se servir de uma colher quando tinha café ou chá. A consequência desse acordo foi que todo o açúcar desapareceu no segundo dia, e só sobrou a lata vazia bocejando na minha cara. Pão fresco tinha todo dia. E toda semana recebíamos uma lata de margarina, o que era suficiente. Só que ninguém conseguia comê-la, já que sabão tinha um gosto melhor.

Nos dias em que a gente precisava ficar de boca e olhos bem fechados, cada homem recebia dois copos de rum e meia xícara de geleia. Eram os dias de fazer vista grossa.

No café da manhã, havia cevada com ameixas, chouriço com arroz, arenque com batatas ou peixe salgado com feijão preto. A cada quatro dias, começava de novo: cevada com ameixas e assim por diante.

No almoço de domingo ao meio-dia, comíamos bife ao molho de mostarda, ou carne enlatada em caldo claro; segunda-feira, carne salgada que ninguém comia porque era só sal e pele; terça-feira, peixe salgado e seco; quarta-feira, legumes e ameixas secas no meio de uma gosma azulada de fécula de batata. A gosma se chamava pudim. Na quinta-feira, recomeçávamos com a carne salgada que ninguém comia.

O cardápio do jantar era o mesmo do café da manhã ou do almoço. E, em cada refeição, havia batatas cozidas, das quais só dava pra engolir metade. O capitão nunca comprava batatas. Elas eram retiradas do carregamento. Enquanto ainda estavam frescas, era um prazer comê-las, porque deliciosas. Mas quando passávamos muito tempo sem transportar batatas, então era a vez de usar as velhas.

Às vezes, transportávamos não apenas batatas, mas também tomates, bananas, abacaxis, tâmaras, cocos. Esses produtos nos permitiram suportar a comida e não morrer de desgosto. Qualquer um que tenha passado por uma Guerra Mundial pode ter aprendido o que um homem consegue suportar sem morrer, mas alguém que tenha navegado num navio da morte de verdade, ou num barco sombrio, sabe com toda a certeza o quanto um homem consegue aguentar. A gente logo se desacostuma a ter nojo.

O serviço de mesa que me ofereceram com tanta abnegação não estava completo, e consistia num único prato. Para reunir a louça necessária, tive que usar o garfo do Stanislaw, a xícara do Fernando, a faca do Reuben, e poderia ter usado a colher do Hermann, mas eu tinha a minha. Em troca de tanta abnegação, eu precisava limpar tudo muito bem, duas vezes por refeição. Uma quando eu pegava, e outra depois de ter usado.

Após o jantar, eu tinha que lavar as bacias; ou melhor, os latões amassados onde a comida era trazida da cozinha. Nessa lavagem, nem eu nem ninguém usava sabão, soda ou escova, porque não havia nada disso. Nem preciso falar sobre o estado das bacias quando a comida recém-preparada era despejada nelas.

Eu não podia mais viver naquela imundície. Fui esfregar o alojamento. Depois de comer, os caras caíam em seus beliches mortos de cansaço. Quase não falavam durante a refeição.

Eram como porcos que estivessem num cocho.

Três dias depois, essa comparação já não valia mais. A capacidade de tecer comparações ou de despertar lembranças de uma vida passada foi perdida.

"Não é fornecido sabão", alguém me gritou dos beliches. "Esfregão e escova também não. E agora sossegue o facho, a gente quer dormir."

Imediatamente eu me dirigi pro meio do navio, onde bati na cabine do mecânico:

"Eu quero limpar o alojamento e exijo sabão e um esfregão potente."

"Mas o que você está pensando? Por acaso você está querendo dizer que devo comprar escova e sabão pra você? Não tem como."

"Bem, e pra mim? Eu não tenho sabão nem para me lavar. E olha que trabalho diante das caldeiras."

Agora eu queria ver se não iam me arranjar um sabão.

"Mas isso é problema seu! Se você quer se lavar, tem que trazer sabão. Sabão faz parte do equipamento básico de qualquer marujo que se preze."

"Pode ser, pra mim é novidade. Sabonete pode até ser, mas sabão para os carvoeiros, aí tem que ser providenciado, ou pelo mecânico, ou pelo comandante, ou pela empresa. Pra mim tanto faz quem vai arrumar o sabão. Eu quero sabão! Que zona é essa aqui? Em qualquer banheira que se preze tudo é providenciado: colchão, travesseiro, roupa de cama, cobertor, toalha de rosto, sabão e, principalmente, serviço de mesa. Isso faz parte do equipamento básico do navio, e não dos tripulantes."

"Não aqui. Se não está satisfeito, pode ir embora."

"Mas o senhor é um canalha."

"Saia da minha cabine, ou eu reportarei ao capitão e ele manda te prender."

"Isso me cairia bem."

"Não, cara, a gente não é tão idiota. Eu preciso de gente pra arrastar carvão. Se você vier me perturbar de novo, eu te corto o salário de um mês."

"Que gente boa! Ainda querem me tirar mais alguns trocados!"

O canalha continuava sentado e ria. Sair no tapa não ia adiantar nada e ele ainda ia me tirar dois meses de salário.

"Vai chorar no colo da sua bisavó", disse ele. "Ela vai te ouvir com toda a calma. Mas eu, não. Agora, sai! E rápido. Direto pro alojamento, às onze começa seu turno."

"Meu turno começa à meia-noite. De meia-noite às quatro."

"Não aqui, e não para os carvoeiros. Vocês começam às onze, recolhendo as cinzas. À meia-noite, começa o turno."

"Ah! Das onze à meia-noite não é pra cumprir turno?"

"É pra recolher as cinzas, é o que fazem aqui os carvoeiros."

"Vou receber horas extras?"

"Não aqui. E não por recolher as cinzas."

Em que século eu vivo? No meio de qual raça humana vim parar? Meio atordoado, voltei cambaleando pro alojamento. Lá estava o mar, o magnífico mar azul que eu tanto amava e para o qual eu, como bom marinheiro, nunca olhei com medo de me afogar. Ele era o meu enlace mais festivo: com essa mulher tão caprichosa, capaz de uma raiva furiosa, que tinha um temperamento tão maravilhoso, um sorriso fascinante, que entoava canções de ninar encantadoras e que era tão maravilhosa, ah, tão linda, incomensuravelmente linda.

Era o mesmo mar por onde navegavam milhares e milhares de navios honestos e sãos. E agora o destino decretava que eu tinha que navegar com um navio que sofria de lepra e que só seguia na esperança de que o mar tivesse piedade dele. Mas parecia que sim, eu tinha a sensação de que o mar não aceitaria o navio leproso, pra não ser infectado. Ainda não. Sua hora ainda não havia chegado. O mar ainda era paciente, na esperança de não precisar suportar essa praga, de que essa chaga marítima explodisse em algum lugar da costa, ou em algum porto sujo, e desaparecesse. A hora do *Yorikke* não havia chegado. Eu ainda não sentia a aproximação da morte, o ceifeiro ainda não tinha batido na minha porta. Eu estava apoiado no parapeito, com o céu estrelado acima de mim e o mar verde cintilante diante dos meus olhos, estava pensando na minha ensolarada e perdida Orleans, quando uma ideia me passou pela cabeça: pule, garoto, deixe pra trás a pá e o carvão e tenha um fim rápido e limpo, pra que você não perca a última coisa que lhe resta. Só que havia um outro carvoeiro pobre, cansado, esfarrapado, faminto, imundo e atormentado que ia ter que assumir uma jornada dupla, e minha última viagem ia ficar tão difícil que eu teria que voltar à superfície.

Mas que inferno, anda logo, mete o pé! O *Yorikke* não pode acabar com você, cara! Nem os cônsules. Nem o *Yorikke.* Nem o batedor de carteiras. Afinal, você é de New Orleans, cara! Entra na merda e aguenta firme. Um dia você vai ter água e sabão de novo. O fedor é apenas externo. Vai fundo que espirra pra todo lado! Sai desse parapeito e quebre os dentes dessa besta que quer te derrubar. Vamos, cuspa de novo e volte pro seu beliche!

Quando me afastei do parapeito, eu sabia que estava num navio da morte, num navio sombrio, mas que aquele não seria o navio da minha morte. Com o *Yorikke,* eu não ajudaria nenhuma companhia de seguros. Nele, eu não me tornaria gladiador. Eu cuspo na sua cara, Imperador César Augusto. Guarde seu sabonete e coma, eu não preciso mais dele. Você não vai mais ouvir meu chorume. Eu cuspo na sua cara, em você e na sua laia!

28

NÃO CONSEGUI PEGAR no sono. Eu estava deitado nas tábuas lisas do meu beliche, como um ladrão preso sobre o catre nu de sua cela. A lamparina de querosene fumegava e enchia o cômodo com uma névoa, de tal modo que respirar virava uma tortura. Como eu não tinha cobertor, eu tremia, porque as noites no mar podem ser muito geladas. Eu tinha acabado de cair numa espécie de semissono crepuscular quando, de repente, mãos fortes e impacientes me sacudiram e me empurraram, como se quisessem me fazer atravessar a parede.

"Ei, acorda! São dez e meia."

"E meia? Por que você não vem às dez e quarenta e cinco?"

"Estou aqui em cima agora pra trazer água potável para o foguista. Eu não vou subir uma segunda vez. Você tem que ir! Às dez pra meia-noite você tem que acordar seu foguista e trazer café pra ele."

"Eu não o conheço. Não sei onde ele dorme."

"Levanta. Eu vou te mostrar".

Eu me levantei e ele me mostrou o beliche do foguista do meu turno.

"Vá em frente. Rápido. Direto pro guincho. A gente tem muita cinza para recolher."

O sujeito desapareceu feito um fantasma. Estava escuro no alojamento, porque a lâmpada não iluminava. À luz de uma lanterna pequena, lascada e suja, o carvoeiro do turno anterior, Stanislaw, me mostrou como manobrar o guincho.

"Escuta, Stanislaw, não estou entendendo", eu disse. "Sou um marujo de casca grossa, mas eu ainda não tinha visto carvoeiros fazendo turno extra. Por quê?"

"Eu sei muito bem. Também não acabei de sair das fraldas. Em outros lugares, o foguista deve ajudar a limpar as cinzas acumuladas. Mas aqui, ele não consegue sozinho, e se o foguista não lhe dá uma mão de vez em quando, a pressão cai pra cento e vinte, chacoalha por toda parte, e a banheira encalha feito um carneiro teimoso. Em outras banheiras, mesmo aquelas que estão mais pra caixões, cada turno tem dois foguistas, ou pelo menos um e meio. Mas acho que você sabe muito bem onde veio parar, né, meu anjinho do mar?"

"Eu não tô bancando o anjinho. Pode engolir as tuas gracinhas."

"Você quer cair fora? Não vai dar certo. Logo, logo você aprende. É melhor você ficar numa boa e já ir escolhendo qual vai ser o seu bote salva-vidas. Aqui, o cozinheiro é um verdadeiro avô pra nós. Ele vai te contar uma coisa, se vocês ficarem próximos. O safado tem dois coletes salva-vidas debaixo do beliche."

"Então aqui a gente não tem coletes?"

"Nem sequer uma boia. Temos quatro decorativas, em bronze dourado. Mas não te aconselho a usá-las. Se for pra se enfiar em alguma coisa, é melhor uma mó. Com uma mó ainda dá pra ter alguma esperança, com as boias decorativas, não."

"Como pode aquele canalha fazer uma coisa dessas? Devia ter um colete debaixo de cada beliche. Eu tô tão acostumado que nem percebi que não tinha nenhum."

Stanislaw começou a rir e disse:

"Você nunca montou num casco desse antes, é por isso. O *Yorikke* já é meu quarto carro funerário. Agora dá pra escolher."

"Ei, Law!", chamou o foguista lá embaixo.

"O que é, foguista?", perguntou Stanislaw.

"Você não tá limpando as cinzas hoje, ou o quê?", berrou o foguista. Era Martim.

"É claro que estamos limpando. Mas eu ainda preciso ensinar ao novato. Ele ainda não sabe como o guincho funciona."

"Então termina logo e desce. Uma grade se soltou!", exclamou o foguista.

"Primeiro a gente precisa retirar as cinzas. A grade pode esperar. Eu tenho que ensinar pro novato", gritou Stanislaw de volta. "Sim, quanto aos carros funerários... Ei, qual é o seu nome, novato?"

"Eu? Pippip."

"Nome bonito. Você é turco?"
"Egípcio."
"Que bom. Faltava um egípcio. Temos todos os países aqui nessa banheira."
"Todos? Ianques também?"
"Acho que você ainda tá dormindo. Os dois únicos que não embarcam nessa banheira são os ianques e os comunas."
"Comunas?"
"Ah, não banca o inocente, seu imbecil! Bolcheviques. Comunistas. Os ianques não vêm, porque no primeiro dia morreriam na sujeira, e porque o cônsul deles sempre os livra dos problemas. Ele vai logo abrindo o jogo sobre essas banheiras."
"E os comunas?"
"Eles são tão espertos que farejam o que tá acontecendo só de olhar o botão do mastro. Você pode confiar neles. Eles são escaldados. Se um verdadeiro comuna estiver a bordo, nenhuma companhia de seguros consegue embarcar. Eles conseguem enterrar qualquer apólice de seguro, mesmo a mais engenhosa. Eles têm um faro fino, temos que admitir. E sempre fazem a maior baderna durante a inspeção. Mas eu posso te dizer uma coisa: quando, num navio decente, você encontra não apenas ianques, mas ianques comunas, ah, aí é o paraíso! Vou te dizer uma coisa, só continuo navegando pra um dia poder encontrar uma banheira dessas. Aí eu nunca mais desço à terra. Eu trabalho até como faz-tudo. Não me importo. Você precisa ver uma banheira dessas, de Nova Orleans, por aí... É uma coisa de louco!"
"Nunca vi um navio desses", eu disse.
"Você também não ia conseguir embarcar, nem mesmo quando tiver cem anos e todos tiverem desembarcado. Você, não. Um egípcio, não mesmo, nem se tiver um passaporte mais doce que açúcar. Agora acabou pra mim também. Quem sabe no *Yorikke* nunca mais consegue uma banheira decente. Agora vamos dar uma olhada."
"Está pendurado?", gritou Stanislaw no poço.

"Guindaste!"

Stanislaw puxou a alavanca e o balde de cinzas subiu em nossa direção. Com outro empurrão da alavanca, o balde subiu um pouco mais, desceu um pouco e ficou pendurado no topo do poço.

"Agora despendure o balde, leve-o até o tombadilho e despeje as cinzas. Mas cuidado pra não deixar o balde passar por cima do suporte. Senão te pegam. A gente ia ter que trabalhar só com um balde e acordar duas horas mais cedo. Agora você já tá avisado."

O balde estava quente e as cinzas ainda brilhavam na superfície. Eu mal conseguia segurá-lo, mas eu precisava fazê-lo. E como era pesado. Cinquenta quilos, com certeza. Tive que carregá-lo contra o peito para atravessar os quatro metros da ponte e esvaziá-lo no poço de madeira, por onde as cinzas caíam no mar e desapareciam sibilando.

Então eu trouxe o balde de volta e o pendurei na corrente.

"É evidente por que os coletes desapareceram. Eu tenho certeza que o capitão os vendeu pra faturar um extra", disse Stanislaw. "Mas não vendeu só por vender. Veja só, se não há coletes salva-vidas, também não existem testemunhas para um tribunal marítimo. Entendeu agora? Não se pode confiar em testemunhas. Às vezes, elas veem ou percebem coisas, e a seguradora logo vem atrás e pega elas de jeito. Dê uma olhada nos botes à luz do dia... qual é o seu nome mesmo? Ah sim, Pippip. Então, é melhor você examinar os botes à luz do dia, Pippip. Você vai ver uns buracos por onde consegue passar suas botas. E sem a menor dificuldade. Menos testemunhas ainda."

"Ah, para de falar bobagem", eu respondi. "O capitão também vai querer um bote."

"Não se preocupe com ele. Pense em salvar sua pele primeiro. O capitão vai se dar bem. Se você sabe tudo tão bem assim, então não está perdendo mais nada."

"Mas você conseguiu escapar de três carros funerários, não foi?"

"Dois eu deixei em condições regulares, sem abandoná-los no último porto. Quanto ao terceiro... olha, seu burro, você também precisa ter sorte. Se não tiver, é melhor ficar em terra firme, senão você cai numa tina e nunca mais sobe de volta."

"Law? Gente! O que tá acontecendo aí em cima?", gritou de novo o foguista.

"Caramba! As correntes se romperam!", gritou de volta Stanislaw.

"Se vocês continuarem assim, hoje vai ter cinza à beça", respondeu a voz das profundezas.

"Bem, então tenta o guincho, mas cuidado, ele bate e corta feito um raio. Se você não prestar atenção, ele te parte o crânio."

O balde pesado subiu e bateu na tampa com tanta força que pensei que ia estilhaçar o poço inteiro. Mas antes que eu pudesse agarrar a alavanca, o guincho se soltou sozinho com o choque, e o balde escorregou de volta para o fundo. Ele bateu lá embaixo fazendo um estrondo terrível, as cinzas se espalharam por toda parte, o foguista gritou como um louco, mas ao mesmo tempo, como contragolpe, o balde, agora meio vazio, subiu de volta a toda velocidade, e bateu de novo na tampa do poço, fazendo um barulho estrondoso e, com um estalido terrível, as cinzas caíram no poço, batendo contra as paredes de ferro. O barulho e o chacoalhar atingiram tal intensidade, que dava até pra pensar que todo o navio estava se despedaçando. O balde já estava caindo de novo, quando Stanislaw agarrou a alavanca. Imediatamente o balde parou, como se fosse uma criatura morta.

"Pois é, não é lá muito fácil", disse Stanislaw. "Precisa aprender. Você precisa de duas semanas até pegar o jeito. É melhor você descer e recolher as cinzas. Eu manobro o guincho. Eu vou te mostrar amanhã, ao meio-dia, como se faz. Durante o dia será mais fácil para você. Se o guincho arrebentar, podemos carregar as cinzas com a mão, e não desejo isso a ninguém. Porque aí não vai dar mais pra correr, nem rastejar, mas só rolar de um lugar pra outro."

"Me deixa tentar mais uma vez, Law. Vou pegar leve com essa fofura. Talvez funcione." Então gritei lá pra baixo:
"Manda aí!"
"Puxa!", gritaram.
"Ei, Senhora Condessa, vamos nessa?"
O profeta é testemunha, o guincho foi tão suave, tão terno! Parou no milímetro mais próximo. Acho que conhecia o *Yorikke* melhor que seu capitão ou que o vovô cozinheiro. O guincho era uma daquelas partes do navio que já tinham sido da arca de Noé, e que datavam de tempos pré-diluvianos. Naquele guincho estavam reunidos todos os espíritos que, de tão numerosos, já não encontravam lugar nos cantos e recantos do *Yorikke*. Por isso o guincho também tinha sua personalidade, que devia ser respeitada. Stanislaw conseguiu isso graças à sua longa experiência; eu tive que me virar com as palavras.

"Sua Alteza Real, de novo, por obséquio."

E eis que o balde deslizou novamente, como se acariciado com luvas de veludo. Mas é claro que muitas vezes ele ainda bancava o louco e cuspia cinzas, mas só quando eu me esquecia de tratá-lo com cortesia. Às vezes, eu me envolvia em tentativas bastante divertidas de pegá-lo enquanto estava subindo e descendo. Ora ele voava pelo topo, ora descia e subia novamente. Se a alavanca não fosse segurada com a máxima precisão, vinha um contragolpe.

Stanislaw desceu, recolheu as cinzas e ficou gritando "Guincho! Guincho!". Eu encaixei e desencaixei meus baldes, os empurrei, quentes como estavam, pelo corredor e os esvaziei no poço de cinzas.

No final do quinquagésimo, Stanislaw me disse que era pra deixar o resto pro turno seguinte, pois já era tarde. Pensei que ia desmaiar por falta de fôlego, depois de arrastar aqueles baldes incrivelmente pesados. Mas não tive tempo, porque Stanislaw me avisou lá de baixo:

"Ei, se mexe, são vinte pra meia-noite."

Eu me arrastei até o alojamento. Pra economizar combustível, o convés não estava iluminado, e eu bati quatro vezes minhas canelas até chegar ao castelo de proa. O caos que reinava naquele convés só pode ser descrito assim mesmo: aquele convés estava um caos! Ali tinha de tudo o que existe ou já existiu sobre a Terra. Esse "tudo" inclui até um carpinteiro completamente bêbado, que se embebedava em todos os portos e que, no primeiro dia de viagem, não podia nem fazer as vezes de cabo de vassoura. O capitão já ficava satisfeito se todos os timoneiros não fizessem o mesmo, e sobrasse pelo menos um em condições de segurar o leme. O carpinteiro, os três timoneiros e alguns outros marinheiros poderiam perfeitamente ser agraciados com coletes salva-vidas. Eles não iriam estragar o contrato de seguro; pelo contrário, eles poderiam salvar as companhias mais instáveis do mercado, sem entender o que se esperava deles. Eles teriam até a chance de compartilhar o bote com o capitão, e este último pouparia assim seu bem guardado diário de bordo, o que lhe valeria a manutenção da sua licença e até mesmo ser parabenizado pelo seu sentido de dever diante do perigo.

Agora eu tinha que ir encher o bule de café na cozinha, onde a bebida ficava em cima do fogão. Então percorri pela terceira vez o convés superior, sem nenhum fio de luz.

Minhas pernas estavam sangrando.

Mas não havia um estojo de primeiros socorros a bordo e, mesmo que o primeiro oficial tivesse escondido em algum lugar alguns medicamentos de emergência, não tínhamos permissão para incomodá-lo por tão pouco.

Agora eu estava ocupado com meu foguista, tentando fazer com que se levantasse. Ele quase me matou porque eu ousei acordá-lo. Então, quando a campainha tocou antes que ele tivesse tempo de engolir seu café quente, ele me ameaçou uma segunda vez de morte porque eu o acordei tarde demais. Brigar é desperdício de energia. Só os tolos brigam. Só dê sua opinião se realmente tiver alguma, o que raramente acontece, e depois cale a boca, deixe o outro falar até o queixo cair. Sempre concorde com a opinião do outro e, quando ele tiver terminado e sem fôlego, e te perguntar: "Então, não tenho razão?", você o lembra de passagem que já teria dado a ele sua opinião há muito tempo, mas que, de resto, ele estava perfeitamente certo. Acordar foguistas designados pro turno da noite por uma semana torna alguém incapaz de entender a política por anos a fio. O café estava quente, preto e amargo. Sem açúcar, sem leite. Tinha pão, mas comemos seco porque a margarina fedia. O foguista veio pra mesa, desabou no banco, endireitou-se e, quando estava prestes a levar a xícara à boca, sua cabeça tombou e bateu na xícara, que caiu. Ele já estava dormindo de novo e, como se estivesse sonhando, tateava o pão para arrancar um pedaço, porque estava cansado demais para segurar a faca. Todos os movimentos eram acompanhados por todo o corpo, não apenas as mãos, mas também braços, dedos, lábios e a cabeça. O sino tocou, e ele então foi tomado por um acesso de raiva por causa do café derramado e me ordenou:

"Desça, eu já estou indo. Cuide da água para as cinzas."

Ao passar pela cozinha, vi Stanislaw andando no escuro. Ele estava tentando roubar o sabão que o cozinheiro talvez tivesse escondido em algum lugar. O cozinheiro tinha roubado o sabão do comissário, que o roubara do cofre do capitão.

"Me mostra o caminho pra caldeira, Law", eu disse a ele.

Ele saiu, e subimos para um andar mais alto, a meia-nau. Ele me mostrou um poço preto.

"Aqui, as escadas pra descer. Você não pode errar", ele me disse e voltou pra cozinha.

No meio daquela noite marinha tão escura e, ao mesmo tempo, tão clara e cintilante, eu olhei pra dentro do poço. A uma distância que parecia infinita, pude distinguir um brilho nebuloso e esfumaçado, que o reflexo do fogo tingia de vermelho. Era como se eu estivesse olhando pro inferno. Em meio a esse brilho avermelhado e nebuloso, manchado de fuligem, aparecia agora uma figura humana nua, brilhando do suor que escorria. Ela permaneceu ali, com os braços cruzados, olhando imóvel na direção da fonte de luz. Então a figura se moveu, pegou um atiçador enorme e pesado e, depois de movê-lo com indecisão, o encostou contra a parede dos fundos. A figura deu um passo à frente, se abaixou, e logo foi como se estivesse envolvida pelas chamas. Quando ela se levantou novamente, as chamas se apagaram, restando apenas um brilho avermelhado e fantasmagórico.

Eu queria descer a escada. Mas, assim que pus os pés no degrau mais alto, fui atingido por uma terrível coluna de calor, que fedia a óleo de pó de carvão, com cinzas voando e uma fumaça espessa de óleo e vapor. Eu recuei e, com um suspiro alto, tentei puxar um pouco de ar fresco, porque parecia que meus pulmões não estavam mais funcionando.

Mas não adiantou. Tive que descer. Havia um homem lá embaixo. Um homem vivo, que estava se mexendo. E onde um outro homem pode estar, eu também posso. Desci rapidamente cinco ou seis degraus, e aí não deu mais. Subi rápido para pegar um pouco de ar.

A escada era de ferro, e os degraus redondos e da espessura de um dedo. Só tinha corrimão de um lado; do outro, o externo, não. Ou seja, justamente o lado por onde alguém corria o risco de cair no poço estava aberto; enquanto no lado que estava contra a parede da sala de máquinas havia um corrimão.

Depois de encher meus pulmões, fiz uma terceira tentativa e cheguei a uma plataforma. Era preciso dar três passos para a frente pra chegar ao final dela, que tinha cerca de trinta centímetros de largura, e onde havia uma segunda escada que mergulhava no poço. Mas não consegui dar esses três passos. Ali, o guincho de cinzas estava no nível do meu rosto, e o cano de vapor tinha uma fenda longa e muito fina. Por essa fenda, sibilou um jato escaldante de vapor, afiado e cortante como uma chama. A fenda ficava num ponto em que, mesmo se eu me curvasse, não conseguiria me desviar do jato cortante de vapor. Tentei me levantar, mas então meus braços e meu peito foram atingidos e queimados. Precisei voltar pra tomar um pouco de ar.

Eu tinha pegado o caminho errado. Aquele não era o meu. Voltei pra a cozinha, onde Stanislaw ainda estava procurando sabão.

"Eu te acompanho até lá embaixo, vamos!", ele me falou, todo prestativo.

Quando estávamos indo, ele me disse:

"Você nunca foi caldeireiro, foi? Eu logo vi. Não se dá bom dia a um guincho, a gente chuta a cabeça dele e pronto!"

Eu não estava a fim de explicar pra ele como a gente deve lidar com as coisas que têm alma.

"Você tem razão, Law, nunca cheguei perto de uma caldeira. Desde a primeira banheira em que subi, já fui marinheiro de convés, comissário, servente. Nunca fui do time negro, era muito sufocante pra mim. Ei, você não vai me dar uma mão no meu primeiro turno?"

"É claro, não precisa nem pedir. Só vai em frente. A gente vai dar conta do recado, não se preocupe. Seu primeiro carro funerário, né? Eu conheço os caixões, pode acreditar. Mas às vezes você agradece ao céu e à terra que apareceu um *Yorikke,* você embarca todo feliz, como se... bem, não entre em pânico. Se algo estiver errado, só me chame. Eu te tiro da merda. Mesmo se todos nós estivermos mortos juntos, não se desespere. Não pode ficar pior."

Só que o pior ainda estava por vir. Podemos estar a bordo de um navio da morte. Podemos estar mortos, mortos entre os vivos. Podemos ser apagados da lista dos vivos, banidos da face da Terra, e ainda sermos obrigados a suportar sofrimentos terríveis, dos quais não há escapatória, porque já estamos mortos, porque não há mesmo como fugir.

29

Vi Stanislaw indo na direção do poço de onde eu tinha acabado de sair, pensando que eu tinha errado o caminho. Ele desceu a escada sem hesitar, e eu o segui. Quando descemos o primeiro lance, chegamos à plataforma sobre a qual jorrava o vapor quente, e eu disse:

"Não tem como a gente passar. Vamos ser esfolados até os ossos."

"Geralmente sobra um pouco. Amanhã eu posso te mostrar meus braços. Mas a gente tem que atravessar", disse Stanislaw. "Não adianta. Não tem outro caminho até a caldeira. Os mecânicos não deixam a gente passar pela sala de máquinas, por causa da nossa sujeira. Além disso, é contra o regulamento."

Enquanto ele falava, vi que de repente ele levantou os braços para proteger o rosto, as orelhas e o pescoço. Então, feito um caracol trêmulo e untado de óleo, ele começou a se contorcer, a se esticar e a se espremer por entre os canos de vapor incandescente – cuja capa protetora já estava apodrecida e rasgada havia muito tempo – e a parede da caldeira, que também estava pelando. Vendo aquilo, pensei que nenhum contorcionista seria capaz de imitá-lo. Mas logo entendi que todos os caldeireiros tinham que fazer exatamente a mesma coisa e, de repente, ficou claro pra mim porque, no *Yorikke*, nos serviram aquelas coisas que ninguém conseguia comer e que erámos forçados a jogar ao mar. Se o cozinheiro visse, aí era um barulho daqueles, porque todas as coisas salgadas, tudo o que não era comestível e que não queria entrar no estômago porque impunha resistência, tinha que ser levado de volta pra cozinha para ser transformado em ensopado irlandês, almôndegas, goulash, haxixe e ou tras iguarias do tipo.

"Então, filho, você viu agora como fazemos? Não pense duas vezes. Se você ficar pensando, olhar bem em volta e considerar que, de um lado, você corre o risco de se queimar e, de outro, de cair no fundo do poço, aí não vai dar mesmo... Braços em volta da cabeça, bem assim – e, depois, feito uma cobra. Pode ser útil um dia, quando você enfiar as mãos nos bolsos dos outros e for parar atrás das grades. Eu sei do que estou falando. É sempre bom se manter em forma, a gente nunca sabe do que pode precisar no futuro. Agora vamos!" Pronto! Atravessei! Senti uma queimadura no braço, mas deve ter sido só imaginação.

Na outra ponta da plataforma, uma longa escada de ferro levava às profundezas do inferno. Essa outra escada era tão quente que o lenço que eu tava usando ficou imprestável. Tive que apoiar os cotovelos no corrimão pra conseguir agarrar a escada. Quanto mais eu descia, mais pesado, quente, viscoso e sufocante ficava o ar. Ali não poderia ser o inferno, onde eu finalmente tinha ido parar depois da minha morte. Os demônios também precisam viver no inferno, e era inconcebível que algum demônio conseguisse viver ali.

No entanto, havia alguém ali, um homem nu e suado, o caldeireiro do turno anterior. Seres humanos também não podiam viver ali. Mas eles eram obrigados. Eles estavam mortos. Exterminados. Apátridas. Sem passaporte. Sem lar. Eles eram obrigados a viver ali, quer conseguissem ou não. Os demônios não conseguiriam viver ali, pois ainda guardam alguns vestígios de civilização, como Goethe sabia muito bem. Quanto aos homens, eles tinham não só que viver ali, como também trabalhar. E trabalhar tão duro, que se esqueciam de tudo, até mesmo de que era impossível trabalhar ali.

Antes de eu morrer e vir me juntar aos mortos, eu não entendia como é possível existir a escravidão, o serviço militar, como é possível que homens física e mentalmente saudáveis se deixassem caçar por canhões e metralhadoras sem protestar, por que as pessoas não preferem mil vezes o suicídio a suportar a escravidão, o serviço militar, as galés e as chicotadas. Desde que eu estive entre os mortos, desde que eu mesmo estou morto, desde que eu embarquei num navio da morte, esse segredo me foi revelado, como todos os segredos só o são após a morte. Nenhum homem pode descer tão baixo que não possa afundar ainda mais; por mais pesado que seja seu fardo, ele poderia suportar um ainda pior. Eis por que seu espírito, que supostamente o elevaria acima dos animais, ao contrário, o rebaixa a um nível inferior a eles. Eu já conduzi animais de carga, camelos, lhamas, burros e mulas. Já vi dezenas deles se deitarem quando estavam apenas três quilos acima do peso, ou quando se julgavam maltratados; eles teriam se deixado açoitar até a morte sem reclamar – isso eu também vi – em vez de se levantarem pra levar sua carga ou de aceitarem os maus-tratos. Já vi burros que, vendidos a pessoas que atormentavam vergonhosamente os animais, paravam de se alimentar e morriam. Nem o milho conseguia fazê-los mudar de ideia. Mas o homem? O senhor da criação? Ele adora ser escravo, ele tem orgulho de bancar o soldado e de ser derrotado, ele adora ser chicoteado e torturado. Por quê? Porque ele é capaz de pensar. Porque ele é capaz de pensar em ter esperança. Porque ele espera que as coisas melhorem. Esta é a sua maldição, nunca a sua sorte. Devemos ter pena dos escravos? Dos soldados e dos inválidos de guerra? Ódio dos tiranos? Não! Primeiro aparecem os escravos, só depois entra em cena um ditador.

Se eu tivesse pulado do parapeito, não estaria agora num inferno que nem os demônios aguentariam. Mas não pulei, e agora não tenho o direito de reclamar, nem de acusar ninguém. Deixe o mendigo morrer de fome, se você respeita o homem que existe nele. Não tenho o direito de lamentar meu triste destino. Por que eu não pulei? Por que não pulo agora? Por que eu deixo que me chicoteiem e me torturem? Porque tenho esperança de poder voltar à vida. Porque tenho esperança de poder rever minha New Orleans. Porque tenho esperança e porque eu prefiro chafurdar na merda a jogar na merda minha esperança, que eu trato com tanto carinho.

Imperador, nunca vos faltará gladiadores; os mais belos e orgulhosos vos suplicarão: "Ó, Imperador, digno da maior admiração, deixai que eu seja vosso gladiador!".

30

É CLARO QUE eu posso trabalhar aqui. Outros também trabalham. Estou vendo com meus próprios olhos. E se alguém pode fazer isso, também posso. A pulsão imitativa do ser humano engendra heróis e escravos. Se ninguém ainda morreu por causa das chicotadas, então eu também vou conseguir sobreviver. "Tá vendo aquele sujeito ali, ele encara de frente a linha de fogo, meu Deus, esse sujeito, caramba, merece nosso respeito, tem coragem correndo nas veias." É claro que eu também consigo. É assim que a guerra se perpetua e os navios-caixões continuam a vagar pelos mares, é sempre a mesma receita. Os homens seguem um padrão pra tudo; funciona tão bem que eles não precisam se preocupar em inventar uma outra receita. Não há nada melhor do que percorrer o caminho que já foi trilhado. Nos sentimos seguros. É por culpa da pulsão imitativa que a humanidade não tenha feito nenhum progresso real há seis mil anos e, apesar do rádio e da aviação, vive na mesma barbárie dos primórdios da civilização europeia. Assim fez o pai, e assim fará o filho. Fim. O que foi bom o suficiente pra mim, seu pai, provavelmente será bom o suficiente pra você, seu fedelho! A sagrada Constituição, que foi boa o suficiente para George Washington e para os combatentes da Revolução, é boa o suficiente pra nós. E ela é boa, pois já resiste a cento e cinquenta anos. Mas também as constituições que, na juventude, eram pulsantes, sofrem de arteriosclerose com o tempo. A melhor religião foi um dia uma superstição pagã, e nenhuma é exceção. Somente o que foi feito de forma diferente do que antes, o que foi pensado de forma diferente, sob o protesto dos pais, papas, santos e líderes, pôde abrir à humanidade novas perspectivas, dando-lhe esperança de que um dia, no futuro, algum progresso poderá ser observado. Este dia distante estará no horizonte assim que as pessoas deixarem de acreditar nas instituições, nas autoridades ou em qualquer religião, seja lá qual for o nome que se dê...

"Por que você tá parado aí? E qual é o seu nome?"

Meu foguista tinha descido e estava de mau humor, grunhindo e rosnando.

"Meu nome é Pippip."

Parecia que minha resposta tinha melhorado seu humor.

"Mas você é persa?"

"Não, sou abissínio. Minha mãe era persa. Eles jogam seus cadáveres aos abutres."

"Aqui, nós jogamos pros peixes. Sua mãe deve ter sido uma mulher muito decente. A minha foi uma puta velha que não valia duas pesetas. Mas se você me chamar de filho da puta, eu te quebro a cara."

Então ele era espanhol. De cada três palavras que os espanhóis dizem, duas são "filho da puta". Depende do grau de amizade se alguém está autorizado ou não a chamar a mãe do outro de prostituta de dois centavos. Mas, quanto mais próximos da verdade, mais corremos o risco de levar uma facada pelas costas. E quanto mais nos afastarmos da verdade, mais cedo ouviremos: "*Muchas gracias, senhor*, muito obrigado, por favor, não seja tímido, estou à sua disposição". Ninguém tem um senso de honra tão delicado e tão tolo quanto o mais baixo proletário. Eles colocam seu senso de honra onde os outros gostam de vê-lo neles, porque é tão fácil brincar com isso às custas dos outros. Pra que você precisa de honra, proletário? Você precisa é de um salário, um bom salário, e então a honra vem por si mesma. E se, além disso, a fábrica for sua, você pode tranquilamente deixar a honra pros outros; e aí você vai perceber que eles não ligam muito pra isso...

O foguista do turno anterior tirou das chamas um parafuso grosso e incandescente, e o colocou num balde de água fresca. Como a gente não pode se lavar com a água do mar, já que não é boa o suficiente para esfriar as cinzas, ele começou a se esfregar com areia e cinzas, porque não tinha sabão.

A caldeira era iluminada por duas lâmpadas. Uma delas ficava pendurada na frente do medidor de vapor, pra que a pressão do vapor pudesse ser lida e regulada pelo foguista. A outra ficava pendurada num canto, esperando pelo caldeireiro. Neste mundo dos mortos, não sabíamos nada da Terra, não sabíamos que havia lâmpadas de acetileno, de butano, lanternas a gasolina e a álcool, pra não falar da eletricidade, que poderia facilmente ser gerada com um dínamo. Só que cada centavo gasto com o *Yorikke* era dinheiro jogado fora. Engordar o peixe com dinheiro seria loucura, eles teriam que estar satisfeitos com a tripulação. Aquelas lâmpadas deviam ter sido achadas nas escavações de Cartago.

Quem quiser saber como eram aquelas lâmpadas, é só ir a um museu, na seção de arte romana, onde elas podem ser encontradas entre as cerâmicas. Elas eram uma espécie de jarra com um bico. Uma bola de esponja de limpeza estava presa no bico. O recipiente estava cheio com o líquido que também era usado para as lâmpadas das virgens que ficavam no alojamento, e que levava o nome enganoso de petróleo. A cada quinze minutos, era preciso trocar a esponja, que carbonizava e enchia a sala das caldeiras com uma fumaça espessa, preta e opaca, na qual os flocos de fuligem voavam tão densos quanto gafanhotos na Argentina durante uma praga. Era preciso puxar a esponja com as pontas dos dedos desprotegidas, e por isso, desde os primeiros turnos, tivemos as unhas e pontas dos dedos queimadas. Quando estávamos jogando carvão no depósito, a lâmpada tinha que continuar acesa na caldeira, porque senão precisaríamos descer de volta para ligá-la novamente.

Naquele dia, Stanislaw já tinha feito um turno dobrado. Ainda será explicado o que isso significa. Embora ele mal conseguisse se arrastar, ainda ficou comigo na sala das caldeiras por mais uma hora.

Nove bocas de fornalha tinham que ser vigiadas pelo foguista. E, para alimentá-las, o estivador devia buscar o carvão necessário. Mas, antes disso, lhe cabiam outras tarefas. Como as caldeiras não se importavam com isso, gritavam imediatamente ao primeiro descuido, de modo que um estoque considerável de carvão precisava ser empilhado de antemão na sala das caldeiras, para ser usado durante esse tempo dedicado às tarefas paralelas. O turno que se encerrava tinha que deixar esse grande estoque para o próximo que, por sua vez, ao sair, devia deixar a mesma provisão para o turno seguinte. Só era possível fazer esse estoque através de um esforço sobre-humano durante a segunda e terceira horas do turno – então, no meu caso, de uma a três horas.

Da meia-noite a uma hora havia os trabalhos preliminares, e às três horas começava a remoção das cinzas com o estivador do turno seguinte. Era necessário, portanto, transportar em duas horas todo o carvão que seria consumido em quatro horas pelas nove bocas de fornalha de um cargueiro a toda velocidade. Quando os depósitos ficam em frente às caldeiras, essa tarefa exige um trabalhador em boas condições de saúde, robusto e bem nutrido. Mas se o carvão estiver onde costumava ficar no *Yorikke*, aí é trabalho pra três ou quatro homens robustos. Ali, só tinha um pra fazer isso. E ele fazia. Afinal, ele era um morto. Um morto pode tudo. E ninguém sabe incitar melhor, ninguém sabe dizer com mais desprezo "Seu molenga! Olha só como eu faço!" do que o seu companheiro de morte, seu camarada proletário, aquele que divide com você a fome e as chicotadas. Até os escravos de galé têm seu orgulho e senso de honra; eles se orgulham de serem bons escravos de galé e de "mostrar um pouco" o que podem fazer. Quando o olhar do comandante que desce as fileiras com o chicote repousa sobre ele com ar satisfeito, ele fica tão feliz, como se o próprio imperador tivesse pregado uma condecoração em seu peito.

O foguista atiçou três bocas de fogo, sempre saltando duas. Em seguida, ele desfez as três bocas que estavam entre elas. Acima de cada caldeira havia um número escrito com giz, de 1 a 9. Depois de eliminar as duas primeiras bocas, foi a vez da de número 3. Estava praticamente apagada, e ele precisou arrancar as cinzas das grelhas com uma barra de ferro longa e pesada. As cinzas estavam bem grudadas. Um calor estrondoso emanava do fogo. A cada cinza arrancada da grelha, o calor ficava mais intenso. Porque agora as cinzas brilhantes estavam empilhadas na frente das portas, e esquentavam o lugar como um braseiro. O foguista e eu só vestíamos calças. Ele tinha enrolado os pés descalços com uns trapos, enquanto eu estava de botas de cano curto. De vez em quando, ele saltava no ar para apagar as cinzas ardentes que surgiam em seus pés. Ele só conseguia segurar o atiçador de ferro porque tinha envolvido as mãos com um saco de pano, e tinha um pedaço de couro, arrancado de uma mala velha, entre a mão e o ferro. Por fim, o calor que irradiava das cinzas tornou-se tão intenso, que ele foi obrigado a recuar. Então as cinzas foram apagadas com a água que eu tirei de um tonel. O vapor de água foi subindo de forma explosiva, e nos fez pular contra a parede. Não é possível resfriar as cinzas à medida que elas saem, pois o foguista não pode trabalhar durante o resfriamento. Aí a batida demora muito, o fogo diminui e o vapor cai tanto, que é preciso mais meia hora trabalhando feito um louco pra fazer o vapor subir de novo. Pra ele descer, é muito rápido, mas pra subir, é devagar e exige trabalho duro. Tudo o que havia no *Yorikke* tinha como propósito dificultar a vida e o trabalho da tripulação. A sala das caldeiras era muito estreita, muito mais estreita do que os tubos de vapor eram longos. Quando o atiçador tinha que ser empurrado pra dentro da fornalha ou puxado pra fora, o foguista tinha que torcê-lo e girá-lo de todas as maneiras pra conseguir manipulá-lo, porque ele sempre batia na parede dos fundos. No curso dessas acrobacias, muitas vezes ele tropeçava aqui e ali, ou caía numa pilha de carvão. Ora ele batia os dedos contra a parede, ora contra a porta. Se ele caía e instintivamente tentava se segurar, acabava tocando nas cinzas ou no atiçador, ambos muito quentes. Também acontecia, principalmente quando o navio estava em movimento, de ele cair de bruços sobre as cinzas, sobre o atiçador em brasa ou contra a porta, ou de queimar os pés descalços ao pisar numa grelha recém-retirada ou nas cinzas ardentes. Meu foguista certa vez escorregou num rolo inesperadamente pesado do navio, e caiu com as costas nuas em cima da cinza quente amontoada em frente ao fogo. Um navio da morte, *yes, Sir!* Há navios-caixões onde se morre lá dentro, e há navios-caixões onde se morre do lado de fora, e existem aqueles em que se morre em todos os lugares. O *Yorikke* era tudo isso, era um navio da morte notável.

Depois de as cinzas serem recolhidas e apagadas, era a hora de lançar as bolas de carvão fresco no fogo. Nesse ínterim, o estivador já devia ter tirado as bolas de carvão da pilha. Elas tinham que ser de boa qualidade, mas não muito grandes para queimarem rápido, reacendendo logo o fogo. O carvão usado no *Yorikke* era o mais barato possível e da pior qualidade e gerava muito pouco calor. Essa é outra razão pela qual o estivador devia carregar quantidades improváveis de carvão para manter o vapor. E então as outras lareiras eram verificadas novamente, enquanto eu empurrava as cinzas para o meio da parede da caldeira, para que não obstruíssem a passagem.

O foguista do turno anterior tinha acabado de se lavar, mas estava o tempo todo correndo o risco de receber um golpe do atiçador quente ou de ser queimado por uma brasa incandescente. Só que ele não se importava muito, ele estava morto. Agora era possível ver isso com toda a nitidez. Seu rosto e corpo estavam quase limpos, graças ao banho com areia e cinzas. Mas ele não podia esfregá-las muito nos olhos, por isso eles tinham dois grandes círculos pretos em volta, o que dava a seu rosto o aspecto de uma caveira, ainda mais porque suas bochechas estavam afundadas por causa da má alimentação e do excesso de trabalho. Ele vestiu suas calças e sua camisa furada e subiu a escada. Eu tive tempo suficiente de olhar pra cima e vê-lo brincando de cobra.

Enquanto isso, Stanislaw trouxe carvão pra que eu pudesse pelo menos formar um primeiro estoque. Era então a vez das bocas 6 e 9. Quando a boca 6 foi limpa e reacendida, as outras já estavam preparadas, e só faltava a de número 9 pra ser limpa, ele me disse:

"Vou parar por aqui. Não dá mais pra mim. É uma da manhã. Eu tô sufocando aqui há quinze horas seguidas. E às cinco já tenho que içar as cinzas. É bom que você esteja aqui, não dava pra continuar assim por mais tempo. Agora quero te confessar uma coisa: somos apenas dois estivas aqui, eu e você. Portanto, não temos dois turnos pra cumprir, mas três, mais uma hora de remoção de cinzas de cada vez. E amanhã também vamos ter que limpar as montanhas de cinzas que ficaram no convés, porque não é permitido jogá-las num porto. O que vai dar quatro horas extras pra cada um".

"Então tudo isso é hora extra? Os turnos duplos, limpar as cinzas do convés e içá-las?", eu perguntei.

"Sim, tudo isso é hora extra. Se isso te agrada e se você gosta de escrever, pode ir anotando as horas extras. Mas ninguém vai te pagar por elas."

"Mas combinaram um salário comigo", respondi.

"O que foi combinado não tem validade pra gente. Só vale o que você tem no bolso. E você só recebe adiantamentos e mais adiantamentos. Sempre o suficiente pra se embebedar e talvez comprar um par de chinelos, ou uma camisa, ou uma calça barata, só isso. Porque se você tivesse uma roupa decente e pudesse andar pela rua, talvez você conseguisse voltar à vida. Entendeu agora? Não tem escapatória. Precisa de grana, de uma calça, uma jaqueta, botas e documentos. Você não tem nada disso. Não pode voltar à vida. Se você desembarcar, vão te prender por deserção. Logo vão te pegar, já que você está esfarrapado e sem documentos. Então te tiram dois ou três meses de salário por deserção. Eles podem fazer isso. E fazem. Então você implora de joelhos por um xelim pra conseguir bebida. Você precisa beber. Estar morto às vezes dói, mesmo que você tenha se acostumado com isso há muito tempo. Boa noite. Eu não vou me lavar, não consigo mais nem levantar a mão. Cuidado pra que uma grade não caia em você, porque senão vai custar o seu sangue, Pippip. Boa noite."

"Por Santa Maria, por Gabriel estuprado, por José de Arimateia, pelos testículos de um javali e pelo chifre de um bode, raios que me partam..."

O foguista estava gritando feito um possuído e tomou um impulso vigoroso pra conseguir soltar outra saraivada de pragas e maldições que fariam corar os habitantes de todos os infernos. Nada restou da majestade de seu Deus, da pureza virginal da Rainha do céu, da dignidade dos santos. Eles foram jogados na sarjeta e arrastados pela lama. O inferno não era mais capaz de assustá-lo, nenhum banimento do céu, por mais terrível que fosse, poderia atingi-lo pois, quando eu perguntei "Foguista, o que tá acontecendo?", ele então urrou como uma besta sanguinária: "Caíram seis grades. Puta que pariu!".

31

ANTES DE SUBIR, Stanislaw me disse que, quando uma grade cai, a gente paga com o nosso sangue. Ele estava falando de quando uma cai. Agora tinham caído seis. Colocá-las de volta no lugar custava não apenas sangue, mas também pedaços de carne arrancados e tiras de pele queimadas; custava sangue jorrando feito esperma, tendões dilacerados, medula saindo dos ossos feito lava aquosa, articulações rachando como madeira sendo quebrada. E, enquanto a gente trabalhava feito uns bichos-da-seda imbecis, a pressão diminuía cada vez mais. Já dava pra ver o trabalho que ia dar fazer a pressão subir de novo. Essa ideia torturava as nossas carcaças enquanto a gente lutava com as grades. Desde aquela noite eu me coloquei acima dos deuses. Não posso mais ser condenado. Eu sou livre, tenho o direito de fazer o que eu quero sem ser incomodado. Tenho o direito de amaldiçoar os deuses, de me amaldiçoar, de agir como eu bem entender. Nenhuma lei humana, nenhum mandamento divino pode influenciar minhas ações, pois não posso mais ser condenado. O inferno é um paraíso. Nenhuma besta humana pode imaginar quais agonias me assustariam. Seja lá o que for o inferno, ele é redenção. Redenção de ter colocado no lugar as grades que caíram no *Yorikke*.

O capitão nunca pisou na caldeira, nem os dois oficiais. Ninguém ia àquele inferno por livre e espontânea vontade. Eles até faziam um desvio quando tinham que passar em frente ao poço que levava a ela. Os mecânicos, que apesar de seus títulos pomposos eram considerados meros maquinistas, só se atreviam a ir lá quando o *Yorikke* estava bem ancorado no porto e o time negro estava fazendo os trabalhos de manutenção, verificando canos, limpando a casa de máquinas e outras tarefas imundas do tipo. E mesmo assim os mecânicos lidavam de forma diplomática com o time negro. Porque os estivas e os foguistas estavam sempre prontos pra fincar um martelo bem no crânio deles. O que era a prisão ou a forca pro time das caldeiras? Eles não davam a mínima pra isso.

Da casa de máquinas saía um corredor estreito e de teto baixo, que ficava entre a caldeira de estibordo e a antepara, e levava à sala das caldeiras. Esse corredor estava separado da sala de máquinas por uma portinha de metal pesada e impermeável – seja lá o que podia ser chamado de impermeável no *Yorikke*. Se alguém saía da casa de máquinas e passava pela escotilha, precisava descer vários degraus pra chegar ao corredor. Ele só tinha três pés de largura e era tão baixo, que a gente tinha que andar curvado se não quisesse bater com a cabeça nas pontas afiadas das vigas de metal. Tanto o corredor quanto as caldeiras eram um breu dia e noite. Além disso, o corredor era tão quente quanto um alto-forno. A gente conseguia se virar de olhos fechados naquele corredor, porque ele era parte do nosso pacote especial de torturas diárias. Era por ali que a gente levava as toneladas de carvão retiradas dos porões, que ficavam perto da casa de máquinas, até as caldeiras. A gente conhecia bem aquele martírio e seus enigmas labirínticos. Outros, nem tanto. Quando a pressão caiu bastante, bem abaixo de cento e trinta, o mecânico de plantão teve que intervir. Era pra isso que ele era pago. O mecânico-chefe, por sua vez, também nunca tinha ido às caldeiras. Nunca durante uma viagem. Um ombro fraturado tinha ficado como ensinamento pra ele de que não se deve incomodar o time das caldeiras durante a viagem. Ele só gritou lá de cima, do convés mesmo, na direção do poço: "A pressão tá caindo!", e já se foi. Pois lá debaixo veio o grunhido: "Seu filho da puta, a gente já tá sabendo! Vem aqui embaixo, seu canalha, quando você quiser alguma coisa!". E nisso as bolas de carvão já estavam voando na direção da escotilha.

Não se devem esperar do trabalhador decência, polidez e bons modos quando não se dão a ele as condições para que consiga ser decente e bem-educado. Sujeira e suor fazem desbotar, mais por dentro do que por fora.

O mecânico-assistente ainda era relativamente jovem, talvez uns trinta e seis anos. Ele era muito ambicioso e queria ser chefe. Ele acreditava que podia dar as melhores provas de sua ambição se apressasse o time das caldeiras, principalmente quando o *Yorikke* estava ancorado no porto, pois era quando cabia a ele o comando da sala de máquinas. Ele não era um bom aluno e teve dificuldade em aprender – aliás, nunca aprendeu – a lidar com o time negro. Há mecânicos que são adorados pelo time negro. Conheci uma vez um capitão que era venerado por eles como um deus. Ele ia todos os dias pessoalmente à cozinha: "Cozinheiro, quero ver a comida que meus foguistas e meus estivas vão comer hoje. Quero provar. Isso não presta. Pode jogar fora. São os foguistas e os estivas que conduzem um navio. Mais ninguém". E quando ele encontrava um foguista ou um estiva no convés: "Estiva, como estava a comida hoje? Tinha bastante carne? O leite está sendo suficiente? À noite, vocês vão receber uma porção extra de ovos e toucinho. O garoto está levando o chá frio pra vocês lá embaixo, como eu pedi?". E, de forma surpreendente, os foguistas e estivas daquela banheira se comportaram tão bem que poderiam ter sido convidados para o baile da embaixada.

Durante a recolocação das grades, a pressão não parava de cair; o mecânico-assistente, que estava de plantão, veio pelo corredor, enfiou a cabeça no canto da sala das caldeiras e gritou: "O que tá acontecendo com o vapor? Essa banheira maldita vai parar logo". Neste momento, o foguista segurava o atiçador, que estava em brasa porque ele tinha usado pra tentar tirar uma grelha das cinzas. Ele soltou um uivo aterrorizante, com os olhos enegrecidos e a boca espumando, então se endireitou e partiu feito um louco pra cima do mecânico pra espancá-lo com a barra quente. Mas o homem virou a esquina feito uma faísca e desapareceu no corredor. Na pressa de fugir, ele calculou mal a altura e bateu a cabeça numa das barras transversais. O foguista conseguiu acertar o lugar onde o mecânico estava. O golpe foi tão violento, que arrancou um pedaço da parede construída pra evitar a perda de calor e ainda conseguiu entortar a ponta do atiçador. Mas o foguista não desistiu da perseguição. Ele correu atrás do mecânico-assistente com o atiçador na mão e, sem a menor piedade, o teria espancado até a morte e reduzido a pó se o mecânico, mesmo sangrando depois do choque com as vigas de metal, não tivesse alcançado os degraus a tempo e fechado a tampa da escotilha atrás de si. O mecânico não comunicou o incidente, assim como um oficial ou um suboficial que é esbofeteado por um de seus soldados longe das vistas de terceiros não o comunica, pra não admitir que tal coisa pudesse lhe acontecer. Caso o mecânico tivesse comunicado o ocorrido, é claro que eu teria jurado, como testemunha, que o mecânico queria bater no foguista com uma chave inglesa, porque considerava a pressão insuficiente, e que o foguista lhe havia dito pra ele dar o fora dali, pois estava bêbado, e então ele saiu cambaleando por causa da embriaguez, e acabou abrindo seu crânio.

Não seria mentira. Afinal de contas, o foguista é meu parceiro de sofrimento. Há quem diga: *"Right or wrong, my country!* Certo ou errado, minha pátria!"*. Caramba, então eu tenho todo o direito de dizer: *"Right or wrong, my fellowworker!* Certo ou errado, meu companheiro proletário!"*.

No dia seguinte, o chefe perguntou ao mecânico-assistente como ele havia quebrado o crânio. O outro lhe disse a verdade. Mas o chefe, um sujeito esperto, não fez nenhuma denúncia e ainda disse ao seu subordinado: "Cara, você teve uma puta sorte! Não vai fazer isso de novo. Quando as grades caírem, não deixe que eles te vejam, olhe aqui de cima, e não deixe que eles percebam sua presença nem pela sua respiração. Então deixe a pressão cair o quanto quiser, mesmo que a banheira estacione. Se você descer no momento em que as grades se soltarem, ou meia hora depois, eles vão acabar com você sem dó nem piedade e te jogar no fogo. Ninguém jamais vai saber o que aconteceu com você. Estou te avisando".

O mecânico-assistente não era tão ambicioso a ponto de não levar a sério esse aviso. Ele nunca mais voltou às caldeiras quando as grades caíram, e quando ele precisou ir até lá porque a pressão estava diminuindo e não queria subir, não disse uma palavra, verificou o medidor, ficou ali por um momento, ofereceu um cigarro pro foguista e pro estiva, e então disse:

"Com este carvão vagabundo que a gente tem, o foguista pode ser de ouro que ele não vai conseguir manter a pressão".

Foguistas não são idiotas e entendem de cara o que o mecânico quer, e fazem o melhor possível pra elevar a pressão. Pois não são só os outros que têm espírito esportivo, mas os proletários também. Porém, nenhum trabalhador deve reclamar de seus superiores, pois ele sempre tem aqueles que merece e que cria para si. Um golpe certeiro às vezes é melhor do que longas discussões e provocações. Tanto faz para os trabalhadores serem chamados de brutos; o mais importante é respeitá-los. Só não seja tímido, proletário. Por mais que houvesse motivos pra se falar mal do *Yorikke*, pelo menos num ponto ele merecia uma coroa de louros: era uma excelente fonte de aprendizagem. Meio ano no *Yorikke*, e não veneramos mais nenhum deus. Ajude a si mesmo e não confie tanto nos outros. Mesmo numa banheira em boas condições, colocar as grades de volta no lugar não é brincadeira, como eu ia aprender mais tarde. É sempre muito irritante. Mas nada mais do que isso. Só que, no *Yorikke*, isso custava nosso sangue. Essas barras se apoiavam com seus cames em duas vigas transversais, uma na frente e outra atrás, na ponta do canal de combustão. Essas vigas já foram novas um dia, na época da grande greve que eclodiu durante a construção da Torre de Babel, e que teve como consequência a confusão de línguas que, no *Yorikke*, veio a atingir o seu ápice. Não surpreende, pois, que desde então aquelas hastes tenham perdido a capacidade de sustentação. Elas estavam carbonizadas. As grades com seus cames se encaixavam nas fendas daquelas vigas chamuscadas. Bastava o mínimo descuido ao limpar a escória, ou esta ficar muito grudada, pra que uma grade escorregasse e caísse no vão das cinzas. As barras estavam incandescentes, e era preciso retirá-las de lá com um curioso instrumento chamado pinça de grade, que pesava cerca de vinte quilos. Uma vez pinçada a barra, ela tinha que ser içada pelo canal de combustão e colocada de volta no lugar. Como as vigas haviam sido carbonizadas, as fendas envelhecidas e queimadas que sustentam as barras mediam menos de meia polegada. Quando a gente conseguia prender uma na frente, ela escorregava pra trás e caía de novo no vão das cinzas, de onde ela devia ser içada novamente, pra então começar uma segunda tentativa de encaixe. Na segunda vez, ela se enganchou bem atrás da fenda, mas na frente não alcançou o restante da barra, e escorregou para o vão das cinzas. Se um lado cedesse, o outro também se soltava e toda a barra caía. A gente continuou pescando e içando até que, por uma feliz coincidência de várias circunstâncias favoráveis, as duas pontas conseguiram se fixar em seus suportes de meia polegada. Se fosse só uma barra, já seria um trabalho inimaginável. Mas às vezes, durante o esforço de pinçar e decapar, a gente esbarrava numa barra vizinha, e ela atendia ao chamado e também caía toda obediente nas cinzas e ainda levava junto uma terceira. Quando a última vizinha estava sendo recolocada no lugar, desencaixava outra, que tinha apenas um milímetro de espessura e estava esperando ansiosamente havia uma hora que alguém a tocasse, só pra que ela finalmente tivesse um motivo pra despencar no poço e participar da coreografia.

Durante esse tempo em que a gente estava pescando e recolocando as barras, o fogo, é claro, continuava a arder alegremente; as barras estavam pelando, a pinça estava pelando, o ferro usado pra apoiar as barras enquanto elas eram recolocadas estava pelando, e as barras eram tão pesadas, que já seriam uma carga considerável se estivessem congeladas e pudessem ser carregadas nos braços. Não tinha como a gente trabalhar continuamente nas barras, porque era necessário cuidar pra que as outras bocas não se apagassem. Enquanto isso, a reserva de carvão se esgotou e precisava ser reabastecida.

Quando finalmente as seis grades estavam encaixadas e ninguém se atreveu a pisar com mais força perto da porta da fornalha pra não balançar as barras nem retirá-las de suas fendas milimétricas, nós dois caímos sem vida numa pilha de carvão. Sem vida é o termo correto, pois a vida que ainda havia dentro de nós tinha se esvaído por meia hora. Nós dois estávamos sangrando, mas não percebíamos; nossa pele estava descascando em pedaços carbonizados em nossos braços, mãos, peito e costas, porém a gente não sentia. Já não tínhamos mais forças pra respirar. Finalmente recuperamos um sopro de vida e tivemos que fazer a pressão subir de novo. O carvão tinha que ser trazido dos cantos mais remotos do navio, porque o depósito devia ocupar o menor espaço possível no porão. A carga era o principal. Era por causa dela que o *Yorikke* navegava, é por causa dela que todos os navios navegam. O carvão, que é a comida do navio, era secundário, assim como a comida da tripulação. Onde tinha um canto vazio, que não era usado como depósito, o carvão era armazenado, e era de lá que tínhamos que retirá-lo. Num turno de quatro horas, as nove bocas do *Yorikke* consumiam mais de mil quatrocentas e cinquenta pás cheias de carvão. E essas mil quatrocentas e cinquenta pás tinham que ser arrastadas até lá. E isso precisava ser feito, além de limpar a escória, de transportar cinzas, de içá-las e, em turnos especialmente abençoados, de colocar grelhas.

Isso tudo tinha que ser feito por um único estiva, o homem mais sujo e desprezado da tripulação, o que não tinha colchão, nem cobertor, nem travesseiro, nem prato, nem garfo, nem xícara; devia ser feito por esse homem, que não tinha o suficiente para comer porque a empresa de navegação alegou que precisa continuar competitiva. Até o próprio Estado garante que as empresas permaneçam competitivas. Mas ele não se importa tanto que as pessoas permanecem competitivas. É óbvio que ambos, empresas e trabalhadores, não podem ser competitivos ao mesmo tempo. Às quatro horas, meu foguista foi liberado. Eu, não. Às vinte pras cinco, fui acordar meu substituto, Stanislaw, pra içar as cinzas. Precisei arrastá-lo pra fora de seu beliche. Ele dormia feito uma pedra.

Ele estava havia muito tempo no *Yorikke*. Estava acostumado. Quando alguém, geralmente um passageiro de uma cabine de luxo, movido pela curiosidade, descia até as caldeiras, o primeiro pensamento que lhe vinha à cabeça era: "Como é possível que alguém consiga trabalhar aqui?". Mas então aquele que está sempre disponível e torna a vida dele mais suportável sussurra em seu ouvido: "Eles estão acostumados, nem se dão conta".

Assim podemos desculpar tudo, e de fato o fazemos. Como um homem não consegue se acostumar com a tuberculose, ou a estar sempre com fome, ele também não consegue se acostumar a algo que cause o seu sofrimento físico e mental desde o primeiro dia, a algo que não desperte a inveja de alguém que possua um semblante humano.

Com esta fórmula indigna, "Eles estão acostumados!", também desculpamos as chicotadas infligidas aos escravos. Stanislaw, um sujeito robusto, nunca se acostumou, eu nunca consegui me acostumar, e nunca vi alguém que conseguisse se acostumar à tortura. Nem animais nem seres humanos conseguem se acostumar à tortura, nem à física, nem à mental. Eles apenas se tornam insensíveis, e chamamos a isso de costume. Mas eu não acredito que alguém se insensibilize tanto a ponto de não ansiar mais por se libertar, de não trazer mais no peito o grito eterno de: "Estou esperando pelo meu libertador!". Só se acostumou aquele que não tem mais esperança. A esperança dos escravos é o poder dos senhores. "Já são cinco horas?", disse Stanislaw. "Eu acabei de me deitar." Ele continuava tão sujo como quando subiu. Ele ainda não conseguia se lavar. Estava muito cansado.

"Eu quero te dizer, Stanislaw, que não aguento. Não consigo içar as cinzas às onze e começar o turno à meia-noite. Eu vou me jogar do parapeito." Stanislaw se sentou no beliche, me olhou sonolento, bocejou, e me disse: "Não faz isso. Eu não vou conseguir assumir o seu serviço além do meu. Também vou me jogar. Logo depois de você. Não. Não vou, não. Melhor enterrar geleia de ameixa na caldeira. Aí acaba com tudo isso de uma vez, e eles não vão conseguir pegar mais ninguém. Ia ser bem divertido. Essa história da geleia de ameixa".

O coitado do Stanislaw ainda estava bêbado de sono. Pelo menos foi o que eu pensei.

32

ÀS SEIS DA manhã terminou o meu turno. Não consegui deixar um estoque de carvão pro Stanislaw. Não aguentava mais segurar a pá. Eu não precisava de colchão, nem de cobertor, nem de travesseiro, nem de sabão. Caí no meu beliche do jeito que eu estava: sujo, besuntado de óleo, suado. Minha calça não tinha mais conserto, nem minha camisa ou minhas botas. Estavam totalmente manchadas de óleo, pó de carvão e petróleo. Cheias de buracos queimados, chamuscados, rasgados. Quando eu estava no próximo porto, encostado no parapeito do *Yorikke* junto dos outros batedores de carteira, ladrões e fugitivos, já não dava mais pra me distinguir deles.

Eu agora vestia meu uniforme de prisioneiro, com o qual eu não podia desembarcar sem ser imediatamente detido e mandado de volta pra banheira. Eu tinha me tornado parte do *Yorikke,* tinha que ir para a morte com ele e perecer. Não tinha mais como fugir.

Alguém me cutucou e berrou no meu ouvido: "Café da manhã!". Nenhum café da manhã na face da Terra me faria levantar do meu beliche. Tomar café pra quê? Comer pra quê? Comer um troço preto, grosso e pesado. Há quem diga: "Estou tão cansado que não consigo mexer um dedo". Quem diz isso não sabe o que é estar morto de cansaço. Mexer um dedo? Eu mal consigo fechar as pálpebras de tanto cansaço! Meus olhos estavam meio abertos, a fraca luz do dia estava me causando muita dor. Mas, apesar de meus esforços, eu não conseguia fechá-los. Eles não se fechavam automaticamente, nem obedecendo à minha vontade. Porque eu não conseguia reunir a vontade necessária pra isso. Eu não sentia desejo, só um desconforto pesado: "Queria que essa luz fosse embora".

E, quando mal cheguei a pensar, mas apenas senti de forma automática "que me importa a luz dia?", então veio um gancho de guindaste e me levantou; a alavanca escorregou das mãos do operador e, após uma queda de trinta metros, eu despenquei no cais. Uma multidão correu na minha direção, gritando: "Vamos, são vinte pras onze, hora de içar as cinzas".

Depois de içar as cinzas, fui buscar o almoço na cozinha. Com meus companheiros, tive que subir uma escada no meio do navio e descer por outra até o castelo da proa. Engoli algumas ameixas que estavam mergulhadas no tal do "pudim", que era uma papa azulada de amido. Eu estava muito cansado pra comer mais do que isso. Não me lavei, e já comecei o meu turno. Quando terminei, às seis da tarde, estava cansado demais pra me lavar. O jantar estava frio e endurecido. Eu não dava a mínima. Desabei no meu beliche.

E assim se passaram três dias e três noites. Eu não tinha outro pensamento a não ser de onze às seis, de onze às seis, de onze às seis. Meu conceito de mundo e de mim mesmo se resumiam a "de onze às seis". Eu estava acabado. "De onze às seis" era tudo o que tinha sobrado de mim. Dois gritos de dor indescritíveis bateram fundo naquilo que um dia tinha sido cérebro, carne, alma, coração. Eles eram o anúncio de uma dor extremamente aguda. Pode ser que alguém sinta uma dor assim tão gritante se seu cérebro nu for cutucado com uma mola de aço. Os gritos sempre vinham de longe, eram sempre os mesmos, sempre igualmente terríveis e dolorosos: "Vamos, vinte pras onze"! – "Puta que pariu... as grades caíram!".

Depois de quatro dias e cinco noites, eu fiquei com fome, comi e comecei a me acostumar.

"Até que não é tão ruim, Stanislaw", eu disse a ele quando fomos trocar de turno. "As almôndegas até que estão boas. Mas a gente bem que podia ter um pouco mais de leite! Bem, o estoque que você deixou pra mim não é lá essas coisas. Só dá pra tampar um dente oco. Como será que a gente faz pra arrancar uma dose do rum do mecânico-chefe?"

"Brincadeira de criança, Pippip. Você tá com cara de acabado. Ele vai acreditar em você. Vá até ele e diga que está com dor de estômago e vomitando o tempo todo. Diga que não vai dar pra assumir o turno, que seu vômito está verde. Ele logo vai te dar um copo cheinho. Esse tratamento dá pra você fazer umas duas vezes. Mais do que isso não vai colar. Aí ele vai misturar óleo de rícino às escondidas, e você só vai notar depois de beber. E você não ia ter como cuspir tudo na cabine, senão ia ter que limpar. Então, ia ter que engolir. Não passe essa receita pra frente. É só para nós dois. Os foguistas também têm um truque. Mas eles não contam qual é, aqueles canalhas."

Eu estava me acostumando cada vez mais.

Então chegou o momento em que voltei a pensar em outra coisa, em que consegui superar meu cansaço e minha sonolência pra gritar ao mecânico-assistente que, se ele não saísse imediatamente de perto das caldeiras, ele ia ganhar não apenas uma martelada, mas também uma chave de garra na cabeça, e que ele podia me jogar pra fora da banheira se eu não acertasse o martelo na frente e a chave na parte de trás do seu crânio de idiota, e que desta vez ele não ia conseguir escapar pelo corredor. E, de fato, ele não ia conseguir escapar. A gente colocou uma barra de ferro suspensa no corredor. Tinha uma corda que saía dela e ia até a parede dos fundos da caldeira. Se ele quisesse fugir, era só alguém correr pra puxar a corda. A barra ia cair na hora e bloquear o caminho. E ele ia ficar preso. Se ele ia sair vivo ou esquartejado, só dependeria do número de grades que caíssem naquele dia.

Às vezes passavam cinco turnos sem que uma única grade caísse. Mas elas já estavam queimadas, e era preciso serem trocadas para que o fogo se espalhasse. Às vezes a gente tinha tanta sorte que, durante a instalação de uma nova, só caía a grade vizinha, e a gente lidava com as duas com toda a paciência, delicadeza e devoção, sem envolver as demais. Mas então os testes foram ficando ainda mais severos, e não eram apenas seis que caíam, mas oito, e não apenas numa boca, mas em duas ou três no mesmo turno. Eu juro, não era brincadeira! Passando pela Costa do Ouro, pegamos uma tempestade, e que tempestade! Que Deus seja louvado nas alturas e que toquem as trombetas! Foi só uma brisa! E aí a gente tem que trazer a salvo os caldeirões com sopa e picadinho da meia-nau pro alojamento. Caramba! Não é pra qualquer um.

E agora, pra içar as cinzas! A gente tinha que desengatar o balde pesado e carregá-lo quente em nossos bracinhos até o fosso, atravessando o corredor. Mas, antes de chegarmos lá com nosso querido balde, o *Yorikke* girou, e corremos ao longo de todo o convés agarrados com o balde cheio, sem derrubar nada, até as escadas do corredor. Se o *Yorikke* se lança a partir da popa, a gente vai parar no convés de proa com o balde ainda nos braços; se ele mostra as coxas nuas na frente, a gente contorna a parte de trás com o balde e rola todo o convés, pra cima e pra baixo, até que o primeiro oficial grita lá da ponte: "Ei, estiva, pelo amor de Deus, se você quer se jogar no mar, pode ir, ninguém vai te segurar, mas por favor deixe o balde de cinzas aqui, ok? Você não vai conseguir usá-lo pra pescar".

Lá embaixo, na frente das caldeiras, está mais aconchegante do que nunca. Justamente quando o foguista, num impulso muito bem ensaiado, quer enfiar uma pá cheia de carvão, ele se vira de repente e a acerta na cara de alguém ou nas entranhas. No próximo movimento de recuperação, ele não vai conseguir nem ganhar impulso, vai parar com sua pá numa pilha de carvão, desaparecer nela e só ressurgirá quando o *Yorikke* tiver se endireitado.

E quando se trata dos porões superiores, que também podem servir de depósito, a diversão é ainda maior, porque há mais margem de manobra. Uma quantidade equivalente a duzentas pás foi alegremente empilhada no poço de estibordo, e já estamos começando a jogá-la no poço da caldeira.

E opa! O *Yorikke* está rolando pra bombordo. E numa confusão daquelas, o estiva, sua pá e seu belo estoque de combustível estão escorregando para bombordo e escalando a antepara. Então o *Yorikke* se inclina, a gente recupera o equilíbrio, e decide jogar as duzentas pás no poço da caldeira. A gente estava com a pá virada pra baixo quando o *Yorikke*, pra variar, tombou pra estibordo, e todo o carvão, com o estiva, rolou pra estibordo, seu lugar de origem. Mas agora vamos tapear nosso bom e velho *Yorikke*. Não perdemos um minuto pensando, corremos pra jogar dez, quinze pás cheias no poço de estibordo, depois corremos bem a tempo pra bombordo e, quando a avalanche chega até lá, jogamos dez, quinze pás no poço de bombordo; e a avalanche corre pra estibordo como se estivesse fugindo do próprio Satanás, e quinze pás são arremessadas no poço, e assim o carvão é colocado na frente das caldeiras, quando ele está armazenado nos porões superiores. Um estiva deve entender tanto de navegação quanto um capitão, caso contrário ele não ia conseguir trazer nem um quilo de carvão pra frente das caldeiras. É claro que ele tem o corpo todo roxo de hematomas, o nariz arranhado, as canelas arrebentadas, as mãos e os braços machucados. A vida de um marinheiro é muito divertida, u-huuu! E é ainda mais engraçado que centenas de *Yorikkes,* centenas de navios-caixões navegam pelos sete mares. Todas as nações têm os seus. As mais orgulhosas companhias de navegação, que deixam suas bandeiras tremulando ostensivamente, não se envergonham de ter navios-caixões. Por que, afinal, eles contratam um seguro? Não por diversão. Tudo deve ter sua compensação.

Muitos navios-caixões vagam pelos sete mares porque carregam muitos mortos. Nunca houve tantos, desde que a grande guerra pela liberdade venceu. Aquela liberdade que impôs à humanidade passaportes e certidões de nacionalidade, pra revelar a ela a onipotência do Estado. A era dos tiranos, dos déspotas, dos senhores absolutos, dos reis e imperadores ladeados por seus lacaios e cortesãs foi derrotada, e a vencedora é a era de uma tirania ainda maior, a era da bandeira nacional, a era do Estado e seus lacaios.

Eleve a liberdade a um símbolo religioso, e ela vai desencadear as guerras religiosas mais sangrentas. A verdadeira liberdade é relativa. Nenhuma religião é relativa. Menos relativa ainda é a ganância pelo lucro. Ela é a mais antiga das religiões, a que tem os melhores sacerdotes e as mais belas igrejas. *Yes, Sir.*

33

QUANDO SE TRABALHA tanto, a ponto de não conseguir dizer nem um "a", não dá pra se dar conta do que está acontecendo em volta. Então é só deixar as coisas acontecerem, o que importa é deitar e dormir. A gente tá tão exausto de trabalhar tanto, que para de pensar em resistir, para de pensar em fugir, para até de pensar no próprio cansaço. A gente vira uma máquina, um autômato. Ao nosso redor, alguém poderia ser roubado ou até morto, que a gente não ia ver nem ouvir nada. Só uma coisa importa: dormir, nada mais que dormir.

Lá estava eu, sonolento, junto ao parapeito, dormindo em pé. Por perto havia um número razoável de falucas com suas curiosas velas pontiagudas. Mas não chamava a atenção. Elas sempre estavam por perto. Provavelmente eram pescadores e contrabandistas; quanto às suas atividades, a gente não se atrevia a pensar muito a respeito.

Dei um pulo e despertei totalmente. Fiquei sem entender o que me despertou daquela prostração. Parecia um rugido potente. Mas então percebi que não foi um rugido que me acordou, mas sim um silêncio opressor. As máquinas pararam de funcionar, e isso provocava sentimentos estranhos. Dia e noite se ouve a trepidação das máquinas – nas caldeiras ecoa um trovão retumbante; dos depósitos, vem um martelar maçante e pesado, no alojamento da tripulação, um ofegar chiado. Isso penetra na carne e no cérebro. Você carrega isso em cada fibra do seu corpo. Todo o corpo se torna um pulsar aos solavancos. O homem inteiro entra no ritmo da máquina. Ele fala, come, lê, trabalha, ouve, vê, dorme, acorda, pensa, sente e vive nesse ritmo. E, de repente, o pulsar das máquinas para. A gente sente uma dor singular. A gente sente um vazio interior, como se despencasse num elevador a toda a velocidade. A terra cede sob nossos pés, e é como se o chão do navio estivesse desabando e indo parar no fundo do mar. O *Yorikke* estava parado e balançando nas águas calmas e suaves do mar. As correntes chacoalharam, a âncora caiu. No mesmo instante, Stanislaw apareceu com o bule de café.

"Pippip", ele me chamou e disse a meia-voz: "Agora a gente tem que descer rápido, porra! Vai ter que aumentar a pressão pra cento e noventa e cinco".

"Mas você é louco, Law. Aí é um voo pra Marte sem escalas. A cento e setenta a gente vai chacoalhar até as vísceras."

"É por isso que eu tento ficar aqui em cima o máximo que eu posso", ele zombou. "Pra evitar bater minha cabeça com muita força no teto e acabar virando uma bola de borracha, e daqui também dá pra nadar pra longe antes que cheguem os solavancos. Quando vi as falucas tão suspeitas por perto, juntei um estoque absurdo lá embaixo só pra poder subir toda hora. Eu disse ao foguista que estava com diarreia. Você terá que arranjar outra desculpa da próxima vez, a gente não pode contar sempre a mesma lorota, senão ele mesmo vai subir para ver o que está acontecendo."

"Mas o que está acontecendo?"

"Ah, mas você é mesmo uma besta! Tudo isso é fachada. O capitão recolhe a porcentagem pro seguro. Um burro que nem você, eu nunca vi em toda a minha vida. Onde você pensa que está?"

"Num carro funerário."

"Bem, pelo menos isso você já entendeu. Mas eles não vão afundar essa banheira sem um pouco de música. Não tenha ilusões. O *Yorikke* está condenado. A empresa já está com o atestado de óbito, eles só precisam acrescentar a data. Então, veja só, meu velho, quando a última corda arrebenta, aí já era. Não importa o que o *Yorikke* fizer, é desesperador, ele está na lista dos mortos. Então ele pode arriscar tudo, entendeu? Olha lá em cima, no mastro principal. Lá está o chefe com os binóculos de prisma verificando se o ar está denso. Ah, aí você vai poder ver *Yorikke* desembestado, meu velho; em quinze minutos essa carcaça vai quebrar um recorde que vai te fazer morrer de medo com a pressão. Ou vamos pousar na lua ou vamos parar a 50 milhas de distância. Você tem que ver o *Yorikke* numa hora dessas. Depois de meia hora, ele está ofegante e bufando por todos os buracos, e fica com asma por um mês. Mas ele consegue se safar. E isso é o principal. Agora preciso descer. Volto assim que conseguir empilhar algumas pás. E depois tenho que ir extorquir mais um pouquinho de tempo".

Quando o *Yorikke* tinha que enfrentar um clima ruim, nossa pressão chegava a cento e cinquenta, até cento e cinquenta e cinco. Cento e sessenta significava "Atenção!", cento e sessenta e cinco, "Alerta!", e cento e setenta, "Perigo!". Foi então que o *Yorikke* liberou jatos de vapor através das válvulas de segurança. Ele explodiu soltando um uivo que nos penetrou a medula. Pra fazer com que ele parasse de chorar, seus canais lacrimais foram fechados. Se ele quisesse, poderia chorar internamente, lamentando seu destino cruel e relembrando com tristeza o tempo em que ele também foi uma jovem donzela de bochechas rosadas. Durante sua longa e excitante vida, ele realmente experimentou todas as fases de uma mulher aventureira. Dançou em bailes deslumbrantes, foi coroado rainha da festa e cortejado pelos mais belos cavalheiros. Casou-se várias vezes, fugiu de seus maridos, foi encontrado em hotéis vagabundos, divorciou-se trinta vezes, renovou a sorte e foi acolhido novamente pela sociedade, voltou a fazer besteiras, entregou-se à bebida por um longo tempo, contrabandeou uísque escocês pra Noruega e pros buracos de caranguejo na costa do Maine. Por fim, ele tinha se tornado uma cafetina, uma forjadora de testamentos, uma envenenadora e fazedora de anjos. Mesmo que venha das melhores famílias e tenha recebido uma excelente educação, anáguas de seda perfumadas e tecidos legítimos, uma mulher pode descer muito baixo e ser jogada na vida. Mas a desgraça de muitas mulheres bonitas é que elas não sabem morrer na hora certa...

As escotilhas dos porões estavam abertas, e a gente estava trabalhando duro nas entranhas do *Yorikke*.

As falucas se aproximaram, e duas delas se alinharam ao lado do barco. A tripulação era composta por pescadores marroquinos. Eles subiram a bordo com a agilidade de gatos. As torres foram içadas e começaram a ranger. Três marroquinos vestidos como pescadores, mas que não pareciam pescadores, e com um ar esperto e inteligente, foram com o segundo-oficial para a cabine do capitão. O segundo saiu um momento depois e ficou observando o transbordo. O segundo estava na ponte de comando e tinha os olhos no horizonte, na água e no barco. Ele tinha um pesado *browning* espetado no cinto.

"Tudo certo, *Boss*?", ele gritou pro alto do mastro.
"Sim, tudo certo, *Sir*."
"*All right! Keep on!*"

As caixas voaram alegremente pelo ar e depois pousaram nas falucas. Lá estavam outros marroquinos de mãos ágeis, prontos pra arrumá-las sob as cargas de peixes e frutas. Uma vez carregada, a faluca levantava âncora e se afastava. Imediatamente uma outra se aproximava remando, atracava e se abastecia com sua carga. Cada faluca que era carregada se afastava do navio, içava a vela e partia em disparada. Cada uma seguiu numa direção diferente, e algumas pra onde não poderia haver costa, a menos que pretendessem navegar pra América.

O segundo-oficial trabalhava com um bloco de papel carbono e um lápis. Ele contava as caixas. Um dos marroquinos, que parecia ser o responsável pelo transbordo, deu a ele um número, o oficial o repetiu e anotou. O marroquino também o anotou numa folha. Os números foram dados em inglês.

Finalmente não havia mais caixas pra içar e as escotilhas foram fechadas. A última faluca que foi carregada já tinha partido. As primeiras já não estavam mais à vista. Elas tinham desaparecido atrás do horizonte ou foram engolfadas pela névoa. Ainda podíamos ver várias delas espalhadas como pedacinhos de papel branco.

Uma última faluca atracou no navio. Ela só carregava peixe.

Os três marroquinos que estavam com o capitão na cabine agora saíam acompanhados dele. Eles estavam rindo e conversando. Então se despediram com grandes gestos, desceram a escada, subiram no seu barquinho, afastaram-se e içaram a vela. A escada foi puxada pra cima, a corrente da âncora chacoalhou, e o *Yorikke* zarpou a toda a velocidade.

Depois de uns quinze minutos, o capitão apareceu de novo no convés e gritou para a ponte:
"Onde estamos?"
"A seis milhas da costa."
"Bravo. Então já saímos?"
"*Yes, Sir!*"

"Venha tomar café da manhã. Vamos brindar. Indique o curso pro leme e venha."

E assim terminou aquele episódio fantasmagórico. Mas ele havia deixado alguns vestígios. Todos ganhamos um café da manhã pós-tempestade. Salsichas, presunto, achocolatado, batatas assadas e uma dose de rum por cabeça, que foi servida em nossas xícaras de lata. Esse café da manhã pós-tempestade foi nosso cala-boca. Pro capitão, o cala-boca era outro. Não era comestível, e devia ser guardado na carteira. Mas a gente estava infinitamente satisfeito. A gente seguiria o capitão até o inferno, se ele tivesse dito "Vamos, rapazes!", e nem sob tortura a gente iria entregar o que tinha visto.

E tudo o que a gente viu foi que, na casa das máquinas, um rolamento superaqueceu e que tivemos que lançar âncora até que o dano fosse reparado e que, durante esse tempo, falucas se aproximaram para nos venderem peixes e frutas. O cozinheiro comprou peixe pra duas refeições, e os oficiais pegaram abacaxis, tâmaras frescas e laranjas. Podemos jurar, porque é verdade, *yes, Sir*. Não se deixa na mão um capitão tão bondoso, *no, Sir.*

34

QUANDO A GENTE não está sobrecarregado de trabalho, logo começa a meter o nariz em coisas que não são da nossa conta, que rendem ideias e pensamentos que vão dar em nada se não forem tratados com carinho. Marinheiro, cuide do seu leme ou da sua lata de tinta; assim você continuará sendo um marinheiro corajoso e um sujeito decente.

O mecânico mandou abrir um depósito de carvão perto das caldeiras, porque o porão seria usado para estocar carregamento. Agora dava pra encher facilmente os poços da caldeira com bastante carvão. E quando os poços estavam cheios, os porões esvaziados e

O *Yorikke* abastecido, começou um período de puro deleite. Durou apenas três dias, depois disso os poços esvaziaram, mas esses três dias foram inesquecíveis.

Os dias de escravos das galés, quando as velas estão completamente abertas, e navegamos em velocidade de cruzeiro. Eles permanecem acorrentados pra não perderem o hábito; continuam a ser açoitados pra que não se esqueçam desse sentimento e não pensem em revolta; eles têm que continuar trabalhando, pra que seus músculos não relaxem. Mas eles têm o direito de descansar de vez em quando, de deixar a cabeça cair nas barras dos remos, porque, com as velas abertas, os remos repousados desaceleram o barco e não mudam a direção.

Poços cheios de carvão também podem funcionar como um freio, quando se descansa demais. Eles correm o risco de entupir a sala das caldeiras, a ponto de atrapalhar o trabalho do foguista ou até mesmo causar um incêndio.

O carregamento era feito em mar aberto. Provavelmente em algum lugar na costa de Portugal, porque os marinheiros falavam português. O mesmo acontecia quando o descarregamento era no sul da costa africana.

Lá também, três homens disfarçados de pescadores – mas desta vez não eram marroquinos – embarcaram no navio e foram até a cabine do capitão. Aconteceu o transbordo, números foram ditos em inglês e anotados. Em seguida, os barcos carregados de peixes e laranjas se afastaram novamente, em todas as direções. Por fim, os três homens voltaram para o barco e partiram.

Desta vez não teve café da manhã pós-tempestade, mas só um leite com achocolatado e uma fatia de bolo de passas. A gente também não precisava jurar nada.

"Mas o que a gente deveria jurar?", disse Stanislaw. "Basta alguém aparecer, abrir a tampa da escotilha, espiar e ver as caixas, a gente vai jurar o quê? Você realmente não pode jurar que não há caixas quando o cara está com elas na mão. Além disso, ninguém vai te perguntar nada. As caixas estão lá, ponto final. Só o capitão pode jurar pra onde ele vai levá-las. E ele vai jurar pra você, pode apostar."

Agora os nossos turnos eram bacanas. Depois de recolhidas, as cinzas eram içadas, então eu levantava a portinhola do poço pra descer o carvão, e assim a caldeira ficou bem equipada, com estoque e tudo.

Então lá fui eu arrastando minhas entranhas pra cumprir o turno da madrugada. Às vezes a gente abre a caixa e encontra umas coisinhas muito agradáveis: nozes, laranjas, folhas de tabaco, cigarros e outras do tipo. Às vezes, é só abrir a caixa e ver se lá há camisas novas, ou botas, ou sabonete. A moral só é ensinada para que aqueles que têm tudo possam continuar tendo e consigam também todo o resto. Moral é como manteiga pra quem não tem pão.

A gente só precisa fechar direitinho as caixas e não vestir logo a camisa ou as botas. Melhor vender no próximo porto, é mais seguro. Sempre há quem compre. O marinheiro vende barato. Ele economiza com o aluguel da loja, por isso consegue vender abaixo do preço de fábrica.

É claro que também existe um custo. Não é tão fácil chegar até as caixas. Precisa ser um homem-serpente. E isso eu já aprendi. E tive treinamento diário; se a gente relaxasse, logo sentia as queimaduras nos braços e nas costas. Além disso, não é fácil trabalhar nos porões, procurando e recebendo as mercadorias. Uma caixa desliza, arrasta algumas outras, e ou a gente fica preso ou é atropelado por elas. Não temos lamparina pra iluminar as mercadorias, só os fósforos fornecidos para o turno.

O *Yorikke* não carregava valores reais, apenas valores mortos. Parafusos velhos, porém assegurados como se fossem carne enlatada. Mas essas cargas e descargas não deixavam meu senso de negócios em paz. Na verdade, não havia parafusos velhos, nem cimento. Os marroquinos e a boa gente de Argel não se interessavam por parafusos nem cimento. Além disso, notei que apenas um bote salva-vidas estava cheio e que os oficiais tinham permissão pra estimar as perdas com o capitão. Os dois oficiais pediram o bote de número 2; eles não podiam estar no de número 1, então o capitão e os oficiais teriam sido mortos porque a gente ia saber o que estava acontecendo. Eles tiveram que preparar um segundo bote. Os outros dois botes eram pro contramestre, pros marinheiros de segunda classe, pro time negro e pra um mecânico. Se o segundo-oficial tivesse ido junto com o capitão no bote número 1, ninguém teria notado, mas os dois oficiais ao mesmo tempo não tinham permissão para fazer isso. Até que o bote número 2 não estivesse pronto, nada poderia acontecer com o *Yorikke*. Se mesmo assim algo acontecesse com ele, não seria uma armação, e todos poderiam embarcar no bote número 1; e quem não conseguisse um lugar, tanto pior para ele. Nesses casos, todos se dão as mãos. Também não é necessário liquidar as testemunhas, porque todos os que se safam testemunharam muito bem que foi de fato um enterro regular, de modo que o seguro não pode escapar de suas obrigações.

Portanto, o bote 2 era pra mim o sinal pro enterro. Ele ainda não estava pronto, o que significava que o *Yorikke* ainda tinha carga de algum valor a bordo, e não apenas mortos. E se era carga de fachada, eu queria saber do que se tratava.

A ciência às vezes compensa.

Lá fui eu ao depósito e examinei as caixas.

"Geleia de ameixa autêntica da Suábia"
"Fruta e açúcar puros"
"Sem corantes artificiais"
"Primeira fábrica de geleias da Suábia, Oberndorf am Neckar"

Nós somos umas bestas. A gente come aquele sabão em pasta que chamam de margarina, e aqui tem pilhas da melhor geleia de ameixa da Suábia. "Oh, Stanislaw, eu achava que você era um sujeito inteligente, mas você é o maior jumento da Terra."

Foi o que primeiro me veio à cabeça. Stanislaw sempre foi falastrão, sempre bancou o esperto, sempre soube de tudo, sempre soube pra onde o *Yorikke* ia e pra onde não ia. Mas não descobriu a geleia de ameixa. Abrir caixotes é brincadeira de criança quando se tem prática. Os potes são de um tamanho bom. Isso vai render um banquete amanhã, uma camada bem grossa em cima do pão quentinho! Já estava com água na boca. Fruta e açúcar puros. Sem nenhum substituto da era do açúcar de beterraba na Alemanha. Fruta e açúcar puros. Os marroquinos já sabem o que é bom. Uma geleia suábia feita na primeira fábrica de geleias de ameixa da Suábia é melhor do que tâmaras e passas. Com o cinzel que usei pra abrir o caixote, já fui logo abrindo um pote. Eu fui rastejando até o porão com dois potes, e lá pude acender minha lamparina sem preocupações. Ninguém ia aparecer ali, porque eu tinha tirado a prancha, que levava à escotilha dos dois suportes onde ela se apoiava. E nenhum dos dois mecânicos iria atravessar a prancha, porque pra isso era preciso coragem. A prancha não era muito forte nem muito nova. A gente ainda não sabia se ela ia despencar hoje ou amanhã. E se ela cedesse ou se alguém perdesse o equilíbrio quando estivesse em cima dela por causa de um solavanco inesperado do *Yorikke,* era uma queda de seis metros direto na caldeira, isso se no meio do caminho o sortudo conseguir escapar de uma fratura no crânio. Em caso de azar, tanto faz o número de fraturas no crânio... Mas seguro morreu de velho, eu pensei, e por isso tirei a prancha. O pote estava aberto. Caramba, não era mentira. Era geleia de ameixa de verdade. Parecia que eu estava esperando encontrar pó de ouro, de tanto que fiquei surpreso. Eu nunca teria pensado isso do *Yorikke*. Ele estava transportando produtos genuínos e honestos. E eu suspeitando que esta pobre mulher estava dando declarações falsas e navegando na clandestinidade. Quando se trata de mulheres, nunca devemos julgar prematuramente.

Nunca devemos julgar prematuramente, se... – é gostoso esse negócio? Sim, muito. Tem um gosto meio... espera um pouco... rançoso. Não, um gostinho de... de... caramba, de quê? Eles colocaram moedas de cobre aqui dentro, os desgraçados, pra conservar a cor. Geleia pura e sem corantes. Pode não ter cor artificial, mas tem gosto. Deixa eu provar de novo. Pelo amor de Deus, tem gosto de verdete, de lata. Não dá pra passar isso no pão. O gosto vai continuar o mesmo. Ia se entranhar na minha língua e grudar no céu da boca. Talvez esteja ruim só por cima. Vamos enfiar o dedo nesse pote! Mas o que é isso? Eles deixaram as ameixas com os caroços. Pra mim, isso é que é geleia! Parece que é típico da Suábia deixar os caroços. E isso agora? O que é? Que ameixas engraçadas, essas genuínas ameixas da Suábia! Têm uns caroços muito misteriosos. Esses caroços são, caramba, de chumbo, de chumbo mesmo! E para que o chumbo não corra o risco de ser danificado, é protegido por uma capa de aço branco. E cada caroço está dentro de uma capa de cobre. Daí o gosto. E nesses invólucros, o que há? Açúcar. Açúcar fino. Certamente açúcar da Suábia. É preto e salgado. Fruta pura garantida e açúcar puro. Contrabando dos bons. Não devemos julgar prematuramente, hein, *Yorikke*... Então parti para a segunda viagem. Ratoeiras. Eu não conseguia acreditar que os marroquinos gostassem tanto de armas contra ratos. E no entanto, eu encontrei armas, só que não para ratos, apesar de serem da marca Mauser.

Havia também caixas com brinquedos. "Carros de lata, mecanismo de mola." Não estava procurando caroços e me poupei do esforço. A Inglaterra estava muito melhor representada do que a Bélgica e os países vizinhos. A Bélgica tinha contribuído com confeitaria, e a Inglaterra, com panelas de lata. Os marroquinos e os argelinos estavam certos. Espanha para os espanhóis, França para os franceses e China para os chineses. Nós não vamos deixar os chineses entrarem. Mas se eles não nos deixarem entrar, então nossa bandeira vermelha-branca-azul-viva!-viva! estará manchada, suja, cagada, e terá que ser lavada com sabão manchado de sangue. *Yes, Sir.*

Ei, capitão, pode contar comigo. O negócio é seu, o prazer é meu.

35

"Stanislaw, me diz uma coisa, por que você tá se empanturrando de margarina desse jeito? Você não tem vergonha?"
"O que você quer que eu faça, Pippip? Primeiro, eu tô com fome, depois, não posso cozinhar os meus trapos e espremer o suco das minhas calças pra passar no pão, né?! Só tem essa margarina fedorenta pra passar. E a gente sempre engasga com o pão seco, cara, dá até pra ficar tonto. Eu sinto como se um tijolo tivesse caindo no meu estômago."
"Mas você é muito burro! Você não sabe que tem um carregamento de geleia lá embaixo?"
"É claro que eu sei", disse Stanislaw, continuando a mastigar.
"E por que você não pega uma caixa?", eu perguntei.
"Aquela geleia não é pro nosso bico."
"E por que não?"
"Ela só é boa pros marroquinos, argelinos, espanhóis e franceses, ah, e claro, principalmente pros fornecedores. Principalmente pra eles. Mas pra nós, pra você e pra mim, não. A gente não consegue digerir. Você só vai conseguir se te apertarem as costelas. E aí então você vai começar a correr, vai correr tanto que pode alcançar até seu tataravô!
Será que ele..."
Aí eu explodi: "Por acaso você sabe o que tem dentro daqueles potes? Você foi..."
"Dar uma olhada? Você acha que eu sou mesmo muito burro, né? Os três cavalheiros ainda não tinham saído da cabine do capitão e a escotilha de cima já tava fechada pra que ninguém pudesse entrar, e eu já tinha aberto uma caixa. Basta eu ler geleia de ameixa,

marmelada, manteiga dinamarquesa, carne enlatada, sardinha em óleo ou chocolate pra eu querer correr atrás."

"Mas lá dentro tinha mesmo geleia de ameixa", eu respondi.

"Sempre tem alguma coisa dentro. Mas não é algo que você possa comer. Tem um gosto muito forte de verdete. Você morre envenenado. Na última viagem, antes de você chegar, transportamos carne enlatada. Claro que também era de fachada, mas eu tirei a pele com cuidado, pode acreditar. Era coisa fina. Não tinha nada lá dentro. Foi embrulhado em papel oleado. Às vezes até que a gente tem sorte. Era mercadoria americana das boas. Estava indo para Damasco ou praquelas bandas."

"E onde estavam os ossos?"

"Os ossos? Na carne enlatada? Ah, você quer dizer, se tinha mais alguma coisa. Tinha ca...ran...guejos? Não! Caetés...ra...binas[1]. Carabinas. *Made in USA.* Um belo modelo. Dessa vez o capitão tinha feito um golaço. Tinha conhaque, rosbife, frango e legumes frescos. Não tivemos que fechar só a boca, mas também os olhos e o nariz. Uma patrulha francesa nos parou antes de sairmos das águas territoriais. Eles vasculharam por toda parte, tentaram nos extorquir com cigarros e francos. Mas eles tiveram que sair de mãos vazias, e curvando-se ao capitão."

"E apesar dos francos, ninguém caguetou o capitão?"

"Entre nós? Aqui no *Yorikke*? Nós somos todos uns merdas, e não temos mais nada a dizer. Estamos mortos. Você também. E então, você entende, alguém dar uma olhada numa carteira ou num armário, abrir uma caixa num armazém ou no *Yorikke*, ou ainda enfiar um martelo na cabeça do primeiro ou do segundo-oficial, tudo

‡ 1. *Aqui o personagem lança mão de trocadilhos – que brincam com a sonoridade velar do /k/, mas também funcionam como um adiamento da revelação esperada pelo interlocutor. O primeiro – que não conseguimos reproduzir completamente em português – se dá entre ossos ("Knochen") e a carne enlatada ("Corned"); e o segundo, entre caranguejos ("Krabben") e carabinas ("Karabiner").*

isso é questão de honra. Você ainda pode andar de cabeça erguida, manter seu respeito próprio, seu orgulho. Mas servir de caguete pros policiais, ou mesmo levantar um dedo pra ajudar eles, isso é podre. Você não consegue mais se olhar no espelho. Se eles querem alguma coisa, deixa eles se virarem. Mas se você é um sujeito decente, não vai lamber as botas deles. Ainda prefiro ficar no *Yorikke* e morrer junto com ele do que trocar de lugar com um policial."

Estávamos ancorados na costa portuguesa pra embarcar uma carga que nos serviria de cobertura e pra limpar a barra do *Yorikke*. De uma hora pra outra, o *Yorikke* se tornou suspeito. Por isso o capitão só tinha aceitado frete legal e preencheu declarações muito honestas sobre o *Yorikke*, onde não havia nem um único detalhe a ser questionado. As mercadorias eram muito baratas, pois ninguém confiaria coisas valiosas ao *Yorikke*. Não quem o conhecesse. Mas há tantas mercadorias de baixo valor que ainda precisam ser transportadas e que são boas demais para serem usadas apenas como peso morto. Essas só encontram seu valor depois que são entregues.

Depois das cinco da tarde a gente não tinha mais nada pra fazer, e o trabalho só recomeçava na manhã seguinte, às sete. Esses eram nossos horários quando a gente estava no porto ou no cais. Nesses casos, o trabalho geralmente era desagradável, mas não tão pesado quanto a bordo. Às vezes, dava pra gente sentar junto por algumas horas e conversar em paz. Um navio é sempre grande o suficiente pra encontrar um lugar pra sentar sem precisar se acotovelar.

Havia tantas pessoas quanto nacionalidades no *Yorikke*. Cada país tem seus mortos, que vivem e respiram, mas que não existiam mais pra ele. Alguns Estados não escondem seus navios-caixões. Eles são chamados de Legião Estrangeira. Quem sobreviver pode, eventualmente, comprar uma nova vida. Ele ganhou um novo nome, uma certidão, e um novo lugar no país em questão, como se tivesse acabado de nascer lá.

Todos os comandos no *Yorikke* eram dados em inglês, e todas as conversas também costumavam ser em inglês, caso contrário ninguém ia conseguir se entender. Era um inglês extremamente peculiar. Somente o capitão falava um inglês correto e limpo. Já os outros falavam algo que não tinha quase nada a ver com inglês. Era yorikkês. Uma língua própria. É difícil descrever como essa língua surgiu e como ela soava. Todo marinheiro conhece umas duas dúzias de palavras em inglês. E cada um conhece entre três e seis palavras que o outro não conhece, mas aprende com ele durante a convivência a bordo, quando só o inglês é falado. E assim, no fim das contas, todos adquirem cerca de duzentas palavras em pouco tempo. Duzentas palavras da língua inglesa aprendidas apenas desta forma, e somente desta forma, às quais se acrescentam os números, os dias e os meses, permitem que um ser humano se expresse clara e inequivocamente dentro de seu ambiente. Com esse vocabulário, ele é capaz de contar romances inteiros. É claro que ele não consegue ler livros em inglês, muito menos jornais. Nenhuma outra língua europeia pode oferecer aos seus alunos a vantagem de ser usada com tanta facilidade e rapidez na vida.

No entanto, antes de eu conseguir entender yorikkês e me expressar nesse idioma, passaram-se vários dias. Se eu tivesse usado palavras que ouvi e balbuciei desde que usava fraldas, ninguém teria me entendido, exceto talvez o capitão, e ninguém teria acreditado que eu realmente falava inglês.

Como surgiu o inglês yorikkiano, e como surgiu o inglês de outros navios-caixões? A confusão de línguas entre aqueles que vêm dos diferentes países presentes a bordo do *Yorikke* tornava necessária a utilização de uma língua comum. Como todo mundo que vai pro mar por apenas algumas semanas conhece alguns fragmentos de inglês, e os outros trazem mais alguns com eles, é natural que essa língua seja usada pra dar ordens e pra se comunicar.

É o caso, por exemplo, da palavra *first-mate*, primeiro-oficial, que a maioria conhece, e da palavra *money*, que todo mundo conhece.

Mas agora vem o desenvolvimento vivo, um desenvolvimento da linguagem, como podemos observar não apenas no *Yorikke,* mas em povos inteiros.

No oeste de Londres, a palavra *first-mate* é pronunciada da mesma forma que no leste, e o americano pronuncia oitenta por cento das palavras de forma diferente de um inglês, além de escrever muitas outras de forma totalmente diferente e de usá-las em contextos muito distintos.

O carpinteiro nunca tinha ouvido *first-mate* na Inglaterra, mas sim de um sueco, que a tinha aprendido com um marinheiro do leste de Londres. Além de o sueco já não saber pronunciá-la direito, ele ainda a tinha aprendido naquele horrível dialeto *cockney* ou *petticoat-lane,* que ele considerava ser a única pronúncia correta pois, afinal, ele a aprendera com um inglês. Agora dá pra imaginar como essa palavra era pronunciada pelo carpinteiro. Um espanhol traz a pronúncia da palavra *money;* um dinamarquês traz *coal;* um holandês, *bread;* um polonês, *meal;* um francês, *storm;* e um alemão, *water.*

A palavra *first-mate* percorre todas as etapas fonéticas que um ser humano consegue pronunciar: *Foist-Moat, Fürst-Moat, Fürst-Meit, Forst-Meit, Fisst-Määt* e muitas outras, tantas quantas estiverem a bordo do *Yorikke.* Muito rapidamente, porém, os diferentes matizes de pronúncia acabam se harmonizando, e chegamos a uma pronúncia uniforme que abarca todos esses matizes numa forma enfraquecida. Qualquer recém-chegado, mesmo que saiba perfeitamente pronunciar essa palavra, ou até mesmo que seja professor de fonética em Oxford, vai pronunciar a palavra em yorikkês, caso tenha que dizer a alguém que o *First-Mate* deseja vê-lo, porque senão ele não conseguiria se fazer entender. E pouco tempo depois o professor nem notaria mais que está pronunciando a palavra em yorikkês, porque é só assim que ele a ouve e foi assim que sua memória a reteve. As vogais não preservam muito da pronúncia correta, mas o que sobra das consoantes é suficiente para entender a palavra depois de ouvi-la por um tempo. E assim o esqueleto da língua permanece sendo o inglês, e pode ser transmitido a outros navios. Sem a imprensa, existiriam tantas línguas quanto há dialetos. Se os americanos não usassem a mesma grafia do inglês, os dois povos hoje falariam uma língua tão diferente quanto o holandês e o alemão. O marinheiro nunca se atrapalha quando se trata de língua. Seja lá qual for a praia em que vá parar, ele consegue se orientar e se fazer entender. E nada pode assustar aquele que enfrentou o *Yorikke* e sobreviveu a ele. Pra ele, nada é impossível.

36

STANISLAW SÓ ERA chamado de Law por mim e pelo foguista. Todos os outros, incluindo os oficiais e mecânicos, o chamavam de Polonês, alguns de Polaco. A maioria era chamada pela sua nacionalidade: ei, Espanhol, ou Russo, ou Holandês. O que era uma ironia do destino. Seus países os renegavam, os repeliam, mas no *Yorikke* era isso que constituía sua personalidade. Antes de poder embarcar, todo marinheiro deve ir ao cônsul do país sob cuja bandeira o navio está a serviço. O cônsul deve confirmar e registrar seu alistamento. Ele verifica seus documentos e, se algo lhe desagrada, recusa o registro e o marinheiro não pode se alistar. O alistamento junto ao cônsul deve acontecer no porto, antes que o sujeito comece seu trabalho.

O *Yorikke* nunca poderia ter contratado ninguém dessa forma, talvez nem mesmo os mecânicos ou os oficiais; afinal, qualquer pessoa que estivesse com seus documentos em ordem passava longe dele. O *Yorikke* estragava os documentos de um homem; alguém que passasse por ele tinha antes que navegar por um ano ou dois com alguns semi-*Yorikkes* pra então se apresentar novamente ao capitão de um navio honesto. Mesmo assim, o capitão ficava desconfiado.

"Você navegou com o *Yorikke*? Onde você está sendo procurado? O que andou aprontando?", pergunta o capitão. Ao que o sujeito responde:

"Não consegui nenhum outro navio, por isso tive que pegar o *Yorikke* por uma travessia."

"Não quero ter problemas com a polícia ou com o cônsul. Não quero que digam que, entre a tripulação do meu navio, prenderam um ladrão que estava sendo procurado em Buenos Aires", disse o capitão em seguida.

"Mas, capitão, como o senhor pode dizer uma coisa dessas? Eu sou um homem absolutamente honesto."

"Sim, sim. Mas vem do *Yorikke*. Não posso exigir que você me apresente um registro policial de todos os países do globo que date de menos de quatro semanas. Aqui você tem dois florins, dá pra pagar um bom jantar. Mas alistamento? Eu prefiro não correr o risco. Talvez você consiga um outro navio, tem um monte aqui. Vá até o italiano ali na frente. Pode ser mais fácil."

O capitão do *Yorikke* não podia levar nenhum de seus tripulantes ao cônsul, talvez nem mesmo seu primeiro-oficial, e eu não me espantaria se nem mesmo ele pudesse se apresentar ao cônsul sem que este imediatamente interrompesse um telefonema pra lhe dizer:

"Por favor, sente-se, senhor capitão, só um instante e já estou a seu serviço."

Talvez o capitão não esperasse para aproveitar seus serviços, mas faria outra coisa: entrar num carro, subir no *Yorikke,* levantar âncora e zarpar em alta velocidade, aumentando a pressão para cento e noventa e cinco e fechando todas as válvulas.

O *Yorikke* recebia todos que estavam sob a lei de emergência dos navios. Eles embarcavam depois que a bandeira já estivesse hasteada e que o piloto já estivesse a bordo. Nenhum cônsul do mundo exigiria então que o capitão viesse até ele com tal e tal homem. E menos ainda as autoridades portuárias. Antes da partida, não dava pra alistar o sujeito porque não tinha ninguém pra ser alistado, ou porque ninguém sabia que um membro da tripulação ia se embriagar e se esconder no fundo da popa. Só percebemos quando o piloto deu o sinal e o homem não estava a bordo.

Raramente alguém dizia seu verdadeiro nome e sua verdadeira nacionalidade no *Yorikke*. Da mesma forma, muitas vezes não se sabia com que nome e nacionalidade alguém havia se alistado. Quando chegava algum novato, o oficial ou mecânico, ou quem quer que fosse que primeiro tivesse que lidar com ele, perguntava: "Qual é o seu nome?". Ao que o indagado respondia: "Eu sou dinamarquês". E assim ele havia respondido a duas perguntas ao mesmo tempo e agora era chamado de "o dinamarquês" ou simplesmente "dinamarquês". Perguntar mais do que isso era considerado supérfluo. Na maioria das vezes, sabíamos, ou acreditávamos, que o dinamarquês tinha mentido, e a gente não queria ouvir mais mentiras. Se você não quer ser enganado, não faça perguntas.

Pra matar o tempo numa noite de folga, enquanto o *Yorikke* estava ancorado, Stanislaw me contou sua história e eu contei a ele a minha. Não contei a minha verdadeira história, apenas uma história qualquer. Se ele me contou sua história verdadeira, eu não sei. Como posso saber? Eu não sei nem se a grama é verde, talvez seja apenas uma ilusão de óptica.

Mas tenho bons motivos pra acreditar que a história que Stanislaw me contou seja a mais pura verdade, porque se parecia com as histórias de todos os viajantes de navios-caixões. Seu nome, que ele me pediu para não revelar na banheira, bem como todo o resto de sua história, era Stanislaw Koslowski. Ele nasceu em Posen e estudou lá até os catorze anos. As histórias de índios e marinheiros o atraíam. Ele fugiu de casa, chegou a Stettin, se escondeu numa traineira dinamarquesa e foi com ela até Fünen. Lá, os pescadores o encontraram meio congelado e morrendo de fome. Ele alegou ser de Danzig e pegou emprestado o nome de um encadernador de quem costumava comprar livros de aventuras marítimas. Contou ainda que era órfão, e que as pessoas que cuidavam dele o maltratavam e espancavam tanto que ele quis se matar pulando no mar. Mas como ele sabia nadar, conseguiu sair nadando e se escondeu na traineira. Em lágrimas, ele terminou sua história com estas palavras: "Se eu tiver que voltar pra Alemanha, eu vou logo amarrando minhas mãos e meus pés e pulo na água. Pros meus pais adotivos eu não volto".

As pescadoras choraram devastadas pelo destino do pobre menino e cuidaram dele. Elas não liam os jornais. Além disso, os jornais dinamarqueses não mencionaram que toda a Alemanha estava procurando o menino, nem as histórias mais horríveis que circulavam sobre o que poderia ter acontecido com ele. Ele teve que trabalhar duro com os pescadores de Fünen, mas preferia mil vezes aquela vida à das ruas de Posen; e quando ele se lembrou de que seus pais adotivos queriam colocá-lo como aprendiz de alfaiate, aí é que ele não teve a menor vontade de lhes dar qualquer sinal de vida. O medo de se tornar alfaiate era maior do que o amor que ele nutria pelo pai e pela mãe, a quem ele odiava com todo o carinho por terem pretendido fazer dele um bravo alfaiate.

Aos dezessete anos, ele deixou os pescadores, com a bênção deles, pra ir a Hamburgo, onde queria embarcar numa longa viagem. Não conseguiu encontrar nenhum navio, e aceitou um emprego por alguns meses num veleiro. Ele se registrou com seu nome verdadeiro seguindo o regulamento, recebeu seu cartão de invalidez e finalmente conseguiu uma bela caderneta de marinheiro alemã.

Partiu então pra longas viagens em navios alemães honestos. E depois trocou por um navio holandês. Foi então que começou a sangrenta dança do bezerro de ouro. Quando tudo começou, ele estava com seu holandês no mar Negro. Na volta, seu barco passou pelo Bósforo, foi revistado pelos turcos, e ele e outro alemão foram retirados e incorporados à marinha turca, só que com outro nome, porque ele não tinha dado o verdadeiro.

E então chegaram à Constantinopla dois navios de guerra alemães que haviam se refugiado num porto italiano pra escapar dos ingleses. Stanislaw embarcou num deles e serviu sob a bandeira turca até encontrar uma boa oportunidade pra se despedir dos turcos.

Ele conseguiu se alistar num navio dinamarquês. Este foi abordado por um submarino alemão. Um sueco que estava a bordo, a quem Stanislaw havia contado que não era dinamarquês, mas alemão, o denunciou aos oficiais do submarino. Ele foi levado para Kiel e incorporado à marinha alemã com um nome falso. Na artilharia.

Em Kiel, ele encontrou outro marinheiro com quem havia trabalhado num navio mercante alemão. Através dele, sua identidade foi revelada, e Stanislaw foi conduzido à marinha alemã com seu nome verdadeiro.

Stanislaw estava presente quando, no Báltico, duas nações em guerra, a inglesa e a alemã, saíram vitoriosas ao mesmo tempo, e os ingleses perderam mais navios que os alemães, e os alemães mais que os ingleses. Stanislaw foi recolhido por pescadores dinamarqueses que o levaram para sua aldeia. Como ele sabia como lidar com eles, e lá havia o irmão daquela mulher que tinha cuidado dele em Fünen, os pescadores não o entregaram ao governo dinamarquês, mas o esconderam e, por fim, o ajudaram a embarcar num bom navio no porto de Esbjerg, quando Stanislaw partiu novamente numa longa viagem. Desta vez, ele teve o cuidado de não revelar que era alemão e, assim, pôde rir na cara de todos os submarinos ingleses e alemães.

Os governos se davam bem, bandidos de alto escalão se sentavam lado a lado em fartos banquetes de reconciliação, e trabalhadores e pessoas comuns de todos os países precisaram arcar com os custos: despesas hospitalares, funerárias, e o banquete de reconciliação. Os exércitos que "venceram em campo" foram autorizados a agitar pequenas bandeiras e lenços, e os outros, que "não venceram em campo", começaram a entoar com entusiasmo furioso: "Não importa, fica pra próxima!". E quando os trabalhadores e as pessoas comuns ficaram tontos por causa do valor da conta que deviam pagar, uma vez que os bandidos do alto escalão não ganhavam nada e até faziam obras de caridade, foram então levados ao túmulo do "soldado desconhecido", onde tiveram que ficar por um longo tempo até serem convencidos da sua obrigação de pagar a conta e da existência do soldado desconhecido. Já os países que não tinham nenhum soldado desconhecido pra oferecer entorpeciam as ideias dos trabalhadores, mostrando a eles o punhal plantado nas costas e deixando que eles discutissem sobre quem o teria plantado.

E então chegou a época em que, na Alemanha, um palito de fósforo custava cinquenta e dois trilhões de marcos, enquanto a fabricação das notas correspondentes custava mais do que um vagão de trem cheio de fósforos. A companhia de navegação dinamarquesa então achou por bem enviar seus navios para manutenção em Hamburgo. As tripulações foram demitidas e enviadas de volta aos seus países de origem. Stanislaw foi para Hamburgo com o navio e já estava em seu país natal.

37

A CADERNETA DE marinheiro dinamarquesa não valia muito. E na Dinamarca havia tantos navios desativados que eram poucas as chances de encontrar trabalho. E Stanislaw queria finalmente ter uma verdadeira caderneta alemã.

Ele foi até o departamento de inspeção marítima, onde acreditava que conseguiria uma.

"Primeiro o senhor precisa apresentar um atestado da polícia."
"Eu tenho aqui minha antiga caderneta."
"Esta é dinamarquesa. Nós não estamos na Dinamarca."

A caderneta dinamarquesa continha um outro nome, não o seu nome correto.

Ele foi à polícia, deu seu nome verdadeiro e disse que precisava de um atestado pra conseguir tirar uma caderneta de marinheiro.

"É domiciliado aqui?", perguntaram a ele.

"Não. Cheguei ontem. Num navio dinamarquês", disse Stanislaw.

"Então primeiro você deve nos mandar sua certidão de nascimento, senão não podemos te conceder nenhum atestado", disse o policial.

Stanislaw escreveu pra Posen pedindo que lhe enviassem a certidão. Ele esperou uma semana. A certidão não chegou. Esperou duas semanas. A certidão não chegou.

Então Stanislaw escreveu uma carta registrada e colocou no envelope cinquenta trilhões de marcos para eventuais custos.

Ele esperou três semanas. A certidão não chegou. Ele esperou quatro semanas. A certidão não chegou. Por que os poloneses iriam se preocupar com a certidão de nascimento de um sujeito que mora na Alemanha? Eles têm mais o que fazer. Eles tinham a questão da Alta Silésia. E Danzig. Quem ia saber onde o nascimento foi registrado? Não dá pra se orientar no meio dessa confusão. Não é da nossa conta. O dinheiro que Stanislaw tinha trazido, um belo pacotinho de coroas dinamarquesas, já tinha escoado pelo ralo fazia muito. Pelo ralo? Não, já fazia muito tempo tinha escoado por todo St. Pauli, esse bairro onde as coroas dinamarquesas são muito apreciadas.

"O que a gente pode fazer, com todas aquelas garotas ali? Não dá pra fingir que não é com a gente. Vai parecer que... Pois é, aí lá se vão as coroas..."

"Só os tolos e os idiotas passam fome e carregam carvão", me disse Stanislaw. "Um trabalho manual honesto sempre alimenta quem o faz." Na estação, às vezes caía um caixote de um vagão, porque a porta se abria com muita facilidade: "É só você estar quando cair e não deixar ele lá. Essa é toda a graça da história".

No porto, às vezes também apareciam alguns fardos de açúcar.

"Se você for até lá com uma mochila vazia", me disse Stanislaw, "vai que um fardo de açúcar ou de café, ou de qualquer outra coisa, escorrega sozinho pra dentro da sua mochila. Você não vai esvaziar sua mochila, sacudi-la e seguir seu caminho, vai? Isso seria tentar a Deus. Além disso, se você tenta se livrar do café e for visto por alguém, podem pensar que você o roubou e te entregar pra polícia."

Também tinha cocaína. "A gente precisa ter compaixão da nossa pobre humanidade sofredora, não há como evitar. Você não pode saber como que é quando você precisa da coca e não tem como conseguir. Você não deve pensar só em si mesmo, também deve pensar nos outros se quer ficar numa boa."

"Tá vendo, Pippip", disse Stanislaw terminando sua história, "cada coisa no seu tempo. Chega uma hora em que você precisa dizer: agora vou partir pra outra. Este é o erro que a maioria não consegue perceber a tempo: quando é hora de cair fora, senão pode ser tarde demais. Então eu disse a mim mesmo: agora você tem que arranjar uma banheira, nem que você roube uma, senão vão te pegar."

Tendo chegado a essa conclusão, Stanislaw voltou à polícia e disse que sua certidão de nascimento não havia chegado.

"Esses malditos polacos", disse o inspetor, "eles fazem isso por pirraça. Vamos infernizá-los, espere só os franceses se ferrarem na África, os ingleses na Índia e na China, e eles vão ver só."

Stanislaw não estava interessado nas opiniões políticas do inspetor, mas, por educação, ele as ouviu, concordou com a cabeça, bateu com o punho na mesa, e então perguntou:

"Mas onde será que eu consigo minha caderneta de marinheiro, senhor inspetor?"

"Você por acaso já não morou em Hamburgo?"

"Sim! Antes da guerra."

"Por muito tempo?"

"Mais de meio ano."

"Declarou domicílio?"

"Sim, senhor."

"Em qual distrito?"

"Aqui mesmo. Nesta delegacia."

"Então vá rápido ao cartório principal e peça um certificado de registro. Depois você traz aqui pra mim com três fotografias para que eu possa carimbar tudo."

Stanislaw conseguiu o certificado e se apressou para levar tudo ao inspetor, que disse:

"O certificado está em ordem, mas como vou saber se você é a pessoa nomeada aqui?"

"Isso eu posso provar. Posso trazer aqui o Sr. Andresen, o fabricante de velas para quem trabalhei. Mas tem ali um guarda que talvez me conheça."

"Eu? Eu te conheço?", perguntou o guarda.

"Sim! O senhor me deu uma multa de nove marcos por causa de uma briga. Naquela época, o senhor usava uma barbicha, que agora raspou", disse Stanislaw.

"Ah, é mesmo! Agora estou me lembrando de você! É verdade, você trabalhava pro Andresen. Tinha toda aquela história, Posen estava te procurando, porque você tinha fugido quando era menino. E nós te deixamos ficar, porque você já tinha um trabalho decente aqui."

"Então tudo confere", disse o inspetor. "Agora posso te dar o atestado e carimbar as fotografias."

No dia seguinte, Stanislaw foi ao escritório de inspeção marítima levando o atestado.

"O atestado está em ordem. O inspetor confirma que te conhece pessoalmente. Mas... mas ainda temos dúvidas quanto à nacionalidade. Consta aqui nacionalidade alemã. Isso você tem que nos provar." Foi o que lhe disseram no departamento.

"Mas eu servi na marinha imperial e fui ferido na batalha de Skagerrak."

O funcionário levantou a sobrancelha e fez um gesto como se a continuação da existência da Terra dependesse do que ele ia dizer agora: "Se você serviu na marinha imperial e foi ferido na batalha de Skagerrak, quando nós acabamos com aqueles hipócritas, então você tinha nacionalidade alemã. Sem dúvida. Mas cabe a você provar se ainda tem cidadania alemã hoje. Enquanto você não conseguir provar, não temos como emitir uma caderneta de marinheiro para você."

"Aonde eu preciso ir?"

"Comando geral da polícia. Departamento de cidadania."

38

Pra não morrer de fome, Stanislaw precisou voltar ao seu trabalho manual honesto. Não havia outro jeito. Ele não tinha culpa. O trabalho era escasso. Todos viviam de seguro-desemprego. Stanislaw nem tentou conseguir também. Ele preferia realizar trabalhos manuais.

"É humilhante ficar quase o dia todo na fila com os desempregados pra conseguir alguns trocados e ter que voltar todo dia. Prefiro arrumar um cantinho pra dormir na rua ou prestar atenção se tem uma carteira querendo pular do bolso de alguém", ele disse. "Eu não tenho culpa. Se eles tivessem me dado uma caderneta quando estive lá da primeira vez, eu já teria ido embora há muito tempo. Eu teria encontrado uma banheira."

Na sede da polícia, lhe perguntaram:

"Você nasceu em Posen?"

"Sim."

"Certidão de nascimento?"

"Aqui está o recibo da carta registrada. Não me enviaram."

"O atestado do inspetor é suficiente. Só falta a nacionalidade. Você optou pela Alemanha?"

"Se eu fiz o quê?"

"Se você optou pela Alemanha. Se você, quando teve que rejeitar as províncias polonesas, foi pessoalmente perante uma autoridade alemã competente e declarou que você deseja permanecer um cidadão alemão?"

"Não", disse Stanislaw. "Não fiz isso. Nunca soube que precisava fazer isso. Eu pensei que, uma vez que sou alemão, e não me tornei mais nada, continuaria sendo alemão. Eu servi na marinha imperial e lutei em Skagerrak".

"Nessa época você era alemão. Nessa época a província de Posen ainda pertencia à Alemanha. Onde você estava quando foi preciso fazer a opção?"

"Em alto-mar. Bem longe."

"Você devia ter ido a um cônsul alemão e registrado a sua opção."

"Mas eu nunca soube disso", disse Stanislaw. "Quando a gente está em alto-mar, trabalhando feito um condenado, não tem tempo de pensar nesse tipo de besteira."

"O seu capitão não te falou nada sobre isso?"

"Eu estava num navio dinamarquês."

O funcionário ficou pensativo e então disse: "Nesse caso, não há o que fazer. Você é rico? Possui terras ou casa própria?".

"Não, eu sou marinheiro."

"Bem, como eu disse, não há o que fazer. Todos os prazos, até os de clemência, já expiraram. E você não pode alegar que foi impedido por força maior de optar pela nacionalidade alemã. Você não foi um náufrago, não ficou encalhado num país remoto, fora do tráfego normal. Você poderia a qualquer momento procurar por um cônsul alemão ou de algum outro país que nos represente. A obrigatoriedade da opção foi publicada em todo o mundo, e em repetidas ocasiões."

"Não conseguimos ler jornais. Nunca tem jornais alemães, e os de outros países eu não entendo bem o idioma. E quando acontecia de encontrar um jornal alemão, nunca tinha nada disso, porque não saía em todo exemplar."

"Não posso fazer nada, Koslowski. Sinto muito. Eu queria poder te ajudar. Mas eu não tenho plenos poderes. Você pode tentar o ministério. Mas demora muito, e não é garantido que você tenha êxito. Os poloneses não facilitam as coisas para nós. Por que deveríamos arrumar a bagunça deles? Talvez as coisas possam ir longe demais e, lá na Polônia, eles venham a expulsar todos aqueles que optaram pela Alemanha, e aí, é claro que vamos fazer o mesmo."

Em todos os lugares, as pessoas deram suas opiniões políticas ao pobre Stanislaw em vez de ajudá-lo. Quando um funcionário público não quer ajudar alguém, ele finge que gostaria mas não tem poder pra isso. Porém, se você levantar a voz ou olhar para ele pensativo, então vai ser preso por desacato ou por resistência à autoridade do Estado. E, de repente, esse funcionário se torna o próprio Estado, dotado de plenos poderes e forças, e é um irmão seu quem julga, e é um outro irmão seu quem te tranca na cela ou te bate com um cassetete na cabeça. De que vale um Estado, se não é capaz de te ajudar quando você precisa?

"Eu só posso te dar um conselho, Koslowski", disse o funcionário enquanto balançava na cadeira. "Vá até o cônsul polonês. Você é polonês. O cônsul polonês tem que te dar um passaporte polonês. Ele é obrigado a isso. Você nasceu em Posen. Se você tiver um passaporte polonês, então podemos abrir uma exceção e conceder a você, por ser um residente local e já ter morado aqui antes, uma caderneta de marinheiro. Isso é tudo o que eu posso te aconselhar."

No dia seguinte, Stanislaw foi até o cônsul polonês.

"Você nasceu em Posen?"

"Sim. Meus pais ainda moram lá."

"Você viveu na Polônia ou em alguma das províncias que tiveram que ser cedidas pela Alemanha, Rússia ou Áustria na época da cessão?"

"Não, eu estava como tripulante em alto-mar."

"Não estou perguntando o que você fazia ou onde."

"Stanislaw, essa era a hora de pegar esse cara de jeito".

"Sabe, Pippip, eu queria primeiro conseguir meu passaporte, só depois eu ia lá acertar a fuça dele, uma hora antes do meu navio zarpar."

"Você declarou pessoalmente, dentro do prazo prescrito, a uma autoridade polonesa dentro da Polônia que deseja permanecer polonês?"

"Eu já lhe disse que, nos últimos anos, não estive em Posen nem na Prússia ocidental."

"Esta não é uma resposta à minha pergunta, que foi muito clara. Sim ou não?"

"Não."

"Você declarou oficialmente a um cônsul polonês devidamente credenciado no exterior, e que foi expressamente autorizado a aceitar tais declarações de intenção, que você deseja manter a cidadania polonesa?"

"Não."

"Então o que você quer aqui? Você é alemão. Vá procurar as autoridades alemãs e não nos amole mais."

Stanislaw não me contava isso com raiva, mas com muita tristeza, porque, por razões de outra natureza, não podia dizer o que pensava ao cônsul à maneira dos marinheiros.

"Agora, olha só o que esses novos Estados se permitem", eu disse. "É realmente inacreditável! E eles vão ainda mais longe. Você só tem que ver o quão longe a América já chegou nesta área e como ela está lutando para superar em tacanhez e limitação a mais tacanha e empoeirada mentalidade burocrata prussiano-imperial. Vá pra Alemanha, Polônia, Inglaterra ou América, e tente dar uma força pra sua garota, que você logo pega um ano de prisão, porque lá eles não brincam em serviço. O Estado não pode perder ninguém. Mas depois que você está crescidinho, ninguém mais te quer. Você não tem fortuna, nem terra, nem casa. Os Estados gastam milhões de dólares, fazem milhares de conferências, filmes e livros para que os jovens não ingressem na Legião Estrangeira. Mas quando um deles aparece sem passaporte, eles lhe dão um chute na bunda. Ele então é forçado a se alistar na Legião Estrangeira, ou, pior ainda, num navio da morte. O povo que primeiro realizar o feito de abolir os passaportes e voltar à situação anterior à primeira guerra pela libertação de 1914/18, que não prejudicou ninguém e simplificou a vida, irá ressuscitar os mortos dos navios-caixões e estragar a festa dos seus proprietários."

"Pode ser", disse Stanislaw. "Do *Yorikke* não sai mais ninguém. Não do jeito que está agora. Só tem uma possibilidade, se ele zarpar e a gente ficar pra trás. Mas isso também não é tão certo assim. A gente pode facilmente ir parar num outro *Yorikke*."

Stanislaw voltou ao comando geral de polícia, departamento de cidadania.

"O cônsul polonês não resolveu meu problema."

"Isso era esperado. E o que fazemos agora, Koslowski? Você precisa de documentos, senão não consegue nenhum navio."

"Certamente, senhor comissário."

"Bem, eu vou te dar um atestado, e então você vá amanhã de manhã, às dez horas, ao departamento de passaportes. É logo ali, sala 334. Lá você consegue um passaporte. Com ele, você tira sua caderneta de marinheiro."

Stanislaw estava feliz, e os alemães provaram que eram pessoas que pelo menos poderiam ser chamadas de burocratas. Ele foi ao departamento de passaportes, entregou seu atestado e suas fotos, assinou seu belo documento, pagou quarenta bilhões de marcos e recebeu seu passaporte.

Tudo conferia. Era um bom documento. Nunca em sua vida Stanislaw teve um documento daqueles. Com ele, podia ir dircto pra Nova York, sem precisar passar por Ellis Island, de tão bom que ele era.

"Tudo conferia: nome, data de nascimento, profissão, local de nascimento. Mas o que é isso? 'Apátrida.' Tudo bem, não preciso disso. Vou conseguir minha caderneta de marinheiro. E isso, o que é isso? 'Válido somente em território nacional.' Provavelmente os funcionários pensam que navios a vapor cruzam os pântanos de Lüneburg, ou que eu pretendia descer o Elba a remo."

E de novo Stanislaw foi ao departamento marítimo. "Caderneta de marinheiro? Não podemos emitir. Você não tem cidadania. E a cidadania, o domicílio estabelecido, é o principal pra se obter uma caderneta de marinheiro; pro resto, nós podemos te arranjar um cartão de invalidez."

"Como eu vou conseguir um navio assim? Só me fala isso..."

Stanislaw estava no fim de suas forças.

"Você tem um passaporte, então pode conseguir qualquer navio. Aí está escrito quem você é, o que você é e que mora aqui em Hamburgo. Você é sujeito experiente, vai encontrar fácil um navio. Com essa desvalorização do marco, você vai ganhar mais num navio estrangeiro do que num alemão."

Stanislaw encontrou um navio.

Um belo holandês. Pagava bem.

Quando o recrutador viu o passaporte, exclamou: "Coisa fina!". E quando o capitão viu o passaporte, disse: "Tudo em ordem, gosto disso; agora vamos ao cônsul fazer o alistamento e o registro".

O cônsul registrou o nome Stanislaw Koslowski e disse: "Caderneta de marinheiro?".

E Stanislaw respondeu: "Passaporte".

"Também serve", respondeu o cônsul.

"O passaporte é novo em folha, daqui do comando geral, emitido há dois dias. Tudo em ordem. O homem é dos bons", afirmou o capitão acendendo um cigarro.

O cônsul pegou o passaporte, folheou-o, acenou com a cabeça em aprovação porque era mesmo uma obra-prima da burocracia bem ungida. Esse tipo de coisa lhe agradava.

De repente, ele se deteve e ficou petrificado feito uma crosta de gelo.

"Você não pode se alistar."

"O quê?", gritou Stanislaw.

"O quê?" gritou o capitão e, no susto, deixou o palito de fósforo cair no chão.

"Não vou alistá-lo", disse o cônsul.

"Mas por que não? Eu conheço pessoalmente o funcionário da polícia que assinou o passaporte." O capitão ficou impaciente.

"O passaporte está perfeitamente em ordem, mas eu não posso te alistar. Ele não tem cidadania", disse o cônsul, se inflamando.

"Por mim, tudo bem", disse o capitão. "Eu quero esse sujeito; meu primeiro-oficial, um dinamarquês, o conhece, e também os navios onde ele esteve. É gente assim que eu quero ter comigo."

O cônsul fechou o livrinho e ficou batendo com ele na sua mão aberta. E então disse:

"O senhor quer o sujeito, Sr. Capitão? Não quer então adotá-lo?"

"Mas que besteira!", berrou o capitão.

"O senhor se compromete pessoalmente a se livrar dele novamente?"

"Não estou entendendo", rugiu o capitão.

"Este homem não pode ficar em terra em nenhum país. Enquanto o navio estiver atracado, ele pode desembarcar. Mas assim que o navio zarpar, se ele for pego, cabe à empresa de navegação, ou ao senhor, que é o capitão, recuperá-lo. Aonde o senhor pretende levá-lo?"

"Ele pode voltar a Hamburgo assim que ele quiser", disse o capitão.

"Ele pode... ele pode... Não, ele não pode. A Alemanha pode se recusar a aceitá-lo e entregá-lo de volta à companhia ou ao senhor. A Alemanha não é mais obrigada a aceitá-lo a partir do momento em que ele cruzar a fronteira. Ele tem uma alternativa. Ele poderia conseguir um atestado que o autorizasse a retornar a Hamburgo ou à Alemanha a qualquer momento e residir lá. Mas esse atestado só o ministério tem autoridade para emitir, e não vai fazê-lo, porque isso seria quase o mesmo que conceder a ele a cidadania alemã. E aqui então voltamos ao ponto de partida. Se ele pudesse pedir cidadania alemã, ele a obteria, porque é alemão, nascido em Posen. Mas nem a Alemanha nem a Polônia o reconhecem. Nesse caso, só se o senhor ou a sua companhia assumirem total responsabilidade por ele..."

"Como eu poderia fazer isso?", gritou, indignado, o capitão.

"Então não posso alistar o sujeito", disse calmamente o cônsul, riscando o nome do registro e devolvendo o passaporte a Stanislaw.

"Escute", disse o capitão virando-se mais uma vez para o cônsul, "o senhor não poderia abrir uma exceção? Eu realmente gostaria de tê-lo a bordo. Ele é um excelente timoneiro."

"Sinto muito, capitão, não tenho plenos poderes pra isso. Preciso cumprir o regulamento. Sou apenas um servidor."

Dizendo isso, o cônsul ergueu os ombros até a altura das orelhas, seus braços subiram junto, e os antebraços, em ângulo reto, balançaram um pouco. Parecia que suas asas haviam sido arrancadas e cortadas.

"Caramba, mas que merda!", o capitão gritou, jogou furioso seu cigarro no chão, o pisoteou, foi até a porta e a bateu com força.

Stanislaw estava do lado de fora, no corredor.

"O que eu vou fazer com você, rapaz?", disse o velho capitão.

"Eu queria muito te levar conosco. Mas você não pode nem mais tentar um alistamento de emergência, o cônsul sabe seu nome. Aqui, pegue estes dois florins e aproveite bem a noite. Eu preciso ir atrás de outro marinheiro."

E lá se foram o capitão e o belo navio holandês.

39

MAS STANISLAW PRECISAVA de um navio de qualquer jeito. "Um trabalho manual honesto é bom, por um certo período. Mas não por muito tempo. Esvaziar uma caixa aqui ou um saco ali não faz mal a ninguém. Pra uma grande empresa, isso vai parar na conta dos custos indiretos. Uma caixa também pode ser danificada durante o carregamento. Mas a gente acaba se cansando do bico honesto."

Eu fiquei em silêncio e deixei que ele continuasse falando.

"É verdade, a gente se cansa mesmo", continuou Stanislaw. "É como se a gente vivesse às custas de alguém. Por um tempo, tudo bem, mas depois a gente enjoa de ficar sempre às custas de alguém. Então a gente quer fazer alguma coisa, conseguir alguma coisa. A gente quer ver como as coisas funcionam no nosso trabalho. Veja, Pippip, por exemplo, quando você tá no leme, com tempo ruim, e tem que manter o rumo... Nenhum trabalho manual honesto pode competir com isso. Caramba, mas não mesmo! Você tá ali, parado, e a banheira querendo tomar outra direção. Mas você toma as rédeas. Imagina só."

Stanislaw me agarrou pelo cinto e tentou me virar, como se estivesse segurando o leme.

"Ei, eu não sou um leme, me larga!"

"E aí, se você aguentar debaixo de tempo ruim e não desviar nem um tracinho do curso, aí, Pippip, você pode urrar de alegria por ter conseguido manter no prumo essa banheira gigantesca, por ela ter te obedecido feito um carneirinho. E quando o primeiro-oficial ou até mesmo o capitão olha para a bússola e diz: 'Koski, garoto, você sabe como fazer isso, caramba, que trabalho bem feito, eu mesmo não poderia ter feito melhor. Continue assim e não vamos nos atrasar'. Sim, Pippip, seu coração sorri e você seria capaz de chorar tanto de alegria, que as lágrimas iam explodir as suas bochechas. Tá vendo, um trabalho manual nunca vai te dar isso. É verdade, você ri muito quando rouba alguma coisa, mas não do mesmo jeito, e sim com hipocrisia, e fica se virando o tempo todo para ver se não está sendo seguido."

"Eu ainda não fiquei no leme de uma banheira grande, só de menores, mas acho que você tem razão", eu disse. "Mas na pintura é a mesma coisa. Se você conseguir fazer muito bem uma borda verde ou marrom sem borrar nem escorregar, aí também é muito divertido."

Stanislaw ficou calado por um tempo, cuspiu por cima do parapeito, enfiou entre os dentes um charuto que ele tinha comprado meia hora antes de um negociante que tinha encostado seu barco, e continuou:

"Imagino que talvez você ache graça, Pippip. Carregar carvão quando a gente na verdade é um timoneiro, e um timoneiro muito melhor do que aquele bandido ali, pode ser uma vergonha. Mas não. Também tem um lado bom. Numa banheira dessas, tudo é importante. Se o carvão não for removido, o foguista não consegue manter a pressão, e se ele não faz isso, então a cuba fica como um carneiro atolado. Jogue quinhentas pás de uma vez num poço a dez passos de distância, e faça um estoque que mal deixe espaço livre para o foguista, só para ver do que você é capaz: toda vez que você descer e olhar praquela montanha que você ergueu, seu coração pula de alegria no peito. Você podia até beijá-la de tanta alegria por ela estar ali, tão alta, olhando pra você, maravilhada, porque um pouco antes ela ainda estava no porão, e agora ela está ali, junto às caldeiras. Não, o bico honesto mais bonito não pode competir com o trabalho bem feito. E por que então a gente faz esses bicos? Porque a gente não tem trabalho, não encontra nenhum. E a gente tem que fazer alguma coisa, não pode ficar o dia inteiro deitado na cama, ou vagabundeando pela rua, senão a gente fica louco."

"E o que aconteceu depois de perder o holandês?", eu perguntei.

"Eu tinha que arrumar trabalho, e num navio, porque senão eu ia ficar maluco. O passaporte bom, de papel de boa qualidade, eu vendi em dólares. Então furei mais uma saca e consegui mais alguns trocados. Com alguns pescadores dinamarqueses, fiz um esqueminha pra ajudá-los a passar aguardente pela alfândega, o que me rendeu uma boa grana. Então peguei o trem e desci em Emmerich, na fronteira. Atravessei sem problemas. Mas quando quis comprar minha passagem pra Amsterdã, fui pego e eles me levaram de volta pra fronteira, e me fizeram atravessar no meio da noite."

"O quê?", eu perguntei. "Você não vai me dizer que os holandeses levam pessoas pra cruzar a fronteira no meio da noite, às escondidas?" Eu queria ouvir como ele tinha saído dessa.

"Eles? Os holandeses?", disse Stanislaw, inclinando a cabeça e me perfurando com o olhar. "Eles fazem coisas ainda piores! Todas as noites na fronteira acontecem as mais belas trocas de pessoas. Os alemães empurram seus estrangeiros indesejados e bolcheviques pra Holanda, Bélgica, França e Dinamarca, e os holandeses, belgas, franceses e dinamarqueses fazem o mesmo. Tenho certeza de que suíços, tchecos e poloneses agem da mesma maneira."

Eu balancei minha cabeça e disse: "Não posso acreditar. Mas isso é completamente ilegal".

"Mas é o que eles fazem. Foi o que fizeram comigo, e na fronteira da Holanda eu encontrei dezenas de pessoas que também tinham passado por isso. E o que mais eles podem fazer? Eles não podem matar e enterrar essas pessoas; afinal, elas não cometeram nenhum crime. Elas só não têm passaporte, e nem podem tirar, porque não nasceram ou não optaram por uma cidadania. Todos os países tentam se livrar de seus indocumentados e apátridas, porque eles sempre causam problemas. No dia que eles abolirem os passaportes, esse comércio de almas humanas vai parar imediatamente. Então, acredite ou não, foi isso que eles fizeram comigo."

Mas Stanislaw não se deixou intimidar com as ameaças de reformatório, prisão ou campo de internação. Na mesma noite, ele cruzou novamente a fronteira pra Holanda, agora com mais prudência, e foi para Amsterdã. Ele encontrou um navio italiano, um navio da morte pavoroso, e foi com ele para Gênova. Lá, ele desembarcou às escondidas, pegou outro navio da morte, desta vez um verdadeiro fabricante de cadáveres, que se chocou com um recife. Ele e mais alguns que sobreviveram aos cadáveres foram pedindo esmola até chegarem a outro porto, onde ele se alistou num terceiro, do qual teve que desembarcar após uma luta terrível, e foi parar no *Yorikke*.

Aonde ele vai parar? E eu? E aonde vão parar um dia todos os mortos desse navio? Num recife. Mais cedo ou mais tarde. Acaba chegando o dia. Não dá pra navegar eternamente com um navio desses. Um dia, a gente tem que pagar a viagem, se tiver essa sorte. Não há outra saída quando se está a bordo de um navio da morte. O continente é cercado por um muro intransponível, uma prisão pra quem está dentro, um navio da morte ou uma Legião Estrangeira pra quem está do lado de fora. É a única liberdade que um Estado que deseja e precisa se desenvolver ao extremo pode conceder ao indivíduo que não pode ser numerado, caso não queira assassiná-lo a sangue frio. O Estado ainda vai cometer esse ato a sangue frio. Mas, por enquanto, esse César chamado capitalismo ainda não tem interesse real nesse assassinato, porque ainda pode usar o lixo jogado sobre o muro da prisão. E o César capitalista nunca desiste de nada, desde que haja promessa de lucro. Até o lixo que os Estados jogam por sobre os muros tem seu valor e traz lucros substanciais. Privar--se dele seria um pecado imperdoável.

"No beliche acima do meu, um cara morreu, me disseram", eu falei um dia pra Stanislaw. "Você sabe de alguma coisa, Law?"

"Claro que sim. Posso dizer que a gente era como irmãos. Ele era um alemão. De Mulhouse, na Alsácia. Eu não sei o nome verdadeiro dele. Não é da minha conta. Ele disse que se chamava Paul. Na verdade, ele era chamado de 'francês' ou *french*'. Ele era estiva. Uma noite, quando a gente tava sentado lá na parte traseira, ele me contou sua história, chorando feito uma criança.

"Paul nasceu em Mulhouse e, se não me engano, aprendeu fundição em Estrasburgo ou em Metz, sei lá, esqueci esse detalhe. Em seguida, ele saiu viajando pela França e Itália. Na Itália, eles o internaram quando essa merda começou. Não, não foi assim. Ele estava na Suíça quando tudo começou. Ele não tinha dinheiro, foi deportado e convocado pro exército. Foi então que uma patrulha italiana o fez prisioneiro. Ele escapou, roubou roupas civis, enterrou seu equipamento militar e vagou pelo centro e sul da Itália. Ele já conhecia essas regiões, porque tinha trabalhado lá. Por fim, ele foi preso. Não sabiam que ele era um prisioneiro de guerra fugitivo, acharam que fosse um alemão que estava vagabundeando por ali, e o enviaram pra um campo de prisioneiros civis. Essa foi a história.

"Antes mesmo de os prisioneiros civis serem trocados, ele havia fugido novamente e percorrido a Suíça. Ele foi deportado pra Alemanha, onde foi trabalhar numa cervejaria. Lá se envolveu em movimentos revolucionários, foi preso e banido, sendo considerado francês. A França não o recebeu porque já fazia muito tempo que ele deixara Mulhouse e não havia optado nem pela França nem pela Alemanha. E desde quando um trabalhador se preocupa com essas bobagens? Ele tem muitas outras preocupações em mente, especialmente se está sem emprego e lutando como um louco pra encontrar pelo menos alguma coisa pra forrar o estômago.

"Mas ele acabou expulso por causa de umas histórias de bolchevismo, do que ele não entendia nada. Ele teve quarenta e oito horas para fugir, caso contrário pegaria seis meses de reformatório. Quando ele saiu, deram-lhe mais quarenta e oito horas para se mandar, ou senão, de novo, reformatório, prisão ou campo de internamento. Pelo que ele me disse, os reformatórios não existem mais, ou pelo menos não se chamam mais assim. Mas eles funcionam mais ou menos do mesmo jeito. Nossos manos sempre encontram uma chicana nova quando, por um motivo ou outro, têm que desistir das antigas. O que eles sabem sobre as motivações humanas? Pra eles, existem apenas os que são criminosos e os que não são. Quem não consegue provar que não é criminoso, definitivamente é um.

"Então, ele tinha que se mandar. Ele foi uma meia dúzia de vezes até o cônsul da França, mas este não quis nem saber, expulsou o rapaz e proibiu sua entrada no consulado.

"Paul foi então pra Luxemburgo, cruzou a fronteira e chegou à França. Quando ele foi pego, aquele burro disse que era francês. Não lhe restava mais nada a fazer. Investigaram e descobriram que ele queria adquirir a nacionalidade francesa por meios ilegais. Isso é um crime. Faz tempo que uma leve infração deixou de ser um grande crime. Ele pegaria um par de anos.

"Enfim, pra encurtar, ele achou um atalho. Alistamento junto à Legião Estrangeira. Ele poderia adquirir um décimo da nacionalidade francesa se conseguisse aguentar. Mas não aguentou e caiu fora.

"Pelo que ele me disse, não teve muita escolha. Aonde você quer ir? Para a Espanha? Pois bem! Se não fosse tão longe. E lá também tem os marroquinos, prontos pra entregar a cabeça de um desertor em troca de grana. Não está escrito em suas testas quando pedimos algumas tâmaras ou um gole de água. E se você tiver que se juntar à Legião depois de desertar, é melhor fincar uma vara afiada no peito.

"E há uns outros marroquinos, os que despem o desertor e o deixam assar ao sol na areia. E existem outros que não roubam, mas espancam e torturam até a morte porque, afinal, é um cachorro da odiosa Legião ou um cachorro dos cristãos.

"E há também aqueles que te sequestram e te vendem como escravo pros moinhos nos confins do país. Também é muito divertido! É melhor arrancar as entranhas do corpo.

"Mas o garoto teve sorte, uma sorte do caramba! Ele encontrou uns marroquinos que queriam acabar com ele ou amarrá-lo no rabo de um cavalo pra arrancar a pele dele. Porém, conseguiu fazer com que eles compreendessem que ele era alemão bem a tempo – e olha que geralmente eles não são de discutir muito. Bem, os alemães também são cachorros dos cristãos, mas lutaram contra os franceses, o que conta a favor deles.

"É extremamente difícil fazer um muçulmano entender que alguém é alemão. Ele imagina que os alemães não se parecem em nada com os odiados franceses e, ao perceber que não são muito diferentes, não acredita nele e pensa que o sujeito quer enganá-lo. E se ele, enquanto alemão, servir na Legião Estrangeira pra lutar contra os muçulmanos, aí até mesmo aqueles que o tinham tomado como alemão não acreditam mais nele.

"Como isso aconteceu, ninguém pode dizer. De repente, um sentimento incompreensível tomou os marroquinos, e eles acreditaram que ele era realmente alemão e que nunca havia lutado contra eles. Eles o acolheram, cuidaram dele, alimentaram-no e fizeram com que ele passasse de clã em clã, de tribo em tribo, até que Paul chegou à costa e foi parar no *Yorikke* junto com os mercadores da geleia de ameixas.

"O capitão o acolheu com alegria, porque precisava de um estiva, e Paul parecia feliz por estar conosco.

"Mas depois de dois dias, mesmo sem ter tido problema com a grade e, naquele momento, o carvão estar à mão, ele me disse: 'Eu me arrependo de ter fugido da Legião Estrangeira. Isso aqui é dez vezes pior do que a pior das colônias da nossa divisão. Lá, a gente vivia como príncipes. A gente tinha comida e acomodações de seres humanos. Aqui, eu não vou aguentar'.

"'Não fale desse jeito', eu disse, tentando animá-lo. Mas Paul, que talvez já tivesse contraído alguma coisa durante a fuga, começou a cuspir sangue. Cada vez mais. E então vomitou sangue aos montes. E uma noite, quando fui substituí-lo no turno, ele estava deitado no porão, sobre uma pilha de carvão, sangrando muito. Ele não estava morto. Eu o arrastei pro alojamento e o deitei em seu beliche, na parte de cima. De manhã cedo, quando quis acordá-lo, ele estava morto. Às oito horas, foi jogado ao mar. O capitão sequer tirou o quepe, apenas tocou na borda. Ele também não foi enrolado num tecido. Ele tinha só uns trapos manchados de sangue. Amarraram uma grande bola de carvão na perna dele. Acho que até essa bola de carvão o capitão cedeu de má vontade. Paul nunca foi mencionado no diário de bordo. E se foi como ar, levado pelo vento."

40

PAUL NÃO FOI O único estiva que o *Yorikke* engoliu e digeriu enquanto Stanislaw esteve por lá. Teve o Kurt, um rapaz de Memel. Na época da guerra, ele andou pela Austrália, mas nunca o pegaram. Mas acabou ficando com tanta saudade de casa, que teve que voltar pra Alemanha. Em algum lugar da Austrália, ele se meteu em encrenca. Uma história de briga durante uma greve, um fura-greve esfarrapado que foi derrubado e não se levantou mais. Kurt não podia ir ao cônsul pra conseguir se mandar por vias convencionais porque, quando se trata de greves ou de histórias que cheiram a comunistas, todos os cônsules se unem, mesmo que alguns meses antes quisessem cuspir um na cara do outro. O cônsul certamente o teria denunciado à polícia, e Kurt seria obrigado a cumprir vinte anos de prisão. Um cônsul está sempre do lado da ideia de Estado. Ideia de Estado: essa grande e ilustre expressão, que só causa desordem e transforma pessoas em números.

Sem documentos, Kurt conseguiu ir até a Inglaterra. Mas a Inglaterra não é boa coisa. Uma ilha nunca é. Você pode entrar, mas pode ser que não saia mais. Kurt não conseguiu sair mais. Ele teve que ir ao cônsul. O cônsul queria saber por que ele havia deixado Brisbane, na Austrália, e por que não tinha ido ver o cônsul alemão enquanto estava lá e por que tinha entrado ilegalmente na Inglaterra.

Kurt não conseguiu responder e também não queria, porque pra ele a Inglaterra não era mais segura do que a Austrália. Os ingleses o teriam enviado imediatamente de volta à Austrália pra ser julgado lá.

Sempre que ia a um consulado, fosse em Londres, Southampton ou em qualquer outra cidade inglesa, Kurt, ao entrar no escritório do cônsul, onde tudo o lembrava de seu país natal, sentia uma saudade tão avassaladora de sua terra, que começava a chorar copiosamente. Um cônsul ordenou-lhe aos gritos que parasse com o teatrinho, senão ia colocá-lo pra fora; afinal, já estava cansado de conhecer vagabundos como ele. Kurt deu a ele a única resposta correta que qualquer jovem que se preze reserva pra essas ocasiões: dando a devida ênfase ao convite consular de interromper o teatrinho, Kurt pegou uma ampulheta ou o que quer que seja, e jogou na cabeça do cônsul. Este logo começou a sangrar e a gritar, mas Kurt saiu dali feito uma flecha. Ele poderia ter evitado o trabalho de ir ao cônsul pois, como ele era de Memel, o cônsul não poderia ajudá-lo. Ele não dispunha de poderes pra isso. Como de costume. Ele era apenas um servo de falsos deuses.

E com isso Kurt estava definitivamente morto, e não pôde rever sua terra natal. Um funcionário oficial havia decretado que sua saudade não passava de um teatrinho. O que um funcionário oficial sabe sobre os sentimentos de um vagabundo, de um andarilho esfarrapado? Pra ele, a saudade e esse tipo de emoção estão reservados para quem usa roupa branca e tira um lenço limpo da cômoda todos os dias. *Yes, Sir.*

Eu não tenho saudade de casa. Aprendi que aquilo que deveria ser terra natal, pátria, está posto em conserva e guardado em arquivos, representado por funcionários que expurgam com tanta eficiência o verdadeiro apego à terra natal, que não sobra o menor vestígio desse sentimento. Onde está minha pátria? Onde ninguém me incomoda, não quer saber quem sou, o que faço, de onde venho, aí é minha pátria, meu país natal.

O jovem de Memel encontrou um navio espanhol e acabou como estiva no *Yorikke*. Não havia mecanismos de segurança lá. Primeiro, porque eles custam dinheiro e, segundo, porque atrasam o trabalho. Um navio da morte não é um jardim de infância. Você tem que manter os olhos abertos, e se algo der errado, então a culpa é de algum preguiçoso que não quis fazer direito o seu trabalho.

O indicador do nível de água nas caldeiras não tinha vidro de proteção nem malha de arame. Um dia, esse indicador estourou durante o turno de Kurt. Não havia uma alavanca num lugar seguro que pudesse desligar o tubo que levava ao medidor de água. A água fervente começou a jorrar, e um denso vapor quente se espalhou pela caldeira. O tubo teve que ser estrangulado. Era o que devia ser feito. Mas a torneira estava logo abaixo do vidro quebrado, a cinco centímetros da água que jorrava. Precisava ser desligada. Senão, o *Yorikke* ficaria imobilizado por meio dia e, em caso de mau tempo, não poderia ser manobrado; e aí, já era, não ia sobrar nem uma lasquinha dele.

E quem fechou a torneira? O estiva, é claro! O vagabundo sacrificou a sua vida para que o *Yorikke* pudesse continuar sendo manobrado e só fosse ao encontro dos peixes quando assim ordenado.

Kurt fechou a torneira. Então ele desmaiou e foi levado ao seu beliche pelo mecânico e pelo foguista.

"Você não imagina como ele gritava", me contou Stanislaw. "Ele não podia deitar de costas, nem de bruços, nem de lado. A pele estava em frangalhos como uma camisa rasgada, com bolhas e mais bolhas do tamanho de uma cabeça. Talvez se ele tivesse sido levado pro hospital, sei lá, a gente pudesse ter ajudado com os enxertos. Mas teria sido necessário enxertar toda a pele de um bezerro para consertá-lo. E ele gritava sem parar! Eu só queria que o cônsul tivesse ouvido aqueles gritos enquanto dormia; ele nunca mais ia conseguir se livrar deles. Eles estão sentados em suas mesas preenchendo formulários. A milhas de distância do front da vida real. Coragem no campo de batalha? Besteira! Precisa de coragem é no campo de trabalho. Mas aí você não é condecorado. Aí você não é um herói. Ele morreu de tanto gritar. À noite ele foi jogado ao mar, o garoto de Memel. Bem, Pippip, eu preciso tirar o boné, não me olhe assim. Com caras assim a gente deveria gritar 'Apresentar as armas'. Não pode ser de outra forma. Foi lançado ao mar, com uma bola de carvão presa à perna. Parecia um condenado. O mecânico-assistente ficou olhando de longe e então disse: 'Que merda, olha a gente aqui de novo sem estiva!'. Foi tudo o que ele disse. Só isso. E era justamente ele quem deveria ter feito o reparo, é função dele e não do estiva. Mas foi Kurt quem fez. Ele não aparece no diário de bordo.

O mecânico-assistente, sim. Foi o cozinheiro quem viu, quando foi roubar sabão da cabine do capitão. Bem, cá pra nós, grande coisa!"

41

COM O RESTO da tripulação, eu conversava muito pouco. Eles eram quase todos mal-humorados, rabugentos e viviam com sono, isso quando não estavam bêbados, o que acontecia em todo porto. Mas, pra ser bem sincero, eram eles que não falavam com a gente. Eu só era o estiva, eu e o Stanislaw. E o estiva não vale um timoneiro ou mesmo um simples marinheiro. Eles são todos cavalheiros comparados ao estiva. O estiva chafurda nas cinzas e na sujeira. Ele é apenas cinzas e sujeira. Se tocar nele, você pode sujar os dedos. E pro carpinteiro ou, subindo mais ainda, o contramestre! Para eles, a gente era uns vermes. Ninguém consegue estabelecer tão bem as diferenças sutis e as muito sutis entre os níveis quanto o trabalhador.

Já é assim na fábrica! Há quem aperte os parafusos, de mil maneiras diferentes, conforme o modelo; o que é isso para um homem grande, se comparado a quem os carrega numa cesta? E aquele que desatarracha os parafusos, que grandeza inatingível a dele se comparado àquele que varre os corredores! E o que varre, estufa o peito e diz pra si mesmo: "Ah, aquele ali está revirando o lixo, não vou me misturar com ele! O que iam pensar?"

A diferença de níveis também existe entre os mortos. E fica até maior. Aquele que foi enfiado ali atrás da parede, só porque tem que ser enfiado em algum lugar, ele não é nada. Aquele que é enterrado num caixão de pinho já vale um pouco mais. À noite, quando eles dançam, ele não faz uma careta pro enterrado atrás da parede, mas olha nostálgico para aqueles que estão dançando em seus caixões de carvalho. E nem se atreve a erguer os olhos pros mortos que vagam austeros num caixão de metal com quinas douradas; eles não admitiriam. Só pra ficar bem claro: alguns estão enterrados em caixões de metal com quinas douradas, e os outros, enfiados numa caixa de madeira, num canto qualquer. Só os vermes e as larvas, esses revolucionários agitadores, não se importam com a hierarquia. Eles são todos iguais, brancos e gordos, e querem comer; eles comem o que encontram com a mesma avidez, seja no caixão de metal com quinas douradas, ou na caixa.

O senhor carpinteiro, o senhor contramestre e o senhor *donkeyman* eram suboficiais de pouca importância. Tão sujos quanto nós, eles não eram mais experientes e eram muito menos importantes pro bom funcionamento do navio do que nós. Porém, os estivas tinham que servir ao *donkeyman:* deviam buscar as refeições dele na cozinha, colocar na mesa e depois retirar. Assim as diferenças de níveis estavam a salvo. O *donkeyman* é quem opera o guincho, e quando o navio estava no porto e os foguistas e estivas trabalhavam durante o dia, era ele quem cuidava das caldeiras, mesmo à noite. Em alto-mar, ele andava de um lado pro outro, limpava um pouco as máquinas aqui, engraxava um rolamento ali; às vezes ele tinha que desmontar um filtro de óleo, lavar, tirar um pouco de sujeira e montar de novo. Só por isso ele não precisava dormir no alojamento maior, mas podia ficar no menor, onde só há dois ou três beliches; e, aos domingos, ganhava pudim de sêmola com calda de framboesa e, duas vezes por semana, ameixas assadas com purê azulado, enquanto a gente não comia pudim aos domingos, e só uma vez por semana ameixas com purê azul. Mas, se acontecia de a gente ter ameixas assadas com peixe salgado duas vezes por semana, aí ele ganhava ameixas três vezes. Ele, o contramestre, o carpinteiro, os suboficiais. Em troca, ele devia ficar nas nossas costas e vigiar se a gente não ia deixar o poço da caldeira aberto com mau tempo e colocar mais alguns quilos no porão traseiro. O que César faria com seus exércitos se não tivesse suboficiais na base e um marechal de campo no topo? Suboficiais que vêm das camadas superiores não servem pra nada; eles devem vir de baixo, devem ter sido espancados ainda ontem, é quando eles são úteis e são eles os que sabem melhor dar uma boa surra. Em seguida, vinham os marinheiros de segunda classe, depois os marinheiros de convés. Stanislaw era mais competente do que os três marinheiros de segunda juntos, mas era considerado um lixo. Eles teriam se sentido mais confortáveis se tivesse sido ordenado que os estivas pedissem permissão antes de passar pelo *donkeyman*. No entanto, estavam todos mortos e, no entanto, todos iam virar comida de peixe.

Contanto que a gente não ferisse o senso de superioridade deles, era possível se dar bem com eles, que sentiam estar na mesma barca furada que a gente. Os menos experientes ainda se sentiam inseguros em relação a nós, velhos lobos do mar, pra arriscarem qualquer sentimento de hierarquia. Mas com o tempo acabou surgindo um sentimento de grupo, derivado do fato de que todo mundo ali tinha o mesmo destino. Estávamos todos perdidos, mesmo que ninguém quisesse admitir e ainda esperasse poder escapar. O mesmo destino nos ameaçava, o do gladiador sacrificado, o que todos sabiam sem dizer abertamente. Os marinheiros nunca falam em naufrágio, não é bom. Traz azar. Mas justamente esse conhecimento da espera, essa contagem trêmula dos dias de um porto a outro, esse silêncio tímido sobre o fato de que, por mais que demorasse, estávamos nos aproximando do dia derradeiro, o dia da batalha brutal, quando nada mais que a nossa vida estaria em jogo, nos unia por um estranho vínculo.

Ninguém nunca descia sozinho num porto, a gente estava sempre em duplas ou trios.

Os marinheiros do *Yorikke* pareciam quatro vezes mais sinistros do que qualquer pirata. A gente nunca tinha contato com as tripulações de outros navios. Ou porque a gente era um bando de sujos e maltrapilhos, ou porque eram eles que não queriam se misturar conosco. A gente podia dizer o que quisesse, eles faziam que não estavam ouvindo, bebiam o seu vinho ou a sua aguardente e seguiam o seu caminho. Eles eram a classe trabalhadora honesta, a quarta classe; a gente era da quinta, a que ainda vai levar muito tempo pra chegar lá; só depois que a quarta morder o seu bocado. Talvez a gente fosse da sexta, e ainda ia ter mais alguns séculos de espera pela frente.

Os membros da quarta classe, a honesta, não se misturavam com a gente, porque nos tomavam por *desesperados*. E a gente era mesmo. Tudo nos era indiferente. Depois de tudo o que já tinha acontecido, não havia como piorar. Então é melhor ficar longe!

Quando a gente entrava num bar de marinheiros, o dono sempre esperava angustiado que a gente saísse bem rápido, mesmo que a gente despejasse em cima do balcão tudo o que tinha nos bolsos ou na boca – no caso de os bolsos estarem rasgados – ou dentro do boné. Éramos bons clientes, mas, enquanto a gente ficava na taberna, o dono não tirava os olhos de nós, observando cada passo e cada olhar. Se ele tinha a impressão de que um de nós piscou pra um marinheiro da classe honesta, ele já se aproximava do sujeito e o convencia de que seria melhor que ele fosse embora dali. Ele o tratava com toda a atenção e carinho; afinal, se o tipo em questão tivesse notado o que estava acontecendo e tivesse bebido, o caldo podia entornar.

É provável que o trabalho extenuante, a nossa situação estranha e desesperadora, nossa tensão permanente diante do grito estridente do arrasado *Yorikke*, que não queria ir ao encontro dos peixes; enfim, que tudo isso tenha, ao longo do tempo, gravado em nossos rostos algo que causava um horror indescritível em todos os que não eram do *Yorikke*. Devia ter alguma coisa em nossos olhos, em nossa expressão, que fazia as mulheres empalidecerem e gritarem quando a gente surgia de repente diante delas. Até os homens nos olhavam tímidos, se viravam e desviavam, pra não ter que cruzar com a gente. A polícia nos seguia com os olhos até que a última ponta do nosso boné desaparecesse no horizonte. Com as crianças, era muito curioso. Algumas começavam a gritar assim que nos viam e saíam correndo a toda a velocidade; outras ficavam paradas, de olhos arregalados, quando a gente ia passando; outras ainda nos seguiam sem fôlego, como se estivessem diante de personagens de um pesadelo encarnadas; e tinha aquelas, e eram muito poucas, que vinham em nossa direção com as mãos estendidas, sorriso nos lábios, dizendo "Olá, marinheiro!", ou algo assim. Sempre tinha algumas que, depois de nos cumprimentarem, nos encaravam com os olhos arregalados, boquiabertas, e de repente fugiam, sem olhar pra trás. Será que estávamos tão mortos que as almas infantis viam e sentiam em nós a morte? Será que tínhamos aparecido pra elas enquanto ainda estavam sonhando no ventre de suas mães? Será que um vínculo secreto tinha se formado entre nós, que partimos condenados à morte, e aquelas almas infantis que acabavam de cruzar o limiar da vida, e ainda carregavam em suas consciências a sombra do reino? Nós estávamos partindo; elas, chegando. A afinidade reside na oposição.

A gente nunca ficava completamente limpo. Não dá pra se lavar com areia e cinzas. Quando, nos portos, a gente pensava em comprar sabão, o dinheiro já tinha ido embora com outras coisas que também eram importantes, como vinho, cantoria e tudo o mais. A gente também sabia cantar. Ou melhor, berrar e se esgoelar, mas ninguém abria a janela para pedir pra gente parar. Eram cautelosos. A polícia não ouvia nem via nada.

Às vezes, a gente comprava um pedaço de sabão, mas só ficava com ele por um dia. Depois, ele sumia pra sempre. Ora, não dava pra guardar o sabão o dia inteiro dentro da boca pra ninguém levar. E porque também não era possível ficar com o dinheiro na boca, e a gente não queria ser roubado e passar raiva, então a gente gastava. A coisa mais fácil do mundo.

Às vezes, acontecia de a gente se barbear: quando conseguia pensar nisso antes do dinheiro acabar, ou quando, por acaso, olhava nosso reflexo numa vidraça e não se reconhecia mais. Ninguém tinha espelho. O que era bom, porque assim ninguém sabia com que cara estava. Era sempre o outro que estava com a cara feia, a ponto de as mulheres gritarem e se esconderem dentro de casa. Barba por fazer, rosto vermelho, arranhado por areia e cinzas, braços nus cobertos de cicatrizes de queimaduras, e as roupas chamuscadas, queimadas, rasgadas, esfarrapadas.

Nunca fomos a um grande porto. A gente não tinha nada o que fazer nesses lugares. Era sempre Costa Africana e Síria. Raramente o *Yorikke* atracava na Espanha ou em Portugal; na maior parte do tempo, a gente ficava no cais e transportava a carga de lanchas e barcos. O capitão devia saber muito bem por que em alguns portos ele costumava ancorar no mar e não no cais. Depois ele chamava um barco que o levava até o porto para acertar a documentação junto ao cônsul ou às autoridades portuárias.

A gente seguia nossa própria rota. Navios-caixões não existem. Essas coisas datam de antes da guerra. Eles não existem porque você nunca os vê em portos conhecidos. Eles ficam bem longe, onde cada baía vira um porto, se houver um hangar. Nas águas chinesas, indianas, persas, malaias, nas costas sul e leste do Mediterrâneo, de Madagascar, nas costas oeste e leste da África, nas da América do Sul, no Pacífico Sul. Tem lugar pra todo mundo e pra mais alguns milhares. Assim como não dá pra expulsar todos os vagabundos de todas as estradas da Terra, porque entre eles podem estar pessoas muito decentes, mas que estariam sem dinheiro naquele momento, também não dá pra banir dos sete mares todos os navios-caixões. Quem quisesse procurar por eles não ia conseguir encontrá-los. Há três vezes mais água do que terra no planeta; e onde tem água tem também uma estrada pra um navio; mas onde há terra, não haverá por muito tempo uma estrada pra um vagabundo.

O *Yorikke* jamais seria encontrado se alguém pensasse em procurá-lo. Ele tinha um capitão que conhecia muito bem seu ofício. Ele sabia lidar com gente importante; os príncipes poderiam considerá-lo um dos seus. Se surgisse alguma suspeita, ele sabia como ninguém despistar os mais espertos. Sua documentação estava sempre em ordem, pelo menos no que dizia respeito ao *Yorikke* e ao que ele carregava na barriga. Nenhum transatlântico devidamente inspecionado e licenciado poderia apresentar uma documentação melhor. E o diário de bordo? Ele foi mantido pontualmente. Uma embarcação de guerra francesa se aproximou quando ainda estávamos dentro das águas territoriais. Ela estava procurando alguma coisa. Até uma criança sabe que a carne enlatada com osso é um bom negócio. O barco deu o sinal pra desligar os motores, mas o capitão fez que não viu. O barco então disparou um tiro de advertência. O *Yorikke* parou. Não ia conseguir continuar. Ele ainda estava dentro dos limites territoriais. Bem, barcos como esse não se importam. Eles também tentam se dar bem pra além da fronteira. O capitão tem que provar diante do tribunal que não estava mais dentro dos limites oficiais, e sim a mais de uma milha das águas territoriais. E não é fácil. Na água, não há linha de demarcação. Mas às vezes o capitão consegue provar onde estava. Bem, então é só pagar. E meia hora depois eles tentam de novo, em outro lugar. Só o homem, o indivíduo humilde, deve respeitar a lei, o Estado não é obrigado a isso. Ele é todo-poderoso. O homem deve ter moralidade, o Estado não conhece nenhuma. Ele mata, se quiser, rouba, se quiser; ele arranca os filhos das mães, se quiser, rompe os matrimônios, se quiser. Ele faz o que quer. Pra ele, não há Deus nas alturas em quem ele obrigue as pessoas a acreditarem sob pena de morte ou castigo corporal; pra ele, não há mandamentos divinos a serem impostos às crianças debaixo de porretes. Ele faz seus próprios mandamentos, pois é o Todo-Poderoso, o Onisciente e o Onipresente. Ele faz seus próprios mandamentos e, se de uma hora para outra não mais lhe convierem, ele mesmo os transgride. Não há nenhum juiz acima dele pra chamá-lo a prestar contas e, se o homem começa a ficar desconfiado, então ele agita a bandeira vermelha, branca e azul bem diante de seus olhos, berrando *slogans* patrióticos, deixando o indivíduo completamente atordoado. Ele berra bem nos ouvidos dele: "Casa e comida – esposa e filho", e sopra nas suas narinas uma fumaça que diz: "Olhe pro seu passado glorioso". E então as pessoas repetem tudo, porque o Todo-Poderoso, à força de trabalho incessante, os rebaixou ao nível de máquinas e autômatos que movem seus braços, pernas, olhos, lábios, coração e células cinzentas como quer o Todo-Poderoso Estado. Nem mesmo o Deus Todo-Poderoso conseguiu chegar tão longe, e ele tinha lá alguns poderes. Mas, comparado a este monstro, ele é apenas um pobre trapalhão. Suas criaturas humanas agiam como bem entendiam, desde que pudessem mover seus braços e pernas. Elas fugiam dele, e não obedeciam aos seus mandamentos, pecaram à vontade e acabaram por depô-lo. Com esse novo deus todo-poderoso, ficou um pouco mais difícil, porque ele ainda é jovem, e eles não ousam pisar em seus pés e colher a maçã.

Desligamos os motores. Não tínhamos escolha. Caso contrário, eles iam nos explodir. E então eles subiram a bordo.

"Gostaríamos de ver os documentos. Sim, obrigado, estão em ordem. Gostaríamos de fazer uma pequena visita de controle. Não vamos detê-lo por muito tempo. Apenas alguns minutos."

"Por favor, senhores, por favor. Mas não demorem muito. Se eu me atrasar, terei que responsabilizar o seu governo."

O capitão riu. Como ele sabia fazer isso! Com sua risada, ao mesmo tempo irônica e extremamente divertida, ele esvaziou toda e qualquer suspeita.

Aquelas pessoas de bem tinham ouvido falar da carne enlatada com osso. Eles rastejaram pelo porão como formigas procurando carne enlatada de Chicago. E o capitão só dando risada.

Não havia carne enlatada. Só algumas caixas, na cozinha. Pra nosso consumo.

Mas havia cacau. Holandês puro, de origem garantida, sem gordura, Van Houtens. Caixas e caixas cheias. Cacau em latas de ferro,
pra não perder o aroma.

O oficial de inspeção bateu num caixote que estava bem no meio da pilha. Nós o pegamos. Ele abriu.

E o capitão rindo. E o oficial ficando nervoso. Ele não queria demonstrar, mas não estava conseguindo disfarçar. Aquela risada o estava deixando meio louco.

Belas latas grandes. Todas com rótulo. O capitão caminhou até o caixote, pegou uma lata e a entregou ao oficial, emprestando à sua risada um tom nitidamente sarcástico. O oficial olhou pra ele, depois pra a caixa, e então avançou em direção a ela com passos arrojados, e pegou ele mesmo uma lata, bem ao lado da que foi retirada. Com um movimento brusco, arrancou o rótulo e a abriu: cacau.

O capitão se sacudia de tanto rir.

De repente, o oficial pensou de novo em carne enlatada com osso e esvaziou todo o cacau da lata no chão.

Cacau. Nada mais. Nada além de cacau Van Houten de origem garantida, puro e sem gordura.

Mas o oficial, tremendo de irritação, arrancou a caixa das mãos do capitão, rasgou o rótulo, levantou a tampa e lá dentro tinha... cacau. Ele fechou a tampa e a devolveu ao capitão com um *"Merci beaucoup"*.

Só o capitão sabe o que ele tinha em mente quando o oficial arrancou a caixa de suas mãos. Mas ele soltou uma gargalhada que deve ter sido ouvida lá no navio de guerra em frente.

O oficial se desculpou, entregou um documento de inspeção que atestava a abertura de uma caixa e um recibo das duas caixas de cacau desperdiçadas, subiu com os seus homens na lancha e regressou ao seu barco.

Quando ele desceu, o capitão gritou na direção da cozinha: "Cozinheiro, esta noite cacau e bolo de passas pra tripulação."

Então ele se aproximou do caixote, e ficou remexendo nele até encontrar o que queria. Tirou a lata da caixa que procurava e a entregou ao cozinheiro. Em seguida, mandou que a gente pregasse a caixa e a guardasse.

Eu estava no convés quando tudo aconteceu. Como não se deve perder uma boa oportunidade, assim que escureceu lá fui eu desencalhar algumas latas de cacau. No próximo porto, elas podiam me render alguns xelins, ou eu poderia trocá-las por rum. Peguei cinco e as guardei no porão. No fim do turno, eu disse a Stanislaw: "Você já pensou em cacau em pó? Bico honesto. Incluindo alguns xelins."

"Não tem xelim nenhum. Porque não é cacau em pó, mas sementes de cacau, e se você não vender os moedores junto com elas, você não vai ganhar nem uma moeda de cobre."

Achei isso suspeito. Stanislaw, portanto, já tinha pensado nesse esquema. Já devia ter aberto a primeira caixa enquanto a segunda estava pendurada na torre.

Eu imediatamente subi no porão e abri uma lata. Stanislaw estava certo. Eram sementes de cacau. Muito duras, com casca de latão. Na segunda lata: a mesma coisa, assim como na terceira, na quarta e na quinta. Eu as fechei direitinho e as devolvi na caixa. Eu não estava interessado em grãos de cacau marroquinos e argelinos; eu não teria conseguido os moedores certos, caso os tivéssemos a bordo.

Só o capitão conseguia transformar as sementes em cacau em pó. E ele realizava esse milagre de duas maneiras: deixando a lata dentro do caixote ou a pegando com as mãos. Ele era realmente um mestre na arte da magia negra, *yes, Sir.*

42

ESTÁVAMOS INDO EM direção a Trípoli, e o mar estava terrível. Na caldeira, a gente era jogado de um lado pro outro, e nos porões era ainda pior. Quando eu ia me sentar sobre uma pilha de carvão pra respirar um pouco, ficava observando o pequeno tubo de vidro que, se quisesse, podia engolir impiedosamente um marinheiro experiente. Eu me perguntei se eu também fecharia a torneira, se ela começasse a dançar.

Claro que eu disse que não. Mas quem pode prever o que vai fazer quando a pergunta não é feita, mas a resposta tem que ser decidida quando a gente nem imaginava que a pergunta existia? O foguista pode estar preso lá embaixo e não consegue sair de lá sozinho. E se eu deixasse meu foguista preso, eu ia ouvir ele gritar pelo resto da minha vida, "Pippip! Pippip! Eu estou cozinhando! Me tira daqui, Pippip! Não vejo mais nada, meus olhos estão queimados, Pippip, rápido, não vai dar mais, Pippip!".

Ah, tudo bem, deixa o seu foguista lá. Você vai até lá, mesmo sabendo que vocês dois podem ficar presos? Talvez eu também não fosse. Por quê? Bem, minha vida também vale alguma coisa. Minha vida...

"Pippip, estiva, pule pra bombordo, não olhe. Bombordo e pra trás!" Pra conseguir ser ouvido, o foguista gritava mais alto que o barulho das máquinas.

Sem olhar, pulei pra bombordo e caí de joelhos porque tropecei no atiçador que estava no chão. Ao mesmo tempo, ouvi um estrondo ensurdecedor.

Sob a espessa camada de pó de carvão que ele tinha no rosto, eu vi que o foguista estava completamente pálido. Os mortos também podem empalidecer. Eu me levanto com as canelas machucadas e as rótulas inchadas, e me viro. O funil de cinzas caiu.

É um tubo de chapa metálica, que se parece com uma grande chaminé de cerca de um metro de diâmetro. Nele, são içados os baldes de cinzas pra que não tombem de um lado pro outro, e sigam direto pro poço de elevação.

O funil afunda na caldeira até nove pés do chão. No topo, é rebitado a uma coroa de metal. Sem dúvida, os rebites já estavam corroídos e agora, com o mau tempo, terminaram de estragar. Onde ele foi parar? Ele tem que descer verticalmente na caldeira, essa enorme chapa de metal de cem quilos. Pode cortar a cabeça e o corpo ao meio, no sentido do comprimento. Como uma lâmina de barbear. Ou arrancar seu braço e levar o ombro junto. Se for piedoso, você só perde metade do pé. Quem poderia pensar que os rebites do funil fossem enferrujar na coroa? Ele está pendurado ali desde a destruição de Jerusalém e nunca tinha despencado. Nem uma vez em todos esses séculos. E, de repente, ele resolve cair!

Um marinheiro a menos, menos um pra trabalhar. A culpa é sua. Sai logo daí e nada vai te acontecer. Olá, foguista, escapei pulando pra bombordo. Bem na hora do seu primeiro grito, "Estiva, bombordo!", pulei feito um macaco. Sem pensar direito no que estava acontecendo. O *Yorikke* te ajuda a desenvolver seus instintos e a se manter em forma.

"Foguista, caramba, que pulo na hora certa!"

Obrigado! Não foi nada. Pelo quê? Amanhã será a sua vez, depois de amanhã a de Stanislaw. Quem sabe qual vai ser o próximo alvo da bala? Estamos em guerra. Cuidado com a cabeça! Mas antes de ouvir o aviso, sua cabeça já era. O resto fica no chão. Não seremos gratos a você. Ao mar. Com uma bola de carvão presa na perna. Só um toque no quepe. Música fúnebre: "Pois é, agora estamos de novo sem estiva".

O tubo de vidro está intacto. Ele já fez sua vítima. Já o funil, o foguista estragou a festa dele. Mas ele vai se vingar. Qual será o próximo tubo de vidro? Quem é o próximo? Rapaz, aperte bem o cinto. A ameaça está no ar. Uma ameaça pra você.

Ela está rondando. Rasteja pelos cantos e está à espreita. Na próxima oportunidade, ela vai fazer um trabalho melhor, e não deixar que justamente o foguista olhe pra cima sem querer, e veja que primeiro se solta uma metade da coroa, depois a outra. Da próxima vez, pode ser a prancha lá em cima, aquela na qual você se equilibra para chegar à escotilha do porão, que vai ceder. Rapaz, acho melhor você descer em Trípoli. Mesmo estando morto, às vezes é bom sair da tumba e dar um passeio pra ver o que está acontecendo lá fora, porque é difícil se acostumar com o ar confinado do túmulo. Sim, você tem que voltar pra tumba ou pra um navio da morte, mas terá respirado ar fresco e da segunda vez vai ser mais fácil.

Mas não dava pra descer em Trípoli. A gente não podia dar nem um passo sem ser vigiado. Na primeira tentativa de ficar para trás, a polícia pegava a gente e levava de volta. Ela ia apresentar a conta ao capitão, e ele ia descontar dos nossos salários. E na Síria também não tinha nada.

Não havia como sair. Éramos homens livres, marinheiros livres. A gente tinha o direito de ir aos portos, de se embebedar nos bares, de dançar, de perder dinheiro no jogo ou de ser roubado. A gente tinha o direito de fazer tudo isso porque, afinal, éramos marinheiros livres e não condenados. Mas assim que o *Yorikke* hasteava a bandeirinha de partida, e a gente por acaso estivesse longe do cais ou dos píeres, ou mesmo em becos sinuosos e cantos escuros, alguém já vinha pegar a gente pelo braço: "*Monsieur, s'il vous plaît*, seu navio está esperando. Vamos acompanhá-lo pra que não se perca pelo caminho".

E assim que a gente estava de volta ao *Yorikke*, eles tinham o direito de ficar no cais e nos impedir de sair de novo do navio, porque a bandeira de partida estava hasteada, e aquilo significava que nossa liberdade tinha acabado de novo.

Stanislaw estava certo. "Você não pode mais desembarcar. E se você fizer isso, eles te pegam e te enfiam numa outra banheira-caixão, talvez ainda pior. Os defuntos vão te pegar de novo, das mãos da polícia também. E ainda vão agradecer. Entregando dez xelins nas mãos do fabricante de anjos. Eles vão te alimentar até conseguirem te vender pro próximo navio da morte que aparecer. Eles têm que se livrar de você. Eles não podem te deportar pro seu país de origem. Afinal, você não tem um."

"Mas eu não tenho que embarcar."

"Sim, você tem. O capitão vai dizer que te alistou com um simples aperto de mão. Ninguém vai acreditar em você, mas nele sim. Ele é um capitão, tem uma pátria, mesmo que não seja necessariamente a real e que ele não tenha mais o direito de voltar pra lá. Mas ele é um capitão. Você tem que embarcar. Ele te contratou. Nunca tinha visto você antes. Mas te contratou. Você tem que embarcar. Senão, vai ser um desertor."

"Mas, Stanislaw, agora me fala a verdade. Tem que haver alguma justiça nesse mundo", eu disse, achando que ele estava exagerando. "Esse aqui já é o meu quarto. É o seu primeiro. Eu conheço isso aqui de trás pra frente."

"Ninguém pode me forçar a nada. Eu vim pro *Yorikke* por vontade própria", retruquei.

"Sim, da primeira vez a gente vem um pouco por vontade própria. Mas se você estivesse com seus documentos em ordem, não ia ter vindo por vontade própria. Se seus documentos estão em ordem, ninguém vem até você com esse papo furado de aperto de mão, de que você é desertor e coisa e tal. Porque senão você pode ameaçar ir ao cônsul. E aí eles têm que te deixar descer e podem até te acompanhar. Se o cônsul te aceitar e te reconhecer, eles têm que te dar baixa. Não tem mais acordo na base do aperto de mão. O cônsul vai perguntar ao capitão: 'Quem é o senhor? Quando o navio foi inspecionado pela última vez? Quais as condições da tripulação, alimentação, remuneração, alojamentos?' Aí o capitão tem que deixar pra lá, e não vai falar mais em aperto de mão. E aí, você pode ir procurar o cônsul? Você tem algum documento? Uma pátria? Pois então... Eles podem fazer o que quiserem com você. Você não acredita em mim? Então desce, experimenta..."

"E você, não tem mais seu livrinho dinamarquês?", eu perguntei a Stanislaw.

"Que pergunta idiota! Se eu ainda tivesse, não estaria aqui. Assim que consegui meu lindo passaporte em Hamburgo, eu o vendi por dez dólares. Com aquilo, o sujeito não pode trabalhar num navio dinamarquês nem ir a um cônsul dinamarquês. Ele ia tomar o livrinho dele na hora, porque lá está registrado: isso aqui é uma boia furada. Não serve pra mais nada. Mas se for só pra circular internamente, aí meu livrinho vale cem dólares. Ah, se eu ainda tivesse meu livrinho! Eu confiei no meu passaporte tão elegante. Era como uma fortaleza, tão bom e tão seguro. Vendia saúde. Autêntico até as pupilas. Pra mim, valia mais do que dez juramentos. De qualquer lugar do mundo era possível obter informações em Hamburgo, sem resmungos. Era só dizer o número e a resposta já chegava: passaporte límpido como um diamante. Mas era só fachada. Uma bela aparência sem nada por trás."

"Por que você não tentou encontrar outro navio com ele?"

"Mas eu tentei, Pippip. Você não acha que eu teria me livrado de uma coisa tão fina sem confirmar meia dúzia de vezes se não funcionava mesmo? Encontrei um navio sueco. Olha, a gente ainda nem chegou ao estágio do cônsul. O capitão pegou o passaporte, deu uma olhada e me disse na hora: 'Conosco, nada feito. Eu nunca mais ia conseguir me livrar de você'."

"Mas os alemães teriam levado você", eu comentei.

"Pra começar, eles pagam uma ninharia. Bem, eu não me importava. Mas, assim que você chega, eles te jogam na cara: 'Não aceitamos polacos. Fora, polacos! Vão comer carvão na Alta Silésia! Suas goelas polacas não têm nada pra engolir, não é?', e por aí vai. Ia ser assim a viagem toda, se eles tivessem me contratado. E a tripulação ainda é dez vezes pior, tem dez vezes mais vontade de te xingar. Você não aguenta ouvir de manhã até à noite: 'Polaco imundo! Polaco de merda! Seu bosta! Vocês não querem ir arrematar Berlim, hein, seus polacos filhos da puta?'. Não dá pra aguentar, Pippip. É de se jogar do parapeito. O *Yorikke* ainda é preferível. Aqui, ninguém joga a sua nacionalidade na sua cara, porque ninguém pode se vangloriar da sua, já que ninguém mais tem uma."

E assim se passou um mês após o outro. Antes que eu me desse conta, já estava havia quatro meses no *Yorikke*. E eu que pensei que não aguentaria mais do que dois dias ali!

43

CRIAMOS O SER humano à nossa imagem, e demos a ele a capacidade de acreditar e de se habituar, pra que um dia ele não se volte contra nós. O *Yorikke* se tornou suportável. Na verdade, até que ele era um barquinho bem legal. A comida não era tão ruim como parecia. De tempos em tempos, a gente até ganhava um café da manhã pós-tempestade. Às vezes também tinha achocolatado com bolo de passas. E de vez em quando, meio copo de conhaque ou um copo grande de rum. Acontecia também de o cozinheiro liberar meio quilo de açúcar extra, quando a gente pegava no porão uns belos pedaços de carvão e levava pra ele usar na cozinha.

Dava pra aguentar a imundície dos alojamentos. Afinal, não tinha escova nem vassoura. Pra varrer, a gente usava uns sacos rasgados. Também não tinha sabão. E quando alguém comprava um pedaço, era pra uso pessoal, não pra ser usado na limpeza. Ninguém ali era maluco.

Os beliches também não eram tão duros como pareciam no início. Eu fiz pra mim uma almofada com lã de limpeza. Percevejos? Também tem em outros lugares. Não apenas no *Yorikke*. Dava pra aguentar muito bem. E ninguém parecia mais tão sujo e maltrapilho como nos primeiros dias. Até os pratos não estavam mais tão pegajosos.

A cada dia que passava, parecia que tudo ia ficando um pouco mais limpo, melhor e mais suportável. Quando os olhos observam por muito tempo a mesma coisa, deixam de vê-la. Quando, dia após dia, você estica seus membros cansados na mesma madeira dura, eles adormecem tão rápido quanto num colchão de plumas. Quando a língua sente todos os dias o mesmo gosto, ela se esquece dos outros sabores. Quando tudo ao seu redor está ficando menor, você não percebe que está encolhendo, e quando tudo ao seu redor está sujo, você não percebe o quanto também está.

Sim, o *Yorikke* era bastante suportável. Com Stanislaw, dava pra conversar muito bem. Era um cara esperto, inteligente, que já tinha visto muita coisa e tava sempre com os olhos bem abertos; seu cérebro não encolhia tão facilmente. Com os foguistas, também dava pra conversar de vez em quando. Eles sabiam contar uma ou outra novidade. Os marinheiros também não eram tolos. Os tolos nunca vinham se juntar aos mortos, e os medíocres, muito raramente. Pois eles sempre trazem tudo em ordem. Eles não correm o risco de cair do muro, porque nunca sobem nele pra ver o que tem do outro lado. Eles acreditam no que lhes é dito. Eles acreditam que do outro lado do muro existem assassinos incendiários. Claro, os incendiários estão sempre do outro lado do muro. E quem não acreditar e quiser subir no muro pra verificar e cair, bem feito! E se quiser ir até o outro lado pra vender pros assassinos os botões de calça que estavam sobrando, que pelo menos passe pelo portão. Porque assim é possível ver quem ele é; e assim, aquele guarda noturno que pregou as águias e o mastro da bandeira acima da porta, para que todos soubessem que ele é de fato o guarda noturno de seu país, não ficaria sem gorjeta. Quem não quiser dar gorjeta, nem tiver no bolso um papel carimbado atestando que é mesmo filho de sua mãe, deve ficar em casa. Liberdade, sim, mas ela tem que ser carimbada. Liberdade de ir e vir em todo o mundo, sim, mas apenas com a autorização do guarda noturno. O capitão me devia quatro meses de salário. Ia ser deduzido do adiantamento de cerca de cento e vinte pesetas. Ia sobrar um bocadinho de nada. Que ia ficar menor ainda quando convertido em libras.

Eu não queria ter trabalhado à toa e dar este dinheiro de presente ao capitão. E desse jeito eu ficava mais ainda na mão dele. Mas onde, quando e como me desalistar? Não tinha jeito. Nenhum porto confirmou o desalistamento. Sem documento, sem país de origem. Nunca iriam desalistar um sujeito assim. Não tinha como.

Só havia uma maneira de se desalistar. A dos gladiadores. Encalhar num recife. Ser comido pelos peixes. Quem conseguisse escapar ia ser jogado de volta na costa. Eles não poderiam varrer você de volta pra água. Náufragos. Desperta a compaixão das pessoas, especialmente dos habitantes da costa. Pros mortos não há misericórdia; com os náufragos, é um pouco diferente.

Então o guarda noturno do país sob cuja bandeira o navio se chocou com o recife deve se apresentar. Ele não paga pelo homem, mas por seu testemunho, o que turbina o seguro. Pois, se a notícia não chega, começa o prazo de espera da pessoa desaparecida, e isso significa uma considerável queda de juros. Uma vez transmitida a notícia e esgotada a piedade inspirada pelos náufragos, então as atenções se voltam para os mortos. De início, lentamente; depois, cada vez mais rápido. A empresa de navegação é responsável pelo sujeito, cabe a eles se livrar dele. Mas como? Nenhum capitão quer ficar com ele. Ele não pode mais se livrar dele. Então, manda pra um navio da morte. Ele não concorda, porque já sofreu o suficiente da última vez. Aperto de mão, tentativa de deserção, dez xelins de mão em mão, bandeira de partida hasteada. Bom dia, aqui estamos nós de novo! Os peixes estão esperando. Ele está chegando. Uma hora ele vem. Por causa do tubo de vidro, ou do funil de cinzas, de uma avalanche de carvão ou de um recife. Mas ele vem. Ele não pode conseguir uma pensão, casar, abrir um pequeno negócio de barcos. Sempre tem que retornar à arena. Até que se esquece de que está na arena. *Yes, Sir...*

Tínhamos chegado a Dakar. Um porto absolutamente correto. Nada a recriminar.

Limpeza das caldeiras. Limpeza das caldeiras quando as bocas acabaram de ser desligadas no dia anterior, e a caldeira vizinha ainda está sob pressão. E toda essa festa acontecendo numa região onde a gente diz: "Olha lá, aquelas estacas verdes com um grande 'E', lá é o Equador! Você também pode dizer Linha Meridional. Mas aí tem que tirar o 'E' e colocar uma placa com 'LM' no lugar. Mas tanto faz chamar de Equador ou de Linha Meridional, queima do mesmo jeito. Se você tocar o Equador, sua mão desaparece na hora,

como se tivesse sido cortada, e só vai sobrar um montinho de cinzas. Se você colocar uma barra de ferro sobre o Equador, ela derrete feito manteiga. Se você colocar duas lado a lado, elas viram uma solda autógena. Limpa, sem manchas, basta pressionar um pouco".
"Eu sei", disse Stanislaw. "A gente foi até lá, bem num Natal. O Equador ainda tava tão quente, que você podia abrir um buraco nas bordas grossas de ferro com o seu dedo. Nem precisava furar. Era só encostar o dedo que já fazia um buraco. E se você cuspisse nele, o cuspe evaporava e dali a pouco também abria um buraco. O capitão, na ponte de comando, notou isso e gritou: 'Vocês querem que o navio vire num coador de café?' Tapem esses buracos agora mesmo!'. E aí foi só a gente passar um pouquinho a mão ou o cotovelo por cima, que os buracos foram todos fechados. O metal era macio como massa de bolo. Os mastros de aço se dobraram como uma longa vela que você coloca em cima de um fogão aceso. Foi uma gritaria do caramba, até que elas se endireitassem. Com o Equador não se deve brincar!"

"Claro que não", concordei, "é por isso que colocaram uma paliçada de cada lado do Equador ao redor da Terra, com sinais de alerta. Dá até pra ver no mapa. Vocês cometeram a estupidez de atravessá-lo. A gente foi mais esperto e atravessou o túnel construído no fundo do mar. É bem frio, nem dá pra perceber que estamos abaixo do Equador."

"Conheço esse túnel. Mas a empresa não quis pagar. Eles cobram um xelim por tonelada. Como a gente entra lá?"

"Cara, é muito fácil. Tem um buraco enorme no mar, o navio se precipita nele, a proa primeiro, atravessa e sai do outro lado, onde tem um buraco parecido."

"É muito fácil mesmo", admitiu Stanislaw. "Imaginei que fosse muito mais difícil. Achei que o navio tinha que entrar em algum tipo de roupa de mergulho e então descia até o fundo. E que lá embaixo ia ter uma máquina pra puxar o navio, e então ele ia descer ao longo de trilhos com engrenagens e, do outro lado, puxado para cima de novo."

"Também daria pra fazer assim, mas seria mais complicado. E custaria mais de um xelim a tonelada."

"Mas que merda, pelo amor de Deus, vocês não vão parar de tagarelar aí em baixo, não?", gritou o mecânico-assistente, enfiando a cabeça no bueiro. "Se vocês continuarem conversando, o trabalho não vai avançar."

"Desce aqui, seu desgraçado, se quiser que eu enfie um martelo no seu crânio", eu gritei descontrolado, meio louco por causa do calor. "Vem limpar sua caldeira sozinho, seu pilantra, seu desgraçado! Tenho mais umas coisinhas pra te dizer!"

Eu queria que ele me denunciasse e eu fosse demitido. Eles iam ser obrigados a me dar baixa e o meu dinheiro. Mas eles eram espertos demais para isso. "Eles são como oficiais em tempo de guerra", disse Stanislaw. "Você pode insultá-los e dar um soco na cara deles, que eles não te denunciam. Eles preferem te ver do lado de fora do que confortável na prisão." Limpar as caldeiras abaixo do Equador, quando o fogo foi apagado há apenas um dia e a caldeira vizinha ainda estiver sob pressão... Meus senhores! Comerás o teu pão com o suor do teu rosto. Ficamos completamente nus, mas as paredes estavam tão quentes que tivemos que nos vestir e fazer almofadas com sacos rasgados para colocar debaixo dos joelhos e evitar queimaduras.

Era hora da raspagem. E como as pedras da caldeira produziam pó! Era como se a gente raspasse os pulmões e a garganta com vidro. Quando a gente mexia a boca, os dentes rangiam, como se estivessem moendo areia, triturando alguma coisa, e uma dor terrível percorre toda a medula espinhal, como se ela estivesse sendo perfurada bem fundo.

A caldeira em si não é muito espaçosa. Mas ali também estão os dutos, que nos obrigam a rastejar de costas ou de bruços, pra conseguir limpar em todos os lugares. A gente se contorce entre eles feito uma cobra. Se a gente encosta em algum ponto com as mãos nuas, está tão quente quanto uma boca de fogão acesa. E uma pedra da caldeira voa nos olhos. E aqueles grãozinhos duros e pontudos provocam uma dor que você pensa que está ficando louco. Eles são retirados com dedos sujos e suados, e o olho fica vermelho por causa da tortura que sofreu. As coisas melhoram por um momento, então, bum! Mais uma lasquinha afiada entra no olho, e a tortura recomeça.

Óculos de proteção? Custam dinheiro. O *Yorikke* não tem dinheiro para gastar com essas bobagens. Durante séculos o trabalho foi feito sem eles, pode continuar assim hoje. Além disso, na maioria das vezes esses óculos não são tão eficazes. Ou você não consegue ver nada através deles, ou eles estão muito apertados, ou o suor escorre na película protetora e arde em seus olhos.

Se as lâmpadas fossem elétricas, aliviaria um pouco nossa tarefa. Mas nossas lâmpadas eram as de Cartago. Em cinco minutos a caldeira está toda preta e cheia de fumaça. Mesmo assim, a gente tem que continuar a raspar.

E dentro da caldeira os martelos ressoam como se mil trovões estivessem batendo bem dentro do seu tímpano. Não é uma ressonância elástica, mas uma pulsação estridente, que bate e vibra.

Depois de cinco minutos, temos que sair pra respirar um pouco. Estamos cozinhando em suor, os pulmões estão quentes e latejando, o coração bate como se quisesse saltar do peito, e nossos joelhos estão tremendo.

Ar, só ar! Custe o que custar. Sentimos a brisa do mar, que pra nós parecia mais uma tempestade de neve em Saskatchewan. Uma grande espada atravessa todo o nosso corpo. Estamos congelando e tremendo e querendo retornar às brasas quentes da caldeira.

Mais cinco minutos, e a gente grita: "Ar!" Nós três, que estávamos lá dentro, corremos pro bueiro por onde temos que nos espremer. Mas só cabe um de cada vez e, ainda assim, girando e se contorcendo como um gato. Enquanto alguém está subindo, não entra nem um único sopro de ar na caldeira. Com muita dificuldade, consigo ser o segundo a subir. Deslizo meus braços para dentro e me espremo todo. O foguista cai no chão com toda a força. Ele perdeu a consciência.

"Stanislaw! O foguista desmaiou!", grito com o último suspiro que me resta. "Se a gente não tirar ele de lá, ele vai sufocar e morrer."

"Um mi... minu... minuto, Pip... Ainda não recuperei o ar."

Não demora muito pra que a espada volte a perfurar nossos corpos e nos dê vontade de descer de volta pro calor escaldante da caldeira.

Pegamos uma corda. Eu desço me contorcendo e amarro o foguista. E então tentamos tirá-lo dali. É o mais difícil. Sozinho, dá pra se contorcer pra lá e pra cá, mas tentar fazer isso com alguém desfalecido requer uma paciência infinita, destreza e conhecimento de anatomia. A cabeça consegue passar rápido, mas não os ombros.

Por fim, amarramos os ombros como um pacote, bem apertado, prendemos no corpo, e aí conseguimos içar.

Em vez de levá-lo pra tempestade de neve, o deitamos na caldeira, e até o colocamos perto do fogo da caldeira vizinha. Desamarramos seus ombros.

Ele não está mais respirando. De jeito nenhum. Mas seu coração está batendo. Fraco, mas com regularidade. Derramamos água sobre sua cabeça e pressionamos um saco molhado em seu peito. Depois o abanamos no rosto, sopramos nele como se sopram brasas, e por fim o colocamos sob a biruta.

Stanislaw teve que subir e colocar a biruta na direção do vento pra que o ar fresco chegasse ao foguista.

É claro que, numa hora dessas, o pilantra do mecânico-assistente desaparece. Mas basta que a gente comece a conversar alguma coisa na caldeira pra ele enfiar aquela careta nojenta no bueiro e bloquear o nosso ar com aquela fuça enorme que ele tem. Ele vai acabar levando uma martelada, mesmo se estiver morto. Ele podia pelo menos trazer um copo de rum pro foguista, aquele filho da puta!

A gente nem ia querer beber. Só um golinho. Pra tirar a poeira dos dentes e da garganta. O foguista está debaixo da biruta e começo a mexer nos braços dele. Aos poucos, ele volta a si. E vai melhorando. Quando a gente o levantou, o colocou sentado na pilha de carvão e o empurrou no canto pra ele poder se apoiar nas costas, o mecânico-assistente resolveu aparecer.

"Que diabos vocês estão fazendo?", ele gritou imediatamente. "Vocês acham que estão sendo pagos pra vadiar?"

Tanto eu quanto Stanislaw, ou nós dois, poderíamos ter dito: "O foguista estava...".

Mas nós dois tivemos o mesmo sentimento, e nosso instinto estava certo de novo.

Os trabalhadores só precisam ouvir o seu instinto pra agir corretamente.

Ao mesmo tempo, sem dizer nem uma palavra, a gente se curvou, cada um pegou uma grande bola de carvão e, no mesmo instante, a jogou bem na fuça do mecânico-assistente.

Com os braços em volta da cabeça, ele saiu correndo. Stanislaw correu alguns passos atrás dele e gritou: "Seu sapo venenoso, se você tirar meio xelim por conta desse carvão que a gente pegou, na próxima viagem você vai parar no canal de fogo e depois no funil de cinzas. E você pode cuspir na minha cara se eu não cumprir minha promessa, seu mecânico de merda!".

O mecânico de merda não nos denunciou ao capitão. A gente não estava nem aí. A gente ia adorar ir pra prisão em Dakar. Ele também não tirou nem um centavo da gente. Enquanto durou a limpeza das caldeiras, e durou vários dias, ele não se aproximou mais. A partir daquele dia, ele ficou cheio de dedos com a gente e adquiriu habilidades diplomáticas que o primeiro mecânico jamais teve. Ter à mão um carvão, um martelo ou um atiçador que você sabe usar na hora certa faz milagres.

Depois de limpa a caldeira, recebemos dois copos de rum e um adiantamento. Fomos pra cidade dar uma olhada. A gente sempre pensa que pode encontrar uma pessoa inesperada. Eu poderia ter me mandado com algum navio francês que estivesse indo pra Barcelona. Mas eu não queria dar meus quatro meses de salário ao capitão. Por que eu deveria trabalhar de graça? Então deixei o simpático francês sozinho. Stanislaw poderia ter embarcado num norueguês que partia pra Malta. Mas ele tinha as mesmas motivações que eu. O pagamento. E ele tinha mais pra receber do que eu.

Então ficamos rodando pelo porto.

Stanislaw montou no norueguês, e eu continuei vagando sozinho.

44

LÁ LONGE ESTAVA ancorado o *Empress of Madagascar*, a *Imperatriz de Madagascar*, um navio inglês de nove mil toneladas, talvez até mais. Taí uma banheirinha ideal para dar uma voltinha, tentar sair um pouco da tumba, fazer um passeio. Um belo barquinho. Envernizado. Limpo. Até o ouro ainda não estava desgastado. A tinta brilhava de tão nova. Mas não tinha a menor chance, aquele filé não era pro nosso bico. Ele te sorri todo faceiro, pisca pra você com os cílios bem maquiados, um verdadeiro prazer! Vamos lá dar uma olhada mais de perto nessa criaturinha tão graciosa.

Caramba, se não fosse pelo salário, eu realmente tentaria a minha sorte. Mas não vou deixar minha grana pra eles. Se pelo menos eu conseguisse que o mecânico-assistente me demitisse. Talvez trocando bola de carvão na cara por agitação bolchevique? Mas eles estão se lixando. Pode agitar o quanto quiser que eles não vão te demitir. E se você for longe demais, eles te tiram quinze dias de pagamento. Você vai ter trabalhado pra nada.

Se o *Empress* partir antes do *Yorikke* e eu estiver a bordo com salário de emergência, aí eles não podem fazer mais nada. Mas onde a *Imperatriz* ia me deixar? Ela não pode me levar pra Inglaterra, ela não ia mais poder se livrar de mim. E ela tem que se livrar de mim. Mas onde? Ela vai me passar pra um navio da morte, no meio do caminho ou num porto qualquer, onde houver um hangar.

Bem, mas não custa perguntar.

"Olá!"

"Olá! *What's up?*"

O sujeito que me responde está usando um gorro branco.

"*Ain't no chance for a fireman, chap?*", eu grito para ele.

"Documentos?"

"*Nosser.*"

"*Sorry.* Sinto muito, nada a fazer."

Eu já sabia. Uma mocinha tão imaculada. Tudo deve estar em ordem. O pretendente deve ser aprovado. E ela ainda tem uma mãe pra tomar conta dela. Mamãe Lloyd, em Londres.

Segui caminhando ao longo da banheira. A tripulação está sentada no convés da popa, jogando cartas. Caramba, mas que inglês é esse que eles falam? Ah, é *yorikkês!* E num navio inglês impecavelmente envernizado, onde o ouro ainda nem desbotou? Tem alguma coisa errada. Eles jogam cartas, mas não discutem.

Vamos olhar mais de perto. Mas o que é isso, eles estão ali, jogando como se estivessem sentados em seus próprios túmulos, cercados pelos seus vermes! Eles têm o que comer, parecem bem saciados. Mas por que esse jogo de cartas tão tristonho e esses rostos tão sombrios nesse navio inglês novo em folha? Tem alguma coisa errada. E o que é que essa banheira tá fazendo aqui no porto de Dakar? Qual é a carga dela?

Ferro. Ferro velho. Na África Ocidental? Logo abaixo do Equador?

Ferro velho? Bem, a mocinha tá voltando pra casa com lastro e levando ferro velho. Pra Glasgow. Paga pelo menos a metade da viagem. Ferro velho é melhor do que areia e pedras.

Mesmo assim... o belo e novo barquinho *Empress* não consegue nenhuma carga aqui na África pra levar pra Inglaterra? Estranho.

Se eu me deitasse na praia por três horas, ia acabar descobrindo o que acontece com essa reluzente *Imperatriz*. Ela não seria... Ah, cara, você já tá meio maluco, vendo fantasmas por toda parte. A *Imperatriz de Madagascar*, essa teteia robusta e de tez rosada já tinha começado a rodar bolsinha? Toda maquiada?

Não, ela não tá usando maquiagem. Ela é assim ao natural. Tem menos de três anos. É tudo autêntico. Nem mesmo um rebite tá faltando em seu casco. Tudo é impecável, esbanja saúde de cima a baixo. Sim, mas e a tripulação? E a tripulação? Ali tem alguma coisa errada.

O que eu tenho com isso? Toda criança quer ser feliz.

Eu volto pro norueguês.

Subo a bordo. Stanislaw ainda está lá, sentado no alojamento e conversando com alguns dinamarqueses. Enfiou no bolso uma caixa de boa manteiga dinamarquesa e um pedaço de queijo de primeira.

"Pippip, você chegou bem a tempo de pegar o jantar, uma legítima refeição dinamarquesa, bem típica e nutritiva", diz Stanislaw.

A gente não se faz de rogado e se junta a eles.

"Vocês viram o inglês ali, o *Empress*?", pergunto quando estamos todos comendo no refeitório.

"Ele já está por aqui há algum tempo", disse um.

"Bela garota", eu continuo sondando.

"Por fora, bela viola, por dentro, pão bolorento", fala um dos dinamarqueses.

"Ah é? Ele tá podre? Por quê? Mas é bem novo."

"Sim, é novo!", diz um outro em seguida.

"Você pode se alistar lá, se quiser. Vão te receber de braços abertos. Todo dia você vai receber uma refeição de presidiário. Assado e pudim."

"Caramba, até que enfim! Agora entendi tudo!", eu disse então.

"O que tá acontecendo? Eu tentei minha sorte. Nada a fazer."

"Rapaz, você não parece um marinheiro de primeira viagem. É um carro fúnebre."

"Você deve estar completamente louco, ou bêbado!"

"Um carro fúnebre, estou lhe dizendo", repete o dinamarquês, servindo-se de café.

"Quer mais café? Não precisa economizar leite, açúcar ou manteiga. A gente tem de sobra. Você pode levar uma caixa de leite. Quer?"

"Sua pergunta me deixa até emocionado. Estou com lágrimas nos olhos", digo enquanto encho minha xícara de café, café mesmo, feito com grãos de verdade. Eu tinha até esquecido como era o gosto. No *Yorikke*, havia só uma mistura com vinte por cento de café, que era pra nos poupar de problemas cardíacos.

"Um carro fúnebre, eu repito."

"O que você quer dizer com isso? Que eles levam os corpos dos soldados americanos da França pra América, pra que as mães de lá possam encher os túmulos com vasos de flores, se alegrem com as homenagens e consigam se empolgar com a guerra em nome do fim de todas as guerras?"

"Mas não fale assim como um estrangeiro, cara. Ele transporta cadáveres, mas não de soldados caídos na França."

"Leva quem, então?"

"Uns anjinhos. Anjinhos marinheiros. Cadáveres de marinheiros, tá, seu cabeça de bagre, será que você entendeu agora?"

"A bordo do *Imperatriz*?"

"Meu Deus, mas você é mais burro que uma porta!"

"É claro que eles estão a bordo da tia. E logo a sete palmos. A igrejinha da aldeia deles já pode preparar a placa em homenagem. Não vão mais ter seus nomes esquecidos. Se você quer ter o seu gravado numa placa na igreja da sua aldeia, é só ir com eles. Vai ser muito chique ter *Imperatriz de Madagascar* gravado ao lado do seu nome. Soa bem. Muito melhor do que ter Berta, Emma ou Nordcap gravado ao lado. Você também tem que pensar quem vai ser o seu vizinho na placa. Porque esse nome, *Imperatriz de Madagascar*, causa impacto."

"Por que ele já navega com seguro?"

Eu ainda não tinha entendido direito. Devia ser só falatório. Inveja pura, porque eles não estavam navegando naquela banheira novinha.

"Até uma criança consegue entender."

"Mas faz no máximo três anos que ele deixou de usar fraldas", retruquei.

"Isso finalmente prova que você parou de usar fraldas há um pouco mais de tempo. Aquele navio tem exatamente três anos. Foi construído pra viagens de longa distância, Extremo Oriente, América do Sul. Ele devia girar quinze nós. Estava nas especificações. Quando tentaram, ele chegava apenas a seis e, quando as coisas iam bem, a seis e meio. Ele não aguenta. Então vai à falência."

"Poderiam reformar."

"Já tentaram duas vezes. Ia ficando cada vez pior. No princípio, atingiu oito nós. Depois das modificações, só seis. O jeito é afundar e conseguir o seguro. Eles devem ter um esquema caprichado pra conseguir um seguro no Lloyd's. Mas vai tudo afundar."

"E agora ele vai ter que ir pro mar."

"Ele já tentou duas vezes. Mas não deu certo. Na primeira vez, encalhou na areia. Devagar como se estivesse fazendo um carinho. As comemorações já estavam a todo vapor em Glasgow. Mas então veio o mau tempo com uma maré assassina, e levantou a nobre senhora da areia. Uma verdadeira ascensão, com direito a tambores e trombetas. E ela, toda alegre, conseguiu manobrar. O capitão deve ter xingado à beça. A segunda vez foi na semana passada, a gente já estava aqui, e ele foi lá na frente se meter entre duas falésias. Ficou preso. O rádio estava desligado. É claro. O capitão teve que içar bem as bandeiras. Questão de decência. Sempre pode haver testemunhas. Um barco patrulha francês se aproximou bem no momento em que o capitão já ia desembarcando. O barco embandeirou, gritando: 'Espere! Socorro a caminho!'. O capitão xingou de novo. Eu só queria saber como ele deve ter corrigido o diário de bordo! Ele tinha organizado tudo tão direitinho! Ele deve ter gastado muita borracha. Ele tinha cometido um erro grosseiro. Bem, é verdade que não havia outro jeito. Mas a maré estava baixa. Então vieram três rebocadores e o puxaram das falésias na maré alta. Quanta elegância! Saiu sem nenhum arranhão. Um maldito azar. E ainda por cima tendo que pagar os custos do resgate. Tudo deduzido do seguro. Resta saber se o seguro vai cobrir os custos. Vai depender do diário."

"E agora?"

"Agora ele entrou em desespero. Vai ter que funcionar. Ele não consegue se safar três vezes. Senão a seguradora vai exigir uma investigação e cancelar a apólice. Ela designará um novo capitão, de confiança. E fim. E aí o *Empress* tem que ser demolido. Porque ele não tem condições de navegar."

"Por que ele está há tanto tempo aqui, se não há reparos a serem feitos?"

"Ele não pode zarpar. Não tem foguista."

"Besteira! Podiam ter me contratado. Eu disse que era foguista."

"Você tem documentos?"

"Não seja estúpido, cara."

"Se você não tem, ele não te pega. Precisa manter as aparências. Recrutar os mortos levantaria suspeitas contra ele. Não faz diferença se você é zulu, hotentote ou surdo-mudo. Mas você deve ter seus documentos e ser experiente. Pessoas inexperientes não são bem-vindas, pois a seguradora pode implicar e causar problemas. Os foguistas se mandaram. Eles se queimaram de propósito e estão no hospital. Senão, não iam conseguir continuar. Os foguistas são os que correm o maior risco. Eles não podem sair em caso de emergência. A água logo chega às caldeiras, e elas geralmente explodem. Eles logo trataram de se livrar de uma inflamação de pulmões explosiva."

"Ele agora está esperando os foguistas saírem do hospital?"

"Eles não servem mais. Eles não precisam mais voltar, se não quiserem. Eles podem dar baixa sem nenhum problema. Eles têm documentos impecáveis e só terão que esperar tranquilamente por outro navio."

"Então como essa tia pensa em seguir viagem?"

Todo mundo começou a rir, e aquele que parecia ter pesquisado melhor o assunto disse:

"Eles sequestram. Raptam. Eu posso te dizer entre nós, cara. Sim, ela é uma senhora bonita e elegante, essa *Imperatriz de Madagascar*. Por fora, bela viola, por dentro, pão bolorento. Melhor não ir lá cheirar."

O *Yorikke*, em comparação, é uma senhora muito respeitável. Ele não engana ninguém. Ele é o que parece. Honesto até a raiz dos cabelos. Estou começando a me apaixonar pelo *Yorikke*.

Sim, *Yorikke,* eu tenho que admitir: eu te amo. Te amo sinceramente, pelo que você é. Eu tenho em minhas mãos seis unhas preto-azuladas, e nos meus pés, quatro unhas verde-azuladas. Tudo por causa de você, querido *Yorikke.* Grades caíram em meus pés e cada uma das minhas unhas tem uma história dolorosa pra contar. Meu peito, minhas costas, meus braços, minhas pernas carregam cicatrizes de queimaduras graves. Cada uma das minhas cicatrizes nasceu de um grito de dor que eu dedico a você, meu amor.

Seu coração não mente. Seu coração não chora se não tiver vontade, não exulta se não sente alegria. Seu coração não mente, ele é puro e brilhante como ouro legítimo. Quando você ri, minha querida, sua alma, seu corpo, seu alegre vestido de cigana também riem. E quando você chora, amor da minha vida, até o implacável recife por onde você passa chora junto.

Nunca mais quero te deixar, minha amada, nem por todo o ouro do mundo. Quero sair por aí com você, cantar com você, dançar com você e dormir com você. Eu quero morrer com você, dar meu último suspiro em seus braços, cigana dos mares. Você não se gaba de seu passado glorioso nem de suas antigas raízes junto à tia Lloyd em Londres. Você não se gaba em seus trapos, nem brinca com eles. Estas são suas roupas legítimas. Você dança nesses trapos, alegre e orgulhosa como uma rainha, cantando sua canção cigana, sua canção esfarrapada:

A CANÇÃO DO NAVIO DA MORTE

Julgais meus trapos ultrajantes?
Eles carregam minhas lágrimas e meu sorriso.
Vos incomoda o meu semblante?
Da vossa piedade eu não preciso.

É da vossa conta o que me agrada?
A vida é minha, não vos devo nada.
Em vosso céu não quero entrar.
É no inferno que eu prefiro estar.

Dispenso vossa compaixão,
Mesmo que eu tenha mortos pra carregar,
Conheço o insulto e a humilhação,
Nada pode me assombrar.

Na ressureição não acredito,
Se existem deuses, eu duvido,
O Dia do Juízo eu renego.
E ao fogo do inferno eu me entrego.

Opa, opa, para o mar,
Opa, opa, navegar!

TERCEIRO
LIVRO

Há tantos barquinhos
Navegando pra lá e pra cá,
Mas nenhum pode ser tão mesquinho,
Que não exista outro de sorte tão má.

45

SE QUISER CONSERVAR SUA ESPOSA, TALVEZ VOCÊ NÃO DEVA amá-la demais. Senão ela pode ficar entediada e correr pros braços de outro, pra ser espancada.

Era muito, muito suspeito que, de uma hora pra outra, eu começasse a amar o *Yorikke* tão profundamente. Mas quando a gente acaba de ouvir histórias horríveis de sequestros, e tem num dos bolsos uma lata de leite e, no outro, uma boa manteiga dinamarquesa, pode ser atingido por sentimentos de amor por aquela que, em seus farrapos, é mais adorável do que um ladrão de cadáveres em trajes de seda.

Mas esse amor crescente continuava sendo suspeito. Havia alguma coisa errada. Tinha a ver com o funil de cinzas. E agora com o *Yorikke* também, que eu começava a amar com o peito em chamas. Eu não estava gostando disso. Não estava certo.

Não dava mais pra suportar o alojamento. O ar tropical era pesado e comprimia o cérebro.

"Vem, vamos sair de novo", sugeri a Stanislaw. "A gente passeia um pouquinho à beira d'água enquanto espera refrescar. Por volta das nove a brisa sempre aumenta. Aí a gente volta e se deita no convés."

"Tem razão, Pippip", admitiu Stanislaw. "Aqui não tem como dormir, nem ficar sentado. A gente pode ir até o holandês que tá lá adiante. Pode ser que eu veja algum conhecido."

"Tá com fome ainda?"

"Não, mas pode ser que eu peça emprestado um pedaço de sabão e uma toalha. Seria muito bom se eu conseguisse isso pra mim."

Fomos andando devagar. A noite foi caindo. O porto estava mal iluminado. Nenhum navio sendo carregado. Os navios brilhavam sonolentos em meio à escuridão.

"O tabaco que os noruegueses deram pra gente não era lá essas coisas", eu disse.

Eu mal tinha terminado de dizer isso e de me virar pro Stanislaw pra pedir fogo, quando recebi um golpe violento na cabeça. Senti muito claramente o golpe, estava consciente, mas não conseguia me mexer. Minhas pernas foram ficando estranhamente pesadas, e eu caí. Eu ouvia zumbidos e rugidos terríveis ao meu redor, e doía demais.

Mas tive a impressão de que não havia passado muito tempo. Eu me levantei atordoado e quis continuar com minha caminhada. Porém, bati contra uma parede. O que estava acontecendo? Fui pra esquerda, e também existia uma parede. E à direita tinha outra, e atrás de mim também. Estava tudo escuro. Minha cabeça zumbia e parecia que ia explodir. Eu não conseguia pensar, fiquei exausto, e voltei a me deitar no chão.

Quando eu acordei de novo, as paredes continuavam lá. Mas tive dificuldade de me levantar. Eu estava balançando. Não, não era eu, era o chão que estava balançando. Puta que pariu, agora eu entendi o que está acontecendo. Eu estou num navio, numa banheira, e em mar aberto. Ele avança, muito feliz. As máquinas estão em pleno funcionamento.

Com os dois punhos, e por fim também com os pés, eu bato nas paredes. Parece que ninguém está me ouvindo. Depois de muito tempo batendo nas paredes e acompanhando minhas batidas com gritos, uma escotilha se abre e alguém ilumina o lugar com uma lanterna.

"Já passou o porre?", alguém me pergunta.

"Parece que sim." Ninguém precisa me dizer nada. Eu já sei o que houve. Sequestro. Estou no *Empress of Madagascar*.

"Você tem que ir ver o capitão", o sujeito me diz.

É dia claro lá fora. Subo a escada que o sujeito empurra pela escotilha, e logo me encontro no convés.

Eles me levam ao capitão.

"Vocês são gente fina mesmo!", gritei assim que entrei na cabine.

"Perdão?", diz o capitão com toda a calma.

"Sequestradores. Raptadores. Criadores de anjos. Ladrões de cadáveres. Isso é o que vocês são!", gritei.

O capitão continua impassível e acende calmamente um charuto: "Parece que você ainda não ficou completamente sóbrio. Eles vão ter que mergulhar você em água fria pra ver se o fogo baixa".

Olho pra ele sem dizer palavra.

Ele aperta um botão, o comissário chega, e o capitão diz dois nomes pra ele.

"Sente-se", ele me diz depois de um tempo.

Dois tipos sinistros entram. Caras de bandido.

"É ele?", pergunta o capitão.

"Sim, é ele", confirmam os dois.

"O que você está fazendo no meu navio?", o capitão me pergunta no tom de um presidente de tribunal de justiça. Ele está rabiscando com um lápis um papel à sua frente.

"É o que eu gostaria de saber do senhor, o que eu estou fazendo aqui", respondo.

Um dos dois bandidos começa a falar. Eles devem ser italianos, a julgar pelo inglês deficiente.

"A gente tava indo limpar o depósito 11 e lá achamos o cara bêbado, deitado num canto, dormindo feito uma pedra."

"Bem, isso está claro", disse o capitão. "Você pretendia ir clandestinamente pra Inglaterra no meu navio. Você não vai negar, vai? Infelizmente, não posso te jogar ao mar, o que, aliás, é o que eu deveria fazer. Você merece que eu te amarre meia dúzia de vezes na torre pra curtir seu couro. Só assim pra você entender que um navio inglês não é um refúgio de criminosos procurados pela polícia."

Eu ia dizer o quê? Ele ia mandar aqueles condenados italianos moerem os meus ossos se eu dissesse o que eu penso deles. Ele faria isso até por conta do que eu já tinha dito a ele logo de cara. Mas pra ele era interessante que eu continuasse com meus ossos em boas condições.

"Qual a sua função?", ele então me perguntou.

"Sou só um marinheiro de convés."

"Você é foguista."

"Não."

"Você não se ofereceu aqui ontem como foguista?"

Sim, eu tinha feito isso. Foi o meu erro. Desde então, eles não tiraram mais os olhos de mim. Se eu tivesse me oferecido como marinheiro, talvez eles não se interessassem por mim. Era de um foguista que eles estavam precisando.

"Então você é foguista e está com sorte, porque dois dos meus foguistas ficaram doentes, então você pode trabalhar aqui. Você vai receber salário inglês, quinze libras e dez centavos. Mas não posso te alistar. Chegando à Inglaterra, vou ter que te entregar às autoridades e, dependendo da benevolência do juiz, você deverá cumprir uma pena de dois a seis meses de prisão; e depois, claro, será deportado. Por outro lado, enquanto estivermos no mar, você será tratado como membro regular da tripulação do nosso *Empress of Madagascar*. Podemos nos dar muito bem se você fizer o seu trabalho. Caso contrário, você fica sem água, meu caro. Então acho melhor que a gente se entenda. Seu turno começa ao meio-dia. Os turnos são de seis em seis horas. Pelas duas horas adicionais, você vai receber meia coroa." Então agora eu era foguista no *Empress of Madagascar*, rumo à placa comemorativa na igreja do vilarejo. E como eu não tinha nenhuma igreja em nenhum vilarejo, nem essa honra eu ia ter.

O salário era bom, dava pra juntar um dinheirinho. Mas na Inglaterra eu seria preso por embarque clandestino, e depois talvez pegasse mais alguns anos esperando pela deportação. Mas aí é que tá! Eu não ia receber dinheiro nenhum, porque os peixes não vão pagar o meu salário. Se eu escapo ileso, também não recebo nem um centavo. Não sou registrado. Nenhuma autoridade inglesa reconhecerá este alistamento forçado. A prisão e a deportação não me afetavam. A gente não ia chegar à Inglaterra. Então, nem precisava me preocupar. Vamos dar uma olhada nos botes. Eles estão prontos. Vai acontecer nos próximos dias. A primeira coisa a fazer é procurar um jeito de sair da caldeira a todo custo. Ao primeiro rangido, saio de lá e corro pra cima feito um demônio.

46

Os alojamentos parecem salas de estar. Limpos e novos. Só que têm um cheiro insuportável de tinta fresca. Nos beliches, há colchões, mas não travesseiros, nem cobertores ou lençóis. Ei, *Empress of Madagascar*, você não é tão rico quanto parece olhando de fora. Ou eles já deram um destino a tudo o que podia ser aproveitado. Também não tem louça. Mas a gente se vira com o que encontra aqui ou ali. É um rapazinho italiano quem traz a comida. Esse serviço, portanto, a gente não precisa fazer. A comida é excelente. É claro que eu tenho uma outra ideia do que seja comida de presidiário. Ah, França querida!

Alguém me explica que ali não entra rum. O capitão é abstêmio, que estranho! Mas suco de limão tem, é lógico! Eles são mesmo uns azedos.

Navio onde não tem rum fede a estrume.

Estou sentado à mesa do pessoal das caldeiras.

O ajudante chama quem estava dormindo pra comer. Entram dois negros enormes, os estivas. Em seguida, vem um foguista que não está cumprindo turno. Esse eu conheço. Já vi a cara dele antes. Ele está com o rosto inchado e a cabeça enfaixada.

"Stanislaw! É você?"

"Pippip, você também?"

"Como você tá vendo. Pegaram nós dois."

"Você ainda teve sorte. Eu ainda tive que lutar com eles. Depois do primeiro soco, consegui me levantar logo. Você tava lá deitado, tinham te acertado em cheio. De repente, você mexeu a cabeça, eu me curvei na sua direção, foi aí que eu senti que eles me acertaram um golpe meio desajeitado. Eu me levantei rápido. E então a luta começou para valer. Logo tinham quatro em volta de mim. E aí eles me bateram com alguma merda na cabeça."

"E que história eles inventaram pra você?", perguntei.

"Que eu tinha me metido numa briga, esfaqueado alguém, e vim me esconder na banheira porque a polícia estava atrás de mim."

"Eles me contaram uma história parecida, esses sequestradores!", eu disse.

"Nosso salário do *Yorikke* já era, e aqui a gente não vai receber nem um tostão."

"Vai ser só por uns dias. Acho que até depois de amanhã, no máximo. E num lugar que não poderia ser melhor. Esse aqui vai poder descansar tranquilamente, como se fosse uma pintura. Ninguém vai bisbilhotar. Um exercício de resgate está marcado pras cinco horas. Você não percebeu? A gente não vai participar, vai ser durante o nosso turno. Nós dois somos do bote 4, foguistas do turno das doze às quatro. Eu vi na lista que está pendurada no corredor."

"Você já viu como é a caldeira?", perguntei.

"Doze fornalhas. Quatro foguistas. Os outros dois são negros, assim como os estivas. Aqueles dois que estão sentados ali."

Stanislaw apontou pros sujeitos robustos, que engoliam indiferentes a comida e mal notaram nossa presença.

Fizemos nosso turno ao meio-dia. O anterior tinha sido feito pelo *donkeyman* e pelos dois negros. Nas fornalhas, o fogo não estava grande coisa, e a gente precisou de umas duas horas de trabalho duro até que elas se recuperassem. Tinha escória por toda parte; os foguistas negros não entendiam muito de recolher cinzas. Eles apenas jogavam o carvão lá dentro e já se davam por satisfeitos. Eles pareciam ignorar que manter o fogo é uma arte que alguns nunca vão aprender, ainda que eles certamente já trabalhassem há alguns anos à frente das caldeiras, e num bom número de navios.

Já as grades não davam muito trabalho. Se uma queimava, dava para substituir logo, sem que ela caísse e ainda derrubasse outras. Os estivas, negros enormes, com braços do tamanho de coxas e uma estrutura corporal que fazia a gente pensar que eles eram capazes de carregar uma caldeira inteira nos ombros, carregavam o carvão com uma lentidão incrível, e a gente teve que dar uma devida bronca pra que eles resolvessem trabalhar direito. Ficavam reclamando do calor, da falta de ar, que não estavam conseguindo engolir direito por causa da poeira e que iam morrer de sede.

"É, Pipipp, no velho *Yorikke* a gente dava um duro danado. O que esses dois fazem com esse tamanho todo? Antes que eles consigam juntar meia tonelada, eu já trouxe seis, e sem perder o fôlego. E olha que aqui o carvão fica bem debaixo do nariz deles."

"Justo agora a semana ia começar bem no *Yorikke*", eu disse. "Ela tinha acabado de ser carbonizada e os depósitos estavam abarrotados. A próxima viagem ia ser bem divertida! Chega! Que o *Yorikke* se dane. Agora a gente tem outras preocupações. Eu dei uma olhada em volta."

"Eu já dei uma olhada também", disse Stanislaw. "A gente precisa achar os respiradores. Pela escada, a gente nem sempre consegue. Ela geralmente se quebra quando a banheira sofre a colisão. E quando as caldeiras ou os canos começam a roncar e a cuspir, a escada vira uma ratoeira. Você fica preso. Não dá nem pra descer nem pra subir."

"O porão de cima tem uma escotilha que dá pro convés", eu disse. Eu tinha acabado de ir lá em cima dar uma olhada. "A gente sempre tem que deixar a escotilha preparada, quando estiver indo pro nosso turno. Vou fazer uma escada ripada, pra gente deixar sempre por perto. Qualquer barulho, a gente sai na hora, e corre para a escotilha do convés."

A gente não se matava de tanto trabalhar. Os mecânicos também pareciam não se importar. Enquanto a máquina estivesse funcionando, tudo certo. Se ela andasse rápido ou devagar, não fazia diferença.

Tudo poderia ter ocorrido de acordo com as regras. Meia dúzia de furos na parte debaixo do casco, de no máximo meia polegada, e a *Imperatriz* e o seu carregamento de sucata iriam adormecer suaves e felizes, e depois afundar como uma pedra. Era só dar um tapinha nas bombas. Mas nem sempre é fácil enganar os tribunais marítimos, e se toda a tripulação conseguir escapar, aí é que fica tudo muito suspeito mesmo.

Dois dias se passaram. A gente tinha acabado de assumir o turno e já havia removido metade das cinzas, quando ouviu um estrondo terrível, seguido de um estalo. Primeiro eu fui jogado contra a caldeira, e depois fui parar na pilha de carvão.

Logo em seguida, as caldeiras ficaram na vertical, bem acima da minha cabeça, algumas portas se romperam, e as brasas se espalharam pela caldeira. Nem precisei usar minha escada, eu conseguia ir até a escotilha pelo nível do solo.

Stanislaw já estava lá fora.

Quando cheguei ao porão, ele estava saindo pela escotilha.

Nesse exato momento, ouvimos um grito assustador vindo das caldeiras.

Stanislaw também tinha ouvido e se virou.

"É o Daniel, o estiva", eu disse a Stanislaw. "Acho que ele deve estar preso."

"Caramba, a gente tem que descer, e rápido!", gritou Stanislaw.

Lá estava eu de novo na caldeira. As caldeiras continuavam de cabeça pra baixo, e uma delas podia se soltar a qualquer momento. A luz elétrica não funcionou, porque o cabo certamente tinha sido cortado. Mas as brasas iluminavam o suficiente, mesmo que o efeito fosse espectral.

Daniel, um dos negros, estava deitado de comprido, e com o pé esquerdo preso debaixo de uma placa que tinha se soltado. Ele gritava sem parar, porque as brasas o estavam queimando.

Tentamos levantar a placa, mas não conseguimos. Nem usando o atiçador.

"Não tem jeito, Daniel, seu pé tá preso!", eu gritei pra ele, louco de pressa.

O que fazer? Deixá-lo ali?

"Onde está o martelo?", Stanislaw gritou.

O martelo já estava à mão e, no mesmo segundo, achatamos uma pá e, sem pensar duas vezes, Stanislaw cortou o pé do negro. Foram necessários três golpes. Arrastamos Daniel pra fora do porão e o içamos pela escotilha até o convés.

Lá fora, o outro negro do nosso turno, que havia se abrigado a tempo, logo veio apanhá-lo. Nós deixamos Daniel com ele e fomos então cuidar de nós mesmos.

Os alojamentos da tripulação já estavam inundados. O *Empress* estava com a popa empinada no ar. Isso não foi simulado no exercício de resgate. Tudo era completamente diferente do que a gente estava acostumado. A luz ainda ficou acesa por algum tempo. O mecânico tinha colocado os acumuladores em funcionamento. Então ela foi se enfraquecendo aos poucos, provavelmente porque os acumuladores começavam a descarregar, ou porque os cabos encontravam resistência em algum lugar. Lanternas e sinalizadores de emergência foram usados.

Não vi ninguém do nosso alojamento. Eles já deviam estar acabados. Eles não podiam mais sair. Várias toneladas de água pesavam contra as portas. O bote número 2 se soltou e, no mesmo instante, foi arrastado pela correnteza sem uma única pessoa a bordo.

O número 4 não pôde ser retirado. Ele não estava pronto.

O número 1 estava pronto, e o capitão comandava as operações de embarque. Então o bote ficou parado esperando por ele, que, por decência, ainda permanecia no convés. Um tribunal marítimo aprecia e elogia esse tipo de atitude.

O número 3 foi então preparado. Entramos eu e Stanislaw, junto com os dois mecânicos, o estiva ileso e Daniel, que agora tinha uma camisa em volta de seu pé amputado; depois se juntaram a nós o primeiro-oficial e o comissário.

As caldeiras pareciam estar aguentando bem, talvez tenham sido acalmadas pelas brasas que caíram. Geleia de ameixa da Suábia, de origem garantida e sem corantes, era uma coisa que não existia no *Empress*.

Nós nos afastamos. Nesse ínterim, o capitão tinha sido o último a pular no bote 1, que também estava pronto pra partir. Mas os remos ainda nem haviam sido acionados quando o mar o jogou violentamente contra o casco do navio. Seus ocupantes continuaram tentando se salvar.

De repente, algo se separou do navio e caiu sobre o bote, com um terrível estrondo de madeira rachada. Ouvimos gritos de várias vozes diferentes, e depois a calma voltou, como se gritos, o bote e ocupantes tivessem sido engolidos de uma vez só por uma boca enorme.

Tínhamos escapado por pouco e saímos remando entusiasmados. Rumo à costa.

Mas não ia dar pra ir muito longe só com aqueles remos. As ondas eram bastante altas, e às vezes nos deparamos com paredes quase verticais, medindo o dobro do comprimento da canoa. E então os remos encontraram apenas um vazio, não conseguiam nos fazer avançar, e fomos jogados de um lado pro outro. O mecânico que remava exclamou de repente: "Estamos presos! Numa rocha. Nem três pés de profundidade".

"Não é possível", respondeu o segundo. Ele mergulhou um remo, deu uma batida e então reconheceu: "Você está certo. Pra fora, pra fora!".

Ele não tinha acabado de falar quando subimos numa parede íngreme novamente. A onda nos levantou como um pires e jogou o bote com tanta violência contra a rocha, que ele se partiu em mil pedaços.

"Stanislaw!", gritei em meio ao tumulto das ondas. "Você tem alguma coisa pra se agarrar?"

"Nem uma palha seca. Vamos voltar para a banheira. Ainda vai aguentar bem por alguns dias."

A ideia não era ruim. Eu tentei me manter na direção daquele monstro negro que se destacava no céu noturno.

E, caramba, não é que a gente conseguiu, mesmo tendo sido jogados pra frente e pra trás algumas dezenas de vezes. Subimos e tentamos chegar à meia-nau. Não ia ser lá muito fácil. A parede da popa agora tinha se transformado num convés ou no teto da meia-nau. Os dois corredores tinham virado poços profundos, onde não seria fácil descer à noite, nem mesmo em plena luz do dia. As ondas atingiam uma altura extraordinária, e pareciam aumentar só de raiva. Era evidente que a gente tinha afundado na maré baixa, porque a água estava começando a subir. O *Empress* se manteve firme como uma torre encravada numa fenda de um recife. Só ele sabia como tinha conseguido atingir aquela posição improvável pra um navio. Ele quase não estremecia, de tão firme que estava. E às vezes, quando uma onda do mar atingia sua concha, ele dava de ombros como se quisesse afastá-la. Não houve nenhuma tempestade. A rebelião só acontecia no mar agitado. Também não parecia que uma tempestade estava chegando. Pelo menos não nas próximas seis horas.

Então o céu ficou cinza. O sol nasceu. Após seu banho de mar, ele subiu no firmamento.

Primeiro olhamos pra água. Nada. Nenhum homem parecia vivo. Eu não acreditava que alguém tivesse escapado; Stanislaw também duvidava. Não vimos nenhuma embarcação passar. Além disso, a gente estava fora da rota. O capitão tinha se afastado pra não ser visto de novo por patrulhas ou barcos que estivessem passando. A brincadeira saiu cara pra ele. Ele certamente tinha pensado num desdobramento mais calmo e pacífico pro seu negócio. Ele não havia previsto que não levaria consigo nenhum marinheiro que pudesse ajudar a remar. Se os outros dois botes estivessem preparados pra acomodar a tripulação, escapar ileso teria sido moleza.

47

ASSIM QUE O dia clareou totalmente, tentamos descer o corredor do poço. Tomando algum cuidado, talvez desse certo. Usamos as portas que davam acesso às cabines individuais e os entrecostados como degraus, e foi mais rápido do que pensamos.

Lá embaixo ficavam as duas cabines do capitão. Eu encontrei uma bússola de bolso, que logo confisquei, mas a entreguei ao Stanislaw, já que eu não tinha bolso. Na cabine, havia também dois pequenos tanques de água, um pro banheiro, e o outro pra consumo. Água potável não ia ser um problema por alguns dias; afinal, ainda não sabíamos se as bombas da cozinha estavam funcionando, ainda faltava verificar. Talvez o tanque de água fresca já tivesse sido esvaziado.

No *Yorikke,* a gente conhecia cada cantinho onde tivesse alguma coisa que podia nos interessar. Aqui, temos que começar a procurar tudo. Com seu faro apurado, Stanislaw descobriu a despensa, assim que surgiu a questão do café da manhã. A gente não corria o risco de passar fome pelos próximos seis meses. E se ainda encontrasse mais água potável, conseguiria aguentar por um tempo. Na despensa havia mais engradados de água mineral, cerveja e vinho. A situação não era tão ruim assim.

Endireitamos o fogão e assim pudemos cozinhar. Verificamos as bombas de água. Uma não funcionou, já a outra funcionou muito bem. A água estava um pouco turva, porque a lama que sempre se forma no fundo tinha sido sacudida, mas no dia seguinte já não aparecia mais nada.

Eu fiquei enjoado. Stanislaw também aparentava desconforto.

"Cara", ele me disse, de repente, "você acredita que eu tô enjoado? Meu Deus! Isso nunca tinha me acontecido antes."

Eu não conseguia entender, porque também estava me sentindo cada vez pior, mesmo com a banheira praticamente imóvel. A

275

agitação das ondas e o tremor ocasional do colosso de ferro não poderiam provocar uma sensação tão miserável.

"Agora posso te contar o que está acontecendo, Stanislaw", eu disse depois de um momento. "É essa posição insana do navio que dá na gente essa vontade de vomitar. Está tudo torto e íngreme. Primeiro a gente vai ter que se acostumar com isso."

"Acho que você tem razão", ele disse, e assim que a gente foi pro lado de fora, ao ar livre, o mal-estar passou imediatamente, apesar daquela posição absurda da banheira em relação ao horizonte, que desafiava o senso de equilíbrio.

"Veja bem", eu disse a ele quando nos sentamos do lado de fora pra fumar os charutos finos do capitão, "é só imaginação, nada mais. Eu tenho certeza de que, assim que a gente descobrir o que é imaginação e o que é real na nossa vida, vai aprender coisas incríveis e enxergar todo o mundo a partir de um ângulo diferente. Quem sabe quais consequências isso vai ter?"

Por mais que a gente procurasse, não havia nenhum navio à vista. Nem mesmo uma nuvem de fumaça. Estávamos muito longe das rotas habituais.

Stanislaw começou a filosofar:

"A gente podia levar uma vida de sonho aqui. A gente tem tudo o que quer, pode comer e beber o que quiser e o quanto quiser, não tem ninguém pra incomodar, e também não precisa trabalhar. Mesmo assim, a gente precisa sair daqui o quanto antes e, se não aparecer nenhuma banheira pra nos buscar, a gente vai ter que dar um jeito e tentar ir pro litoral. Sempre a mesma coisa todo dia, a gente não vai aguentar. Às vezes eu penso que, mesmo que realmente existisse um paraíso – no que eu não acredito, porque não consigo imaginar pra onde vão os ricos –, bem, depois de três dias no paraíso, eu ia começar a proferir blasfêmias terríveis só pra sair de lá e não ter mais que cantar hinos sagrados sem parar, espremido entre freiras esturricadas, padrecos e pirralhos birrentos."

Eu não pude deixar de rir.

"Não precisa ficar com medo, Stanislaw, nenhum de nós jamais vai entrar lá. Não temos documentos. E você pode ter certeza de que lá em cima eles também pedem seus documentos, seu passaporte, certificado de batismo e de boa conduta. Se você não puder fornecê-los, vão fechar a porta na sua cara. Pergunta pros padrecos, eles vão te confirmar na hora. Tem que levar a certidão de casamento religioso, de batismo, de crisma, de comunhão e de confissão. Se lá em cima as coisas fossem assim tão fáceis quanto você pensa, ninguém ia ficar cobrando documentos da gente aqui embaixo. Mas parece que eles não confiam na onisciência deste todo-poderoso governante do céu; é melhor que seja tudo preto no branco e devidamente carimbado. Qualquer padreco vai te dizer que o porteiro lá de cima tem um grande molho de chaves. Pra quê? Pra trancar a porta, e impedir que um cara sem visto consiga se esgueirar pela fronteira."

Stanislaw ficou em silêncio por um momento, e então disse: "É estranho só pensar nisso agora, mas eu não estou gostando nada dessa história aqui. Tudo deu muito certo pra gente. E quando alguém tem uma sorte assim tão excepcional, é porque tem alguma coisa errada. Não consigo engolir. É sempre assim, como se você fosse enviado pra uma dieta de engorda porque uma coisa particularmente difícil vem pela frente, e que você só seria capaz de enfrentar com uma boa preparação e descanso. Na marinha sempre foi assim. Sempre que a gente ia ter problemas pela frente, tinha antes uns dias de paz".

"Agora você tá falando besteira. Se um frango assado vier parar na sua boca, você cospe só pra que as coisas não deem certo pra você. As dificuldades aparecem sem que você procure por elas, pode ter certeza. Tanto melhor se você puder esperar por elas no frescor do verão. Se você passou por uma engorda, então você consegue dominar as coisas difíceis; caso contrário, elas podem te derrubar."

"Caramba! Você tem razão!", exclamou Stanislaw, agora bem-humorado de novo. "Eu sou um burro velho. Essas ideias estúpidas nunca tinham passado pela minha cabeça antes. Só hoje. Isso me ocorreu quando eu pensei que bem ali diante do alojamento... ou melhor, que lá embaixo, aos nossos pés, os meninos estão todos lá, nadando bem atrás da porta, na mesma banheira que nós. Sabe, Pippip, a gente não deve transportar cadáveres numa banheira, isso atrai o ceifador. Um navio é algo vivo, não gosta de ter cadáveres por perto. Como carga, eu não me importo, aí é diferente. Mas assim não, esses cadáveres nadando por aí."

"E o que a gente pode fazer?"

"Mas é esse o problema! A gente não pode fazer nada. E isso é o pior. Todos morreram. Só sobramos nós dois. Tem alguma coisa errada aí."

"Bem, Stanislaw, agora eu quero te dizer uma coisa, se você não parar com essas bobagens, eu... não, eu não vou te jogar no mar, você não ia gostar nada disso. Mas então eu não vou trocar mais nem uma palavra com você, nem que eu desaprenda a falar. Você vai pro poço de estibordo e eu fico no de bombordo, e cada um segue seu caminho. Enquanto eu estiver vivo, não quero ouvir mais nada sobre o ceifador. Vou ter muito tempo pra isso mais tarde, quando chegar a hora. E se você quiser saber minha opinião, por que só nós dois sobramos aqui, eu acho que é muito óbvio e só prova, mais uma vez, que existe justiça neste mundo. A gente não faz parte desta tripulação. Eles sequestraram a gente. Nunca fizemos nada conta o *Imperatriz de Madagascar,* nem nunca pretendemos isso. Ninguém sabe disso melhor do que ele. É por isso que ele nos poupou."

"Por que você não disse logo, Pippip?"

"Ah, mas quem você pensa que eu sou? Eu não sou secretária particular. Essas coisas a gente não explica, só sente."

"Agora eu vou tomar um porre", Stanislaw me anunciou resoluto.

"Pra mim, tanto faz. Bem, eu não quis dizer porre, mas só um pilequinho saudável. Vai que uma banheira aparece e leva a gente. Se eu deixasse tudo isso aqui sem aproveitar nem um pouquinho, eu não ia me perdoar enquanto vivesse."

Por que Stanislaw deveria se divertir sozinho?

Começou então uma farra que o próprio capitão jamais teria permitido. Eram tantas caixinhas lindas. Salmão da Colúmbia Britânica, salame da Bolonha, frango, fricassê de frango, pastéis, línguas em todos os molhos, uma dúzia de frutas enlatadas, duas dezenas de geleias diferentes, biscoitos, vegetais nobres, licores, aguardentes, vinhos, além de vários tipos de cerveja: Ale, Stout, Pilsen... É... Capitães, oficiais e mecânicos sabem como tornar a vida agradável. Mas agora os proprietários e os comensais éramos nós, enquanto os anteriores estavam boiando e engordando os peixes.

No dia seguinte, a névoa estava muito espessa. Não dava pra enxergar a meia milha de distância.

"Vamos ter mau tempo", disse Stanislaw.

À noite, ele chegou. Cada vez mais violento.

Ficamos sentados na cabine do capitão, com uma lanterna de querosene pra nos iluminar. Stanislaw estava com cara de preocupado: "Se o *Empress* desencalhar da rocha ou se partir, aí nós estamos perdidos, cara! Vamos tentar nos preparar".

Ele conseguiu cerca de três metros de corda, que amarrou em volta do corpo pra tê-la à mão. Eu só consegui achar um novelo de barbante pela metade, da espessura de um lápis.

"É melhor a gente subir de volta pro convés", sugeriu Stanislaw. "Aqui dentro a gente vai ficar preso, caso ele realmente se solte. Lá em cima a gente ainda tem uma chance de sair dessa."

"Se o seu destino é se ferrar lá em cima, então sobe, se for aqui embaixo, na frente dos peixes, então você fica aqui", eu disse. "Tanto faz. Se você tiver que ser atropelado por um carro, ele vai avançar contra a vitrine que você está olhando; não precisa correr atrás do carro nem se jogar na frente dele."

"Você tem cada uma! Então, se você tiver que morrer afogado, você pode colocar tranquilamente o seu pescoço nos trilhos da ferrovia, que o expresso vai pular por cima de você como se fosse um dirigível! Eu não acredito nisso. Eu é que não vou colocar meu pescoço nos trilhos. Vou subir e ver o que acontece."

Ele subiu pelo corredor do poço, e de repente percebi que ele estava certo, subi atrás dele. Então ficamos sentados na parede dos fundos do castelo, colados um ao outro. Tivemos que segurar firme nos encaixes pra não sermos arrastados pela tempestade.

O tempo foi ficando cada vez mais turbulento. Ondas violentas quebravam contra a antepara atrás de nós e batiam contra as cabines do capitão.

"Se continuar assim a noite toda, amanhã de manhã não vai ter sobrado nada das cabines", disse Stanislaw. "Eu acho até que toda a meia-nau vai ser destruída. Aí só vai sobrar pra gente os quartos da parte de trás e a casa de máquinas, onde fica o propulsor. E aí, adeus comida e bebida. Nem um rato vai ser capaz de achar alguma coisa."

"Talvez seja melhor já subir lá", aconselhei. "Porque se o castelo da meia-nau se partir, vai ser tarde demais. Também vamos ser arrastados."

"O castelo não vai cair com um golpe só", Stanislaw me explicou. "Ele vai pro inferno aos poucos. E se uma parede se soltar embaixo, dá tempo de a gente escalar."

Stanislaw tinha razão mais uma vez.

Mas ter razão depende das circunstâncias. Razão absoluta não existe. Você não pode colocar a sua razão numa salmoura, e esperar que daqui a cem anos ela ainda seja a mesma. Stanislaw certamente estava coberto de razão. Mas alguns minutos depois, ele já não tinha mais nenhuma.

Três ondas gigantescas, cada uma parecendo dez vezes mais violenta que a anterior, caíram sobre o *Empress,* provocando um estrondo pavoroso, como se quisessem engolir toda a Terra.

Esse estrondo, seguido da arrebentação das ondas, era uma ameaça ruidosa ao *Empress,* que por tanto tempo se atreveu a desafiá-las cravado naquele recife.

A terceira onda fez o *Empress* oscilar verticalmente. Mas ele resistiu.

Mas nós dois sentíamos que ele não estava mais tão firme quanto uma torre.

As rajadas diminuíram de intensidade, pra abrir caminho para as próximas três.

A tempestade ensurdecedora perseguia as nuvens pesadas, desfiando-as no céu noturno. Às vezes, uma brecha se abria no meio desse emaranhado de nuvens, deixando que por alguns segundos a gente olhasse umas poucas estrelas luminosas que, em meio àquele tumulto obscuro, frenético, uivante, furioso e crescente de elementos revoltados, nos invocavam: "Para ti, somos paz e serenidade, mas estamos cercadas pelas chamas da criação, do nascimento e do desamparo. Não fuja para as estrelas, se procuras paz e serenidade. O que não carregas dentro de ti, não podemos te dar!".

"Stanislaw!", gritei bem alto, embora ele estivesse sentado ao meu lado.

"As ondas vão voltar. Chegou a hora. O *Empress* já era!"

Na penumbra das estrelas, vi as primeiras ondas avançando como um gigantesco monstro negro.

Ele chicoteou pra cima, com suas patas molhadas batendo bem acima de nossas cabeças.

Nós nos seguramos, mas o *Empress* arfava e se contorcia nas garras do recife, parecendo sentir uma dor terrível.

A segunda onda nos deixou sem fôlego por muito tempo. Eu senti como se tivesse sido jogado no mar. Mas eu continuava me segurando.

Já o *Empress* gemia, como se tivesse sido mortalmente ferido. Ele ainda se contorceu de dor, caiu de popa com um estrondo ensurdecedor, rangendo, retumbando, vibrando, até que não estava mais íngreme, e sim inclinado. Além disso, ele também tombou a estibordo.

A meia-nau tinha sido completamente invadida pela água, e tudo que não estivesse armazenado em latas devia ter se estragado. Mas eu tinha apenas uma percepção vaga e distante do que havia acontecido ali.

"Stanislaw! Ei, cara!", berrei.

Não sei se ele berrou também. Certamente. Mas eu não conseguia ouvir nada.

A terceira onda, a mais violenta dessa leva, quebrou.

O *Empress* já estava diferente, como se tivesse morrido de medo. A água caiu fazendo um barulho terrível, mas carregou seu cadáver gentilmente, como se fosse uma mortalha de seda vazia. Apesar de tanta fúria e brutalidade, ela o fez como uma última carícia afetuosa. Ela o ergueu, virou-o num semicírculo ao longo de todo o seu comprimento e, longe de esmagá-lo novamente contra as pedras e de se regozijar por quebrar-lhe os ossos, ela o deitou suave e ternamente de lado.

"Pula e sai nadando, Pippip, senão a gente vai parar no redemoinho!", Stanislaw gritou.

Isso mesmo, saia nadando quando você acabou de ser atingido nos braços por um guindaste ou seja lá o que for!

Mas a questão não era se eu conseguia nadar ou se eu não queria. O refluxo da última onda do mar tinha me empurrado o suficiente pra que eu não fosse atingido pelo redemoinho. O *Empress* ainda ia resistir por mais alguns minutos antes de ser definitivamente engolido. A popa estava começando a ser inundada.

"Ei!", ouvi Stanislaw gritar. "Onde você tá?"

"Aqui, venha. Eu tô me segurando. Tem espaço", berrei na escuridão. "Ei! Aqui! Ei!"

Eu continuei gritando pra que ele pudesse se orientar. Ele estava se aproximando. Finalmente ele se agarrou e subiu.

§ 48

"A GENTE TÁ em cima do quê?", Stanislaw perguntou.

"Também não sei. Quando eu vi, já tava aqui em cima, nem sei como foi. Deve ser uma das paredes da casa do leme. Tem alças por toda parte".

"Deve ser isso mesmo", Stanislaw confirmou.

"Ainda bem que aqueles burros não construíram tudo em ferro e deixaram alguns pedaços de madeira. Nos livros antigos, a gente sempre vê um grumete que se salva do afogamento se agarrando ao mastro, e depois saindo pelo mar com ele. Hoje em dia não tem mais isso. Os mastros também são de ferro, e se você se agarrar neles é a mesma coisa que pendurar uma pedra na barriga. Se alguém fizer uma ilustração assim agora, então você pode ter certeza de que é um picareta."

"Mas como você fica tagarela numa hora dessas!", Stanislaw me criticou.

"Seu idiota, você quer que eu fique me lamentando e chorando pelo leite derramado? Quem sabe se daqui a quinze minutos eu ainda vou conseguir falar que hoje em dia não dá mais pra confiar nos mastros? E isso tem que ser dito, porque é importante."

"Puta que pariu, a gente se safou de novo!", ele gritou.

"Pelo amor de Deus!", agora eu que gritei com ele. "Cala essa sua maldita boca, caramba! Você fica aí gritando pra qualquer um. Se você tá no seco, então se alegre em silêncio em vez de ficar aí berrando nesse descaramento! Eu aqui me esforçando pra expressar meus pensamentos com toda discrição e elegância, e você se esgoelando desse jeito, seu proleta nojento!"

"Baixa a bola. Agora nada mais importa, a gente tá fud..."

Esse Stanislaw é um caso perdido; às vezes ele usa umas expressões que ainda vão me fazer evitar sua companhia, eu que recebi uma boa educação.

"Nada mais importa?", repeti. "Eu nem penso nisso. Achar que nada mais importa é bobagem. Sempre tem alguma coisa que importa. A única exceção é quando tudo acaba, é só aí que nada mais importa. Agora é que vai começar a diversão. Até aqui só lutamos por documentos, comida nojenta, aquelas malditas grades. Agora finalmente é hora de lutar pelo nosso último suspiro. Todo o resto, tudo o que um homem pode possuir, não existe mais. Tudo o que ainda temos é o nosso fôlego. E eu não vou deixar que me tirem ele assim tão rápido e sem resistência."

"Pra mim, diversão é outra coisa", disse Stanislaw.

"Não seja ingrato, Law. Eu te garanto que é muito divertido lutar por comida com os peixes, quando a gente é que deveria ser a comida deles."

É claro que Stanislaw tinha toda razão. Nossa situação não era nada divertida. A gente tinha que se agarrar como louco às alças para não cair e ser levado. Em cima daquela parede flutuante, não dava tanto pra sentir as ondas quanto no navio, porque elas levantavam a parede, e não batiam nela com tanta força. Mas elas faziam a gente mergulhar com frequência suficiente para não correr o risco de se esquecer de onde estava.

"Acho que a gente precisa fazer alguma coisa", eu disse. "Meus braços estão destruídos, não vou aguentar muito mais."

"Vamos nos amarrar", sugeriu Stanislaw. "Eu te dou a minha corda e pego o seu barbante. Eu consigo segurar melhor. O barbante é longo o suficiente pra gente dar três voltas."

Ele me ajudou a me amarrar porque, com os braços paralisados, eu não ia conseguir sozinho. Então ele também se amarrou e esperamos pelos próximos acontecimentos.

Nenhuma noite é tão longa que não termine antes do dia. Com a luz do novo dia, a tempestade se afastou, mas o mar continuava agitado.

"Você tá conseguindo ver terra?", Stanislaw perguntou.

"Não. Eu sempre soube que não ia ser fácil me tornar um descobridor de terras. Se não tem nada bem debaixo do meu nariz, eu não consigo ver."

De repente, Stanislaw exclamou:

"Cara, mas eu tenho a bússola! Que bom que você a encontrou."

"Sim, uma bússola é uma coisa linda, Law. Sempre dá pra ver onde fica a costa africana. Mas ia preferir uma vela a dez bússolas."

"Uma vela não serviria pra nada nessa prancha."

"Por quê? Se a brisa estiver soprando em direção à costa, a gente vai junto."

"A gente vai parar em outro lugar, Pippip."

À tarde, ficou nebuloso outra vez, e uma leve névoa se formou acima das águas. Depois de experimentarmos a fúria do mar, aquela névoa exercia um efeito calmante.

A imensidão da água ia diminuindo. Logo tivemos a ilusão de estar flutuando num lago. E então esse lago foi encolhendo cada vez mais, até que acreditamos estar deslizando por um rio. Era como se pudéssemos alcançar a margem com as mãos, e, antes de adormecermos, ora eu, ora Stanislaw dizíamos: "Ali é a margem, vamos descer e nadar este trechinho. Dá pra ver muito bem, ela está a poucos metros de distância".

Porém, estávamos cansados demais pra nos desamarrar e nadar esses poucos metros.

Mal falamos e adormecemos.

Quando acordei, já era noite.

A névoa densa ainda pairava sobre o mar. Mas muito acima de mim eu via as estrelas brilhando. De ambos os lados eu via as margens do rio em que estávamos deslizando. De vez em quando, a névoa se dissipava na margem, e eu via as milhares de luzes acesas de um porto próximo. Era um grande porto. Havia arranha-céus e prédios altos com as janelas todas iluminadas. E atrás dessas janelas, as pessoas estavam confortavelmente reunidas, sem saber que dois mortos estavam descendo o rio.

E os arranha-céus e edifícios iam aumentando cada vez mais. Que porto enorme era esse por onde a gente estava passando! Os arranha-céus iam ficando cada vez mais altos, até que finalmente atingiram o céu. As milhares de luzes do porto, os arranha-céus e os confortáveis edifícios, onde ninguém tinha conhecimento de dois mortos passando por ali, pareciam estrelas no céu. Então os arranha-céus, com suas janelas iluminadas, se juntaram bem acima da minha cabeça, e eu fiquei esperando que eles desmoronassem para me enterrar. Eis o grande anseio de um morto, ser enterrado e não ter que vagar mais.

O medo tomou conta de mim e exclamei:

"Stanislaw! Este é um porto dos grandes. Parece Nova York."

Stanislaw despertou, olhou ao seu redor, olhou através da névoa em direção à margem do rio, esfregou os olhos, ergueu a cabeça e então disse:

"Você tá sonhando, Pippip. As luzes do grande porto são as estrelas. E também não tem margem nenhuma. A gente tá em alto-mar. Dá pra perceber pelas ondas."

Ele não conseguiu me convencer. Eu queria muito nadar até a margem e chegar ao grande porto. Mas quando tentei me soltar da corda, minhas mãos ficaram moles e adormeci.

A fome e a sede me acordaram. Era dia.

Stanislaw olhou pra mim com os olhos esbugalhados. Meu rosto estava coberto por uma crosta de sal. Percebi que Stanislaw estava se engasgando, como se quisesse mastigar a língua, ou como se ela estivesse obstruindo sua traqueia.

A fúria brilhou em seus olhos e ele gritou com a voz rouca:

"Você sempre dizia que a água do *Yorikke* fedia. Que mentira! Era água fresca e pura, direto de uma nascente na floresta de abetos."

"Não, a água não fedia, ela era gelada", confirmei. "E o café era bom. Nunca falei mal do café do *Yorikke.*"

Stanislaw fechou os olhos. Um pouco depois, ele deu um pulo e exclamou: "Vinte pras cinco, Pippip. Anda! Vai buscar o café da manhã. Vai içar as cinzas. Primeiro o café da manhã. Batatas com arenques defumados. Café. Muito café. Traz água também".

"Não consigo me levantar", respondi. "Tô quebrado. Cansado demais. Hoje você vai ter que içar as cinzas sozinho. Cadê o café?"

O quê? Eu ouvia Stanislaw gritando, mas a duas milhas de distância. E minha voz também estava a umas três milhas de mim. Agora três fornalhas se abriram, e o calor era insuportável. Corri para a biruta para recuperar o fôlego. Mas o espanhol gritou: "Pippip, feche as fornalhas, a pressão tá caindo!"

Todo o vapor se derramou pela caldeira, e foi ficando cada vez mais quente. Pra saciar minha sede, corri até a calha onde ficava a água que era usada pra esfriar as cinzas, mas ela era salgada e tinha um gosto repugnante. Eu bebi um gole, e mais outro, e mais outro, e o canal de combustão estava aberto sobre a minha cabeça no céu, não... era o sol, e eu estava bebendo água do mar.

Adormeci de novo. As portas do canal de combustão estavam fechadas, o foguista despejava a água da calha na caldeira, eu estava em mar aberto, a crista de uma onda rebentava contra a parede flutuante.

"Olha lá o *Yorikke!*", gritou Stanislaw a vários quilômetros de mim. "Ali está o navio da morte. O porto. O norueguês está lá. Tem água gelada. Não está vendo, Pippip?"

Com os dois braços, punhos cerrados, Stanislaw apontou pro vasto mar.

"Cadê o *Yorikke?*", gritei.

"Mas você não tá vendo? Tá bem ali. Seis grades caíram. Caramba! Agora oito. Porra! Cadê o café, Pippip? Você já tomou tudo? Não é sabão, seu pilantra, é manteiga. Caramba, me dá logo esse chá!"

Stanislaw girava os braços, às vezes apontando numa direção, às vezes noutra. Ele ficava me perguntando se eu não conseguia ver o *Yorikke* e o porto.

Mas eu não me importava. Doía pra virar a cabeça na direção do porto.

"A gente tá se afastando. Se afastando!", Stanislaw gritou de repente. "A gente tem que ir pro *Yorikke*. Todas as grades caíram. O foguista tá preso na caldeira. Água, onde? Não deixou café pra mim? Tem que ir, tem que ir!"

Ele puxou a corda pra se soltar, mas não conseguiu desatar os nós. Então ele começou a retorcer os nós feito louco e só os apertou mais ainda.

"Cadê a pá?", ele gritou. "Tem que cortar essa corda."

O barbante não durou muito. Stanislaw puxou com tanta força as três voltas de suas amarras, que conseguiu se desvencilhar. Os últimos nós, ele arrebentou com toda a sua força.

"O *Yorikke* tá indo embora. Rápido, Pippip. O norueguês tem água gelada. Ele tá acenando pra mim com sua chaminé. Eu não vou ficar num navio da morte."

Stanislaw estava berrando como um louco. Ele só estava pendurado por um pé. Agora ele tinha soltado esse nó também. Eu vi tudo isso a quilômetros de distância, como se eu estivesse olhando uma foto ou através de uma luneta.

"Ali, o *Yorikke*. O capitão batendo continência." Stanislaw gritou essas palavras e me olhou com os olhos arregalados.

"Vamos, Pippip! Chá, bolo de passas, cacau, água."

Sim, o *Yorikke* estava lá. Eu o via claramente. Eu o reconheci pelo seu casco colorido e amalucado, e pela ponte de comando sempre suspensa no ar, e que tinha sido abandonada por outro navio.

Sim, lá estava o *Yorikke*, e agora estavam tomando café da manhã ou jantando. Ameixas nadando no mingau de amido azulado. O chá não era ruim. Isso era calúnia e difamação. O chá era bom, mesmo sem açúcar e sem leite. E a água não fedia.

Comecei a puxar os nós da minha corda, mas não consegui desfazê-los. Então eu chamei por Stanislaw pedindo ajuda. Mas ele não teve tempo. Ele ainda estava lutando com seu pé, se mexendo como um louco pra tentar se soltar. E então as feridas que ele tinha na cabeça por causa dos golpes reabriram. O sangue escorria pelo seu rosto, mas ele não se incomodava.

Quanto a mim, eu ainda estava puxando as minhas amarras. Mas a corda era muito grossa. Eu não conseguia rompê-la, nem podia extrair os meus membros. Fiquei cada vez mais confuso. Então procurei o machado, depois a faca e por fim a pá, que havíamos achatado pra fazer uma estaca de madeira, mas a bússola não parava de cair na água, e tive de pescá-la com uma grade carbonizada. A corda ainda não tinha se rompido. Os nós estavam ficando cada vez mais apertados. Isso me deixou furioso.

Stanislaw agora tinha conseguido soltar o pé.

Ele se virou um pouco pra mim e gritou:

"Vamos, Pippip! Faltam apenas vinte passos. Todas as grades caíram, são quase cinco horas. Levanta! Rápido! Vai! Içando as cinzas!"

Mas o guincho rangeu, dizendo: "Não tem *Yorikke* nenhum!". E então gritei com todas as minhas forças: "Não tem *Yorikke* nenhum! Não tem *Yorikke* nenhum! Não tem *Yorikke* nenhum!". Com muito medo, eu me agarrei à corda, pois o *Yorikke* se fora, e tudo que eu podia ver era o mar, o mar, e o mar, nada mais que as monótonas ondas do mar.

"Staniskowslow, não pule!"

Eu gritei, apavorado, incapaz por um momento de me lembrar do nome dele, que tinha escapado pelos meus dedos. "Stanislaw, não pula! Não pula! Não! Fica aqui."

"Levanta âncora. Não vai pro navio da morte. Corre pro *Yorikke*. Eu corro, eu corro. Eu corro pra lá. Vem!"

E ele pulou. Ele pulou. Não tinha porto. Não tinha navio. Não tinha margem. Só o mar. Só as ondas. Ele se debateu um pouco. E então afundou pra sempre. Fiquei olhando pra dentro do buraco em que ele havia caído. Eu o via muito, muito longe. E gritei:

"Stanislaw! Law! Irmão! Camarada, volta aqui! Oh! Oh! Volta aqui! Volta!" Ele não me ouvia. Ele não voltou. Ele nunca mais

voltou. Ele nunca mais emergiu. Não tinha navio da morte. Não tinha porto. Não tinha *Yorikke*. Ele nunca mais emergiu, *no, Sir.*
E isso era estranho.
Ele não voltou à superfície, e eu não consegui entender como aquilo tinha acontecido.
Ele foi alistado pra uma viagem longa, muito longa. Mas como ele pôde se alistar?
Afinal, ele não tinha caderneta de marinheiro. Ele logo seria demitido.
Mas ele não voltou.
O grande capitão o alistou.
O alistou, mesmo sem documentos.
"Venha, Stanislaw Koslowski...", disse o grande capitão, "venha, eu vou te alistar de boa-fé pra grande jornada. Deixe os documentos pra lá. Aqui comigo você não precisa disso. Você está num navio honesto e leal. Vá pro alojamento, Stanislaw.
Você pode ler o que está escrito acima da porta?"
E Stanislaw respondeu: *"Yeah, yeah, Sir...*
QUEM ENTRA AQUI ESTÁ
LIVRE DE TODOS OS
SOFRIMENTOS!"

ESTAMOS TODOS NAVEGANDO
NUM NAVIO DA MORTE

Alcir Pécora

Ich fahre auf dem Totenschiff
(BT)

O NAVIO DA MORTE FOI PUBLICADO PELA PRIMEIRA VEZ em alemão com o título *Das Totenschiff. Die Geschichte eines amerikanischen Seemanns,* pela editora Büchergilde Gutenberg, de Berlim, em 1926. É uma obra-prima da literatura mundial, de cuja composição tratarei a seguir.

Os Três Livros

O navio da morte está dividido em três "livros", com delimitações bem precisas. O primeiro livro vai desde o momento em que o marinheiro Gales perde o seu primeiro navio, o *Tuscaloosa,* até a sua entrada no *Yorikke,* um navio arruinado, ao qual imediatamente se aplicaria o epíteto de "condenado". O segundo livro segue daí, avança por toda a vida de cão de Gales nas caldeiras do navio, até o seu alistamento forçado num novo navio, o *Empress of Madagascar,* verdadeiro sepulcro caiado, pois belo na aparência, mas absolutamente miserável nos seus propósitos. O terceiro livro, que funciona como coda ou desfecho dos outros dois, vai da entrada de Gales no *Empress of Madagascar* até o final do romance, com a sua espetacular sequência de ações durante e após o naufrágio.

E não apenas as ações estão bem delimitadas pelos três livros, mas também o próprio tom narrativo que os define. Assim o primeiro, que trata das desventuras do marinheiro sem lenço nem documento nas novas fronteiras terrestres, enquadrado pelos novos protocolos burocráticos europeus do pós-guerra, adota um viés irônico e farsesco, que lembra os diálogos absurdos de Samuel Beckett ou os interrogatórios sem saída de Franz Kafka. O segundo livro, que narra a vida sempre por um fio na caldeira do *Yorikke*, apenas sustentada pela lealdade inquebrantável do companheiro Stanislaw, recebe um tratamento mais dramático, conquanto a ironia permaneça como figura-chave do conjunto. Por fim, o terceiro livro, encarregado de narrar os eventos do naufrágio fatal, recobre-se de um tom trágico, com a intensa carga de patetismo e terribilidade características da narrativa sublime.

Quer dizer, numa visada mais geral, é possível dizer que a narrativa tem um movimento em que começa bem, ou mais engraçada, e termina mal, ganhando paulatinamente uma configuração mais trágica que irônica, a despeito do humor permanente e reflexivo de Gales, o narrador protagonista, cujo ar de *clown* vai aos poucos se tornando mais grave.

Gales, a propósito, é um operário de baixo escalão, um simples marujo de convés, sem treino técnico, que acaba de uma hora para outra como parte da "gangue negra", ou seja, o time dos operários da caldeira, que ocupa a posição mais desgraçada e de maior risco de vida em todo o navio. Portanto, trata-se sempre de uma história contada pelo perdedor –, um tipo de relato incomum numa narrativa de aventuras marítimas usualmente heroicas. Ainda mais incomum porque produzido pelo sobrevivente de um naufrágio de cartas marcadas em que o esperado é que morram todos os marujos, pois não havia botes salva-vidas reservados para eles, dado que as mortes seriam úteis para provar a autenticidade do naufrágio para as companhias de seguro.

Por isso, Gales é confundido com um oficial pelo seu interlocutor, pois é de um oficial que se espera a sobrevivência no caso de um naufrágio, assim como, segundo o próprio Gales, é deles que se espera a cota de heroísmo nos romances de aventuras marítimas. Alguém da turma de baixo, que frequenta os porões infernais do navio, como é o seu caso, tomar as rédeas do relato é a primeira grande surpresa do livro.

Outra surpresa é a adoção de uma identidade norte-americana pelo marinheiro inventado por um alemão que, em princípio, estaria do lado oposto das trincheiras da Primeira Grande Guerra. De fato, isso obriga a considerar as relações geopolíticas complexas ao fim dela, na qual os americanos se autopromoveram como "salvadores do mundo livre". O preço dessa intervenção, contudo, é paradoxal, pois a liberdade objetiva de ir e vir dos indivíduos é a primeira baixa dessa guerra, que erige em todos os países europeus uma burocracia estatal tentacular. Nela, o primeiro mandamento é o fechamento das fronteiras nacionais.

Na perspectiva de Gales, o novo mundo surgido da Primeira Guerra já não é dos homens, mas das salas de interrogatórios, das fronteiras interditas e dos processos burocráticos arrastados, nos quais a palavra pouco vale diante dos carimbos oficiais e das ordens misteriosas emanadas de recintos impenetráveis para homens comuns. A única certeza que vem junto com os indiciamentos é de molde kafkiano: a culpabilidade gratuita do homem comum a ser punida com penas definitivas, de que a morte é o principal vetor semântico.

Outro aspecto geral do romance que se poderia mencionar de saída é a curiosa identidade do interlocutor que mencionei acima, o qual, no relato de Gales, é invocado por expressões interjetivas binárias típicas, como *"yes, Sir"*, *"no, Sir"*. O que elas nos dizem a respeito dele? Tomadas como sendo dirigidas a pessoas comuns, não aos raros portadores do título inglês de nobreza, são expressões usadas sobretudo por sulistas norte-americanos, quando desejam demonstrar respeito diante de pessoas mais velhas ou de autoridades – o que, em princípio, é adequado e verossímil para a fala de um marinheiro supostamente nascido em Nova Orleans. Entretanto, é certo que o seu emprego na narração não é tão ingênuo. O seu efeito é cômico, o que supõe mais uma imitação irônica da relação de subalternidade do que a referência a uma autoridade de fato. Isso fica bem nítido nas vezes em que ao *"Sir"* ainda se junta o *"gentleman"*. Há nessas mesuras todas efetuadas por um proletário, ou mesmo um lúmpen, qualquer coisa de imitação afetada da suposta polidez de classe superior, que não cola diante dos eventos narrados. Ainda mais quando o núcleo deles está marcado por oficiais e proprietários de navios que apenas cuidam de planos torpes, como contrabando de armas e trapaças em companhias de seguros às custas de vidas humanas. Como levar a sério as expressões mais sonoras de polidez, quando um mundo-cão, por vezes macabro, vai sendo revelado por elas?

Ou seja, se está bem caracterizada a vileza das autoridades, e se o interlocutor está virtualmente colocado na posição de uma delas, as suas reais virtudes tomam cores bastante dúbias. É possível até pensar na hipótese de que a narração esteja sendo feita sob coação, na forma de um interrogatório policial, no qual as explicações do marinheiro reagem a uma eventual ameaça de punição. Seja como for, parece claro que as seguidas interjeições do marinheiro diante do interlocutor mais ferem a autoridade dele do que a confirmam.

Por outro lado, é possível pensar também que, potencialmente, quando o narrador se dirige a alguém que não está identificado dentro da história, qualquer leitor passa a ocupar o lugar desse interlocutor. Vale dizer, nessa hipótese: nós, os leitores, é que somos invocados por esse *"Sir"* intempestivo e performático. Todo leitor d'*O navio da morte* é transferido para essa posição de autoridade dúbia, que a ironia de Gales torna mesmo um pouco ridícula.

Também valeria a pena ressaltar que a presença do interlocutor no enunciado funciona como índice óbvio da sobrevivência do narrador ao naufrágio final, cujo salvamento não é descrito, nem mesmo parece provável. O marinheiro apenas pode narrar o que aconteceu porque sobreviveu para contar a história –, talvez até estritamente com a incumbência de mantê-la viva, como o Horácio de *Hamlet*, a fim de denunciar a tragédia de um meio profundamente corrompido. Portanto, é na condição de único sobrevivente do navio sinistrado que o marinheiro apresenta o seu testemunho ou presta o seu depoimento.

Ainda vale notar que esse depoimento de Gales não é feito imediatamente depois do naufrágio. O interlocutor implícito não foi alguém que participou das buscas ou que o resgatou do mar, pois não o interroga muito tempo depois do naufrágio. Isso fica claro quando Gales se refere aos eventos relatados como tendo sido passados "naquela época" *(damals,* no original alemão), e, entre ela e o presente da narração, passou-se bastante tempo, a ponto de ele ter se tornado um marinheiro experiente, e já ser capaz de nomear com precisão as partes do navio que, antes, *damals,* mal conseguia discernir.

Por fim, ainda em relação ao interlocutor implícito na narrativa, é interessante observar que Gales tende a adotar uma posição simuladamente moralista, na qual, por exemplo, as suas aventuras com prostitutas, os pequenos crimes ou contravenções são sempre referidos de modo eufêmico, enviesado e cínico, o que dá ideia de que o moralismo seja próprio do ambiente do interlocutor – o que, dentro do princípio geral, também situa o leitor sob a *doxa* insidiosa do moralismo comercial burguês.

FIGURAS

Os assuntos debatidos ao longo da narrativa de B. Traven têm um apelo polêmico que leva o seu leitor a adotar posições imediatas diante deles, embora sejam bastante diversas das contemporâneas, e nenhuma interpretação possa ser feita de modo direto, sob pena de anacronismos insustentáveis. No entanto, como é também mais ou menos óbvio, esse efeito de urgência da narrativa de Traven decorre não apenas da relevância inata dos assuntos, mas também da habilidade com que o autor mobiliza diferentes recursos linguísticos a fim de produzir os efeitos desejados, que, no caso, são quase sempre inflamáveis. "Não há expressão sem rosto", dizia um célebre contemporâneo de Traven, e, por mais que os conteúdos do romance pareçam válidos por si sós, de fato, eles se alimentam da elocução hábil, variada e eficaz de Traven.

Dentre esses recursos linguísticos, valeria a pena mapear alguns, a começar da onipresente figura da amplificação. É muito comum que os leitores notem o "exagero" ou as lentes de aumento com que o narrador caracteriza situações e personagens do romance. O mais evidente desses exageros se encontra na própria descrição da velhice do *Yorikke,* referida como se fosse um navio construído ainda nos tempos bíblicos. Nesse caso, é bem evidente o efeito cômico que ele busca, que, não raro, arranca gargalhadas do leitor.

Outras vezes a amplificação é combinada com a metáfora, como quando Gales diz que estava tão sujo que precisaria de um machado para se limpar. E há outras variantes de emprego da amplificação –, por exemplo, quando ela se aplica à penúria vivida pelo protagonista. Isso faz com que, por vezes, Gales assuma feições picarescas, já que tudo o que lhe diz respeito remete à pobreza, à fome e aos malabarismos para se manter respirando.

Em outros momentos, Traven obtém o efeito cômico pela amplificação paradoxal do horror, como aquele que descreve a primeira vista da tripulação estropiada do *Yorikke.* O cômico se apura então pela descrição, ou écfrase de elementos grotescos e mal ajambrados que dão à vista uma tripulação de feios, sujos e malvados. Isso vai a ponto de o humor alcançar tons de absurdo e *nonsense*. Por exemplo, na travessia do Equador, Gales traça um quadro tão amplificado do calor naquele exato ponto geográfico que a narrativa é tomada de puro delírio, com o navio tão mole e flexível como massa de modelar.

Se a amplificação é fundamental na narrativa de Gales, não o é menos a figura da apóstrofe, de que o autor faz uso abundante ao interpelar seres vivos ou não, coisas ou entidades, trazendo-os todos para dar animação e vivacidade à ação narrativa. A apóstrofe invoca os mais diversos integrantes da cena narrada, tornando-a mais colorida, multiplicando os interlocutores em jogo, e, quase sempre, acentuando a ironia do narrador, pois troca o que está no primeiro plano por entes imprevistos.

Assim, apenas para dar exemplos rápidos, Gales, na prisão, apostrofa a França pela boa comida; o navio *Empress of Madagascar,* pelo abismo que separa a sua aparência vistosa da sua realidade macabra; o *Yorikke,* cuja cara feia ao menos não mente sobre o seu propósito criminoso. Apostrofa um peixinho, retirado e devolvido ao mar. Apostrofa a noção de liberdade, cujo valor inegável pode acabar dando argumento ao que a anula ou contraria, como a burocracia; os proprietários e poderosos, que não hesitam em lançar o mundo inteiro em suas guerras privadas de capital e conquista de mercados; o proletário tímido, sempre cansado e sem energia para impor respeito. Apostrofa ainda o marinheiro pé-rapado que, para comer um pouco melhor, finge que ignora as falcatruas operadas nos navios; o soldado na linha de frente, que serve de bucha de canhão numa guerra que não é sua. Enfim, apostrofa até a sua própria condição de foguista sujo e ferido, habitante morto-vivo do navio da morte. Todos esses seres, por meio das sucessivas apóstrofes de Gales, são chamados a depor na narrativa as suas diferentes faces e contradições.

Para quem está um pouco mais familiarizado com a vida de B. Traven, a narrativa também guarda uma série de autorreferências *à clef*, embora não seja fácil saber o que há do homem sob a máscara. Entre elas, pode-se citar a que é feita à prisão em Londres, na qual esteve sob a *persona* de "Ret Marut"; as cenas de dificultação do visto norte-americano pelos cônsules, que o próprio autor solicitou várias vezes em vão, tanto na Alemanha, como na Inglaterra; a imagem do pai desconhecido, do qual, também em Traven, nada se sabe; o marujo como fugitivo da justiça, que pode ecoar a sua própria condenação à morte em Munique e a sua vida posterior na clandestinidade; os paradoxos de confirmação da cidadania quando uma cidade, no redesenho geopolítico no pós-guerra, passa a pertencer a outro país, diferente daquele a que pertencera até então. Em termos gerais, vários eventos da narrativa d'*O navio da morte* guardam referências análogas àquelas dadas nos "BT – Mitteilungen", editados pelos agentes de B. Traven.

Outra figura de que Traven faz amplo uso é a do "equívoco", que não tem a ver com o sentido moderno de "erro" ou "engano", mas sim com um recurso retórico-poético no qual um termo é usado com dois sentidos diversos ao mesmo tempo. Por exemplo, Traven equivoca as almôndegas tradicionais de uma região com as munições contrabandeadas pelo *Yorikke*. Não se trata de ambiguidade, ou seja, de não saber se o sentido é este ou aquele, mas sim de perceber o necessário "duplo sentido" da formulação, mais uma vez com efeito cômico e malicioso.

Assim como se viu que Traven amplifica os eventos, em outras passagens ele também os reduz por meio de eufemismos. Ou seja, se por um lado ele exagera, por outro, produz expressões que fingem minimizar a verdade do caso. Por exemplo, quando Gales relata a sua prisão, diz que os policiais estavam preocupados com ele e cuidavam de protegê-lo, o que era obviamente uma distorção para designar (e ressaltar) a repressão absurda.

Vários eufemismos aplicados por Traven são fruto de uma posição falsamente ingênua, na qual ele se traveste de Poliana a crer que todo desastre tem algum móvel edificante ou finalidade boa, o que acaba denunciando a rematada idiotia de qualquer visão otimista da sociedade. Isso é recorrente quando Traven descreve as ações de policiais voltadas contra os cidadãos que, em princípio, lhes pagam para serem defendidos. Outras vezes, o eufemismo é gerado por um falso elogio, como quando diz que "havia bondade mesmo entre policiais". O implícito da frase é que os policiais seriam o último lugar a se buscar alguma forma de bondade. Outro exemplo de eufemismo associado a uma falsa inocência ocorre quando o narrador diz que entrou no bordel para checar a pintura interna da casa, já que no navio trabalhava sempre com pintura etc.

Os eufemismos também reforçam a malandragem ou o picaresco dos expedientes de sobrevivência, como quando o marujo conta que aplicava golpes com falsas relíquias em cristãos crédulos, mas nem por isso ele era vigarista, já que os cristãos eram vítimas da sua própria superstição. Por vezes ainda, o eufemismo é aplicado como metáfora: ao se dizer, por exemplo, que, quando não conseguia embarcar, o marujo ficava em terra fazendo um "trabalho manual honesto" no porto, isto é, roubando as cargas ensacadas que aguardavam transporte. Ou então quando é dito que o tráfico de cocaína era um impulso generoso para impedir que os viciados sofressem com a abstinência da droga.

Outro recurso de elocução do romance é o de dar significação aos nomes das personagens, de modo a revelar o seu valor funcional na narrativa. Por exemplo, o nome do protagonista, "Gales", que também é o vocábulo plural na língua inglesa para "vendavais"; Hellmont, algo como "monte do inferno"; Rigbay, aproximadamente "baía da fraude"; Pippip, que é tanto onomatopeia de buzina, como gíria para "adeus" etc.

Traven gosta também do trocadilho, que invariavelmente dá muito trabalho para a tradução, ou mesmo a torna impossível, obrigando o tradutor a analisá-la em notas. É o caso, entre outros, do jogo de palavras entre *Knochen* (ossos) e *Corned* (carne enlatada), e entre *Krabben* (caranguejo) e *Karabiner* (carabina), para os quais é difícil imaginar correspondências em português. Também ocorre na piada equivocando as palavras *god* (Deus) e *goat* (bode, o qual por sua vez refere o diabo).

Como já ressaltei, o humor está por toda parte de *O navio da morte*, e transborda em várias nuances, da ironia esperta à piada hilariante, sem poupar as situações dramáticas e desastrosas. Por isso mesmo, Traven pratica um humor próximo do *nonsense*, o que se dá, por exemplo, quando faz comentários aleatórios, ou diversionistas, que evitam a descrição frontal de uma situação difícil, trocando-a por outra que parece não fazer sentido algum ali. Por exemplo, quando Gales está na prisão, o trabalho dos presos se esgota numa espécie de recontagem infinita, que é ao mesmo tempo totalmente inútil e totalmente obsessiva, neurótica.

O romance também faz amplo uso da figura da personificação de entes diversos, não importa se animados ou não. O melhor exemplo talvez seja, mais uma vez, o do *Yorikke*, referido como uma mulher voluntariosa, que não aceita o jugo dos marinheiros. Até as peças da caldeira do *Yorikke* são personificadas: por exemplo, um simples guincho é apresentado como tendo o temperamento de uma senhora da nobreza, que exige ser chamada de Sua Alteza, e cujo mau estado parece decorrer não da má conservação do navio, mas de uma vontade caprichosa e irascível de aristocrata.

Outro aspecto distintivo da narrativa – muito favorável à identificação do escritor B. Traven e do ator Ret Marut – é o emprego de vários procedimentos teatrais. São exemplos disso os diálogos rápidos, repletos de réplicas, em cenas bem determinadas, com descrições semelhantes a sequências de *vaudeville*, com gestos excessivos e tiradas farsescas, quase de pastelão. Outras cenas representam gatilhos para a peripécia e o reconhecimento trágicos. É o caso do momento impactante em que Stanislaw intui que chegara a hora do afundamento do navio da morte.

Muitos nomes usados no romance também contêm referências teatrais. *Yorikke* ecoa Yorick, o *clown* de língua afiada de *Hamlet* – que, por sua vez, em termos literários amplos também refere o "Mr. Yorick", da *Viagem sentimental*, de Lawrence Sterne, o homem que viaja sem passaporte e, por sua vez, também se identifica com o *clown* shakespeariano. Referências literárias eruditas estão por toda parte, como, por exemplo, o célebre verso de abertura do Inferno de Dante, "*Lasciate ogni esperanza o voi ch'entrate*", reproduzido de forma bastante próxima na inscrição do alojamento da tripulação do *Yorikke* ("*Wer hier eingeht,/ Des Nam' und Sein ist ausgelöscht*"). Há ainda citações bíblicas relativas à expulsão do paraíso e ao trabalho como condenação, entre tantas outras, que parecem mesmo revelar alguma longínqua formação religiosa do autor.

Traven é bastante hábil no emprego das chamadas "formas breves", muito ao gosto da Alemanha do entreguerras, com autores notáveis do gênero, como Karl Krauss e Friedrich Nietzsche. Em particular, Traven aplica aforismos que traduzem comentários e pensamentos do narrador em frases curtas e de acabamento apurado, a ponto de se destacarem da sequência da narração como formulações autônomas. Assim, por exemplo, pontua que a vida é determinada por pequenos acidentes, não grandes eventos – comentário que, em si mesmo, traduz um princípio de ironia, uma vez que a sua perspectiva é sempre diversa daquela que é dominante ou que chama mais a atenção.

Outro aforismo postula que os sermões dos padres são um gesto contranatural e enfraquecem o homem –, o que parece muito próximo de certas formulações de Nietzsche, além de ser mais uma demonstração do anticlericalismo que perpassa todo o livro. Traven também distingue o pensamento moral – que ele próprio não deixa de formular em seu relato – do moralismo que o deforma em favor da instituição corrompida, o que seria uma especialidade dos padres. Ademais, caracteriza a moral no âmbito da luta de classes, como quando diz que ela é uma espécie de manteiga para quem não tem pão, uma delícia impossível para pobres, cujo único escopo tem de ser a sobrevivência imediata.

Falando ainda de formas breves, Traven aplica algumas que deixam entrever certo voluntarismo quase oposto a outro traço marcante de sua narrativa que é o de uma visão cética e cínica, que duvida de qualquer possibilidade de transformação da miséria reinante. Esse paradoxo se pode observar, por exemplo, nas declarações apaixonadas ao *Yorikke*, tanto por parte de Gales, como de Stanislaw –, quase como se se tratasse de uma aplicação da tópica nietzschiana do *amor fati*, o amor ao fado, ao destino, seja qual for, de modo que até o navio destinado à morte acaba por dar ocasião a uma bizarra, mas febril, forma de vida.

Há ainda máximas abertamente contraditórias, cuja aplicação denuncia os descalabros da máquina de morte engendrada pelos Estados modernos. Por exemplo, uma delas propõe que os pobres sempre podem ficar nas filas ou salas de espera dos gabinetes burocratas, porque sem dinheiro, que é o que mais demanda tempo, eles têm tempo de sobra. Ou ainda a de que o inferno vivido pelos marujos nos navios condenados acaba sendo uma espécie de passagem para o paraíso, como se a redenção viesse pelo esgotamento do sofrimento.

Outro exemplo de máxima paradoxal é a que toma o pensamento como maldição, já que reside nele um princípio de esperança de progresso, que apenas garante a permanência da exploração presente. Os seus ditos sobre "fé" vão na mesma direção, pois desmascararam o mau uso que é feito dela como instrumento de credulidade e servidão.

Ainda sob o influxo nietzschiano, algumas máximas consideram que não há limite para o rebaixamento da dignidade do homem e para a servidão voluntária a que se oferece, de tal modo que, por assim dizer, os escravos precedem os ditadores. Outras máximas divisam uma espécie de pulsão imitativa do homem: um apego preguiçoso ao costume que o leva a percorrer o caminho já trilhado e reproduzir a barbárie do passado, paralisando o futuro. Vale dizer, o costume é pensado por Traven como suposta amenização do sofrimento, que, entretanto, na mesma medida, estreita a perspectiva do tempo e reitera a condenação.

Para não seguir nesse catálogo de figuras travenianas, encerro referindo um recurso de origem antiga: o símile, cujo uso mais espetacular como é sabido se encontra em Homero. N'*O navio da morte*, há vários exemplos de uso do símile, como quando diz que a tagarelice é como uma "queda d'água", símile extensivo ao conjunto da pessoa. Dentre as bebidas referidas por Traven, ao menos o café ganha vários símiles eróticos. O *Yorikke*, vários símiles femininos. O inferno da caldeira tem símiles sexuais bastante intempestivos, enquanto o marinheiro não embarcado tem como símile o "morto-vivo". Por último, para servir de desfecho às figuras de Traven, e, ao mesmo tempo, de introdução aos seus tópicos políticos, o capitalismo do pós-guerra recebe o símile de César, o imperador romano que se proclamou divino.

Tópicos

Um tópico surpreendente, que estabelece uma espécie de condição da narrativa, surge logo no início d'*O navio da morte*, e diz respeito às censuras de Gales à ficção marítima, que reúne aquelas eletrizantes aventuras do mar que consagraram, entre outros, escritores estupendos como Herman Melville e Jack London. De fato, é possível notar n'*O navio da morte* o desejo de se distinguir dos romances do gênero. Isto porque estes, segundo Gales, promovem uma ideia romântica e rigorosamente falsa da vida no mar – ainda que, no melhor dos casos, seja fruto de uma imaginação poderosa. De qualquer modo, não haveria naqueles autores experiência real do mar, ao menos não da que é possível ter fora dos camarotes e da recreação da primeira classe.

Em suma, para Gales, os relatos do gênero marítimo são efeitos da mente criadora de um artista ou poeta talentoso, mas cuja capacidade de invenção apenas atesta a falsidade da história contada. O êxito da imaginação traz consigo a desonestidade da mentira sobre a realidade dos navios, e até a de eventualmente levar jovens crédulos a se aventurarem numa empresa cujos aspectos mais cruéis sequer são resvalados nessas ficções. Há um agravante político evidenciado por Gales, ele próprio um marujo da classe baixa do navio: o romantismo marítimo está restrito a um tipo de atenção ficcional que repousa sobre os oficiais e as classes superiores. As vidas dos operários embarcados são deliberadamente ocultadas, pois o trato desumano que sofrem nas viagens não deixaria qualquer margem para sonhos heroicos.

Tais são as razões alegadas pelo narrador de Traven para, em contrapartida ao gênero fantasioso, escapista e alienado que acusa, defender o único ponto de vista que julga decente, realista e lúcido: o do operário. Ao revelar que, no mar, o "hino à glória do trabalhador nunca foi entoado", pois a própria brutalidade da sua vida afastaria a leitura de qualquer ideia de entretenimento, o narrador também sugere que a inauguração desse hino está no horizonte do seu relato. Tal é, portanto, o eventual sentido épico da narrativa de Traven: compor uma espécie de epopeia do pobre, a qual, se por si só não tem o poder de aplicar a justiça e mudar o curso dos eventos históricos, ao menos poderia evidenciar a falsificação presente no cerne do gênero literário de sucesso.

Trata-se de um *parti pris* político, mas não sem uma justificativa estética: na perspectiva de Traven, os navios realmente *contam histórias* – porém não a todos os homens: eles as entregam somente à tripulação que labuta pra valer dentro deles, calando-se diante dos oficiais, fechados com as companhias proprietárias, não com eles ou com os companheiros do mar. Deste modo se estabelecem as condições da narração de Traven: visto que apenas os proletários respondem ao chamado e ao impulso de navegar, segue-se que apenas as suas histórias respondem adequadamente às aventuras do mar.

Isto dito, é preciso considerar que os vários assuntos que compõem *O navio da morte,* conquanto se distribuam ao longo de todo a narrativa, têm dominantes distintas em cada um dos três livros. No caso do Primeiro Livro, o tópico mais insistente é o da vida no navio da morte como uma alegoria do novo capitalismo que surge ao cabo da Primeira Guerra Mundial, já como consequência da intervenção norte-americana e da ruína de boa parte dos países europeus. Tal alegorização se faz sobretudo por meio da associação entre o navio e um processo de produção cada vez mais semelhante a uma máquina que desumaniza o trabalhador, de que o racismo também é parte integrante. A rigor, para o operariado, "tornar-se" humano, no sentido de ter condições materiais objetivas de viver de modo decente, já parece ser uma meta improvável. Entre a inserção na máquina de exploração do trabalho e a exclusão da sociedade por vadiagem ou roubo, o trabalhador vai sendo triturado.

Para Traven, o capitalismo do pós-guerra também traz consigo novas marginalidades e estigmas, como os que passam a demarcar as pessoas sem domicílio fixo ou sem emprego, de modo a retirar-lhes também os direitos inerentes ao nascimento e da cidadania. Doravante está claro que a associação mais íntima entre os homens passa a estar submetida à ordem burocrática, a ponto de a sua própria existência civil, nacional e religiosa depender dela, e, por consequência, do preço estipulado para as suas certificações. É o que demonstra a incrível peregrinação de Gales pelos gabinetes de cônsules, na busca de seu documento de identidade, que já não é direito, mas privilégio de classe.

Tal situação opera não apenas politicamente, ou economicamente, mas penetra o íntimo do trabalhador. Para Traven, que nisso ecoa os pensadores neorromanos do século XVII, já ao ter de *pedir* trabalho ao empregador, na prática, o trabalhador se vê em situação de mendicância e de subalternidade *moral*. A expropriação dos meios de produção não gera apenas desigualdade de bens, mas degradação pessoal, íntima. O trabalhador se vê sob o signo do parasitismo diante do empregador, e até diante de outro trabalhador. A ideia bíblica do "homem como lobo do homem" torna-se, agora, a do "trabalhador como demônio do trabalhador", pois estabelece a superioridade *moral*, não apenas de renda, do proletário que tem emprego sobre o que está desempregado.

Também, na alegoria do navio da morte, a exploração dos operários pelos patrões age de forma contrária à ordem dos fatos e da natureza, pois a relação produtiva na navegação dá-se entre o navio e a tripulação, e não entre ele e o capitão ou os oficiais. Isso vale para toda a produção industrial: a verdadeira relação de trabalho, que supõe conhecimento, risco, intimidade, expediente etc., fica por conta da relação da fábrica com os trabalhadores, não com o patrão. Do mesmo modo, a relação do capitão do navio é sempre com a companhia proprietária –, ou seja, uma relação sustentada pelo nexo econômico –; apenas a da tripulação implica nexo existencial entre o homem, o navio e o mar.

A situação-limite dessa diferença radical entre o oficial e os marujos está dada pela ideia mesma de "navio da morte", o qual apenas atinge o seu objetivo quando naufraga e dá origem ao processo de ressarcimento pelas seguradoras. Obviamente, aqui, navegar não é preciso, pois vale bem mais o lucro obtido com o seguro do naufrágio. De resto, nada mais fácil do que repor a máquina obsoleta de um navio por outra mais nova. É o mesmo para a reposição da tripulação, pois a oferta de mão de obra abunda na proporção direta da precarização do trabalho.

E assim, no limite da alegoria capitalista, o navio é representação de um sistema econômico macabro cujo melhor rendimento ocorre com a capitalização da morte dos trabalhadores. Esse modelo de negócios, por assim dizer, atinge o seu apogeu quando o assassinato do trabalhador é lucro certo para o empresário. Nesses termos, o tom farsesco do Primeiro Livro vai aos poucos tomando tonalidades funestas, assim como o humor, que percorre toda a narração, vai oscilando entre o escárnio e a aporia.

Mas se os navios condenados são alegoria do capitalismo predatório e burocrático, também o são da pirataria promovida pelos Estados belicosos. A guerra já não é um evento datado, é estrutural no Estado nacional. O seu eco violento está presente na articulação estreita entre a desigualdade econômica e as lições morais de civismo e de amor à pátria. Isto é, o novo Estado do pós-guerra, ao mesmo tempo que segrega os pobres da riqueza nacional, torna-os objeto de um elogio nacionalista genérico, como uma perfeita trapaça moralizante. A nação o mantém pobre, mas enche o seu peito de orgulho pelo país rico.

A essa violência somam-se outras. A censura e a repressão policial ocupam o lugar de *res quase sacra* e o interrogatório opera como um ritual, não para congregar as pessoas, mas para mantê-las sob vigilância e suspeita contínuas. Daí que Gales pinte o Estado como uma "besta-fera", carrasco da própria população, a qual, por sua vez, só é reconhecida quando reduzida à condição servil.

O índice mais evidente dessa intolerância estatal se dá na progressiva restrição da imigração, isto é, no vício da xenofobia transformado em política nacional. Além de atentar contra a liberdade objetiva do homem que é a de ir para onde quer que a vontade o carregue, tal política é também patronal, pois está dirigida contra os trabalhadores pobres que emigram em busca de melhores condições de vida e de emprego.

Nesse contexto de desigualdade, interdição e exploração, a guerra não é um episódio, mas uma condição do Estado nacional: operando em nome da liberdade, da democracia e dos direitos nacionais, enormes montantes de recursos são desviados para armas e operações de natureza bélica. Assim, a ruína da Europa tem a ver, em primeiro lugar, com os custos da manutenção de um Estado permanentemente bélico em termos de política externa e permanentemente policial em termos de ordem interna. Reedita-se no Estado moderno a política do antigo príncipe tirano. O que há de moderno nele, para Traven, são apenas os novos indesejáveis, como pacifistas, anarquistas e comunistas: aqueles que não reconhecem nem o Estado como força policial, nem a autoridade nacional como razão para a guerra.

Entretanto, esse Estado nacional capitalista, autoritário e beligerante apenas adquire configuração acabada quando a ele se junta um componente decisivo: a burocracia. No pós-guerra descrito pelo marujo andarilho, a burocracia penetrou não apenas os gabinetes dos funcionários estatais, mas a própria vida dos cidadãos comuns. E ela traz consigo uma nova moral, na qual o primeiro dever do cidadão é o de possuir documentos e o de jamais perdê-los, sob pena de deixar de ser inteiramente gente.

O trâmite dos documentos se ajusta a outras crivagens e privilégios de classe. A burocracia funciona tanto como uma espécie de moral da respeitabilidade comercial, quanto como um labéu da condição odiada de estrangeiro, que passa a ser, por definição, a de inimigo. Não possuir passaporte equivale a participar de uma heresia, na qual até o tempo de espera para atendimento funciona como sentença e punição. E não há escapatória possível, pois o documento é sempre tautológico e autorreferente, isto é, só valida a realidade que ele próprio emite. Nisso, Traven exibe posições análogas às de Kafka: a burocracia antecede o ser; a determinação suficiente da existência apenas se dá pela certificação da identidade gerada pelo aparelho de Estado.

A conexão entre burocracia e capitalismo está clara: os bens e as propriedades valem como prova de cidadania e boa conduta moral premiada com o passaporte. A experiência cotidiana perde valor de verdade. Fronteiras e passaportes abolem as leis naturais de interação e circulação, que são também o fundamento universal da vida dos indivíduos. Na distopia do navio da morte, já não pode haver indivíduos, mas apenas rebanhos – que, por sua vez, não são coletividade, mas apenas *massa* à mercê da ordem fatal de naufrágio.

A partir do Segundo Livro d'*O navio da morte*, a crítica ao capitalismo se volta contra as novas formas do imperialismo colonial. Como diz Gales, os povos considerados bárbaros são invariavelmente os de países onde há interesses econômicos a explorar. É o que fazem franceses na África, e ingleses na Índia e na China.

E a renovada ação imperialista da virada do século 20 recria a escravidão, ainda que esta já não diga o seu nome, trocando-o pelo de ação civilizatória. Para o narrador de *O navio da morte*, entretanto, a escravidão moderna é ainda pior do que a dos navios negreiros, quando os negros ao menos eram tratados como bens de mercadoria de valor. Os corpos sem valor dos proletários modernos, como os dos marujos desempregados, sequer têm a quem exibir os dentes estragados. Como não podiam ser simplesmente vendidos nos portos, restava-lhes aumentar o contingente diário dos mendigos ao redor deles.

E enquanto os marinheiros vivem a espera improvável do barco a (jamais) chegar ao porto e retirá-los da situação de lúmpen e pária, é o próprio pensamento que os trai, prometendo-lhes alguma esperança e, quando não, até certo orgulho da derrota. No entanto, como alerta Gales, não há caso conhecido de humanos ou animais se acostumarem à tortura física ou mental. No máximo, como dá a ver o romance, perdem a sensibilidade e adotam para si um regime de "homem-máquina", operado a vazio, alienação e dor.

Também no Segundo Livro, Traven se detém a explicar o negócio criminoso de programar um navio para ser afundado, junto com a sua tripulação. Apenas aí se compreende, em toda a extensão, a canção do marinheiro que serve de epígrafe ao livro, na qual ele garante que nao está morto, e sim navegando num navio da morte, isto é, vivendo sob o regime de uma sentença de morte apenas momentaneamente suspensa, à maneira dos gladiadores antigos.

A par das condições precárias de trabalho, das histórias de horror murmuradas pela tripulação, os marinheiros do navio da morte vivem a expectativa de chegar a hora em que ele vá a pique por determinação de seus proprietários. Mudanças de rotas imprevistas, declarações falsas às autoridades portuárias, diversas formas de contrabando de armas em alto-mar, tudo perfaz um planejamento criminoso que culmina na hora fatal do afundamento proposital do navio.

Para Traven, a competitividade das empresas fraudulentas é assimilada e bancada pelos diferentes Estados nacionais. Por isso, os naufrágios deliberados se circunscrevem a uma situação geopolítica bem determinada, limitando-se ao espaço marítimo de áreas periféricas, em particular, entre as costas de Portugal e da África. De resto, os navios condenados são, por assim dizer, o destino natural dos apátridas e subproletários. É a forma de vida que lhes resta, enquanto não haja a legalização pura e simples do assassinato dos imigrantes e trabalhadores atirados de um lado e de outro das fronteiras nacionais. De alguma maneira, os navios condenados vivem uma clandestinidade análoga à dos expatriados, sem registro oficial nas rotas e portos europeus, e com operações restritas aos espaços dos continentes pobres, como Ásia, África e América do Sul. A desigualdade de riqueza entre as nações, como a dos indivíduos, está no coração das trevas dos navios condenados.

Não é difícil reconhecer nessa narrativa de B. Traven as posições anarquistas de Ret Marut, a sua *persona* na revolução de Munique, em 1919, liderada por Erich Mühsam, Gustav Landauer e outros que lutavam pelo maior poder dos conselhos operários na vida da República. Mühsam, em particular, tinha, como Traven, nas palavras de Roland Levin, "um sentido pronunciado para a provocação, associado a uma considerável dose de humor", e, talvez por esse traço comum de temperamento e sagacidade, foi ele quem, pela primeira vez, ao ler os livros assinados por B. Traven, aventou a hipótese de serem de autoria do antigo editor do Der *Ziegelbrenner,* o jornal anarquista dirigido por Marut.

O anarquismo que surge nos livros de B. Traven certamente defende a ideia da vontade livre do trabalhador e do indivíduo como fonte subsidiária do direito, mas é difícil caracterizá-lo dentro de qualquer linha teórica programática. É um anarquismo intuitivo, rebelde, por vezes lírico, outras vezes cético, mas sobretudo uma afirmação da defesa da independência da vontade e da existência nômade e errática. A solidariedade pelos camaradas não é idealizada: conquanto ajam dentro do navio de forma praticamente independente das ordens do capitão e dos oficiais, entre si são muitas as dificuldades de entendimento. Porém, alguma linguagem comum se estabelece entre eles, o *yoriquês,* primeiro; as histórias depois, e, em qualquer caso, a sombra da morte que os aguarda a todos.

Traven sobretudo alerta para a armadilha ideológica que faz os pobres adotarem como espiritualmente suas as lutas dos ricos por novos mercados. Para ele, os governos das nações agiam como bandidos de alto escalão, que se davam muito bem entre si, desde o início; e quando não fosse o caso, acabavam sempre por se reconciliar após a guerra travada nos campos de batalhas pela gente comum. A reflexão de Gales sobre os monumentos ao "soldado desconhecido", celebrados em todas as nações recém-saídas da guerra, é bem expressiva dessa perspectiva: as honrarias genéricas são descritas como truques para disfarçar o fato de que foram as famílias dos trabalhadores que pagaram com a vida e o luto as atrocidades da guerra, e são elas que vão arcar com os seus custos econômicos.

O Estado nacional não passa de uma expressão solene e pomposa cujo efeito é o de desorganizar a sociedade e quantificar os indivíduos. Diversamente de Samuel Johnson, para quem o patriotismo era o último reduto dos canalhas, para Traven, a canalhice do patriotismo não diz respeito ao caráter individual: é, antes, uma ampla cortina de fumaça para as arbitrariedades do Estado, que empurra multidões para a marginalidade, tornando-as aptas à vaga de lastro descartável dos navios condenados.

Um acontecimento inédito ao longo do romance dá-se quando a história pessoal dos marujos vem à tona na narrativa. A mais comovente delas é a de Stanislaw, o grande camarada de Gales no trabalho insano das caldeiras. Após o surgimento de Stanislaw, o colapso da guerra ganha um corte mais vivo. Os desastres penetram até o mais íntimo dos marinheiros, tornando o relato mais dramático e amargo. E as histórias pessoais relatadas entre eles nem precisam ser verdadeiras –, matizando um pouco a exigência de verdade reclamada por Gales contra as aventuras de gênero marítimo. Quase se poderia dizer que o valor das histórias que vão sendo introduzidas a partir da amizade de Stanislaw precede o da verdade, isto é, as histórias valem simplesmente por serem contadas, por testemunharem um gesto fático de reconhecimento e de oferta de amizade, não por corresponderem ao que se passou na vida de alguém. A história pessoal é mais gesto de companheirismo do que de verdade histórica a respeito do passado privado.

Claro, não que as histórias contadas pelos marinheiros tenham de ser mentiras; mas o ajuste ao fato passado não é o que mais importa nelas, e sim o *pacto da narração*, no qual a história particular de cada um repõe a história de todos. Os marinheiros até então anônimos e maquinais ganham vida própria, nomes, geografias, e, como por contágio, vão se tornando mais próximos e recuperando a humanidade partida. Assim de Stanislaw se vai até a história de Paul, o marinheiro alemão do beliche de cima, que morreu sem cidadania, e que esteve envolvido em movimentos revolucionários. De Paul se vai à história de Kurt, outra baixa do *Yorikke*, o qual, em algum momento, participou de uma greve que parou a Austrália, e assim por diante.

As histórias de vida trazem também uma nova versão da morte, desta vez não mais a decorrente do crime econômico e político. Trata-se agora de uma espécie de lei fatal da vida humana, qual seja a da infalibilidade do seu fim. É verdade que, em boa medida, a morte é fomentada pelos Estados beligerantes, mas a dimensão dela de que falo agora tem mais a ver com uma espécie de *memento mori* sarcástico lançado contra os que pretendem a imortalidade pela acumulação de bens: um rotundo e sonoro "*No, Sir*".

Nesse ponto, Traven atua como um moralista a admoestar quem pretenda empresariar a morte: "lembra-te de que és homem, e, como homem, hás de morrer". A advertência é moral, mas não teológica. É uma moral de experiência feita, uma consciência escarmentada que escarnece da ilusão de transcendência trazida pela riqueza. A acumulação mercadológica, no fundo, não passa de rematada loucura: um desvario ou febre que se apossa de quem, ao reter da vida apenas o negócio, perde a vida e, ao cabo dela, também o negócio. Na natureza nada detém o fluxo do tempo, como o corpo não pode reter a brevidade da vida. A tentativa de troca da vida passageira pela mercadoria imperecível é, por si só, um princípio de absurdo.

A figura do "navio da morte", desse ponto de vista, não revela somente o jogo sujo do capitalismo, mas ilumina os acidentes e limites que condicionam a experiência contemporânea. A esse respeito será útil relembrar, ainda uma vez, que o nome de *Yorikke* ecoa o de Yorick, o *clown* do Príncipe Hamlet, cujo crânio é desenterrado pelos coveiros que escarnecem do outrora poderoso escarnecedor do reino. Na peça, o contraste entre o antigo companheiro de Hamlet e a visão dos seus restos mortais é alegoria desse reconhecimento da inevitabilidade da morte e, mesmo, da sua presença constante na vida dos homens, que não pode ser pensada racionalmente senão admitindo a transitoriedade e o fim. As trapaças mortais do capitalismo acabam por alienar da vida o próprio capitalista. Ao fim e ao cabo da história, quem sobrevive é Gales, não o capitão e os oficiais aferrados ao bote salva-vidas.

"A DERROTA IMEDIATA CABAL É MUITO MENOS SOFRIDA DO QUE A SUCESSÃO DE MORTES DAS PEQUENAS ESPERANÇAS"

Este projeto gráfico... busca inspiração em obras de séculos anteriores, utilizando os seus elementos tipográficos seja como resgate de velhas funções, seja como recurso estilístico.

A viagem ao antigo começa pela criação de um EX LIBRIS, símbolo representativo de quem produzia o livro, muito comum nas capas e folhas de rosto. O EX LIBRIS da figura mitológica da Quimera e a assinatura em torno dela, incorporam deliberadamente imperfeições que, no passado, ocorriam devido aos processos correntes de impressão, com partes não reveladas ou borradas do desenho, pequenas falhas, algumas das letras desalinhadas etc., dado que eram utilizados tipos móveis de chumbo que podiam balançar durante a impressão.

A própria capa, quase que só tipográfica, remete às antigas folhas de rosto, que continham linhas de texto compostas com bastante habilidade, num tempo em que ainda era difícil a reprodução de imagens e inexistente a fotografia.

A proporção do livro e a definição de mancha de texto na página e das margens foram inspiradas em diagramas consagrados, que buscam preservar um bom respiro para a leitura e atender à função de manuseio, liberando um pouco mais de espaço nas margens inferiores (para ser segurado com uma mão) e externas (com as duas mãos).

O livro ainda faz uso de caracteres não-textuais, que já não são tão familiares, como a adaga dupla (‡) para notas de rodapé, o símbolo de seção (§) para o capítulo, o "pé-de-mosca" (¶) para o início de parágrafo, o indicador (☞) para uma informação específica, o florão ou folha de hera (❦) para ornamentação etc.

Por fim, na mesma linha, estão presentes formatações pouco usuais no padrão editorial gráfico contemporâneo: a última linha do último parágrafo de cada capítulo está sempre centralizada (≡) e não à esquerda, como um código que sugere que uma seção acabou. Ou ainda, quando a última linha de um parágrafo é uma linha curta e acaba na última linha de uma página esquerda, ela fica alinhada à direita (≡) em vez de à esquerda, como um recurso para o leitor — que está de passagem para o alto da página direita — economizar movimento e poder buscar as palavras mais perto do olhar.

São escolhas do projeto gráfico para fazer uma ponte entre o passado e o presente, com acento em sua base histórica, que evidenciam aquilo que a própria coleção Quimera busca em cada um de seus títulos: conjugar aventura, pensamento & estética.

o **NAVIO** *da* **MORTE,**
de **B. TRAVEN**

uma co-produção :
QUIMERA SELO LITERÁRIO
em associação com :
EDITORA IMPRIMATUR

O livro foi composto com as tipografias Calvino e Marcovado, ambas da Zetafonts, na capa; e Maiola, da Typetogether, no miolo. Impresso em papel Avena 80g, em Petrópolis (RJ), na gráfica da Editora Vozes para Viveiros de Castro Editora, em dezembro de 2023.